Bevor es losgeht, möchte ich mich bei den folgenden Personen bedanken:

Bei meinen Lesern und Leserinnen aus meinen Fan-Fiction-Zeiten: Danke für eure Ideen, eure Treue und euer Feedback. Ohne euch gäbe es diese Geschichte nicht.

Bei Tina: Ich bin unendlich froh, dass es dich gibt.

Jetzt wünsche ich euch viel Spaß beim Lesen!

Impressum

© 2022 / Erstauflage

Autor/in:
Sybille Roth
Theodor-Heuss-Ring 9
63128 Dietzenbach
E-Mail: erdeanengel@gmx.de
Instagram: https://www.instagram.com/erdeanengel/
Website: www.seelensucher.net

Umschlaggestaltung: https://www.fiverr.com/samanthagmb
Lektorat: Maike Frie (https://www.skriving.de/)
Korrektorat: Isabelle Mager (https://traumtextfabrik.de/)

Prolog

„Roberta!"

Mit einem Brummen tastete Bobby nach einem Kissen, um es sich über den Kopf zu ziehen. Es war zu hell und die Stimme mehr als unerwünscht.

Roberta!

Sie zuckte zusammen, als ihr Name in ihrem Kopf erklang. Verdammt sollte Gabriel sein!

Das habe ich gehört, hörte sie seine tadelnde Stimme. *Und Er ist über deine Wortwahl nicht erfreut.*

Entnervt zog Bobby das Kissen von ihrem Kopf und blinzelte ins Sonnenlicht, das durch die Jalousien in den Raum fiel. Angesichts des wie aus einem Ei gepellt aussehenden Mannes, der im Zentrum ihrer kleinen Zweizimmerwohnung stand, wirkte diese noch unordentlicher als ohnehin.

Gabriels Stirn war gerunzelt, was nichts daran änderte, dass er wie ein Engel aussah. Was er ja auch war. Goldblondes Haar, tiefblaue Augen, ein markantes Gesicht. Ein Mund, der immer abwertend verzogen war, wenn er sie musterte. Eine gewölbte Nase, die er stets einige Zentimeter zu hoch trug.

Soeben wischte er sich ein paar imaginäre Schmutzpartikel von seinem lupenreinen Anzugsstoff und schob ihren Kater Mephisto mit dem Fuß beiseite. Seine schneeweißen Flügel hatte er leicht angehoben, sodass sie nicht mit dem Boden in Berührung kamen.

„Gabe", brachte sie zustande und freute sich insgeheim darüber, wie er bei dem Spitznamen den Mund noch mehr verzog.

Ihr Blick wanderte auf der Suche nach etwas Anziehbarem über den Fußboden. Es war definitiv wieder an der Zeit zu waschen.

„Du solltest wirklich besser auf deine Hygiene achten, Roberta", tadelte seine Allwissenheit sie.

„Die Dusche und ich sind beste Freunde, Gabe", war alles, was sie darauf erwiderte. Sie schlüpfte in eine noch einigermaßen vorzeigbare Cargohose. „Lediglich die Waschmaschine und meine Klamotten sind ferne Bekannte."

Mit einem Fluch, der ihr eine erhobene Augenbraue einbrachte, wackelte sie mit den Hüften und versuchte, die Hose darüber zu ziehen. Eindeutig zu viel Pizza in der letzten Zeit.

„Wenn du krank oder übergewichtig wirst, kannst du deiner Aufgabe nicht in vollem Umfang nachkommen."

Sie erstarrte und sah ihn einfach nur an. Auch er war urplötzlich verstummt und erwiderte ihren Blick. Jedes Wort, das folgte, war sorgfältig gewählt.

„Ich wollte dich nicht beleidigen, Roberta. Lediglich ein Argument dafür vorbringen, dass es sinnvoll wäre, ein wenig besser auf dich zu achten."

„Natürlich", erwiderte sie und schaffte es endlich, den Knopf ihrer Hose zu schließen. „Reine Nächstenliebe hat dich zu diesen lieblichen Worten bewogen. Ich weiß doch, dass du ein wahrer Menschenfreund bist, Gabe." Sie ignorierte sein Stirnrunzeln und fragte: „Also, was gibt's?"

„Du hast eine Lieferung zu machen!"

Ein erleichtertes Seufzen kam über ihre Lippen. Sie hatte sich bereits gefragt, wann es wieder so weit sein würde. Die lange Pause hatte sie beunruhigt, da es meist kein gutes Zeichen war. Gar kein gutes Zeichen. Vielmehr war es ein Hinweis darauf, dass die Welt von Tag zu Tag mehr in eine Schieflage geriet, Hoffnung schwand und Egoismus sowie Habgier zur Tagesordnung wurden.

Eigentlich hätte man annehmen sollen, dass die Menschheit im Jahr 2063 friedlich, demokratisch und aufgeschlossen wäre. Leider war das Gegenteil der Fall. Der Dritten Weltkrieg hatte beinahe das Ende für sie alle bedeutet und große Teile der Bevölkerung sowie Lebensraum ausgelöscht. Die Orte, die weitestgehend unbeschadet geblieben waren, hatten die Mächtigen in Beschlag genommen. Für den Rest waren zerstörte Städte geblieben, die sie Stück für Stück wieder aufbauen mussten.

Gott hatte in dieser schweren Stunde dem Wehklagen Gehör geschenkt und seine Engel geschickt. Allerdings war Er nicht der Einzige, der die Menschen erhört hatte. Und jener Andere erfüllte Wünsche für einen Preis, der erschreckend bereitwillig gezahlt wurde: durch die Aufgabe der eigenen Seele.

Jede verlorene Seele brachte die Welt in ein größeres Ungleichgewicht, selbst wenn der Verlust nicht zwingend bedeutete, böse oder ohne Moral zu sein. Auch waren nicht alle Seelenlosen Anhänger Luzifers, genauso wenig wie jeder Seelenträger an Gott glaubte. Es fehlte allerdings etwas Grundlegendes tief im Innersten, das viele erst im Laufe der Zeit zu vermissen lernten, in den Tiefen der Nacht, wenn die Dunkelheit näher kam oder Ängste sie plagten. In diesen Momenten spürten sie die Leere, unnatürlich und quälend, und begriffen, dass sie nicht vollständig und etwas Ursprünglichem beraubt worden waren.

Sie selbst wusste nur zu gut, wie es sich anfühlte.

Bobby atmete tief durch, schob das Gefühl der Niedergeschlagenheit beiseite und konzentrierte sich wieder auf das Hier und Jetzt. Es gab einen Job zu erledigen.

„In Ordnung, wohin?", fragte sie und band ihr Haar mit wenigen geübten Handgriffen am Hinterkopf hoch. Nur eine widerspenstige Strähne rutschte wie immer über dem linken Ohr aus dem Knoten. Das Oberteil, das sie zum Schlafen getragen hatte, musste sie nicht tauschen, denn sie war ohnehin erst gegen vier Uhr ins Bett gefallen.

Ihr früheres Ich wäre niemals so auf die Straße gegangen. Die Frau, die sie heute war, lächelte breit und so zufrieden, wie man an einem Ort wie diesem sein konnte.

„Roberta." Gabriel seufzte und zog damit wieder ihre Aufmerksamkeit auf sich.

„Ja?" Sie verstummte beim Anblick der Lieferung, die über seiner Handfläche schwebte. Wärme und Hoffnung durchfluteten sie.

Die Seele war der Inbegriff von Leben, ein kleiner, schimmernder Ball pulsierender Energie. Sie überbringen zu dürfen, stimmte sie – zumindest für einen kurzen Moment – demütig. So sehr Gabriel ihr auch manchmal auf die Nerven ging, so dankbar war sie dafür, in seinem Namen etwas wahrhaft Bedeutsames zu vollbringen.

„Auf der anderen Seite des Flusses", sagte er und reichte sie ihr. Seine Stimme klang nicht länger ungeduldig und schroff, sondern warm. „Ich begleite dich, solange es mir möglich ist. Du musst vorsichtig sein. Es sind viele geworden." Nun klang Bedauern in seinen Worten mit, ebenso wie etwas, was sie bisher nie bei ihm vernommen hatte: Resignation.

Überrascht sah sie ihn an. Gabriels Blick wanderte durch ihr Fenster in weite Ferne. Ganz sicher betrachtete er nicht die Umgebung, was bei ihrer verschmierten Scheibe auch kaum möglich gewesen wäre.

„Ich habe nachgedacht", erklang seine Stimme, und etwas in seinem Tonfall ließ sie die Luft anhalten. Gabriel war sonst nicht so. Er war fordernd und arrogant und herablassend, nicht nachdenklich. Er klang fast ein wenig verloren.

„Hört, hört", witzelte sie, um die seltsame Stimmung zu durchbrechen.

„Jeden Tag verlieren wir mehr Seelen an Luzifer. Und gewinnen viel zu wenige zurück. Unsere Verbündeten hier auf Erden sind mutig und tapfer, aber nicht genug. Und wir Engel verlieren an Macht, je näher wir dem Feind kommen." Es klang bitter. „Gott sagt, wird dürfen nur mit Worten kämpfen. Doch Worte reichen nicht mehr aus. Allein Taten zählen! Das", nun sah er sie wieder an, „hast du mich gelehrt."

Sie schluckte. Das Gespräch nahm einen zunehmend beunruhigenden Verlauf.

„Gabe, bist du in so etwas wie einer himmlischen Krise?" Sie hob eine Augenbraue. „Oder bist du gestürzt? Hast du dir beim Fliegen den Kopf angestoßen?"

Ihre Worte hatten ihn dazu gebracht, die Stirn zu runzeln, und als er zurückwich, war er wieder er selbst. Sie atmete innerlich auf.

Gut, Gefahr abgewendet … auch wenn sie nicht genau hätte in Worte fassen können, worin die Gefahr eigentlich bestanden hatte.

Zehn Minuten später befand sie sich auf ihrem Mountainbike auf dem Weg Richtung Fluss. Sie fuhr durch Trümmer, Gabriel flog über ihr, und manchmal fiel sein Schatten auf sie. Der Gedanke, dass er da war, beruhigte sie, wie er es immer tat, auch wenn sie wusste, dass sie bald allein sein würde.

Als er gesagt hatte, Engel verlören in Anwesenheit von Seelenlosen ihre Macht, hatte er nicht übertrieben. Ihnen wurde wortwörtlich die Kraft entzogen, sodass sie im schlimmsten Fall weder fliegen noch kämpfen konnten, sobald sie sich einer hohen Anzahl an Seelenlosen näherten.

Was der Fall war an dem Ort, den Bobby nun im Begriff war zu betreten.

Sie überquerte den Fluss über die einzige Brücke, die noch weitestgehend stabil war, und tauchte in den Sündenpfuhl der Stadt ein. Huren standen an den Straßenecken, ihre Gesichter müde und eingefallen. Zuhälter riefen ihr zu, sie solle doch endlich bei ihnen anschaffen gehen. Sie zeigte ihnen den Mittelfinger. Die Arena, ein ehemaliger Marktplatz, auf dem eine Bombe eingeschlagen hatte, war von Menschen umringt, die einem der Kämpfer zujubelten. Soeben war ein Todesschrei zu vernehmen. Ob Mensch oder Tier hätte Bobby nicht sagen können, doch sie hielt sich nicht damit auf, nachzusehen. Dieser Teil der Stadt gehörte gänzlich Gottes Gegnern.

Die Seele schwebte vor ihrer Brust und wies ihr den Weg, sanft und warm leuchtend. Jene Seelenlosen, die Anhänger Luzifers waren, wurden bei dem Anblick bleich und wichen zurück.

Als Bobby begriff, wohin sie geführt wurde, trieb es ihr den Atem aus der Lunge und Eiseskälte legte sich um ihr Herz.

Roberta? Gabriels Stimme klang besorgt in ihrem Geist. Er musste aus der Höhe gesehen haben, wie sich ihre Stimmung änderte, da sich dabei – so hatte er einmal zu erklären versucht – ihre Seelenfarben wandelten.

Verschwinde!, knirschte sie. *Du weißt, ich mag das nicht.*

Aber du bist ...

... in Ordnung. Ich bin nur an einem Ort, an den ich nie wieder zurückkehren wollte.

Schweigen, dann – wieder in ihrem Kopf: *Bobby, tu nichts Unüberlegtes.*

Sie registrierte nur am Rande, dass er sie – zum ersten Mal – nicht Roberta genannt hatte. Die Oberhand über ihre Gefühle hatten nun Kummer und Hass und Zorn.

Ihr Mountainbike landete achtlos auf dem Boden, kurz bevor sie den exklusiven Club betrat. Die Augen des Türstehers waren auf sie gerichtet, doch er hielt sie nicht auf, auch wenn er, kaum dass sie an ihm vorübergegangen war, in sein Walkie-Talkie sprach. Gabriel blieb hoch über dem Club schwebend zurück.

Der Geruch von Alkohol und Sex schlug ihr entgegen. Eine tätowierte Tänzerin räkelte sich an einer Stange, umgeben von gierig blickenden Männern. Aus mehreren der seitlich gelegenen Lounges drang Stöhnen an Bobbys Ohr.

„Roberta!"

Sie atmete tief durch und wandte sich zu dem Mann um, der um die Bar herumging und auf sie zutrat. Ende vierzig, mit graumeliertem Haar, eisblauen Augen und einem gestutzten Bart.

Sie hatte nicht erwartet, ihn hier anzutreffen. Alexander Maaron hatte inzwischen so viele Einnahmequellen, dass dieser Club lediglich ein kleiner Zeitvertreib für ihn war.

„Vater", erwiderte sie kühl und zeigte ihm die Seele, die über ihrer ausgestreckten Hand schwebte.

Seine Augen wurden schmal, und er wich leicht zurück. „Für wen?", fragte er leise und drohend.

Sie erwiderte stumm und abwartend seinen Blick. Nach einigen Sekunden schenkte er ihr sein falsches, charmantes Lächeln. „Versuchst du also immer noch, deine Seele zu retten, Liebes?"

Ohne darauf zu antworten, wandte sie sich ab und ließ sich von der Seele zu dem Empfänger leiten.

Es überraschte sie nicht, als sie vor der tätowierten Tänzerin an der Stange Halt machte. Diese erstarrte und blickte sie an, das Gesicht kreidebleich und die Augen geweitet.

„Nein", wisperte sie. Ihr Blick zuckte zu Alexander, voller Angst und Entsetzen.

„Doch", erwiderte Bobby sanft. „Du hast sie dir für dein ungeborenes Kind verdient."

„Aber weshalb?", wisperte sie und hielt sich krampfhaft an der Stange fest.

„Das kannst nur du wissen", war alles, was Bobby dazu sagen konnte. „Doch Er hat es gesehen."

Langsam hob sie die Hand und reichte der Tänzerin, was keiner der Menschen an diesem Ort jemals besessen hatte.

Die Seele löste sich warm und leuchtend aus ihrer Hand, wanderte über die Haut der Tänzerin und schien deren Tätowierungen zum Leben zu erwecken. Die Männer wichen zurück, wie Vampire vor dem ersten Licht des Tages, und selbst Bobbys Vater hielt Abstand.

Tränen rannen über das Gesicht der jungen Frau, als die Seele in sie fuhr, dorthin, wo sie ihr ungeborenes Kind unter dem Herzen trug.

Sie würde es nicht einfach haben. Sie würde Missachtung erfahren, doch man würde ihrem Kind und ihr kein Leid antun. Es gab Regeln, an die sich selbst Luzifers Anhänger hielten. Später, wenn das Kind alt genug war, würden sie versuchen, um dessen Seele zu kämpfen. Bobby hoffte nur, dass es seiner Mutter gelingen würde, es zu einem starken Menschen zu erziehen.

„Lass nie zu, dass dein Kind dieses Geschenk wieder verliert", sagte sie, dann drehte sie sich um und ging.

„Ich werde das nicht länger dulden", rief ihr Vater und folgte ihr. „Dass du kommst und hier seinen Dreck verteilst!"

Sie wirbelte zu ihm herum. „Halt die Klappe. Du hast keine Ahnung, wovon du sprichst." Tränen schossen in ihre Augen, doch sie blinzelte sie fort. „Ich schwöre dir, Vater, ich werde wieder kommen, so oft und so häufig, wie es mir dieses Drecksloch erlaubt. Und wenn es das Letzte ist, was ich tue."

Damit ging sie, stürzte aus dem Gebäude und sprang auf ihr Mountainbike. Ihr Blick war tränenverschleiert, als sei der Teufel selbst hinter ihr her.

Sie lachte schluchzend auf. Wie wahr ihre Worte doch waren.

Das Kind eines Seelenlosen wurde stets ohne Seele geboren. Es war der Preis, den Er hatte zahlen müssen, um seine Engel in die Welt der Sterblichen zurücksenden zu können.

Über Jahrtausende hatte das ungeschriebene Gesetz gegolten, dass weder Engel noch Dämonen auf Erden wandeln durften. Es war ein Pakt, der mit dem Schicksal und Gleichgewicht der Welt verwoben gewesen war. Weder himmlische noch dämonische Kräfte hatten durch direkte Einflussnahme über das Schicksal der Menschen entscheiden dürfen.

Der Dritte Weltkrieg änderte die Spielregeln. Angesichts des drohenden Untergangs Seines Volkes brach Er seine eigene Regel und sandte Hilfe und Heilung. Luzifers Dämonen tauchten nur wenig später an der Oberfläche auf und begannen, ihre flüsternden Versprechungen in die Tat umzusetzen.

Durch Sein Eingreifen überlebte die Menschheit, doch viele gaben in den kommenden Jahren der Not und des Hungers ihre Seelen für Sicherheit und Nahrung – und manchmal auch weniger – auf.

Und so entbrannte ein gänzlich neuer Krieg: einer um die menschlichen Seelen. Einmal aufgegeben, war eine Seele verloren, nicht nur für den Seelenlosen selbst, sondern auch für dessen Kinder. Es gab nur eine Chance, sie zumindest für Letztere zurückzuerlangen: Indem ein Elternteil sie für sein ungeborenes Kind durch gute Taten verdiente, solange es im Mutterleib heranwuchs.

So, wie es die Tänzerin getan hatte.

So, wie es Bobbys Mutter getan hatte und dafür von ihrem eigenen Mann getötet worden war. Bis kurz vor dem Zeitpunkt der Übergabe war eine Seele an den Schenkenden gebunden und damit unwiederbringlich für Bobby verloren gewesen, als das Herz ihrer Mutter zu schlagen aufgehört hatte. Alexander Maaron hatte ihr das ungeborene Kind aus dem Leib schneiden lassen, um es Luzifer zu weihen, nicht gewillt, Frau *und* Tochter an seinen Feind zu verlieren.

Die Tat ihres Vaters hatte die Grenze des Erlaubten überschritten und Regeln gebrochen, die nicht ohne Bestrafung gebrochen werden durften. Geschadet hatte es ihm nicht, denn er war dennoch einer der mächtigsten Männer der Stadt geworden.

Bobby war eine dunkle Prinzessin gewesen; hatte dumm und blind unter der Obhut ihres Vaters gelebt und keine Fragen gestellt. Bis sie die Wahrheit herausgefunden hatte. Bis sie begriffen hatte, dass sie um die Seele, die ihr vorenthalten worden war, kämpfen musste. Unter den Seelenlosen existierte die Vorstellung, man könne sie Stück für Stück, Tat für Tat wachsen lassen, wie einen Samen, den man nur lange genug pflegen musste. Vielleicht mochte es auch nur Wunschdenken sein, doch sie schöpfte Kraft aus dieser Möglichkeit. Deshalb diente sie Gott. Und, weil es richtig und wichtig war.

Deine Kraft inspiriert mich, erklang Gabriels Stimme in ihrem Kopf. Sie wollte ihn zurechtweisen, weil er wieder ohne Erlaubnis in ihre Gedanken eindrang, doch es gelang ihr nicht. Stattdessen sprang sie, kaum dass sie die Brücke überquert hatte, von ihrem Mountainbike, ging auf die Knie und schlang die Arme um sich, um heiße Tränen der Trauer und des Zornes zu vergießen.

Sie hörte Gabriel nicht landen, spürte lediglich, wie seine Flügel sie kurz streiften. Als er hinter ihr in die Hocke ging und die Arme um sie legte, zuckte Bobby zusammen. Niemals hatte sie ihn jemanden berühren sehen. Es war eine behutsame, beinahe vorsichtige Geste.

„Vorhin wolltest du mir etwas sagen, Gabe", murmelte sie. „Ich war unhöflich, dich einfach so abzuwürgen. Was war es?"

Lange war er still, und etwas Weiches strich über ihre Wange. Ein leichter Lufthauch kam auf, der mit jeder Sekunde stärker wurde. Sie öffnete die Augen einen Spaltbreit, dann riss sie diese vor Überraschung weit auf: Um sie herum wirbelten Federn. Strahlend weiß und samten.

Sie machte sich los und drehte sich zu Gabriel um. Er kniete vor ihr, ergeben und ruhig, seine Flügel über seinem Rücken ausgestreckt, von denen sich mit jeder Sekunde mehr Federn lösten. Licht flammte hinter ihm auf, wurde stärker und greller, so hell, dass sie die Hand vor die Augen heben musste. „Was tust du?"

Doch sie wusste es. Er gab ein Leben auf – ein Leben, das er länger gelebt hatte, als sie auch nur erahnen konnte – um ein anderes zu führen.

Als sie ihre Hand wieder sinken ließ, kniete er als Mensch vor ihr. Von seinen Flügeln war nichts mehr zu sehen. Nun war Gabriel sterblich, er konnte bluten und Leid erfahren.

„Nur so kann ich etwas bewirken", sagte er ruhig. „Nur so kann ich mich Luzifers Anhängern nähern. Nur so kann ich wirklich und wahrhaftig *sein*. Das weiß ich nun."

„Du bist verrückt", keuchte sie.

Er lachte. Auf eine Art und Weise, die ihr Herz schmerzen ließ, denn es war ein Laut voller Verlust und Hoffnung gleichermaßen.

„Auch das", sagte er leise und sanft, „habe ich von dir gelernt."

Kapitel 1

„Roberta!"

Bobby zuckte zusammen und warf Mephisto, der neben ihr auf der Couch lag, einen hilfesuchenden Blick zu. Der Kater ignorierte sie und leckte sich stattdessen seine Pfote.

„Bobby!"

Entnervt klappte sie ihr Buch zu und drehte sich zu Gabriel um. Er wusste ganz genau, dass sie klein beigab, wenn er sie bei ihrem Spitznamen nannte, und machte sich dieses Wissen immer dann zunutze, wenn sie ihn zu ignorieren versuchte.

Seine Allherrlichkeit, der ehemalige Erzengel nun stinknormaler Mensch Gabriel, stellte sich vor sie, hielt ihr anklagend die Rasierklinge entgegen und wies auf eine blutende Stelle an seinem Kinn. Als wenn dieser Anblick nicht bereits irritierend genug gewesen wäre, stand er in nichts weiter als einer tiefsitzenden Jeans in ihrer viel zu kleinen Zweizimmerwohnung.

Und er hatte kurzes Haar.

Sie starrte ihn an. Gabriel war niemals kurzhaarig gewesen. Nicht einmal im Laufe seiner langen, verdammt langen Existenz. Es gab nicht ein Abbild von ihm in Tausenden von Jahren, in denen er kein langes Haar gehabt hätte.

„Warum starrst du mich so an?", verlangte er herrisch zu wissen.

Bobby schluckte und wies ihn nicht auf die offensichtliche Veränderung hin. Nicht, dass ihm die neue Frisur nicht stand. Es gab nichts, was diesen Mann optisch hätten entstellen können. Stattdessen fragte sie: „Was willst du?"

„Ich habe mich geschnitten."

„Das sehe ich."

„Zeig mir, wie man das richtig macht!"

Ah, da war er wieder: General Gabriel. Und wie immer lockte sein Tonfall Rekrutin Bobby hervor, die alles andere tun wollte, als nach seiner Pfeife zu tanzen.

„Sehe ich so aus, als wüsste ich, wie man sich einen Bart im Gesicht rasiert?"

Nun war es an ihm, die Stirn zu runzeln, wobei er es schaffte, selbst dann noch makellos auszusehen. Als Gabriel noch Flügel besessen hatte, war seine Schönheit einfach ein Teil von ihm gewesen, nun allerdings war sie ausgesprochen irritierend. Und wenn es nach Francesca ging – ihrer Nachbarin und selbsternannten heißblütigen Latina – auch ausgesprochen anregend.

„Du bist nicht bei der Sache, Roberta", tadelte Gabriel sie in demselben Tonfall, in dem er sie schon früher stets zurechtgewiesen hatte. „Und mir ist durchaus bewusst, dass du keinen Bartwuchs im Gesicht hast, doch aus sicheren Quellen weiß ich, dass Frauen sich an anderen Stellen rasieren."

Langsam hob sie eine Augenbraue und blickte in seine strahlend blauen Augen, unterdrückte ein Grinsen. Diese sicheren Quellen hätte sie ja gern mal gesehen. Wer wusste, auf welchen Websites er beim Surfen im Internet wieder mal gelandet war?

Tatsache war: So viel Gabriel als Unsterblicher auch erlebt haben mochte, so wenig wusste er darüber, was es bedeutete, ein Mensch zu sein. Am Anfang hatte er sogar zu essen vergessen, einfach weil er es niemals hatte tun müssen. Dann hatte er erfahren, wie gut Pizza schmeckte, und sie regelrecht in sich hineingeschaufelt, nur um festzustellen, dass sein Körper nun durchaus in der Lage war, Fett anzusetzen.

Sie würde seinen Gesichtsausdruck, mit dem er das erste winzig-kleine Fettpölsterchen an seiner Hüfte betrachtet hatte, nicht so schnell vergessen. Panik und Unverständnis hatten in seinen Augen gestanden. Der von den übrigen Hausbewohnern unbenutzte Trainingsraum im Keller war inzwischen sein bester Freund geworden und er wieder in Topform. Was sie tagtäglich mehrmals zu sehen bekam, da er seit jenem Tag auf der Brücke ihr Mitbewohner war und einfach kein Schamempfinden besaß.

„Bobby!"

Mit einem entnervten Laut riss sie ihm den Rasierer aus der Hand und drückte ihn aufs Sofa. Sie setzte die Klinge an und spürte, wie er erstarrte. Dachte er etwa, sie würde ihn schneiden? Zugegeben, sie war nicht unbedingt eine Expertin darin, einen Mann zu rasieren, doch sie würde das schon hinbekommen.

„Vertraust du mir etwa nicht?", entschlüpfte es ihr. Seltsamerweise stimmte sie der Gedanke unbehaglich.

Er runzelte die Stirn, als wäre die Frage absurd, und entgegnete: „Sei nicht albern. Natürlich vertraue ich dir."

Innerlich aufatmend begann sie, ihn zu rasieren. Ganz gleich, welche Meinungsverschiedenheiten sie in der Vergangenheit gehabt haben mochten: Seine Meinung bedeutete ihr viel, sehr viel sogar.

Es war nicht immer so gewesen. Nur zu gut erinnerte sie sich an den Tag, an dem sie einander zum ersten Mal begegnet waren. Es kam ihr vor, als wäre das in einem anderen Leben gewesen ...

Bobbys Blick wanderte durch ihre Wohnung. Sie war klein und unordentlich, provisorisch und chaotisch, doch sie war ihr Zuhause. Der desolate Zustand ihrer Couch wurde durch ein großes Plaid und der riesige Sprung in ihrer Fensterscheibe durch Gardinen verborgen. Sie fühlte sich wohl.

Sie konnte kaum fassen, dass sie nun bereits ein Jahr lang hier lebte. Konnte kaum glauben, dass sie wirklich durchgehalten hatte.

Es war so verdammt hart gewesen. Sie würde lügen, wenn sie behauptete, dass sie den Luxus und die Sicherheit ihres alten Lebens nicht vermisste. Sie hatte in den letzten Wochen und Monaten Hunger gelitten und gefroren, hatte sich vor möglichen Verfolgern in den Schatten versteckt und Schimmel von ihren Wänden gekratzt.

Dennoch: Nicht ein einziges Mal hatte sie bereut, dass sie gegangen war.

Mit einem Seufzer schälte sie sich aus ihrer Kleidung und nahm eine kurze, heiße Dusche. Als sie das Bad verließ, nur in ihr Handtuch gewickelt, fauchte Mephisto soeben den fremden Mann an, der mitten in ihrem Zimmer stand.

Hätte er keine Flügel besessen, hätte sie geschrien. So allerdings starrte sie ihn lediglich an und fragte sich, was er von ihr wollte.

„Roberta?"

„Was zum Teufel machen Sie in meiner Wohnung?"

Er verzog bei der Erwähnung seines Erzfeindes keine Miene. „Ich bin Erzengel Gabriel und habe eine Aufgabe für dich!"

„Hast du das?", erwiderte sie misstrauisch und ging ebenfalls zum Du über.

Gabriel ... Natürlich hatte sie von ihm gehört. Jeder hatte von ihm gehört. Während Erzengel Raphael aus der Ferne über die Menschen wachte, die in der Stadt lebten, bestand Gabriels Aufgabe darin, gemeinsam mit seinen Verbündeten auf

Erden sicherzustellen, dass nicht noch mehr Seelen an Luzifer verloren gingen. Raphael bewahrte, Gabriel kämpfte. Wo er auftauchte, begegneten ihm sowohl Freund als auch Feind mit nicht unerheblichem Respekt.

Nun, Bobby würde das nicht tun. Sie mochte vielleicht keine Anhängerin Luzifers mehr sein, was allerdings nicht bedeutete, dass sie vor Gottes Dienern zu Kreuze kriechen würde.

Kurz huschte sie in ihr Schlafzimmer, schlüpfte in ihren Trainingsanzug und kehrte ins Wohnzimmer zurück. Früher wäre sie niemals ungeschminkt vor einem wildfremden Mann herumgelaufen, doch das war in einem anderen Leben gewesen.

„Hast du nicht gelernt, anzuklopfen?"

Früher wäre sie auch niemals so direkt und barsch gewesen, doch auch das hatte sich geändert. Ihr Sarkasmus und ihre freche Zunge waren ihre schärfsten Waffen geworden.

Gabriel reagierte, wie Männer wie er nun mal reagierten: Er runzelte die Stirn und verzog leicht pikiert das Gesicht.

Ehrenhaft. Er war ehrenhaft. Ihr Vater hatte Menschen schon für weniger als das, was sie soeben gesagt hatte, züchtigen lassen, und sie hatte es nicht gestört.

Angespannt schob sie den Gedanken beiseite. Sie hatte lange nicht mehr so intensiv wie heute an ihren Vater gedacht. Ob das Zufall war?

Nein, *erklang Gabriels Stimme in ihrem Kopf.*

Sie zuckte zurück und starrte ihn an. Ruhig erwiderte er ihren Blick aus Augen, die so blau waren wie der Himmel an einem wolkenlosen Tag.

Ein kleines, nachsichtiges Lächeln trat in sein Gesicht, fast so, als hätte er gehört, was sie gedacht hatte ...

Das habe ich.

Scheiße! Geh aus meinem Kopf raus!

„Wie du wünschst", sagte er laut und ließ sich elegant auf ihrer Couch nieder, breitete seine Flügel über der Lehne aus und schob mit dem Fuß einen ihrer BHs beiseite.

Hitze schoss in ihre Wangen. Hastig hob sie ihn auf und warf ihn in ihren Wäschekorb, so wie auch diverse weitere Kleidungsstücke, die herumlagen. „Was willst du von mir?"

„Ich benötige eine neue Botin."

Sie erstarrte. Auf gar keinen Fall.

Boten überbrachten Seelen an ungeborene Kinder von Seelenlosen, die diese für sie verdient hatten. Das war selten der Fall, und wenn es sich um Personen handelte, die im Einzugskreis von Luzifers Anhängern lebten, mehr als unwillkommen. Zwar gab es Regeln, an die es sich zu halten galt, doch diese wurden gern ... gedehnt. Bobby wusste, wovon sie sprach, schließlich hatte ihr eigener Vater ihre Mutter lieber getötet, als die Übergabe zuzulassen.

Genau deshalb musst du es sein, erklang Gabriels Stimme in ihrem Kopf. **Weil du es verstehst. Weil du den Wert einer Seele erkannt hast.**

Und weil sie Luzifer geweiht war und die Rolle als Seelenbotin einem Schlag ins Gesicht ihres Vaters und Azraels – seinem dämonischen Auftraggeber – gleichkommen würde.

Resigniert schloss Bobby die Augen. Natürlich war Gabriel zu ihr gekommen.

Nicht jeder Seelenlose war, so wie sie, dem Teufel geweiht. Inzwischen existierte bereits die zweite Generation Menschen, die seelenlos geboren worden war, und nur die wenigsten von ihnen kamen so eng mit Luzifers Anhängern in Berührung, um auch nur für eine Weihe in Erwägung gezogen zu werden. Wenn man es tat, dann nur deshalb, weil man sich als Außenstehender durch zweifelhafte Tugenden als würdig erwiesen hatte. Oder – so wie Bobby – in eine Familie von Anhängern Luzifers hineingeboren worden war.

Sie hatte ihr erstes Zeichen der Weihe mit sechzehn erhalten: Eine Tätowierung, die sie auf ihrem Nacken wie ein Brandmal kennzeichnete. Sie stellte sicher, dass jeder sofort sehen konnte, wem sie diente. Oder in ihrem Fall gedient hatte.

Ein bitteres Lachen kam über ihre Lippen, als Bobby wieder die Augen öffnete. Gabriel saß noch immer auf ihrer Couch und wartete geduldig. Mephisto hatte sich vor ihm auf den Wohnzimmertisch gehockt und musterte ihn interessiert.

„Was muss ich tun? Und was wurde aus dem letzten Boten?" Sie war ihm nie-

mals begegnet, wusste nur, dass er ebenfalls ein dem Teufel Geweihter gewesen und wie sie abtrünnig geworden war.

Gabriels Gesicht wurde ernst. „Wir haben ihn verloren."

Sie schluckte. „Ich verstehe. Hast du keine Angst, dass mit mir dasselbe geschehen könnte?"

Blaue Augen begegneten ihren, sein Blick sicher, klar und ohne Zweifel. „Nein."

Und nun – vier Jahre später und Gabriel ein Sterblicher mit Bartwuchs – waren sie hier.

Ein Klopfen an der Tür ließ sie innehalten.

„Wer ist das?", fragte Gabriel herrisch, als könne er gar nicht verstehen, dass es jemand wagte, sie beim Rasieren zu unterbrechen.

„Kann ich seit Neuestem hellsehen, Herr General?", entfuhr es Bobby, während sie einen Schritt zurücktrat.

Seine Augen wurden schmal. „General?"

Sie biss sich auf die Unterlippe. Glücklicherweise war Gabriel inzwischen so klug, nicht mehr ungefragt ihre Gedanken zu lesen und hatte daher seinen neuen Spitznamen noch nicht mitbekommen. Eigentlich hatte sie es gar nicht laut aussprechen wollen, andererseits war es an der Zeit, dass er lernte, nicht alle und jeden herumzukommandieren. Sie war nachsichtig gewesen, weil sie begriffen hatte, wie schwer all das für ihn war und das Opfer, das er gebracht hatte, mehr als nur ein wenig bewundernswert empfand. Aber nun war die Schonfrist vorbei.

„Ja, General Gabriel. So nenne ich dich ab sofort!"

Nachdenklich neigte er den Kopf zur Seite. „Genau genommen *war* ich ein General. Im alten Babylon habe ich die himmlischen Scharen …"

Ein erneutes Klopfen an der Tür erklang, gefolgt von der Stimme eines Mannes, der sagte, dass er ein Päckchen habe.

Sie hoffte, dass Gabriel die Geschichte später fortsetzen würde. Um ihn zu schützen, hatte Er ihm seine Erinnerungen weitestgehend genommen, doch hin und wieder lüftete sich der Schleier, und dann ließ Gabe sie an Ereignissen teilhaben, die lange vergangen, aber dadurch nicht weniger beeindruckend waren. Zwar tat Bobby manchmal so, als würde es sie langweilen, doch nur, um ihn zu ärgern. Die Wahrheit war: Sie genoss diese Momente mehr, als ihr lieb war.

Als sie die Tür öffnete, blickte sie in das Gesicht eines schmächtigen Kerls mit fettigem Haar und einer Baseballkappe, die er verkehrt herum trug. Das Emblem auf seinem Shirt zeigte ihr, dass er bei CARTERs arbeitete, dem größten organisierten Lieferservice der Stadt, der bereits mehrmals versucht hatte, sie abzuwerben. Wenn sie keinen Seelen auslieferte, dann überbrachte sie reguläre Pakete, allerdings für ein kleines, lokal ansässiges Familienunternehmen.

„Ein Päckchen für dich", sagte er und reichte ihr einen großen Karton.

„Ich habe nichts bestellt", erwiderte sie und spürte, wie Gabriel sich von hinten näherte. Er tat das immer, wenn jemand an der Tür war. Zum einen war es wohl Neugierde, doch hauptsächlich ein ziemlich altmodisches Verständnis davon, dass ein Mann eine Frau zu beschützen hatte. Mochte es sich um den Hausmeister oder den Pizzalieferanten handeln: General Gabriel war stets zur Stelle.

„Da steht aber dein Name drauf", entgegnete der Bursche gelangweilt und blies sich eine Strähne aus der Stirn.

Entnervt entriss sie ihm das Päckchen. Tatsächlich, ihr Nachname stand darauf, ebenso wie ihre Adresse und Zimmernummer …

Die Tür der Wohnung gegenüber öffnete sich so plötzlich, dass Bobby unwillkürlich zurückzuckte und gegen Gabriel stieß, der sich daraufhin vor sie zu schieben versuchte. Hastig bewegte sie sich zur Seite und quetschte ihn zwischen dem Türrahmen und ihrem Körper ein, um nicht wie ein armes, dummes Weibchen dazustehen. Informationen wie diese machten in den heutigen Zeiten nur allzu schnell die Runde, und dann sah man sich nachts unangenehmem Besuch gegenüber. Jede Wette, dass der Kerl vor ihr mit der Weitergabe solcher Beobachtungen nebenbei ein wenig Geld verdiente.

„Ah, da ist es ja", flötete Francesca, die in nichts weiter als einem Top und ultrakurzen Shorts vor ihnen stand. „Du hast doch nichts dagegen, dass ich meine Bestellung zu dir habe liefern lassen, oder, Bobby?" Sie klimperte mit den Wimpern, trat näher und schüttelte ihr dunkles Haar in den Nacken, während sie Gabriel von oben nach unten begutachtete. „Du bist ja momentan viel zu Hause, und da dachte ich, so ist sicher jemand da, um es anzunehmen."

Bobby war selten sprachlos, doch der kleinen Spanierin gelang es immer wieder, sie aus dem Konzept zu bringen.

„Natürlich muss ich erst prüfen, ob auch alles angekommen ist", erklärte Francesca demonstrativ und begann, das Paket in Bobbys Händen zu öffnen, während der Lieferant ihr ungeniert auf die Brüste starrte.

Endlich fand Bobby ihre Stimme wieder. „Francesca, was verdammt noch mal tust du?"

„Ha", quiekte ihre Nachbarin in diesem Moment und zog eine ihrer Bestellungen aus dem Päckchen. „Perfekt. Was sagt ihr?"

Ein weiteres Mal fehlten Bobby die Worte, als Francesca mit einem hautengen Lack- und Lederoutfit vor ihrer Nase herumwedelte und es dann an ihren Körper hielt.

„Sollte passen, oder?", fragte sie die beiden Männer.

Dem Boten fielen fast die Augen aus dem Kopf, während Gabriel sich an Bobby vorbeischob und stirnrunzelnd auf die kleine Spanierin hinabblickte. Diese ließ sich wie immer nicht beirren, sondern setzte der ganzen, absurden Situation die Krone auf, indem sie einen grellpinken Vibrator aus dem Päckchen nahm, seelenruhig die Batterien einsetzte und ihn anstellte.

Ein lautes Summen drang durch den kargen Flur, in dem man zuvor eine Steck-nadel hätte fallen hören können. Der Lieferant hatte zwischenzeitlich beinahe zu sabbern angefangen, während Gabriel den Vibrator mit einem Gesichtsausdruck betrachtete, der absolut ahnungslos war.

„Francesca!" Bobbys Stimme knallte durch die Luft und ließ alle Anwesenden erstarren und sie anblicken.

Ihre Nachbarin machte auf Kleinmädchen und kaute auf ihrer Unterlippe herum. „Bobby, bitte, sei nicht sauer. Du weißt doch, womit ich mein Geld verdiene."

Das wusste sie allerdings. Francesca räkelte sich allabendlich vor einer Webcam und ließ die Männer am anderen Ende der Leitung ihre weiblichen Vorzüge bewun-dern. Zumindest so lange, bis der nächste Stromausfall dazwischenkam.

Bobby verurteilte die Spanierin nicht dafür. Genau genommen hielt sie es für eine schlaue und sichere Einnahmequelle, bei der diese ihre Vorzüge gewinnbringend einsetzen konnte. Nichtsdestotrotz hatte sie keinerlei Interesse daran, dass Francesca ihr Arbeitsoutfit zu ihr liefern ließ.

„Was ist das?"

Stirnrunzelnd sah Bobby auf und verkniff sich ein Lachen, als sie begriff, dass General Gabriel *tatsächlich* keine Ahnung zu haben schien, zu was der Vibrator zu gebrauchen war.

„Oh, ich wusste schon immer, dass Bobby eine Langweilerin ist", schnurrte Francesca und näherte sich dem ehemaligen Engel. „Allerdings hätte ich nicht gedacht, dass man so einem *gestandenen* Kerl wie dir", ein anzüglicher Blick auf seine Leistengegend, „die Funktionsweise eines Vibrators erklären muss ...?"

Bobby verschluckte sich beinahe angesichts dieser Dreistigkeit – so wie der Lieferbote an der Spucke, die ihm im Mund zusammenzulaufen schien – während Gabriel stirnrunzelnd den Kopf auf die Seite legte und dann sagte: „Am sinnvollsten scheint mir eine Demonstration der Nutzungsweise zu sein."

Francescas Kinnlade klappte herunter, während die Augen des Lieferburschen riesengroß wurden.

Bobby wurde es zu bunt. Kurzerhand riss sie der Spanierin den Vibrator aus der Hand, schob Gabriel in ihre Wohnung zurück und knallte die Tür zu. Dann hielt sie dem ehemaligen Erzengel den Vibrator unter die Nase und erklärte ihm detailgenau, was man damit machen konnte. Er wirkte eher nachdenklich als peinlich berührt, damit beschäftigt, die neuen Informationen zu verarbeiten und einzusortieren.

„Francesca benötigt ihn für ihre Arbeit", endete Bobby, öffnete die Tür, drückte der schmollenden Spanierin den Vibrator in die Hand und schlug sie ihr wieder vor der Nase zu. „Sie hat ein bisschen Spaß vor der Kamera und lässt jene daran teilhaben, die es sehen wollen. Du weißt schon, über das World Wide Web, das du inzwischen in- und auswendig kennst."

Erkenntnis flackerte in seinen Augen auf, eine Reaktion, die Bobby grinsen ließ. Sie konnte froh sein, wenn sie ihr Tablet während des Tages wenigstens eine Stunde zu sehen bekam, da General Gabriel es zu Informationsbeschaffungszwecken konfisziert hatte. Und das, seit er verstanden hatte, wie man online ging.

Früher hatte er nichts dergleichen tun müssen. Er hatte die für ihn relevanten Dinge gewusst. Nun allerdings lernte er jeden Tag etwas Neues.

Nachdenklich musterte sie ihn. „Ich denke, es ist an der Zeit, endlich rauszugehen", sagte sie schließlich. „Inzwischen weißt du ja über die grundlegenden Dinge Bescheid, und ich könnte mal wieder *dringend* einen Drink gebrauchen."

Als er sie anblickte und sie das Leuchten in seinen Augen sah, unterdrückte sie ein Lächeln. Sie war streng gewesen, und er ein braver, wenn auch fordernder Schüler. Nun allerdings war es tatsächlich an der Zeit, dass der einstige Erzengel Gabriel die große weite Welt kennenlernte.

Auf dem Boden.

Kapitel 2

Gabriel atmete tief durch, als er das Wohnhaus verließ, in dem Bobbys Zweizimmerwohnung lag. Es war ein heruntergekommener Komplex in einem Viertel der Stadt, das vor einem halben Jahrhundert noch gut betucht gewesen war. Nun allerdings wucherten Efeu und Ranken auf den Straßen, und Wurzeln brachen sich ihren Weg durch den Asphalt.

Ihre Umgebung spiegelte wider, was die Welt in den vergangenen Jahrzehnten – seit Beendigung des Dritten Weltkrieges – durchlebt hatte. Im Rahmen eines biologischen Wiederaufbauprogramms namens Protokoll Eins waren genetische Maßnahmen ergriffen worden, um der Zerstörung von Umwelt und Luft Herr zu werden. Unglücklicherweise waren nicht alle Methoden ausreichend getestet gewesen, sodass es zu zahlreichen Nebeneffekten gekommen war, angefangen von wild wuchernder Vegetation über Mutationen im Tierreich – und bei Menschen – bis hin zur Erschaffung von Regionen, die absolut unzugänglich waren und von Raubtieren beherrscht wurden, wie sie die Welt bis dato nicht gesehen hatte.

Benzin und Öl, all die Dinge, an welche die Menschen sich im 21. Jahrhundert gewöhnt hatten, waren eine Rarität geworden. Der Strom kam und ging, je nachdem, wie gut das Kraftwerk gerade funktionierte, er war teuer und nur päckchenweise zu kaufen. Bobby hatte lediglich eine kleine Ration besessen, als er sie kennengelernt hatte. Damit sie ihre Aufgabe gut verrichten konnte, hatte er sichergestellt, dass sie stets ausreichend zur Verfügung hatte, etwas, was ihm selbst nun auch zugutekam. Immerhin musste er regelmäßig ihr Tablet aufladen, um das Internet – eine erstaunliche Erfindung – nutzen zu können.

„Erde an Engel!", riss Bobbys Stimme ihn aus seinen Gedanken.

Er blickte auf sie hinunter und sah, dass sie ihn mit einem belustigten Gesichtsausdruck betrachtete, die Hände in ihre Hüften gestemmt.

Es war immer wieder irritierend für ihn zu sehen, wie wenig Respekt sie ihm entgegenbrachte. Nur zu gut erinnerte er sich an ihr erstes Zusammentreffen, ungefähr ein Jahr, nachdem sie ihrem alten Leben den Rücken gekehrt hatte. Gott hatte Gabriel auf ihre Spur geführt, und als er sie auf ihrem Mountainbike die Straße hatte entlangfahren sehen, hatte er sofort gemerkt, dass sie etwas Besonderes war.

Trotz des Fehlens einer Seele strahlte sie etwas aus, was er bisher bei keinem Seelenlosen gesehen oder gespürt hatte. Wärme. Mut. Sturheit, allen Widrigkeiten zum Trotz. Sie glaubte daran, dass sie ihre Seele Stück für Stück wiedererlangen konnte. Er hatte es zunächst als Wunschdenken abgetan, da er niemals in seiner langen Existenz etwas Vergleichbarem begegnet war. Tatsächlich hatte er jedoch beobachten können, wie über die letzten Jahre etwas in ihr gewachsen und aus einem kleinen Funken eine sanfte Glut geworden war.

„Langsam wird es gruselig", kommentierte sie trocken. „Du blickst mich an wie ein Mondkalb."

„So etwas gibt es nicht", hörte er sich erwidern und sah sie die Augen verdrehen.

„Wie auch immer: Komm!"

Sie schnappte sich ihr Mountainbike, das an der Hauswand lehnte und mit mehreren Ketten gesichert war. Angesichts der Tatsache, dass Autos eine kostbare Rarität waren, bewegten sich die meisten Menschen inzwischen entweder auf Fahrrädern oder zu Pferd voran. Dementsprechend galt es beides besonders zu schützen, da die Kriminalitätsrate in dieser neuen Welt so hoch wie niemals zuvor war.

Raphael hatte den Zustand als „Wie Sodom und Gomorra" bezeichnet, als sie beide Jahre zuvor nebeneinander über der Stadt geschwebt waren, und hinzugefügt, Er solle eine Flut schicken und alles bereinigen.

Damals hatte Gabriel dem anderen Engel zwar nicht zustimmen können, allerdings auch keine große Empörung über dessen Worte empfunden. Inzwischen hatte sich seine Einstellung geändert: Es gab noch immer Hoffnung in dieser Welt. Wenn jemand wie Bobby es schaffen konnte, eine Frau, die als verloren gegolten hatte, dann lohnte es sich, weiterzukämpfen.

Bobby drückte ihm den Lenker seines eigenen Mountainbikes in die Hand, das sie ihm von einem Freund organisiert hatte – was genau das bedeutete, wollte er lieber nicht wissen –, und sie machten sich auf den Weg.

Fahrradfahren war etwas, was er ebenfalls hatte lernen müssen. Bisher hatte hierfür der Hinterhof von Bobbys Zuhause herhalten müssen, der an eine alte verwitterte Parkanlage grenzte und somit genügend Übungsfläche geboten hatte.

Gabriel war sich wie ein dummes Kind vorgekommen, als er zum ersten Mal auf das Rad gestiegen war. Inzwischen war er jedoch sicher auf dem Gefährt und lenkte es geschickt über den holprigen, splitterbedeckten Boden, sprang hinter ihr über Wurzeln und wich Pfützen aus.

Über die Schulter hinweg warf sie ihm einen Blick zu und grinste herausfordernd, dann gab sie Gas.

Er nahm die Herausforderung an und trat ebenfalls in die Pedale.

Sie war flink, doch er war deutlich stärker. Dementsprechend nahm sie die gefährlichen Abkürzungen, die Geschick – und Selbstmordbereitschaft – erforderten, während er dem direkten Weg folgte. Er kannte das Gebiet gut, wenn auch bisher lediglich aus der Vogelperspektive.

Der Himmel erstreckte sich strahlend blau und wolkenlos über ihnen, doch es wehte ein kalter, scharfer Wind, der das Vorankommen erschwerte. Zu seiner Rechten trennte ein träge dahinfließender Strom die Stadt von den gefährlichen Outlands, einem kargen, unwirtlichen Hinterland voller Gefahren und Tücken.

Gabriel sah sich bereits als Sieger, als vor ihnen die Innenstadt auftauchte, die er öfters aus der Ferne gesehen hatte. Somit wusste er, wo ihr Ziel lag. Zwar hatte er keine Ahnung, welchen Weg Bobby genommen hatte, doch angesichts der scharfen Steinsplitter und des dichten Dickichts, in dem sie verschwunden war, nahm er an, dass sie …

Abrupt bremste er, als direkt neben ihm ein Mountainbike über eine flache Steinmauer sprang und Bobby mit einem scharfen Bremsen zum Stehen kam, von einem Ohr zum anderen grinsend.

„Ha! General Gabriel hatte den Sieg schon vor Augen und ist deshalb unaufmerksam geworden. Und nun schau, wohin es dich geführt hat."

Stirnrunzelnd betrachtete er sie. Es gefiel ihm ganz und gar nicht, als Verlierer vor ihr zu stehen, doch er musste sich eingestehen, dass er tatsächlich zu siegessicher gewesen war.

Ihr zu sagen, dass sie recht hatte, würde er natürlich nicht tun. Keinerlei Kommentar von sich zu geben, erschien ihm allerdings auch nicht sinnvoll.

Sein Stirnrunzeln vertiefte sich. Zwischenmenschliche Kommunikation war niemals von Belang für ihn gewesen. Bei Bobby allerdings war Schweigen selten eine gute Idee.

„Komm!" Ohne auf eine Entgegnung seinerseits zu warten, setzte sie sich wieder in Bewegung und fuhr zur Stadtmitte hinunter.

Schlagfertigkeit war offensichtlich keine seiner Stärken, fuhr es ihm durch den Kopf, wobei er eine Mischung aus Verärgerung und Amüsiertheit verspürte. Um wenigstens irgendetwas zu sagen, fragte er: „Wohin gehen wir?"

„In meine Lieblingsdisco", rief sie ihm über die Schulter hinweg zu. „Duncan und Laura werden dort sein. Wird Zeit, dass sie dich kennenlernen."

Duncan und Laura … Es war das erste Mal, dass er die Namen zu hören bekam, obwohl Bobbys erfreuter Tonfall ihm verriet, dass ihr die beiden nahestanden.

„Du hast sie bisher nie erwähnt!", rief er ihr über den Wind hinweg zu.

Ihre hellen, braunen Augen begegneten seinen. „Du hast nie gefragt."

Er runzelte die Stirn, als sie wieder nach vorne blickte und stärker in die Pedale trat. War da ein Vorwurf in ihrer Stimme gewesen? Noch immer tat er sich schwer damit, menschliche Launen zu verstehen, obwohl Bobby mehr als genügend davon an den Tag legte.

Ihr Blick streifte ihn erneut, als sie vor ihm um die Ecke bog, ihre Augen schmal und ihre Lippen leicht zusammengepresst.

Es war ein Vorwurf. Definitiv.

Schnell schloss er zu ihr auf und fragte mehr aus Neugierde denn aus Schuldbewusstsein: „Wie habe ich dich verärgert?"

„Was denkst du denn?"

Nun war es an ihm, die Lippen zusammenzupressen. Sie hatte vor einigen Tagen begonnen, ihm nicht mehr jede ihrer Reaktionen zu erläutern, sondern ihn stattdessen seine eigenen Schlussfolgerungen ziehen lassen. Nur so könne er lernen, hatte sie gesagt, doch er mochte das Gefühl der Unwissenheit, das ihn jedes Mal befiel, ganz und gar nicht.

Einige Sekunden lang ließ er sich die Situation durch den Kopf gehen. „Ich nehme an, du empfindest es als unaufmerksam, dass ich wochenlang in deiner Wohnung lebe und dich noch nie nach deinen Freunden gefragt habe?"

Sie lachte auf und blies sich eine Strähne aus der Stirn, während sie in dichter besiedeltes Gebiet hineinfuhren. „Na, sieh mal einer an. Der Herr General hat ja doch so etwas wie einen Funken Feingefühl." Ein kurzes Zwinkern folgte, dann konzentrierte sie sich wieder auf den Weg, der vor ihr lag.

Nachdenklich folgte er ihr und kam zu der Erkenntnis, dass ihre Verärgerung durchaus gerechtfertigt war. Genau genommen hatte er in den letzten Wochen nichts anderes getan als zu nehmen: von ihrem Essen, ihrem Wasser, ihrem Strom, ihrem Wissen. Ein ausgesprochen egoistisches Verhalten für einen einstigen Erzengel, aber immerhin lernte er dazu. Menschlich zu sein war weitaus komplexer und anstrengender, als er erwartet hatte.

Nicht einmal ansatzweise hatte Gabriel sich vorstellen können, was ihn erwarten würde, nachdem er seine Flügel aufgegeben hatte. Der Gedanke daran war schon lange in ihm gereift, die Umsetzung dann jedoch mehr als spontan erfolgt. Es hatte sich einfach … richtig angefühlt, und Er hatte ihn gewähren lassen. Gleichzeitig hatte er Seinen Zwiespalt und Sein Bedauern wahrnehmen können, die womöglich Grund dafür waren, dass er zumindest eine seiner übernatürlichen Fähigkeiten nicht verloren hatte.

Einen Plan, was er als nächstes tun würde, hatte Gabriel noch nicht, was vielleicht auch daran lag, dass er die Herausforderungen dieser neuen Existenz maßlos unterschätzt hatte. Dementsprechend stand erst einmal weiterhin das Lernen auf seiner Tagesordnung.

Die Innenstadt, die vor ihnen auftauchte, lenkte ihn von seinen Grübeleien ab. Es gab Bars, ein altes Kino, Geschäfte und Restaurants. Bobby hatte ihm erzählt, dass sich der Kern der Stadt samt aller Gebäude und Gewerbegenehmigungen – ebenso wie CARTERS – im Besitz einiger wohlhabender Investoren befand, die für sich blieben. Die Stromzufuhr war demensprechend sichergestellt, ganz im Gegensatz zu den Randbezirken der Stadt. Je weiter man sich vom Kern entfernte, umso härter wurden die Lebensbedingungen.

Das Zentrum wurde von zahlreichen Menschen besucht, die entweder Waren an Verkaufsständen feilboten oder die umliegenden Etablissements besuchten. Einige begrüßten Bobby und winkten ihr zu, doch die meisten starrten ihn an.

Sie würde ihn nicht erkennen, selbst wenn sie ihn in der Vergangenheit auf einem Bild oder in der Zeitung, im Fernsehen oder über der Stadt schwebend gesehen haben sollten. Gott hatte sichergestellt, dass nur wahre Gläubige sich an ihn als denjenigen, der er gewesen war, erinnern würden. Bobby hatte ihm allerdings erklärt, dass er für menschliche Verhältnisse ausgesprochen attraktiv war, was die Blicke erklärte.

Es war eine Tatsache, der er keine Bedeutung beimaß. In seiner langen Existenz war er atemberaubend schönen Menschen begegnet, die abgrundtief böse gewesen waren, und die unscheinbarsten Gestalten hatten sich zu großen Dichtern und Denkern aufgeschwungen. Aussehen bedeutete nichts. Nur das Innere zählte.

Das war die Gabe, die Gabriel weiterhin besaß: Mehr zu sehen als nur den äußeren Schein. So waren auch jetzt die Straßen nicht nur von Menschen gefüllt, sondern vielmehr von Schwingungen, Farben und Emotionen. Er hatte nicht verlernt, sie auseinanderzuhalten, zu sortieren, zu klassifizieren und zu bewerten.

Bobby plauderte soeben mit einer älteren Frau, die einen warmen, mütterlichen Schimmer ausstrahlte. Die Abwesenheit von Robertas eigener Seele – einmal abgesehen von dem kleinen, ihm weiterhin unerklärlichen Funken, den sie in sich trug – wurde ihm in diesem Moment schmerzlich bewusst. Wann immer er sie anblickte, sah er sie voller Brillanz und funkelnder Energien vor sich, doch er spürte auch deutlich, wie viel Anstrengung es sie kostete, die Kraft dafür aufzubringen. Im Gegensatz zu jenen, die eine Seele besaßen, konnte sie nicht daraus schöpfen, sondern musste andere Quellen finden, um sich zu füllen. Und das tat sie, in den kleinsten, banalsten Dingen: dem Lächeln eines Kindes, dem Schnurren von Mephisto, wenn sie ihn hinter den Ohren kraulte, dem Genuss, auf ihrem Bike zu sitzen und den Wind im Gesicht zu spüren.

Beeindruckend. Niemals in seiner langen Existenz war er jemandem wie ihr begegnet.

„Gabe, darf ich vorstellen: Das ist Mary. Sie ist Näherin.“

„Ich grüße Euch, Mütterchen“, sagte er respektvoll.

Bobbys Augen weiteten sich, wogegen die alte Frau lediglich ihren Kopf zur Seite neigte und ihn amüsiert musterte. „Ich grüße dich auch, Söhnchen“, erwiderte sie trocken. „Er hat – wenn auch ein wenig altmodische – Manieren, Kleines. Das ist selten geworden, du solltest ihn dir also warmhalten."

Bobby sah aus, als verkneife sie sich ein Lachen, und erwiderte: „Gabriel ist neu in der Stadt. Er kommt … von weit her. Und ich benötige keinen Mann, der mich warmhält. Dafür habe ich doch Mephisto." Die alte Frau hob angesichts dieser Worte skeptisch eine Augenbraue, ebenso wie Gabriel. Bobby zuckte lediglich mit den Schultern und drückte Mary zum Abschied. „Wir sehen uns, *Mütterchen*."

Auch er nickte der alten Frau höflich zu und folgte Bobby in eine Seitengasse. Vor einer Stahltür, hinter der Musik zu hören war, blieb sie stehen und klopfte drei Mal laut dagegen. Über der Tür prangte ein Neonschild mit der Aufschrift *Wild Minds*.

Beim Öffnen der Tür wurde die Musik schlagartig laut. Ein massiger Dunkelhäutiger mit kahlgeschorenem Schädel ließ sie ein. Seine Seelenfarben waren trotz seines gefährlichen Erscheinungsbildes warm, vor allem, als er Bobby sah.

„Hey Mick", grüßte sie ihn.

„Warst lange nicht mehr da, Kleines", erwiderte er und drückte ihre Schulter, während er Gabriel aus schmalen Augen musterte. „Hab mir schon Sorgen gemacht, aber nun sehe ich ja, was der Grund war."

„Das ist Gabe", erklärte sie, „und ich habe Durst. Also entschuldige uns, Mick, ja?"

Der grinste und deutete eine übertriebene Verbeugung an, die Bobby mit einem ebenso übertriebenen Knicks erwiderte.

Sie betraten eine große Lagerhalle, und die lauten Bässe von Technomusik wehten ihnen entgegen. Gabriel verzog das Gesicht. Er hatte niemals verstehen können, was die Menschen an dieser Musikform fanden, und war froh gewesen, als Anfang des einundzwanzigsten Jahrhunderts das Interesse daran wieder etwas abgeschwächt war. Nun allerdings lebte die Musik wieder auf, wahrscheinlich, weil man in dem lauten Hämmern alles um sich herum vergessen konnte.

Zielstrebig ging Bobby auf einen Tisch am anderen Ende der Halle zu, an dem zwei Gestalten saßen und das Treiben um sich herum beobachteten. Beide rauchten, und weder sprachen sie miteinander noch sahen sie einander an.

Die Frau war eine Schönheit mit kupferrotem, langem Haar, rotgeschminkten Lippen und Fingernägeln und alabasterweißer Haut. Ihre Aura war in dem wilden Lichtermeer um sie herum schwer auszumachen, doch Gabriel spürte, wie sich tief in ihm Argwohn regte, während er sie musterte.

Argwohn, der in Abneigung umschlug, als sein Blick sich auf den Mann an ihrer Seite richtete. Dessen Haupthaar war so kurz rasiert, dass man seine Kopfhaut durchschimmern sehen konnte, und sein Blick kühl und kalkulierend.

„Hey, ihr zwei Langweiler", rief Bobby lachend und breitete ihre Arme aus. „Seid ihr hier festgefroren?"

Der Wandel, der sich in den beiden vollzog, war erstaunlich. Die vornehme Miene der Frau wurde durch ein echtes Lächeln erhellt, als sie die Zigarette ausdrückte und aufstand, um Bobby zu umarmen. Der fremde Mann tat zwar unbeeindruckt, aber auch er wirkte von einer Sekunde auf die andere zugänglicher.

„Wird ja auch Zeit, dass du auftauchst", brummte er. „Habe lange keine betrunkene Seelenlose mehr gesehen, die sich auf der Tanzfläche zum Affen macht."

Bobby zeigte ihm den Mittelfinger, löste sich von der Fremden und winkte ihn näher heran. „Gabriel, das ist meine beste Freundin Laura, und das ist ... Duncan", endete sie trocken.

Lauras Augen wurden schmal, als sie ihn abschätzend musterte. Erneut versuchte er, ihre Aura über den ganzen Lärm und das Licht um ihn herum wahrzunehmen. Was er entdeckte, bestürzte ihn.

Krankheit. Distanziertheit. Und tief in ihr ein Sehnen, das nicht erfüllt werden konnte, hell und brennend und verzehrend.

Abgesehen davon war sie älter, als sie aussah. Sehr viel älter.

Er hatte gar nicht gemerkt, wie er sich in Bewegung gesetzt hatte, bis er direkt vor ihr stand. „Es tut mir leid", hörte er sich sagen und blickte ihr in die Augen. Er war nahe genug, um zu sehen, wie sich ihre Pupillen überrascht weiteten.

Einige Sekunden lang musterte sie ihn sprachlos, um dann zurückzuweichen und leise zu sagen: „Tu ihr nicht weh."

Obwohl es so laut um sie herum war, hörte er ihre Worte, auch wenn er sie nicht verstand. „Wie sollte ich das tun? Ich will sie schützen."

„Männer finden immer einen Weg, eine Frau zu verletzen", erwiderte sie kalt. „Vor allem jene, die *schützen* wollen." Ihr Blick änderte sich, als Roberta stirnrunzelnd näher kam, und wurde weicher. „Kleines. Komm, lass uns tanzen gehen!" Mit diesen Worten nahm sie ihre Hand und zog sie auf die Tanzfläche, redete dort leise auf sie ein.

Verwirrt und missgestimmt blickte Gabriel den beiden Frauen hinterher. Wie konnte Laura auch nur annehmen, er stelle eine Gefahr für Roberta dar? Einer der Gründe, weshalb er seine Flügel aufgegeben hatte, war gewesen, dass er sie dadurch bis in den Bereich des Feindes hinein begleiten konnte. Lange genug hatte er aus der Luft dabei zusehen müssen, wie sie in die Gebiete von Luzifers seelenlosen Anhängern vordrang, ohne dass er selbst sich hätte nähern können. Es war die erste und wichtigste Regel: Allein der Wille der Menschen solle über ihr Schicksal entscheiden und niemals himmlische oder teuflische Kräfte.

„Bist du Bobbys Neuer?" Duncans Stimme riss ihn aus seinen Gedanken. Er drehte sich um und sah, wie dieser sich eine neue Zigarette ansteckte und hinzufügte: „Obwohl ich sie noch nie mit einem Kerl gesehen habe. Dachte schon, sie wäre eine Lesbe." Sein Blick glitt zu den beiden Frauen, die nah beieinander tanzten und sich leise unterhielten. Die Art und Weise, wie er Roberta dabei ansah, missfiel Gabriel über allen Maßen.

„Vielleicht solltest du weniger über Bobby nachdenken, als darüber, wie diese Dinger", er deutete auf die Zigarette in Duncans Hand, „deine Lunge verpesten."

Gelassen neigte Duncan den Kopf und musterte ihn, während er einen provokativ tiefen Zug nahm … und Gabriel den Rauch direkt ins Gesicht blies.

Er war selbst überrascht zu spüren, wie sein Geduldsfaden – von dem er gar nicht bemerkt hatte, wie angespannt er gewesen war – riss und sich Duncans Augen weiteten.

Bobby ließ sich von Laura auf die Tanzfläche ziehen, wobei sie sich noch immer fragte, was ihre Freundin zu Gabriel gesagt haben mochte. Lauras kühle Art, die für viele an Arroganz grenzte, hatte sie lange an ihr altes Ich erinnert, doch inzwischen stand sie Bobby näher, als es je eine Frau vor ihr getan hatte. Was im Nachhinein betrachtet auch nicht schwer war, da sie in ihrem alten Leben niemals weibliche Konkurrenz zugelassen hätte.

Und Konkurrenz *war* Laura. Es gab im Grunde keinen Mann, der ihr nicht hinterherblickte, fasziniert von ihrer kühlen Grazie, hinter der sich – so wusste Bobby inzwischen – ein weicher, manchmal beinahe mütterlicher Kern versteckte.

Männern gegenüber war Laura, so sehr sie auch um ihre Attraktivität zu wissen schien, ausgesprochen misstrauisch. Das zeigte sich auch jetzt wieder, als sie Bobby beim Tanzen sogleich eindringlich in die Augen blickte und sagte: „Nimm dich in Acht vor ihm!"

„Was?" Überrascht blickte Bobby sie an. „Vor Gabe? Keine Sorge: Er ist harmloser, als er aussieht."

Laura wirkte mehr als nur ein wenig skeptisch. „Schätzchen, er ist besitzergreifend und dominant. Das sieht ein Blinder mit einem Krückstock. Solche Männer sind niemals harmlos."

Innerlich verdrehte Bobby die Augen, immerhin wusste Laura, welches Leben sie einmal geführt und dass sie mit gefährlichen Männern tagtäglich zu tun gehabt hatte.

„Laura, mach dir keine Gedanken. Er ist …", kurz fuhr ihr Blick zu dem blonden Mann, der die Aufmerksamkeit beinahe jeder Frau innerhalb des Clubs auf sich zog, „na ja, er ist …"

Gute Frage. Was genau war Gabriel? Sicherlich nicht mehr der alles wissende Unsterbliche, der er einmal gewesen war. Ganz sicher war er aber auch kein normaler Mann. Einmal abgesehen davon, dass er aussah wie ein wandelnder Halbgott, war er … präsent. Charismatisch. Manchmal sogar witzig. Neugierig und anstrengend und klug.

Ihr Blick wanderte erneut zu Gabriel, und sogleich wurde sie wachsam. Etwas stimmte nicht. Seine Haltung war steif, wohingegen Duncan das süffisante Lächeln auf seinen Lippen trug, das sie selbst regelmäßig in den Wahnsinn trieb und sich fragen ließ, warum sie diesen Mann einen Freund nannte.

Innerlich seufzte sie und hielt sich wieder einmal den Grund vor Augen: Weil sie ohne ihn heute wohl nicht hier wäre …

Zusammengekauert hockte Bobby in der Seitengasse und versuchte erfolglos, ihr Zittern zu unterdrücken. Ihr Magen knurrte, ihr war kalt, und sie war dreckig. Darüber hinaus hatte sie eine üble Prellung an ihrem Oberarm und eine Platzwunde am Kopf.

Niemals hätte sie geglaubt, einmal so zu enden. Wie oft hatte sie sich in den vergangenen Tagen eingeredet, es würde schon alles gut werden und sie müsse nur durchhalten, immerhin täte sie zum ersten Mal in ihrem Leben das Richtige?

Interessiert hatte das leider niemanden. Weder hatte sie eine feste Bleibe gefunden noch Menschen, denen sie vertrauen konnte. Und nun war sie zu allem Überfluss des einzigen Geldes beraubt worden, das sie besaß.

Sie war vorsichtig gewesen, schließlich war sie nicht dumm. Was sie allerdings unterschätzt hatte, war die Verzweiflung, die selbst hier, im „guten" Teil der Stadt, manche Menschen antrieb.

Ein Scheppern erklang und sie zuckte zusammen. Eine Gestalt stolperte an den Mülltonnen vorbei in die Seitengasse. Wachsam drückte sie sich dichter an die Mauer in ihrem Rücken und hoffte, dass sie nicht bemerkt werden würde.

Ein derber Fluch erklang, gefolgt von einem schmerzerfüllten Zischen. Dann landete eine blutverschmierte Glasscherbe neben ihr auf dem Boden.

„Sorry, Schätzchen", sagte der Fremde und zog sich vor ihren Augen Glassplitter aus den Armen und dem Nacken, „ich würde ja plaudern und nach deiner Lebensgeschichte fragen, doch du siehst: Ich habe gerade meine eigenen Probleme."

Einige Sekunden lang wusste sie nichts zu sagen, dann erhob sie sich, wischte ihre Hände notdürftig an ihrem Rock ab und stellte sich neben ihn, um ihm bei einem Splitter zu helfen, der in seinem Schulterblatt steckte.

Sie blickte ihm wieder ins Gesicht und stellte fest, dass er sie aus grünen Augen musterte.

„Wie heißt du?"

„Roberta."

„Roberta?" Er lachte. „O Mann, aus welchem guten Hause bist du denn abgehauen?"

Sie presste die Lippen aufeinander und erwiderte nichts.

Seine Augen verschmälerten sich und wurden nachdenklich. „Wirst du gesucht, Roberta?"

Sofort wurde sie wachsam und wich vor ihm zurück. „Wenn, dann wärst du sicherlich der Letzte, dem ich das sagen würde."

Erneut lachte er leise in sich hinein. „Kluges Mädchen. Wie wäre es mit einer Abmachung: Ich muss hier verschwinden, doch so, wie ich aussehe, kann ich das vergessen. Hier hast du Geld: Geh in den Laden auf der anderen Straßenseite und ignoriere etwaige auftauchende Personen, die aussehen, als wären sie auf der Suche nach jemandem, der gerade durch ein Fenster gesprungen ist, um abzuhauen. Dort angekommen kaufst du dir und mir was Nettes zum Anziehen und Verbandsmaterial. Einverstanden?"

„Wer sagt dir, dass ich nicht mit dem Geld abhaue?", verlangte sie zu wissen und schob ihr Kinn vor.

Langsam legte er den Kopf schief. „Das sagt mir der Blick in deinen Augen."

„Wirklich?", erwiderte sie und hob eine Augenbraue. „Hältst du mich für so ehrenvoll?"

Er schnaubte. „Schätzchen, du siehst aus, als wärst du vor einer Woche noch das Miststück vom Dienst gewesen. Allerdings halte ich dich für klug. Glaub mir, du hast mehr von mir, wenn du mir jetzt hilfst."

Nun war es an ihr, zu schnauben. „Sorry, aber du wirkst nicht gerade so, als könntest du mir etwas Nützliches beibringen."

„Nützlich genug, um dir deinen hübschen Hintern zu retten", war die einzige Antwort, die sie erhielt. „Nachdem du meinen gerettet hast, versteht sich."

Und genau das hatte sie getan. Bis heute wusste sie nicht, was an diesem Abend vorgefallen war, denn danach hatte sie Duncan Costello niemals wieder hilflos erlebt. Er verdiente sein Geld als Söldner und verstand sich daher bestens aufs Überleben. Ohne ihn hätte sie weder gelernt, einem Mann mit nur einer Bewegung den Arm zu brechen – oder als Alternative die Eier zu quetschen – noch eine Waffe zu bedienen.

Es änderte nur leider nichts daran, dass er meistens ein Arschloch war. So wie auch jetzt, als er Gabriel Rauch mitten ins Gesicht blies.

Einige Sekunden lang verharrte der einstige Erzengel vollkommen regungslos. Dann begannen seine Augen golden zu leuchten, und Duncan wurde auf die Knie gezwungen.

Der Söldner keuchte, und ihm brach der Schweiß aus. Jeder Muskel in seinem Körper schien sich gegen eine unsichtbare Kraft aufzulehnen, die auf ihn einwirkte. Mehrere Personen im nahen Umfeld der beiden hielten inne und starrten sie an.

Bobby löste sich aus ihrer Erstarrung und eilte an Gabriels Seite, legte ihre Hand auf seinen Unterarm. „Gabe", zischte sie. „Was tust du?"

„Deinem *Freund* Manieren beibringen", erwiderte er und starrte dabei auf Duncan hinab.

Ein angestrengtes, herausforderndes Lächeln erschien auf Duncans Lippen. „Wenn du willst, dass ich dir einen blase, dann bist du bei mir an der falschen Stelle!"

„Duncan", fuhr Bobby ihn an, entnervt und wütend. „Halt verdammt noch mal die Klappe. Und du, hör auf, Gabe, was auch immer du tust. *Das* ist nicht die Art und Weise, wie man Konflikte unter Menschen löst."

Stirnrunzelnd blickte der ehemalige Engel auf sie hinab, und das Glühen in seinen Augen schwand. Gott, diese Augen … so klar und arrogant und gleichzeitig mit der Verwirrung eines Kindes, das noch viel lernen musste. Sie wusste nicht, ob sie darüber lachen oder fluchen sollte.

Als Gabe beendete, was er tat, sackte Duncan in sich zusammen. Laura erschien an seiner Seite und musterte erst ihn und dann Gabriel, eine fein geschwungene Augenbraue erhoben. „Beeindruckend. Als Bobby erzählt hat, wer du bist, dachte ich ja eine Zeit lang, ihre Fantasie wäre mit ihr durchgegangen."

„Wie bitte?" Entrüstet musterte Bobby ihre Freundin. „Wirklich?"

Entschuldigend zuckte Laura mit den Schultern. „Nun ja, welcher Mann würde schon freiwillig seine Unsterblichkeit aufgeben, nur um hier auf Erden Krieger zu spielen?"

Bobby wusste nichts darauf zu erwidern, da sie sich dieselbe Frage schon häufiger gestellt hatte. Ein Teil von ihr ahnte jedoch, welch großen Anteil sie an seiner Entscheidung gehabt hatte.

Der Gedanke war beunruhigend. Also schob sie ihn wie immer beiseite.

„Ich will euren kleinen Plausch ja nicht unterbrechen", mischte Duncan sich ein, während er sich erhob, „aber wir sollten verschwinden."

Stirnrunzelnd musterte Bobby ihn. „Wieso?"

Ungerührt steckte er sich eine weitere Zigarette an, nahm er einen tiefen Zug und atmete den Rauch durch die Nase aus. Dann wies er mit dem Kopf Richtung Eingang und sagte: „Deshalb."

Kapitel 3

Bobbys Kopf flog herum, als laute Rufe und das erschrockene Kreischen einer Gruppe von Mädchen erklangen, die neben dem Eingang standen. Ein Einsatzteam des Korps, wie die Polizei inzwischen genannt wurde, strömte in den Raum, ihre Waffen im Anschlag.

„Razzia!"

Der Ruf kam nicht von den Korps-Mitgliedern, sondern von Gästen in ihrer nächsten Nähe. Innerhalb von Sekunden brach Panik aus, und die Anwesenden begannen, einander anzurempeln.

Das Korps war berühmt-berüchtigt. Angesichts der in den vergangenen Jahrzehnten stark gestiegenen Kriminalität hatten auch die Korps-Mitglieder zu immer radikaleren Maßnahmen greifen müssen, um der Situation Herr zu werden. Wo sie auftauchten, herrschte Angst vor Inhaftierung und Verhör, und wer klug war, regelte seine Konflikte selbst. Gerüchten zufolge hatte die neue Leiterin zwar nur zwei Wochen nach Antreten ihres Jobs mehr als ein Viertel der Korps-Mitglieder wegen Korruption suspendieren lassen, was allerdings noch lange nicht hieß, dass diesen Menschen auf einmal zu trauen war.

Bobbys Blick schoss zu Duncan, und ihre Augen wurden schmal. Soeben trat er seelenruhig seine Zigarette aus.

„Was hast du getan?", zischte sie.

„Ich komme nur meiner Bürgerpflicht nach", erwiderte er ungerührt. „Im Hinterzimmer wird seit geraumer Zeit um Seelen gezockt. Und diese Information habe ich dem Korps zu einem rentablen Preis verkauft."

„Das ist nicht gut", murmelte Laura, bevor Bobby Duncan zusammenstauchen konnte, und fügte dann heftiger hinzu: „Wir müssen hier verschwinden! Sie haben einen Psych dabei."

Bobby erstarrte und fühlte, wie es ihr eiskalt den Rücken herunterlief. Die Psych waren eine Sondereinheit des Korps: Männer und Frauen, die durch genetische Manipulation telepathische und telekinetische Fähigkeit erhalten hatten. Unter anderem konnten sie dadurch Seelenlose erkennen und inhaftieren, so wie sie es auch mit

Bobby tun würden. Durch die Seelenlosigkeit waren sie in den Augen jedes Korps-Mitgliedes verdächtig. Ihre Anwesenheit stärkte Dämonen, weshalb sich nicht zu viele unter Seelenträger mischen sollten.

Nichts davon war ein valider Grund, Seelenlose systematisch auszuschließen und zu verfolgen. Interessieren tat es nur leider niemanden.

Der Psych, der mit den Korps-Mitgliedern hereinkam, war in einen langen, dunklen Mantel gekleidet. Er hielt seine Hände in den Taschen verborgen. Keine Regung zeigte sich auf seiner Miene, während er die Anwesenden musterte, die versuchten, sich seiner Aufmerksamkeit zu entziehen. Erst beim Blick auf Gabriel zeigte sich ein Hauch von Interesse auf seinen Zügen.

Gabe ... Scheiße. Wenn es irgendeinen ungewöhnlichen Menschen in diesem Raum gab, dann ihn. Der Psych würde sicherlich wissen wollen, was es mit ihm auf sich hatte. Nur zu gut erinnerte sich Bobby an die zahlreichen Geschichten über Menschen, die einfach verschwunden waren, sobald sie auch nur ansatzweise außergewöhnliche Fähigkeiten an den Tag gelegt hatten. Alles zum Schutze der Allgemeinheit verstand sich.

Zu offenbaren, wer er in Wirklichkeit war beziehungsweise gewesen war, würde auch nicht helfen. Das Korps hatte sich in den vergangenen Jahrzehnten stark von der Kirche distanziert, da für sie sowohl Gottes als auch Luzifers Anhänger der Ursprung allen Übels waren.

Sie mussten verschwinden – und zwar sofort!

Kurzerhand packte Bobby Gabriels Hand und zog ihn mit sich. „Komm!"

Er folgte ihr, seinen Blick weiterhin auf den Psych gerichtet, der sich in diesem Moment seinen Weg durch die Menge in ihre Richtung bahnte. Mehrere Korps-Mitglieder folgten ihm und schoben die Gäste dabei rücksichtslos zur Seite.

„Komm schon", zischte sie. „Wir müssen hier weg."

„Ich habe keine Angst vor diesem Mann", erwiderte Gabriel konsterniert.

„Aber ich!", entfuhr es ihr. Die Worte bewirkten ein kleines Wunder. Innerhalb von Sekunden füllten sich seine Augen mit dem goldenen Glanz, den sie bereits zuvor gesehen hatte, und dann war er es, der sie hinter sich herzog.

Duncan schlüpfte vor ihnen durch eine Tür, die von den Angestellten genutzt wurde und in den hinteren Bereich des Gebäudes führte. Sie folgten ihm und fanden sich in einem Seitengang wieder, der zu den Umkleidekabinen der Tänzerinnen führte. Vor ihnen rüttelte der Söldner an einer Tür, die zum Keller hinabführte.

„Sie sollte eigentlich offen sein", knurrte er ungehalten. „Dort unten hätten wir rausgekonnt."

„Ist sie aber nicht", zischte Laura und öffnete die Tür zur Garderobe der Tänzerinnen, „also müssen wir einen anderen Weg nehmen."

„Willst du dich im Wandschrank verstecken?", spottete Duncan und folgte ihr.

Aus schmalen Augen musterte sie ihn. „Ich wüsste nicht, was es hätte bringen sollen, sich im Keller zu verstecken, Schlaumeier."

„Dort unten gibt es einen inoffiziellen Zugang für … inoffizielle Güter."

„Hätte ich mir ja denken können", bemerkte Bobby.

Sie zog Gabe in den Raum, schlug die Tür hinter sich zu und schloss ab. Sie hatten keine Zeit. Jede Sekunde würde der verdammte Psych hier sein.

Gabriel schien ihre Angst zu spüren, da er sie näher an sich heranzog, doch so gern sie sich hinter ihm versteckt hätte: Sie war nicht mehr das kleine, schwache Ding, dessen einzige Macht darin bestanden hatte, sich hinter ihrem mächtigen Vater zu verstecken und aus der Ferne gedankenlose Befehle zu geben. Also schob sie sich an ihm vorbei.

„Heb mich hoch", sagte Laura und deutete auf einen schmalen Luftschacht, der sich über ihnen an der Wand befand.

„Da passt du nie rein", erwiderte Duncan, half ihr allerdings hoch. „Und selbst wenn: wir sicherlich nicht. Noch nicht mal Bobby."

Ohne etwas zu erwidern, riss Laura das Gitter vom Schacht weg und schob sich hinein. Innerlich zuckte Bobby zusammen: Ihre Freundin mochte schlank sein, aber das sah fast schon unnatürlich aus.

Von einer Sekunde auf die andere verschwand Laura schlangengleich in dem Schacht, und sowohl Duncan als auch sie schnappten nach Luft. Gabriel stand bewegungslos neben Bobby.

Alarmiert blickte sie zu ihm hoch und sah, dass sein Blick abwesend schien.

„Gabriel?"

„Er spricht mit mir", erwiderte er, ohne sie anzublicken. „Er will wissen, wer und was ich bin. Und er versucht mich zu überreden, herauszukommen, und davon zu überzeugen, dass er uns nichts Böses will."

„Hör nicht auf ihn", sagte sie beschwörend. „Er will dich nur in seine Finger bekommen, um dann deinen Verstand auseinanderzunehmen." Sie hatte einmal gesehen, zu was die Psych in der Lage waren, damals, als sie noch eine andere gewesen war. Nachdem das Korps einen der Anhänger ihres Vaters hatte inhaftieren und verhören können, hatte es ihn als Mahnung zurückgeschickt. Der einst eiskalte Killer war nicht mehr als ein brabbelnder Wahnsinniger gewesen.

Staub bröckelte auf Bobbys Kopf und riss sie aus ihren Gedanken. Alarmiert hob sie den Blick und wich zurück, in genau dem Moment, in dem eine der schweren, verschweißten Deckenplatten zu Boden krachte. Mit einem rauen Fluch brachte Duncan sich gerade noch rechtzeitig in Sicherheit.

Lauras Kopf erschien in der Öffnung. Bobby sah, wie sie etwas, das wie ein Miniatur-Schweißgerät aussah, wieder in ihrer Handtasche verstaute.

„Wollt ihr hier den ganzen Tag herumstehen oder kommt ihr jetzt?"

Gabriel verspürte ein Gefühl, das er noch niemals zuvor empfunden hatte, während er hinter Bobby durch den Schacht kroch. Er konnte es nicht beim Namen nennen, doch es war alles andere als angenehm. Sein Puls schien mit jeder Sekunde schneller zu schlagen, und kalter Schweiß brach auf seiner Haut aus. Es kam ihm vor, als würden die Schachtwände näher rücken, obwohl er ganz genau wusste, dass das nicht sein konnte.

Gabriel versuchte sich daran zu erinnern, ob er bei Menschen schon einmal etwas Ähnliches hatte beobachten können. Angst … Wenn Menschen von Angst erfüllt gewesen waren, hatten sie gewirkt, wie er sich nun fühlte. Allerdings konnte es das nicht sein, denn er fürchtete ihren Verfolger nicht und floh nur, um Bobby zu schützen.

Der Effekt, den die frische Nachtluft auf ihn hatte, als sie den Schacht an einer der Außenwände des Anwesens – direkt neben einer Feuertreppe – wieder verließen, war unbeschreiblich. Von einer Sekunde auf die andere hatte er das Gefühl, wieder atmen zu können. Tief sog er die Nachtluft in seine Lungen und schob den Gedanken daran, weshalb er sich gerade so seltsam gefühlt hatte, beiseite. Das Ganze war eine überaus irritierende, beunruhigende und beschämende Erfahrung gewesen.

„Alles okay?", flüsterte Bobby. „Du bist blass."

„Es geht mir gut", hörte er sich erwidern. Es klang rau.

Sie schien nicht überzeugt, sagte jedoch nichts, sondern blickte stattdessen nach unten. Die Seitengasse, zu der die Feuertreppe hinabführte, begann sich soeben mit Korps-Mitgliedern zu füllen.

„Verdammt", fluchte Bobby.

„Ich bringe dich rüber", erwiderte Gabriel und hob sie kurzerhand hoch.

Sie gab ein Quieken von sich, und ihre Finger gruben sich in seinen Arm. Aus karamellbraunen Augen starrte sie ihn an.

„Was soll das werden, Romeo?", erkundigte sich Duncan. Er klang belustigt. „Hast du vergessen, dass du keine Flügel mehr hast?"

Gabriel erstarrte.

Genau das war der Fall: Er hatte es tatsächlich vergessen. Und zum ersten Mal spürte er den Verlust scharf und schneidend wie eine Klinge. Das Fliegen war stets das größte und unglaublichste Geschenk seiner Unsterblichkeit gewesen.

Bobby löste sich sanft aus seinem Griff, nachdem er sie wieder abgesetzt hatte. Ihre Hände ruhten weiterhin auf seinen Unterarmen.

„Es tut mir leid", sagte sie leise.

Er zögerte, nicht sicher, was er darauf erwidern sollte. Schließlich sagte er: „Das muss es nicht. Es war die richtige Entscheidung. Und es war meine Entscheidung."

„In Ordnung", erklang Lauras Stimme. „Ich habe etwas dabei, was sie kurzzeitig ablenken und ihnen die Sicht erschweren wird. Wir können diese Zeit nutzen, um zu verschwinden, sollten aber schnell entscheiden, wohin."

„Zu mir", sagte Duncan sofort.

Misstrauisch musterte Gabriel ihn. Laura beförderte eine kleine Phiole zutage und warf sie auf die Straße.

Ein gewaltiger Blitz entlud sich, und die Korps-Mitglieder hoben geblendet die Hände zu ihren Augen. Befehle wurden gebrüllt, während Gabriel und die beiden Frauen Duncan folgten und über die Feuerleiter in die Gasse hinabeilten. Der Söldner zog einen der Gullideckel auf und sprang hinab. Laura folgte ihm nach kurzem Zögern, ihr Gesicht angewidert verzogen, ebenso Bobby und er.

„Hier wohnst du?", sagte er, kaum dass sie in einen der Seitenarme der Kanalisation getaucht waren und dem Tunnel folgten. Er bemerkte, dass seine Begleiter nach den Wänden tasteten, während seine Sicht trotz der Düsternis, die sie umgab, überraschend gut war. Anscheinend hatte Er ihm eine weitere Gabe gelassen.

Duncan lachte in sich hinein, während er eine Taschenlampe aus einer der zahlreichen Seitentasche seiner Cargo-Jacke hervorholte und anschaltete. „Nein. Aber ich kenne mich hier unten gut genug aus, um uns wegzubringen. Bleibt bei mir und ignoriert, was ihr in den Schatten zu sehen glaubt."

Bobbys Blick schoss zu Gabriel. Sie wirkte angespannt und besorgt.

„Was ist hier unten?", fragte er sie leise, als sie Duncan und Laura folgten.

„Es gibt hier unten …", sie zögerte und schien nach den richtigen Worten zu suchen, „… Geschöpfe, die ihr Unwesen treiben."

„Geschöpfe?"

„Menschenfresser." Das war Duncan gewesen. „Mutanten und Monster. Wir sind hier unten sehr weit weg von deinem Gott, Engel."

„Er ist überall", war alles, was er erwiderte, und rückte näher an Bobby heran. Was auch immer hier sein sollte: Er würde nicht zulassen, dass ihr irgendetwas geschah.

Allerdings wusste er nicht, ob er dasselbe Versprechen auch gegenüber Duncan einhalten würde.

Bobby gelang es ganz und gar nicht, Duncans Ratschlag zu befolgen. Das hatte einen guten Grund, und er kannte ihn genau: Sie wusste, was hier unten lauerte.

Die grünen Augen des Söldners begegneten ihren über seine Schulter hinweg.

„Sieh es als weitere Trainingseinheit, Prinzessin."

Sie zeigte ihm den Mittelfinger und nahm die Pistole entgegen, die er ihr reichte. Wie immer war er auf alles vorbereitet. Sie hatte keine Ahnung, ob er die Waffe ins *Wild Minds* hineingeschmuggelt und mit rausgenommen oder hier in den Katakomben hinterlegt hatte, und es war ihr auch egal. Sie kam mehr als willkommen.

„Was meint er damit?", verlangte General Gabriel in herrischem Tonfall zu wissen.

Sie warf ihm einen verärgerten Seitenblick zu. „Nicht, dass es dich etwas anginge, vor allem nicht dann, wenn du mich so nett um Auskunft bittest, aber er hat mich trainiert, als ich hierhergekommen bin. In meinem vorherigen Leben musste ich nicht unbedingt kämpfen können."

Gabriel runzelte die Stirn und musterte Duncan aus schmalen Augen. „Ich wüsste nicht, was er dir beibringen könnte."

Seine Worte endeten in einem Keuchen, als sie seinen Arm packte, ihr Gewicht verlagerte und ihn mit aller Wucht zu Boden warf. Gleich darauf saß sie auf seinem Brustkorb und drückte seine Arme mit ihren Knien auf den Boden, ihre Hände neben seinem Kopf abgestützt.

„Zum Beispiel das", sagte sie mit einem süßen Lächeln.

Seine Augen hatten sich geweitet, und er stieß den angehaltenen Atem aus. Sie war ihm nahe genug, dass sie seinen Duft riechen konnte, der an Sonne und Wärme erinnerte. Alles an ihm stand im krassen Kontrast zu ihrer Umgebung.

Abrupt stand sie auf und sah, dass Laura sie mit einer erhobenen Augenbraue musterte.

Duncan grinste. „Das ist mein Mädchen."

Sie erwiderte nichts, sondern reichte Gabriel lediglich ihre Hand, die er geflissentlich übersah. Er wirkte verärgert und in seinem Stolz verletzt, seine Neugierde – oder sein Interesse an ihr – obsiegte jedoch. „Er hat dich hierher zum Trainieren gebracht?"

Sie nickte. „Wir sind uns eher zufällig begegnet. Bei einem seiner Aufträge ist ihm ein Fehler unterlaufen, und ich habe ihm geholfen, zu verschwinden. Danach habe ich ihn gebeten, mir beizubringen, was er weiß. Er mag ein Arsch sein, aber kämpfen kann er. Und im Gegensatz zu dir oder auch Laura", ein Seitenblick, „besitze ich keine außergewöhnlichen Fähigkeiten."

Sein Blick folgte ihrem. „Wer ist sie?"

„Ich weiß es nicht", erwiderte Bobby leise. „Sie ist Sängerin und Tänzerin, zumindest dachte ich das immer. Doch offensichtlich … hat sie auch noch einige andere Fähigkeiten." Nach einem kurzen Moment des Zögerns fügte sie hinzu: „Ich dachte, sie und ich wären Freundinnen."

„Das sind wir auch." Laura drehte sich zu ihr um. Sie war ein ganzes Stück entfernt gewesen und schien ihre Worte dennoch gehört zu haben. „Was du vorhin gesehen hast, hat nichts mit unserer Freundschaft zu tun. Du hast deine Vergangenheit und ich habe meine, Kleines. Belassen wir es dabei."

Bobby war nicht begeistert von dieser Aussage, erwiderte allerdings nichts.

Sie setzten ihren Weg fort und wanderten durch abgelegene Korridore und verlassene Gänge. Lediglich Ratten und Spinnen begegneten ihnen.

„Scheiße!"

Bobby erstarrte und blickte Laura an, die angewidert einen Fuß anhob. Eine helle, geleeartige Substanz tropfte zu Boden.

„Du bist soeben in Mutanten-Schlacke getreten, Schätzchen", erklärte Duncan. Sein Blick wanderte über einen der Seitengänge, deutlich angespannt. „Ich habe hier bisher keine zu sehen bekommen. Wir beeilen uns besser."

Das musste er ihnen nicht zweimal sagen. Laura und Gabriel schienen zu spüren, dass man diesen Wesen besser nicht begegnete, und Bobby hatte das einmalige Treffen definitiv gereicht. Sie war damals gerade so mit ihrem Leben davongekommen.

Sie erreichten eine große Halle, von der aus eine Leiter senkrecht nach oben zu einem weiteren Kanaldeckel führte. Hier schien auch die eigentliche Kanalisation zu beginnen, denn zu ihrer Rechten floss dreckiges, braunes Wasser, das so bestialisch stank, dass Gabe pikiert das Gesicht verzog. Wäre sie nicht so angespannt gewesen, hätte Bobby gelacht.

„Ihr hättet auch den direkten Weg nehmen können."

Die dunkle, kalte Stimme, die aus einem der Seitengänge erklang, ließ sie alle erstarren. Mit gleichmäßigen Schritten trat ihnen der Psych entgegen. Seine blassen, grauen Augen musterten sie emotionslos.

Duncan reagierte am schnellsten und zog seine Waffe. Der Psych machte eine beiläufige Handbewegung, dann flog der Söldner durch den Raum und krachte hart gegen die gegenüberliegende Wand.

Laura und Bobby fluchten und schossen vorwärts. Zumindest hätten sie es getan, wenn sie nicht plötzlich vollkommen bewegungsunfähig gewesen wären, denn die telekinetischen Fähigkeiten des Psych hatten auch sie erfasst.

„Ergebt euch", sagte er ruhig. „Ich möchte nur mit euch reden."

Seine Augen weiteten sich. Auch wenn Bobby sich keinen Zentimeter rühren konnte, wusste sie doch, dass Gabe irgendetwas getan haben musste. Licht und Wärme flackerten über sie hinweg, und von einer Sekunde auf die andere konnte sie sich wieder rühren.

Mit einem überraschten Keuchen wich der Psych zurück. „Erstaunlich", murmelte er, dann zuckte sein Blick hinter sie, und gleich darauf schwebte er in Richtung des Kanalisationseingangs über ihnen. „Wenn du das überleben solltest", sagte er zu Gabe, „werde ich dich holen kommen."

Alarmiert fuhr Bobby herum ... und sah, wie sich ein Dutzend bleicher, auf allen Vieren krabbelnder Gestalten über die Decke und Wände ergoss.

„Wenn du das überleben solltest, werde ich dich holen kommen."

Gabriel war kurz davor, dem arroganten Menschen nachzusetzen, als Bobby neben ihm ihre Waffe zog und zu feuern begann. „Gabe!"

Er fuhr herum, um sich einer Horde der Kreaturen gegenüberzusehen, von denen Duncan gesprochen haben musste. Einst Menschen, waren sie nun lediglich mutierte Bestien. Ihre Beine hatten sich in etwas verwandelt, was Läufen ähnelte, ihre Körper waren weiß und die Haut so durchsichtig, dass man die Adern und Muskeln darunter sehen konnte. Anstatt einer Nase hatten sie zwei Schlitze im Gesicht, und ihre Augen waren blicklos und leer.

Nichtsdestotrotz schienen sie ihre Opfer mit anderen Sinnen hervorragend ausmachen zu können. Mehrere stürzten auf Duncan zu, der sich soeben hochstemmte. Bobby eilte ihm zu Hilfe, Laura schleuderte eine Phiole in die Richtung der übrigen Angreifer. Als diese auf dem Boden zersplitterte, schossen Flammen in die Höhe, und mehrere der Wesen fingen kreischend Feuer.

Bobby und Duncan standen inzwischen Seite an Seite und feuerten auf die Kreaturen, doch sie wurden innerhalb von Sekunden zurückgedrängt und mussten ihre Waffen fallen lassen. Dem Söldner gelang es, einem der Wesen das Genick zu brechen, Bobby traf ein zweites durch einen Rundumtritt mitten ins Gesicht und schleuderte es zurück. Gerade wollte Gabriel zu ihrer Unterstützung eilen, da stürzten sich vier Kreaturen gleichzeitig auf ihn.

Und er begriff, dass er hilflos war. Er hatte keine Flügel mehr. Und kein Schwert.

Allerdings hatte er seinen Glauben. Er war bei ihm und würde nicht zulassen, dass sie hier unten in der Dunkelheit ihr Ende fanden, dessen war er sich sicher.

Fangzähne blitzten vor ihm auf. Eines der Wesen flog direkt auf seine Kehle zu, den Kiefer unnatürlich weit ausgerenkt. Er empfing die Kreatur mit bloßen Händen und rammte sie so heftig auf den Boden, dass ihr Schädel wie eine reife Melone platzte und sich weiße, gallertartige Gehirnmasse über die Steine verteilte.

Laura schrie zu seiner Rechten. Während er zwei weitere Kreaturen abwehrte und die dritte mit einem Tritt wegbeförderte, sah er, wie sie zu Boden gerungen wurde. Schüsse fielen aus der kleinen Pistole, die sie in der Hand hielt, allerdings richteten sie keinen Schaden an. Mächtige Fänge gruben sich in ihre Schulter und rissen Fleisch heraus.

Laura schrie erneut, doch diesmal klang es wütend. „Verreck doch, du Scheißvieh!"

Und genau das tat die Kreatur auch. Kaum dass Lauras Blut ihre Lippen berührte, brach sie jaulend zusammen und wand sich in Todesqualen. Die andere, die Laura angegriffen hatte, fiel über ihren Gefährten her, riss ihn in Fetzen und starb gleich darauf denselben, qualvollen Tod.

Mit schmerzverzerrtem Gesicht kam Laura auf die Beine und schrie: „Gabriel!"

Er warf sich zur Seite, allerdings zu spät. Etwas hatte sich von der Höhlendecke auf ihn herabfallen lassen, und gewaltige Klauen rissen sein Fleisch auf. Schmerz durchzuckte ihn, dann flog er durch die Luft, landete auf den Füßen und hob auf dem Boden kauernd den Kopf.

Das Wesen, das vor ihm lauerte, war definitiv kein mutierter Mensch. Genau genommen war es keine Kreatur, die sich auch nur ansatzweise auf ein bekanntes existierendes Wesen hätte zurückverfolgen lassen. Drei Meter groß war es eine Mischung aus Echse, Ratte und Katze, ebenso bleich wie die anderen Mutanten, und setzte auf ihn zu.

Mit einem wütenden Brüllen stieß Gabriel sich ab und schoss der Kreatur entgegen. Vertrauen. Er musste auf Ihn vertrauen. Er würde ihm Kraft geben, dieser Gefahr zu begegnen.

Licht flammte in seiner Handfläche auf, gleißend und hell, doch die Kreatur reagierte nicht darauf. Ihre Augen waren blind. Auf was sein Angreifer allerdings reagierte, war die gewaltige Lanze aus flammender Macht, die in Gabriels Hand erschien und sich in die Brust des Wesens bohrte, es aufspießte und aus seinem Rücken wieder hervorbrach.

Die Kreatur jaulte, doch Gabriel hörte es kaum. Gleißender Zorn erfasste ihn, und sein Blickfeld verschwamm. Er fasste im Geiste nach der Macht, dehnte sie aus, intensivierte sie und riss das Ding auseinander. Dann wirbelte er herum und ließ den Speer erneut fliegen, um die beiden letzten Angreifer, die Duncan und Bobby weiterhin bedrängten, an die Felswand hinter ihnen zu nageln.

Stille kehrte ein. Lediglich das Keuchen der anderen – und das seine – war zu vernehmen. Bobby starrte ihn aus großen Augen an und lächelte dann triumphierend. Sie hob ihre Waffe auf und schlug sie Duncan siegessicher gegen die Schulter.

„Beeindruckend."

Die kalte Stimme des Psych ließ Gabriel aufblicken. Er schwebte weiterhin über ihnen, direkt neben der Eingangsluke zur Kanalisation, den Kopf zur Seite geneigt.

„Willst du mich noch immer holen kommen, Mensch?", drohte er.

Kurz zögerte der Psych, dann aber schüttelte er den Kopf. „Das wäre unter den gegebenen Umständen höchst unklug. Doch aufgeschoben ist nicht aufgehoben", fügte er hinzu und verschwand mit einer eleganten Aufwärtsbewegung durch die geöffnete Luke.

„Bastard", hörte Gabriel Bobby murmeln, die soeben Laura half, sich hinzusetzen und besorgt deren Schulterwunde betrachtete.

Als sie die Hand danach ausstreckte, schlug Laura diese beiseite. „Fass mich nicht an! Hast du denn nicht gesehen, was mit ihnen geschehen ist? Ich bin Gift."

Bobby war bei den harschen Worten erstarrt. Nun zog sie langsam ihre Hand zurück. „Aber du blutest."

„Das wird gleich heilen", erwiderte Laura bitter. „Schau."

Und sie hatte recht. Vor ihrer aller Augen schloss sich die Wunde, als wäre sie niemals da gewesen.

„Wie ist das möglich?", wisperte Bobby.

Laura seufzte und erhob sich langsam. „Ich werde es dir erklären. Aber nicht hier. Kommt, lasst uns verschwinden."

Kapitel 4

Bobby atmete auf, als sie die Kanalisation endlich verließen. Sie hatten nicht den Ausgang genommen, durch den der Psych entschwebt war – die Gefahr, dass er ihnen einen Hinterhalt stellen würde, war zu groß gewesen –, sondern waren Duncan durch einige weitere Tunnel gefolgt. Mutanten waren sie nicht mehr begegnet. Falls noch irgendwelche in der Nähe waren, würden sie sich an ihren gefallenen Gefährten vergreifen, anstatt auf die Jagd zu gehen.

Bobbys Blick wanderte zu Laura. Wie konnte es sein, dass ihr Blut eine solche Wirkung hatte?

Ihre Freundin fing ihren Blick auf und schenkte ihr ein zögerliches Lächeln, das Bobby allerdings nicht erwidern konnte. Sie wusste, wie wichtig ihre Freundschaft Laura war, doch sie brauchte Erklärungen.

Gabriel stieß gegen sie, da er sich wieder viel zu dicht bei ihr hielt und unablässig in die Dunkelheit starrte, so, als könnte er mögliche Angreifer allein durch seine Anwesenheit vertreiben. Die Macht, die er während des Kampfes aufgerufen hatte, war eindrucksvoll gewesen und trug nicht unbedingt zu seiner ohnehin nicht vorhandenen Bescheidenheit bei. Doch sie wollte sich nicht beschweren. Er hatte ihnen wahrscheinlich das Leben gerettet.

Sie kamen am Jachthafen heraus, und der Duft des Meeres schlug ihnen entgegen. Vor ihnen kletterte Duncan eine Leiter zum Anlegebereich hinauf.

Bobbys Blick blieb an Gabriel hängen. Er betrachtete missmutig die Fleischwunde, die ihm das Vieh verpasst hatte, das von der Decke gefallen war. Auch er heilte deutlich schneller als ein normaler Mensch, doch offensichtlich gefiel es ihm ganz und gar nicht, dass er Kriegsnarben davongetragen hatte.

„Bist du bei deinen himmlischen Schlachten niemals verletzt worden?", fragte sie ihn neckend.

Überrascht musterte er sie, zog dann die Augenbrauen zusammen und hob die Schultern. „Nicht im Kampf gegen Sterbliche."

Neugierig trat sie näher. „Sondern im Kampf gegen Dämonen?"

Er nickte. „Auch. Und gegen jene Engel, die sich Ihm widersetzt haben."

Es war immer wieder unbegreiflich für sie, was er alles erlebt haben mochte. Wahrscheinlich war es besser, dass er sich nicht mehr im Detail erinnerte, immerhin war sein Verstand nun der eines Menschen. Wer konnte schon sagen, was die schiere Menge an Erinnerungen mit seinem sterblichen Geist angestellt hätte?

Vor sich hörte sie Duncan und Laura sprechen und folgte den beiden hastig die Leiter zum Anlegesteg hinauf. Ihre Freundin sagte gerade: „Hier lebst du?"

„Ja. Darf ich vorstellen: Das ist die Windsbraut." Duncans Stimme klang stolz.

Bobby starrte die meterlange Nobeljacht an, die vor ihnen im Hafenbecken lag. Nicht zu fassen.

„Du hast eine Jacht, die du Windsbraut genannt hast?" Das war erneut Laura, ihr Tonfall spöttisch.

„Eigentlich wollte ich sie rothaariges Flittchen nennen", erwiderte Duncan liebenswürdig und ging an Deck, „doch der Name war leider schon vergeben."

Laura war viel zu wohlerzogen, um ihm daraufhin den Mittelfinger zu zeigen, doch ihr Gesichtsausdruck sprach Bände.

Duncan führte sie an Bord und in einen nobel ausgestatteten Salon mit Minibar, Sitzecken und einem riesigen Flatscreen. Bilder von namhaften Künstlern hingen an den Wänden, und in der Ecke stand eine Vase, die verdächtig chinesisch und ziemlich alt aussah. Ein großes Panoramafenster würde tagsüber einen sagenhaften Ausblick aufs Meer liefern.

„Ein Drink?"

„Unbedingt." Sofort eilte Bobby an Duncans Seite und begutachtete das Sortiment an Alkohol. „Heilige Scheiße, wie viele Leute musstest du um die Ecke bringen, um dir das alles leisten zu können?" Wein und Whiskey ab einem bestimmten Jahrgang waren nahezu unbezahlbar geworden, doch er besaß massenhaft davon.

Grinsend öffnete Duncan eine Whiskeyflasche, schüttete Eis in vier Gläser und schenkte ein. Mit gedankenverlorenem Gesichtsausdruck nahm Laura ihr Glas entgegen, während Gabriel das seine misstrauisch betrachtete.

„Was passt Euch nun nicht, Hochwürden?", fragte Duncan und stürzte seinen Whiskey hinunter.

Gabriel ignorierte ihn und blickte stattdessen auffordernd Laura an. Diese seufzte, stellte sich an das Panoramafenster und blickte auf die nächtliche See hinaus.

„Was soll ich sagen: Ich bin im wahrsten Sinne des Wortes giftig", begann sie, ihre Stimme so leise, das Bobby näher an sie herantrat. „Sobald jemand in Kontakt mit meinen Körperflüssigkeiten kommt", sie machte eine wegwerfende Handbewegung, „stirbt er. Ihr solltet also etwas warten, bis ihr aus diesem Glas trinkt. Nach einigen Minuten ist der Effekt weg."

Bobby machte einen weiteren Schritt auf sie zu. „Wieso? Was ist geschehen?" Ihre Stimme klang belegt, während sie Lauras Spiegelbild betrachtete. Sie wirkte weit weg.

„Ich wurde 1995 geboren, Kleines", sagte sie schließlich leise.

Bobby erstarrte. 1995. Unmöglich. Das würde bedeuten, Laura wäre beinahe siebzig Jahre alt, doch sie sah nicht älter aus als dreißig.

„Ich war ein dummes, naives Mädchen. Sehr hübsch, Cheerleaderin, von allen geliebt. Ich wollte Schauspielerin werden und ging nach Los Angeles. Doch dort war ich nur eine von vielen." Sie lächelte bitter. „Auf einer Party begegnete ich einem Mann. Erst dachte ich, er wäre Produzent, da alle ihm Honig ums Maul geschmiert haben, aber nein, er war Schönheitschirurg. Wir verliebten uns. Er vergötterte mich und sagte, er wolle meine Schönheit perfektionieren. Unsterblich machen." Erneut trank sie. „Nun, es ist ihm gelungen. Es begann mit kleinen Operationen. Er war ein Meister auf seinem Gebiet und forschte nebenbei viel. Als 2025 die Kämpfe losgingen, haben es alle mit den Gesetzen nicht mehr so genau genommen. Mehr denn je wollte er mich schützen." Sie atmete tief durch. „Heute weiß ich, dass er besessen von mir war. Oder eher von dem Bild, das er von mir hatte. Er erdrückte mich. War manisch eifersüchtig. Sperrte mich weg. Und irgendwann begann er mir Mittel zu injizieren. Die Schmerzen waren unvorstellbar." Sie wurde leiser. „Ich wollte fliehen, doch er ließ mich nicht und sagte, es sei nur zu meinem Besten. Im Bombenhagel wurde ganz Los Angeles dem Erdboden gleichgemacht. Alles war verstrahlt. Alle starben. Nur ich nicht."

Atemlos – wie erstarrt – hatte Bobby Lauras Worten gelauscht. Tränen standen in ihren Augen.

Laura weinte nicht, sie lächelte lediglich bitter. „Schau nicht so, Herzchen. Ich bin in Ordnung. Immerhin altere ich seit Jahrzehnten nicht mehr. Welche Frau wünscht sich das nicht?"

Bobby stellte wortlos ihr Glas ab, ging zu ihrer Freundin und umarmte sie.

Laura erstarrte. Sie wussten beide, dass davon keine Gefahr drohte, doch die andere Frau hatte trotzdem nie mehr als eine flüchtige Berührung zugelassen.

„Gabe", sagte Bobby erstickt. „Kannst du nichts tun?"

„Es tut mir leid", erklang seine Stimme, bedauernd, aber auch fest.

Sie nickte, drückte Laura noch einmal und trat dann zurück. „Nun, das erklärt einiges", sagte sie.

„Allerdings", mischte Duncan sich ein. „Deshalb bist du so unverschämt heiß."

„Duncan!"

Doch Laura lachte und prostete ihm zu. „Danke, Schätzchen. Und nun sei du dankbar, dass ich dein Angebot, mich flachzulegen, nie angenommen habe."

Eine halbe Stunde nach Lauras Geständnis fand Gabriel Bobby am Bug der *Windsbraut* vor, den Blick auf die Skyline der Stadt gerichtet. Kurz lüftete sich der Vorhang seiner Erinnerungen und zeigte ihm, wie dieser Ort einst ausgesehen hatte: Mit im Sonnenlicht gleißenden Wolkenkratzern und den Geräuschen von Autos und Menschen in der Luft. Nun waren lediglich zerklüftete Ruinen und eingefallene Mauern übrig, und bis auf das leise Schlagen der Wellen war es still.

Bobby wirkte nachdenklich, hatte die Beine angezogen und ihre Arme darum geschlungen. Langsam setzte er sich in Bewegung und kam neben ihr zum Stehen, lehnte sich an die Reling.

Sie hatten beschlossen, ein paar Tage an Bord abzuwarten, um sicherzugehen, dass der Psych nicht eine ihrer Wohnungen ausfindig machte und dort auf sie wartete. Genau genommen Bobbys Wohnung, da man sie im *Wild Minds* aufgrund ihrer geselligen Art gut kannte, während Duncan und Laura immer nur als ihre einsilbigen Begleiter wahrgenommen worden waren.

„Was beschäftigt dich?", fragte Gabriel. „Sorgst du dich um Mephisto? Er hat genug zu fressen und wird schon ein paar Tage durchhalten. Außerdem ist er sowieso zu dick."

Sie schrak aus ihren Gedanken hoch und blickte ihn aus schmalen Augen an. „Mein Kater ist nicht dick, klar? Und nein, das ist es nicht. Francesca hat einen Schlüssel, sie wird nach ihm sehen."

Eine seiner Brauen schoss in die Höhe. „Sie hat einen Schlüssel? Zu unserer Wohnung? Ich dachte, du kannst sie nicht leiden?"

„Das habe ich nie gesagt", entgegnete sie mit gerunzelter Stirn. „Sie geht mir nur meist höllisch auf die Nerven. Und: *unsere* Wohnung? Du meinst wohl: *meine* Wohnung."

Seine Augen wurden schmal. „Wir leben dort zusammen, Roberta."

„Weil ich dich dort wohnen lasse. Wo wir schon mal dabei sind: Wie wäre es, wenn du dir bald mal einen Job suchst und Miete zahlst?"

„Ist das so üblich bei euch Sterblichen?"

„*Euch* Sterblichen? Gabe, du bist jetzt auch sterblich und ja, ist es."

„Ich werde darüber nachdenken", räumte er schließlich ein.

„Wie großzügig von dir", entgegnete sie trocken und richtete ihren Blick wieder auf das dunkle Wasser.

Selbst mit seinen geringen Kenntnissen über menschliche Empfindungen konnte er sehen, dass sie etwas beschäftigte. „Was bedrückt dich?"

Sie atmete hörbar aus. „Nichts. Nur Erinnerungen." Ihr Blick blieb in der Ferne.

„Erinnerungen?", hakte er nach und achtete darauf, nicht zu fordernd zu klingen.

Sie zögerte und sagte dann: „Ich frage mich, wie es meinem jüngeren Bruder geht. Der Psych hat mich an ihn erinnert."

Gabriel erstarrte. Ihm ging auf, wie wenig er im Grunde über sie wusste. Er war ihrem Vater in seinem alten Leben das ein oder andere Mal begegnet, bevor er sie kennengelernt hatte, allerdings war von Roberta damals nie die Rede gewesen. Und von einem Sohn ebenfalls nicht. „Du hast einen Bruder?"

„Ja. Sein Name ist Zane." Ihre Haltung änderte sich, wurde angespannt und zornig, als sie fortfuhr: „Mein Vater hat ihn, genau wie die Psych, genetisch verändern lassen und ihm telekinetische Mächte gegeben. Dabei war er kaum mehr als ein Kind."

Langsam ging Gabriel neben ihr in die Hocke. „Hast du damals versucht, ihn mitzunehmen?"

Bobby nickte abrupt und schüttelte gleich darauf den Kopf. Ein bitteres Lachen löste sich von ihren Lippen. „Ja … Gott, und nein. Ich habe auf ihn eingeredet, doch er nannte mich eine Verräterin. Natürlich tat er es. Nichts anderes hat er sein Leben lang beigebracht bekommen. Doch anstatt weiter zu versuchen, ihn davon zu überzeugen, mit mir zu kommen, habe ich ihn einfach zurückgelassen. Ich habe ihn im Stich gelassen."

Gabe sah auf das Meer hinaus und dachte über ihre Worte nach. Die Wahrscheinlichkeit war hoch, dass der Junge verloren war. Allerdings hatte Roberta es verdient, dass man zumindest versuchte, ihm zu helfen. Also sagte er: „Wir werden ihn zu uns holen, Roberta. Dann kannst du dein altes Leben ein für alle Mal hinter dir lassen."

Er fühlte Bobbys Blick auf sich ruhen und sah sie wieder an. „Du glaubst noch immer, du könntest einfach irgendwo einmarschieren und bestimmen, was geschehen soll, oder, Gabe?", fragte sie. Es klang erschöpft. „So einfach ist das aber nicht. Ich habe keine Ahnung, was aus ihm geworden ist. Vermutlich hat Vater beendet, was immer sein Plan gewesen ist, nämlich Zane zu einem gnadenlosen Killer ausbilden zu lassen. Und dann wird er heute sicherlich noch sehr viel weniger auf mich hören als damals."

„Ich hätte nicht gedacht, dass du so einfach aufgibst", erwiderte er.

Sie sprang auf. „Aufgeben? Ich? Ich habe riskiert, nicht von dort verschwinden zu können, um ihn zu überzeugen! Habe ihm erzählt, was Vater mit Mutter getan hat. Und er meinte nur, es sei ihr recht geschehen, wenn sie ihn so verraten hätte, dass sie sich eine Seele für mich verdient hat." Ihre Stimme brach. Tränen stiegen in ihre Augen.

Gabriel runzelte die Stirn. Gerade hatte sie gesagt, sie habe nicht genug für ihren Bruder getan, und nun, da er genau dieses Verhalten kritisierte, fuhr sie ihn an?

Langsam hob er die Hand, doch sie schlug sie beiseite und zischte: „Lass mich!"
Dann stürzte sie an ihm vorbei und ließ ihn verwirrt und konsterniert am Bug zurück.

Bobby presste ihre Lippen aufeinander, während sie unter Deck stürmte.

Konnte Gabriel nicht einfach die Klappe halten? Es gab Momente, in denen man nicht hören wollte, was getan werden musste. Vor allem nicht von so einem Besserwisser wie ihm, der keine Ahnung vom richtigen Leben hatte!

Natürlich wusste sie, dass sie sich ungerecht verhielt. Er hatte nur das Richtige tun und sagen wollen und mit dem meisten recht gehabt. Allerdings war Zane ihr wunder Punkt, mehr, als ihr bewusst gewesen war. Sie hatte die letzten Jahre alle Gedanken an ihn verdrängt, ebenso die Schuld, ihn zurückgelassen zu haben. Doch in die Augen eines Dreizehnjährigen zu blicken und all den Hass zu sehen, den niemand in seinem Alter empfinden sollte, hatte sie glauben lassen, er sei verloren.

Die Wahrheit war, dass sie ihre eigene Freiheit vorgezogen hatte.

„Hey."

Erschrocken fuhr sie herum und sah sich Laura gegenüber, die hinter ihr aus Duncans Wohnraum getreten war.

Sofort erschien ein besorgter Ausdruck auf dem Gesicht ihrer Freundin. „Was ist los?"

Einige Sekunden stand Bobby einfach nur stumm vor Laura, dann brach mit einem Mal alles aus ihr heraus, was sie so lange unter Verschluss gehalten hatte: die Schuld und die Angst, die Gründe, weshalb sie gegangen war. Sie sprach und weinte, während Laura sie an den Schultern hielt und einfach nur zuhörte. Zumindest bis zu dem Moment, in dem sie sagte: „Das reicht jetzt, Bobby!"

Schniefend hielt sie inne und starrte ihre Freundin verdutzt an.

Die lächelte, ihr Gesichtsausdruck milde, aber auch streng. „Ist dir eigentlich bewusst, welche Leistung es ist, dass du dein altes Zuhause überhaupt aus freien Stücken verlassen wolltest? Natürlich hast du da nicht die Kraft gehabt, mit deinem Teenager-Bruder zu diskutieren! Du wusstest, dass du ihn nicht würdest mitnehmen können, denn er hätte sich mit Händen und Füßen gewehrt. Und du wusstest, dass du es schon allein kaum hinkriegen würdest. Wie dann also mit einem halben Kind?"

Ein schluchzendes Lachen kam über Bobbys Lippen. „Du verstehst es, mich aufzumuntern."

Laura lächelte. „Du hast getan, was du zu dem Zeitpunkt tun konntest. Du hast nichts falsch gemacht, im Gegenteil. Du warst mutig und egoistisch und es war gut so. Jetzt bist du vielleicht stark genug, um ihm zu helfen, doch damals wärest du höchstwahrscheinlich gescheitert und nach drei Wochen wieder zu deinem Vater zurückgekrochen gekommen." Ihren Blick haltend endete sie: „Hör also verdammt noch mal mit deinen Selbstvorwürfen auf."

„Ich …" Erneut zog Bobby die Nase hoch. Laura hatte recht, das brachte nichts. Sie würde in Ruhe über alles nachdenken, wenn sie wieder zu Hause war. „Danke", murmelte sie schließlich und brachte ein Lächeln zustande.

Laura nickte und runzelte die Stirn. Die Jacht unter ihren Füßen hatte sich in Bewegung gesetzt. Sie wechselten einen Blick und machten sich auf den Weg nach oben. Dort trafen sie auf Duncan, der die *Windsbraut* soeben aus dem Hafen und auf die offene See steuerte.

„Was machst du?" fragte Bobby.

„Ein bisschen frische Luft schnappen", erwiderte er ungerührt und zündete sich eine Zigarette an. „Nur für den Fall, dass unser Psych-Freund doch irgendwie meinen Aufenthaltsort ausfindig machen kann. Hier wird er uns wohl kaum finden." Sein Blick streifte Laura. „Ich dachte schon, du hättest dich hingelegt. Du weißt schon, wegen des Alters."

„Du bist so ein gefühlloser Bastard, Duncan!", zischte Bobby, doch Laura winkte lachend ab und stellte sich neben ihn.

Gemeinsam blickten sie auf die dunkle, glitzernde Fläche des vor ihnen liegenden Meeres. Über ihnen stand der Mond klar und voll an einem wolkenlosen Nachthimmel.

„Unglaublich", flüsterte Bobby.

Ausnahmsweise erwiderte Duncan nichts Anzügliches, sondern lediglich: „Ich weiß."

Nachdenklich musterte sie ihn. „Wie kommt es, dass du dir solch ein Schiff überhaupt leisten kannst?"

Er zuckte mit den Achseln. „Ich hatte in der Vergangenheit Glück bei einigen Aufträgen und habe das Geld danach gewinnbringend anlegen können."

„Aha", erwiderte sie skeptisch, beließ es aber dabei. Stattdessen nutzte sie die Gunst der Stunde und wandte sich an Laura: „Und was hat es mit deinen Phiolen auf sich? Nicht das ich mich beschweren wollte. Sie waren ausgesprochen nützlich."

Laura lächelte. „Ich habe in den vergangenen Jahren Bekanntschaft mit einigen Chemikern gemacht, in der Hoffnung, dass sie herausfinden, was mit mir los ist. Die Entwicklung dieser Waffen war ein netter Nebeneffekt. Ich wollte etwas, das klein genug für meine Handtasche ist, um mich im Fall der Fälle verteidigen zu können. Et voilà!"

„Praktisch", erwiderte Bobby und lächelte Laura an. Diese erwiderte die Geste und drückte ihre Hand, offensichtlich erleichtert darüber, dass die Wogen zwischen ihnen wieder ein wenig geglättet waren.

Bobby verließ ihre Freunde wenige Minuten später und verbrachte die Stunden bis Mitternacht in Duncans Wohnraum, tief in ihren eigenen Gedanken versunken. Sowohl Gabriel als auch Laura hatten Recht: Inzwischen hatte sie eine Chance, Zane zu retten. Damals hätte sie diese nicht gehabt. Sie war zu unerfahren und zu machtlos gewesen, ohne Kenntnisse über das Kämpfen oder die Welt jenseits der Mauern ihres geschützten Zuhauses. Allerdings durfte sie weder ihren Bruder noch ihren Vater unterschätzen und musste sich Zeit nehmen, einen Plan auszuarbeiten.

Mit einem müden Seufzer erhob sie sich, strich sich die Haare aus dem Gesicht und bemerkte dabei, dass sie von oben bis unten staub- und blutbespritzt und ihre Haut von Schweiß verkrustet war. Naserümpfend änderte sie die Richtung, näherte sich dem Badezimmer am Ende des Flurs und öffnete die Tür.

Wasserdampf und feuchte Hitze wehten ihr entgegen. Sofort wollte sie die Tür wieder zuziehen, konnte allerdings ihre Augen nicht von dem Anblick lösen, der sich ihr bot.

Gabriel stand in der Dusche, seine Hände an der Wand abgestützt, den Kopf zwischen den Armen. Wasser strömte über seine Haut, und Dampf umwogte ihn. Offensichtlich hatte er sie nicht bemerkt, da er sich soeben aufrichtete, den Kopf mit ge-schlossenen Augen in den Nacken legte und sich mit beiden Händen durch sein Haar fuhr.

Ihr Pulsschlag beschleunigte sich. Konnte der Mann denn niemals die Tür ab-schließen?

Ein harter Ruck erschütterte die Jacht und schickte Bobby auf die Knie, gefolgt von einem weiteren, noch härteren Schlag, der sie über den Boden und auf die Duschkabine zu schliddern ließ. Sie prallte gegen Gabe, der die Tür geöffnet hatte und nach ihr griff.

Ein dritter Ruck ließ sie beide auf dem feuchten Duschboden landen. Dann hör-ten sie ein Röhren, das die Luft zum Zittern zu bringen schien, und Meerwasser flu-tete ihnen entgegen.

Wenn Gabriel nicht so sehr damit beschäftigt gewesen wäre, wieder auf die Beine zu kommen, wäre er wohl der Frage nachgegangen, was Bobby im Badezimmer mach-te. Der Gedanke war angesichts der Tatsache, dass ihre Gliedmaßen ineinander ver-hakt waren und jede Menge Meerwasser in den Raum strömte, allerdings absolut zweitrangig.

Neben ihm fluchte Roberta ungehalten, und zum ersten Mal in seiner langen Existenz wünschte er sich, es auch tun zu können. Als sie endlich wieder aufrecht standen und durch das Wasser auf die Tür zu wateten, versuchte er, einen klaren Gedanken zu fassen. „Sag mir, was geschehen ist."

„Ich kann nicht hellsehen, Herr General! Und hör verdammt noch mal auf, mich herumzukommandieren, verstanden?"

„Hältst du das wirklich für einen passenden Zeitpunkt, um zu streiten?", erwider-te er ungehalten.

„Vielleicht gehen wir ja jeden Moment drauf", zischte sie und warf ihm über die Schulter hinweg einen wütenden Blick zu, während sie sich an der Wand entlang-schoben. „Wenn nicht jetzt, wann dann?"

Vor ihnen erschien Laura mit schreckensbleichem Gesicht. Sie hatte eine Platzwunde an der Stirn, die sich bereits wieder schloss. „Sinken wir etwa?"

Angesichts der Schräglage, in die sich die Jacht mehr und mehr neigte, schien das tatsächlich der Fall zu sein.

Lauras Augen weiteten sich, als ihr Blick an Gabriel hängen blieb. „Und warum zum Henker rennst du hier im Adamskostüm herum?"

Irritiert blickte er an sich hinunter. Daran, sich anzukleiden, hatte er bisher keinen Gedanken verschwendet, und auch jetzt waren hundert andere Dinge wichtiger, da sich die Jacht nach einem erneuten, lauten Röhren wieder aufbäumte.

Fluchend schwang Bobby sich die Leiter hinauf, die an Deck führte, und er folgte ihr dichtauf. Ein gigantischer, massiver Körper ragte vor ihnen wie eine kleine Insel aus dem dunklen Wasser.

Eine Insel hätte allerdings kaum den rasiermesserscharfen Schnabel einer gigantischen Schildkröte besessen, der gerade auf sie hinabsauste und einen Teil aus der *Windsbraut* heraushackte.

Schüsse fielen aus Duncans Schrotflinte und prallten effektlos an dem Panzer der Kreatur ab.

„Wie konntest du sie übersehen?", schrie Bobby und eilte zu dem Söldner. Sie griff nach den Waffen, die er ihr hinhielt.

„Sie ist einfach aufgetaucht", knurrte er. „Dämliches Mutantenvieh! Ich habe die Seeleute über sie reden hören. Sie nennen sie Gloria."

Ein weiterer Schuss folgte, der Gloria in keiner Weise zu beeindrucken schien.

„Rettungsboot?", rief Laura.

„Gibt's nicht", knirschte Duncan, packte Bobby am Arm und zog sie mit sich. „Aber Jetskis. Lasst uns abhauen."

Auf dem Weg zum Heck bäumte sich die *Windsbraut* erneut unter ihnen auf und sackte dann gefährlich zur Seite ab. Gabriel schnellte nach vorne und bekam Roberta gerade noch am Handgelenk zu fassen, bevor sie über das Deck stürzte. Er selbst hielt sich an der Reling fest.

Wenig elegant beförderte Duncan zusammen mit Laura die Jetskis über Bord und sprang hinterher. Sie folgten ihm dicht auf und tauchten ins Meerwasser ein. Als sie wieder die Wasseroberfläche durchbrachen und sich auf die Jetskis hievten, zerlegte Gloria hinter ihnen die *Windsbraut* bereits in kleine Stücke.

„Warum zum Geier ist sie so sauer?", fluchte Bobby und warf den Motor an. Gabriel schlang die Arme um ihre Hüften, froh darüber, dass er es überhaupt so weit geschafft hatte. Keinem seiner Begleiter war anscheinend bewusst, dass er nicht schwimmen konnte. Auch er selbst hatte keinen Gedanken daran verschwendet, bis er in das kalte Nass getaucht und sich nur durch seinen Überlebensinstinkt wieder an die Oberfläche zurückgekämpft und hinter Bobby auf das Gefährt gezogen hatte.

Ihm gefiel zwar ganz und gar nicht, dass er derjenige war, der ihr nun die Führung überlassen musste, doch er hatte noch nie in seinem Leben so ein Ding wie das, auf dem er gerade saß, gesehen, geschweige denn gefahren.

Über das Wasser jagend ließen sie Duncans Jacht hinter sich zurück. Die Abwesenheit einer Hose wurde ihm nun, da jeder harte Aufschlag durch seinen menschlichen Körper fuhr, überaus bewusst.

„Was machst du denn?", rief Bobby, als er ein weiteres Mal hinter ihr sein Gewicht verlagerte.

„Nichts", entgegnete er. „Konzentrier du dich darauf, uns sicher übers Meer zu bringen."

„Was Moses konnte, kann ich allemal", witzelte sie. Er machte daraufhin ein finsteres Gesicht, das sie zu spüren schien, da sie ihn über die Schulter hinweg angrinste.

Im nächsten Moment weiteten sich ihre Augen und sie gab noch mehr Gas. „Scheiße!", schrie Bobby. „Gloria folgt uns. Und verdammt noch mal, dass elende Vieh hat eine Wahnsinns-Geschwindigkeit drauf."

Duncan blickte ebenfalls über seine Schulter und fluchte derb. „Wir schaffen es nie zurück zur Stadt. Sie holt uns vorher ein und zerlegt uns zu Kleinholz."

Mit diesen Worten drehte er ab und steuerte auf den nahen Küstenstreifen zu, der sie, sollten sie ihn rechtzeitig erreichen, geradewegs in die Outlands führen würde.

Kapitel 5

Bobbys Kopf schmerzte, und ihr Körper fühlte sich nicht viel besser an. Wie von weit her hörte sie das Rauschen des Meeres und einen anderen Laut, der an das Knirschen von altem Metall erinnerte. Salzwasser leckte über ihre Füße, und ihre Haut fühlte sich verkrustet an.

Sie versuchte sich zu erinnern, was genau geschehen war. Auf der Flucht vor Gloria waren sie viel zu schnell auf den Küstenstreifen zugeschossen, an dem zahlreiche Schiffswracks am Ufer verstreut lagen. Die Dunkelheit und die Strömung hatte Gabe und sie von ihren Freunden getrennt und geradewegs in Richtung eines riesigen, alten Militärschiffs gelenkt, dessen aufgerissener Rumpf weit aus dem Wasser ragte. Dann war alles wahnsinnig schnell gegangen: der harte Ruck, der durch den Jetski ging, als dieser auf Metall traf … ein Flug durch die Luft … Gabe, der sie packte und sich so drehte, dass sie auf ihm landete … und Dunkelheit. Irgendwo musste sie sich, trotz seines heroischen Rettungsversuchs, den Kopf gestoßen haben, so wie er schmerzte.

Langsam versuchte sie sich zu regen und begriff erst in diesem Moment, dass sie noch immer auf dem ehemaligen Engel lag.

Er rührte sich nicht. Sein Gesicht war blass, und sein Atem ging unregelmäßig.

„Gabe?"

Er blinzelte leicht, hielt allerdings die Lider geschlossen.

„Gabe!", sagte sie heftiger und berührte seine Schulter.

Langsam öffneten sich seine Augen. Als sie das vertraute Blau sah, atmete sie auf und stemmte sich langsam hoch.

„Geht's dir gut?", fragte er rau.

Sie nickte, bewegte sich vorsichtig. Kurz erfasste sie Schwindel, als sie aufrecht stand, doch der verging schnell wieder.

Ihr Blick wanderte umher. Sie waren geradewegs im Schiffsrumpf des Dampfers gelandet. An den Wänden hafteten algenähnlicher Gewächse, die ein bläulich fluoreszierendes Licht absonderten. Der Jetski lag einige Meter von ihnen entfernt. Selbst wenn die Strömung es zugelassen hätte, zu verschwinden: Er war hinüber.

Langsam ging Bobby neben dem Gefährt in die Hocke und öffnete die Gepäckbox. Wie erwartet hatte Duncan ein Notfallpaket darin verstaut, sodass sie Gabriel eine Jeans, Converse und einen Sweater zum Anziehen geben konnte. Darüber hinaus fand sie einen wasserdichten Rucksack mit Proviant und einer Decke, einer Pistole, Munition, Verbandszeug und einer Taschenlampe vor.

„Alles, was das Herz begehrt", murmelte sie und musterte den ehemaligen Engel, der sich soeben das Sweatshirt über den Kopf zog.

Sie sah die zahlreichen Schrammen auf seinem Rücken und zuckte innerlich zusammen. Er musste mit ihr über den Boden geschliddert sein.

„Lass mich dich verarzten, Gabe", sagte sie und hielt hastig seinen Ellbogen fest, bevor er das Shirt über seinen Rücken hinabziehen konnte.

Irritiert musterte er sie. Sie tippte auf seinen Rücken.

Erst jetzt schien ihm aufzufallen, dass er verletzt war. Er verzog das Gesicht, setzte sich aber hin und streifte das Shirt wieder ab. „Das wird bald heilen."

„Vielleicht, aber dennoch will ich keine Infektion riskieren", erwiderte sie und begann, die Wunden mit sterilen Tüchern aus dem Verbandspäckchen zu reinigen. Sie musste sich regelrecht beeilen, da sie sich tatsächlich bereits wieder schlossen. „Vielleicht wäre das wirklich nicht nötig gewesen", meinte sie schließlich.

„Du hättest das Material nicht verschwenden dürfen", kommentierte er ihre Worte streng und zog sich den Sweater über den Kopf.

„An dich, meinst du?", erwiderte sie gereizt und stopfte das Spray zurück in den Rucksack. „Stimmt, ich vergaß: Herr General ist so unfehlbar wie unantastbar!"

Sein Stirnrunzeln vertiefte sich. „Warum bist du so ungehalten?"

Sie schulterte den Rucksack und musterte ihn aus schmalen Augen. „Weil ich sauer auf dich bin." Als sie das Unverständnis in seinem Blick sah, seufzte sie tief und fuhr sich über ihr Gesicht. „Wie auch immer: Lass uns hier verschwinden und einen Weg raus aus diesem verfluchten Wrack finden!"

Wieder einmal war Gabriel verwirrt. Bobby ging vor ihm, ihre Schultern gestrafft und ihr Kinn erhoben. Ihre ganze Körperhaltung schien zu schreien: Halte dich fern von mir!

Es gefiel ihm nicht. Ganz und gar nicht. Weder ihre für ihn unverständliche Reaktion noch der Gedanke, dass sie ihn nicht bei sich haben wollte. Als er gesagt hatte, sie habe das Material verschwendet, war das eine reine Feststellung gewesen. Zugegebenermaßen war sein Tonfall vielleicht etwas harsch gewesen. Dennoch war es unnütz gewesen, ihn zu verarzten, also warum hatte sie es trotz seiner Widerworte getan?

Weil sie sich gesorgt hat.

Der Gedanke kam aus einem Teil seines Selbsts, der lange nicht mehr gesprochen hatte. Sorge war etwas, was Engel nicht miteinander teilten. Sie hatten sich nicht zu sorgen. Sie vertrauten auf Ihn. Und wenn Er entschied, dass sie Schmerzen zu erleiden oder Kämpfe zu ertragen hatten, dann taten sie es.

Doch hier, auf Erden, waren die Dinge anders. Man kümmerte sich umeinander, wenn man sich mochte.

Als das Schweigen andauerte, suchte er nach den richtigen Worten. „Ich denke, dass die Wundheilung durch die Desinfizierung eventuell schneller eingetreten ist."

Bobby, die soeben die Taschenlampe angestellt und damit einen düsteren Korridor beleuchtet hatte, hielt inne und warf ihm einen Blick über die Schulter hinweg zu. Sie wirkte amüsiert. „Ach? Denkst du das wirklich?"

„Nein." Er würde nicht lügen.

„Warum sagst du es dann?"

„Ich dachte, du würdest es vielleicht hören wollen."

Sie schnaubte und lachte leise in sich hinein. „Lass es gut sein, Gabe. Du bist zwar manchmal unglaublich anstrengend und nervig, doch wenn es eines gibt, was ich an dir schätze, dann, dass du mich noch nie in meinem Leben angelogen hast. Und ich will, dass das so bleibt."

„Als ich mit dir über deinen Bruder gesprochen habe, warst du nicht so verständnisvoll."

Sie versteifte sich und leuchtete ihm direkt ins Gesicht. „Nur weil ich will, dass du ehrlich bist, heißt das nicht, dass du immer unaufgefordert zu allem deinen Senf geben sollst!"

Er neigte den Kopf nachdenklich zur Seite. „Ich … verstehe."

„Wirklich?"

„Ich denke schon."

„Halleluja", kommentierte sie trocken. „Es geschehen noch Zeichen und Wunder."

Ihr Weg führte sie tiefer in das Schiff hinein. Das unterste Deck würde bei Flut komplett geflutet werden, was sie dadurch zu spüren bekamen, dass eine Stunde nach ihrem Aufbruch Wasser ihre Füße umspielte. Sie suchten sich daraufhin eine intakte Treppe, die nach oben führte, und fanden sich erneut in einem Wirrwarr an Gängen wieder. Rost bedeckte die Wände und Geländer, und das Metall um sie herum stöhnte wie ein lebendiges Wesen.

„Unheimlich", murmelte Bobby vor ihm, während der Lichtstrahl ihrer Taschenlampe von rechts nach links glitt.

Er erwiderte nichts darauf, denn das Gefühl war ihm fremd. Allerdings spürte er, wie sich ihre Anspannung auf ihn übertrug, und wenn sie zusammenzuckte, tat er es auch.

Der Gang vor ihnen endete an einer Stelle, an der das Schiff entzweigerissen war. Sie hielten inne und beleuchteten scharfkantiges Metall und herabhängende Kabel. Der Wind riss an ihnen, während sie zu den Steinen viele Meter unter sich hinabblickten.

„Wir müssen da runter", schrie Bobby gegen den Wind an.

„Aber nicht in vollkommener Dunkelheit", erwiderte Gabriel. „Lass uns die übrigen Gänge prüfen und sehen, ob wir eine Treppe finden."

Sie nickte, wandte sich wieder ab und taumelte.

Geistesgegenwärtig stützte er sie und fühlte, wie sie sich einige Sekunden an ihn lehnte. „Du bist erschöpft", sagte er. „Und blass. Lass uns in einer der Kajüten ausruhen."

Sie ließ sich widerstandslos, was er als weiteres Zeichen ihrer Erschöpfung deutete, von ihm in eine der alten Kabinen führen. Stockbetten waren an der Wand befestigt, aus deren zerschlissenen Matratzen Sprungfedern ragten. Der Spiegel über dem Waschbecken war so beschlagen, dass man sein eigenes Spiegelbild fast nicht sehen konnte.

Angewidert zerrte er an einer der oberen Matratzen und sah, dass diese wenigstens einigermaßen gut in Schuss war. Daraufhin zog er sie auf den Boden herab, und Bobby ließ sich mit dem Gesicht nach unten darauf fallen.

„Bah, sie stinkt", beschwerte sie sich.

Er lachte leise und setzte sich neben sie, an den Pfosten eines Bettes gelehnt. Anklagend blickte sie zu ihm hoch, blies sich eine Strähne aus der Stirn und versuchte, es sich bequem zu machen. Es gelang ihr offensichtlich nicht, deshalb zog er sich kurzerhand das Sweatshirt wieder aus und schob es ihr unter den Kopf.

Sie musterte ihn überrascht und lächelte zaghaft. „Danke."

„Gern geschehen. Schlaf jetzt!"

„Aye, aye, Herr General", murmelte sie, ein Gähnen unterdrückend, und schloss die Augen.

Kopfschüttelnd blickte er auf sie hinunter. Ihr Kopf lag direkt neben seinem Oberschenkel, nur wenige Zentimeter von seiner Hand entfernt. Ihre Haare wirkten wirr, aber auch weich. Ob sie sich wohl auch so anfühlten?

Seine Finger schienen sich ohne sein bewusstes Zutun in Bewegung zu setzen und näherten sich den braunen Strähnen, während sein Herz mit einem Mal sehr viel schneller schlug.

In diesem Moment hörte er ihr Wimmern und sah, wie sie ihr Gesicht in Panik und Angst verzog und ihre Hand in seinen Sweater grub.

Roberta betrachtete ihr Spiegelbild und steckte verärgert eine widerspenstige Strähne zurück in die strenge Hochsteckfrisur. Sie verabscheute ihr Haar. Ihr Vater hatte gesagt, dass ihre Mutter dasselbe besessen hätte, und sie fragte sich, ob diese wohl das gleiche Problem gehabt hatte.

Hände umschlossen ihre Hüften, und ein Kuss wurde auf ihren Nacken gedrückt.

Ein Schauer durchlief sie, so wie jedes Mal, wenn Damian sie berührte. Im Spiegel begegnete sie seinen dunklen Augen, die sie besitzergreifend musterten. Du gehörst mir, schienen sie zu sagen, und der Gedanke war berauschend.

Sie hätte nicht gedacht, dass er in der Lage sein würde, sie so für sich zu gewinnen. Als rechte Hand ihres Vaters hatte er von Anfang an sein Interesse an ihr bekundet, doch das hatte jeder andere vor ihm ebenso getan. Nur dass Damian geblieben war. Sich als stark genug erwiesen hatte. Er war der Einzige gewesen, den ihr Vater genug respektiert hatte, um ihm seine Tochter anzuvertrauen.

„Du siehst atemberaubend aus", flüsterte er an ihrem Ohr.

Mit einem Lächeln drehte sie sich zu ihm um und erwiderte seinen Kuss. Nur widerwillig löste sie sich von ihm, strich sich noch einmal über ihr hautenges, schwarzes Seidenkleid und verließ den Raum.

Die Gäste ihres Vaters erwarteten sie im Salon des luxuriösen Anwesens. Es war eines der wenigen Gebäude, das den Krieg unbeschadet überstanden hatte. Nachdem er die Kontrolle über den Süden der Stadt und die dort lebenden Seelenlosen übernommen hatte, war es in Alexander Maarons Besitz gelangt.

Zane lümmelte gelangweilt neben dem Eingang herum und streichelte den Kopf seines Höllenhundes. Ursprünglich war das Tier nichts anderes als ein Dobermann gewesen, doch Luzifers Macht hatte ihm im wahrsten Sinne des Wortes Höllenfeuer beschert, das in seinen Augen flackerte und zum Ausbruch kam, wenn er angriff. Gerade eben wirkte er eher wie ein liebestoller Welpe, der ihren Bruder aus großen Augen anbettelte, während dieser ihm den Bauch streichelte.

„Zane", sagte sie kühl. „Schick ihn raus und geh zu unseren Gästen."

Er hob den Blick und verzog das Gesicht, tat jedoch wie geheißen.

„Undiszipliniert", hörte sie Damian neben sich sagen. „Doch das wird sich schon bald ändern."

Sie nickte lediglich, schließlich kannte sie die Pläne ihres Vaters.

Ein Keuchen erklang aus dem Salon, gefolgt von einem Schmerzenslaut. Stirnrunzelnd trat sie ein. Sie sah einen Mann vor ihrem Vater knien, dem dieser seine Handfläche auf die Stirn drückte. Bei der Berührung krümmte der Fremde sich vor Schmerzen.

„Vater, was soll das?", verlangte sie zu wissen.

„Ein Verräter, Tochter", kam die Erklärung. „Er hat versucht, sich gegen meinen Willen am Seelengeschäft zu bereichern." Harte, kalte Augen richteten sich auf sie. „Sag, Roberta, wie soll seine Strafe aussehen?"

Es gab so viele Antwortmöglichkeiten auf diese Frage, doch nur eine war wirklich und wahrhaftig eine Strafe.

„Lass ihn brennen."

Natürlich nahm ihr Vater ihn mit nach draußen, schließlich wollte er den Salon nicht ruinieren. Als er es tat, hatte der weinerliche Feigling zu betteln begonnen. Sie spürte wieder dieses gefährliche, verachtenswerte Gefühl in sich, das sie um alles in der Welt unterdrücken musste: Mitleid.

Und so sah sie einfach zu, wie der Mann vor ihr in Flammen aufging und sich in Todesqualen wandte.

Der Geruch … dieser schreckliche Geruch …

Würgend krümmte Bobby sich zusammen.

„Shhh."

Die Schreie ... Sie musste das beenden, sollte das beenden ...

„Bobby, es ist nur ein Traum!"

Der Mann brach vor ihr zusammen. Eine verkohlte Hand schloss sich um ihren Knöchel.

Sie konnte nicht atmen.

Ihre Wange berührte Wärme, und unter ihrem Ohr spürte sie das feste, beständige Schlagen eines Herzens. Ihre Finger gruben sich in muskulöse Schultern. Sie wusste, dass es nicht Damian war, der sie hielt. Da war kein Geruch nach Schatten und Aftershave, sondern nach Sonne und Licht.

„Gabe?"

„Ich bin hier."

Sie wollte zurück, wollte aufwachen, doch etwas hielt sie ab, zerrte an ihr, zehrte von ihr. Und sie versank erneut in dem Albtraum, der einst ihr Leben gewesen war.

Langsam, aber sicher begann Panik in Gabriel aufzusteigen. Bobby lag wie eine leblose Puppe in seinen Armen, und selbst wenn er sie schüttelte, rührte sie sich nicht. Kurz war sie aufgewacht und hatte seine Umarmung erwidert, nur um erneut wegzudämmern. Immer wieder verzog sie das Gesicht, und einmal hatte sie aufgeschrien.

Verzweifelt strich er sich durchs Haar. Was konnte er tun? Wie sollte er sie erreichen? Dieser Zustand war alles andere als normal, das verstand selbst er mit seinem eingeschränkten Wissen über die menschliche Psyche. Vielleicht war es dieser Ort? Vielleicht die Ängste, die er in ihr hervorgerufen hatte?

Aber nein, Bobby war stark. Es musste etwas anderes sein.

„Ich sehe ihn."

Abrupt zuckte sein Kopf hoch, als er die fremde Stimme vernahm. Er drückte Bobby schützend an sich.

Ein Mädchen stand vor ihm, nicht älter als ein Teenager. Sie trug ein ärmelloses, knielanges Lederkleid und ihr rotbraunes Haar war offen. Ihre Augen wirkten riesig und abwesend und schienen geradewegs durch ihn hindurchzustarren.

„Hier haust der Traumfresser", flüsterte sie. „Er ist ein Vampir und entzieht den Schlafenden in ihren Träumen die Lebenskraft."

Aus schmalen Augen musterte er sie. „Wer bist du?"

Sie schenkte ihm ein Lächeln, ihre Augen ein wenig fokussierter. „Ich bin diejenige, die dir helfen kann, das Leben deiner Freundin zu retten!"

„Was soll das heißen?", verlangte er zu wissen.

„Dass sie sterben wird, wenn wir nichts tun."

„Wo ist diese Kreatur?", entfuhr es ihm. „Zeig sie mir, und ich werde sie töten."

Ihr Blick wanderte über die Decke der Kajüte, in der er sich mit Bobby befand. Als er ihm folgte, erstarrte er, denn direkt über ihm kauerte *etwas*, nicht ganz sichtbar oder mit Substanz, doch ohne Zweifel da. Er wollte bereits auffahren, doch das Mädchen schüttelte den Kopf. „Er ist kaum Teil dieser Welt. Je länger er hungert, umso mehr verliert er seine Gestalt. Zu dem Zeitpunkt, wo er wieder einen Körper haben wird, den du töten könntest, wird deine Freundin schon lange tot sein."

Entsetzen erfasste ihn, direkt gefolgt von Entschlossenheit. Gott musste ihm dieses Mädchen, wer auch immer es war, geschickt haben.

„Was kann ich tun?"

Sie streckte ihm die Hand entgegen und kniete sich neben Roberta. „Mir vertrauen."

Erst jetzt nahm er wahr, dass ihre Haut nicht etwa von Tätowierungen, sondern von feinen, verästelten Adern bedeckt war. Er hatte niemals zuvor etwas dergleichen gesehen.

„Was wirst du tun?", fragte er und blickte ihr in die Augen.

Sie scheute nicht vor ihm zurück, was ungewöhnlich war. Die meisten Menschen, denen er begegnete, entwickelten instinktiv Respekt und Ehrfurcht. Dieses Mädchen jedoch lächelte lediglich versonnen und zupfte kurz an einer Strähne seines Haares.

„Ich kann dich in ihren Traum bringen", erwiderte es schließlich.

Er stellte keine weiteren Fragen. Wie auch immer das Mädchen es tun würde: Er war mehr als bereit. Niemals würde er zulassen, dass Bobby irgendein Leid zustieß.

Langsam streckte sie die Hand nach ihm aus und neigte den Kopf. Die Adern auf ihrem Körper schienen zu pulsieren, und ihre Pupillen überzogen sich mit einem fahlen Schleier. Etwas zupfte an seinem Verstand. Als es geschah, klärte sich ihr Blick kurzzeitig und sie starrte ihn aus großen, veilchenblauen Augen an. „Du leuchtest …"

Er konnte trotz seiner Sorge das Lächeln, das sich auf seinen Lippen bildete, nicht unterdrücken. „Ja", erwiderte er sanft. „Aber ich brauche jetzt deine Hilfe. Also konzentriere dich bitte."

Sie atmete tief durch und nickte. Dann verschleierte sich erneut ihr Blick, und als sie diesmal seinen Geist berührte, war es kein Zupfen mehr, sondern ein Sog, der ihn mitriss.

Als er wieder klar sehen konnte, stand Gabriel im Inneren einer gigantischen Kathedrale, umgeben von schattenhaften Gestalten, die in den Bankreihen saßen.

Jeder Muskel in seinem Körper spannte sich an. Dies war kein heiliger Ort. Nein, im Gegenteil, er war durch und durch unheilig. Der schwarze Altar wurde von zwei steinernen Drachenskulpturen getragen, und die Wände des Gebäudes waren von roten Gesteinsadern durchzogen. Über den Anwesenden ragte die gewaltige Statue Luzifers auf.

Abscheu regte sich in Gabriel. Erinnerungen schäumten in ihm auf und versickerten sofort wieder. Wahrscheinlich war es besser so, denn gerade hier und jetzt musste er einen klaren Kopf bewahren.

Seine Aufmerksamkeit richtete sich auf die Frau, die an der Seite eines dunkelhaarigen Mannes vor dem Altar stand. Anhand der goldbraunen Masse an Haaren erkannte er Bobby, doch das war auch die einzige Ähnlichkeit. Diese Frau trug keine bequeme, sportliche Kleidung, sondern ein enges, schwarzes Gewand mit tiefem Rückenausschnitt. Soeben sah sie den Mann an ihrer Seite an, ihre Lippen rot gefärbt und ihre Augen dunkel geschminkt.

Gabriels Abscheu wandelte sich in Widerwillen, als er sie so absolut falsch vor sich stehen sah.

Sein Mund bewegte sich, um ihren Namen zu rufen, doch kein Laut kam über seine Lippen. Entsetzt weiteten sich seine Augen. Er wollte vorwärtsstürmen, um sie wegzureißen, als er eine kleine Hand spürte, die sich auf seinen Arm legte.

Er senkte den Blick und sah das fremde Mädchen neben sich stehen. „Sie wird dich nicht hören können. Nur sie selber kann sich aus diesem Traum befreien."

„Weshalb hast du mich dann hierhergebracht, wenn ich nichts für sie tun kann?"

„Weil ich hoffe", erwiderte sie mit abwesendem Gesichtsausdruck, „dass sie dich spüren kann."

Er atmete tief durch und versuchte, sich auf seinen Glauben und seine Kraft zu besinnen. Es war schwierig an einem Ort wie diesem. Ein Ort, der in Bobbys Erinnerung bedrückend und voller Macht, einengend und gleichzeitig berauschend war.

Bobby!

Sie zuckte zusammen, als er ihren Namen dachte, so als könne sie ihn hören. Kurz blickte sie den Gang entlang in seine Richtung, ihr Blick plötzlich verletzlich und unsicher. Ihre Augen wanderten über ihn, ohne ihn zu sehen, dann verhärtete sich ihr Gesicht und sie wandte sich wieder dem Altar zu.

Alexander Maaron trat heran, in eine blutrote Robe gekleidet, gefolgt von einem Jungen, der sicherlich ihr Bruder war. Seine Augen wirkten blicklos, und nach einer kurzen Handbewegung seines Vaters legte er sich auf den Altar.

Bobby erstarrte, ebenso wie Gabriel.

„Opfere ihn, Roberta", sagte ihr Vater und reichte ihr einen langen, scharfen Dolch. „Er ist eine Enttäuschung. Opfere ihn und segne diese Verbindung, aus der ein wahrlich starker Erbe hervorgehen wird."

Bobbys Hand zitterte, als sie den Dolch entgegennahm. Wie erstarrt stand sie vor dem Altar und blickte auf den Jungen hinab.

Tausend Gedanken gleichzeitig jagten durch Gabriels Kopf. Wie sollte er sie erreichen? Wie ihr helfen, sich aus diesem Albtraum zu befreien?

Ruhe überkam ihn, als er sich an das erinnerte, was ihm stets die größte Sicherheit gegeben hatte: sein Glaube.

„Gut", flüsterte das Mädchen neben ihm. „Stärke sie."

Er schloss die Augen und atmete tief durch. In seinen Gedanken rief er Bobbys Anblick in sich hervor, auf ihrem Mountainbike fahrend, den Wind in ihrem Haar. Er erinnerte sich an den Moment, als er seine Flügel aufgegeben und sie ihn angesehen hatte, als wäre er verrückt. Er hatte nur gelächelt, war er sich doch absolut sicher gewesen, dass er das einzig Richtige getan hatte.

So wie auch sie das einzig Richtige tun würde.

„Einen Scheiß werde ich!"

Nun, das war Bobby, wie sie leibte und lebte. Der Dolch landete klirrend auf dem Boden. Ein entrüstetes und bedrohliches Murmeln brandete auf. Als Gabriel wieder zum Altar hinüberblickte, sah er sie zurückweichen.

„Zane, komm mit mir", flüsterte sie.

Doch der Junge starrte sie lediglich an und verzog sein Gesicht zu einer hässlichen Fratze. „Du Verräterin!"

Bobby erstarrte. Dann platzte es aus ihr heraus. „Du undankbarer kleiner Scheißer!"

Die Anwesenden erstarrten und blickten sie an. Es hatte fast etwas Amüsantes.

„Ihr alle", zischte sie, „seid doch gestört." Und damit wirbelte sie herum und steuerte auf ihn zu. „Lass uns hier verschwinden, Gabe."

„Du siehst mich?", entfuhr es ihm.

„Wie könnte ich nicht?", war alles, was sie stirnrunzelnd erwiderte. „Du leuchtest meilenweit."

„Roberta!" Die Stimme ihres Vaters knallte durch das Gebäude, doch alles, was sie tat, war ihm über ihre Schulter hinweg ihren Mittelfinger zu zeigen.

„Du solltest sie jetzt in Sicherheit bringen", sagte das fremde Mädchen.

Verwirrt blickte Gabe sie an. „Was meinst du?" Dann verstand er, denn direkt hinter Bobby materialisierte sich eine Kreatur wie aus dem Nichts.

Selbst hier, im Traum, wirkte sie irreal. Durchscheinend und fluoreszierend schien sie wie eine riesige Amöbe über den Boden zu gleiten und rasend schnell näher zu kommen.

Zu schnell.

Lucy gab einen angsterfüllten Laut von sich. Gabriel reagierte, ohne nachzudenken, schob sich vor das Mädchen und Roberta und riss die Hände hoch. Licht flammte auf und das Geschöpf hielt abrupt an.

„Du kannst nicht vorbei", sagte er, hart und befehlend. Dann griff er in das Licht, bündelte es und formte den Speer, den er bereits in der Kanalisation erschaffen hatte. Diesmal jedoch rammte er ihn in den Boden, und ein Blitz entlud sich und schoss in das amöbenartige Wesen.

Der Laut, den es von sich gab, fuhr tief in ihn. Es war ein Laut des Schmerzes und Verlustes, der Einsamkeit, des Hungers.

Endlich ...

Er wusste nicht, was dieses Wesen war, doch er spürte dessen Qual, gepaart mit Hoffnung.

Befreie mich ...

Langsam ging er in die Hocke und streckte die Hand aus. Diesmal kam das Licht in einer sanften Welle aus seinen Fingern, glitt über die schemenhafte Gestalt und sickerte in ihr Innerstes. Sie begann zu leuchten, stärker und stärker, und anstelle von Schmerz nahm Gabriel nichts weiter wahr als ein friedliches Sehnen.

Erlöse mich ...

Als es vorbei war, erinnerten nur noch einige funkelnden Partikel, die in der Luft schwebten, an das Geschöpf. Lucy trat neben ihn, Tränen auf ihren Wangen, und sagte: „Jetzt ist sein Hunger endlich gestillt."

Gabriel erhob sich und blickte Bobby an. Ihre Umgebung begann langsam, sich in nebelartigen Schlieren aufzulösen. „Gehen wir?"

Sie nickte. „Nichts lieber als das". Dann, während der Nebel immer näher kam: „Hast du gerade allen Ernstes Gandalf aus Herr der Ringe zitiert?"

Ihr Erwachen bewahrte ihn vor einer Antwort, auch wenn sein Lächeln ihn vermutlich verraten hatte.

Kapitel 6

Die Sonne ging gerade auf, als sie zusammen mit der jungen Fremden namens Lucinda, die Lucy genannt werden wollte, den Strand erreichten. Nachdem Bobby in Gabriels Armen in der Kajüte erwacht war, mit tierischen Kopfschmerzen, ansonsten allerdings unbeschadet, waren sie sofort aufgebrochen und dem Mädchen gefolgt, das sie sicher durch die Flure des Schiffes geführt hatte.

Bobbys Blick lag auf der Fremden, als sie über Trümmerteile und Metallsplitter kletterte. Sie bewegte sich leichtfüßig und unbeschwert, und manchmal balancierte sie auf schmalen Balken und streckte die Arme zur Seite aus.

„Wer ist sie?", flüsterte sie Gabriel zu.

Der Blick des einstigen Engels lag auf dem Mädchen, nachdenklich und weich. „Ich weiß es nicht, aber Er hat sie geschickt."

„Ist sie eine Seelenlose?"

„Ja. Im Hinterland gibt es im Grunde nur Seelenlose. Morgana herrscht hier, und sie würde keine Menschen dulden, die ihre Kräfte schwächen könnten."

Trübsal erfasste Bobby. Dieses Mädchen wirkte so unbeschwert und rein. Es war schwer vorstellbar, dass ihr Innerstes leer und hohl war. Sie selbst wusste nur zu gut, wie schwer dieser Kampf war.

Über ihre Schulter hinweg sah Lucy sie an. „Sei nicht traurig meinetwegen."

Bobby erstarrte und warf Gabe einen Blick zu. „Kannst du Gedanken lesen?"

Die Kleine lachte. „Nein. Aber ich sehen Auren ... und Dinge ..." Ihr Blick wanderte zu Gabe. „Du weißt, wovon ich spreche, nicht wahr?"

Er trat näher. „Ja. Ich habe eine ähnliche Begabung. Aber ich glaube, du siehst mehr als ich, oder?"

Sie zuckte mit den Schultern. „Es war schon immer so. Die Alten meinen, es läge an ihnen." Sie deutete auf die Male, die sich auf ihren nackten Armen und Beinen unter dem leichten Lederkleid zeigten.

„Was hat es damit auf sich?", fragte Bobby.

„Keiner weiß das so genau. Ich wurde am Rande der Outlands ausgesetzt, und ich wäre verhungert, wenn nicht *etwas* eine Symbiose mit mir eingegangen wäre.

Eine Pflanze, ein Tier ... Als man mich fand, war es weg, und nur diese Zeichen blieben zurück. Doch es hat etwas in mir verändert, und seitdem sehe ich mehr."

Ein leichter Schauer lief Bobbys Rücken hinab. „Wir sollten sie niemals in die Nähe deines Psych-Freundes bringen", murmelte sie in Gabriels Richtung.

„Wer war der Junge?", fragte Lucy in diesem Moment.

Irritiert blickte Bobby sie an. „Welcher Junge?"

„Der aus deinem Traum. Der dich beschimpft hat."

Schmerz durchfuhr sie bei der Erinnerung an den Ausdruck auf Zanes Gesicht. Fast genauso hatte er sie angeblickt, kurz bevor sie ihrem einstigen Zuhause den Rücken gekehrt hatte. Alles, was in diesem Traum geschehen war – eine Mischung aus Erinnerungen und Täuschungen –, zeigte ihr, wie wenig sie mit ihrer Vergangenheit abgeschlossen hatte.

„Mein Bruder", antwortete sie schließlich.

„Wie heißt er?", hakte Lucy nach und spielte mit ihren Haaren.

„Zane. Warum fragst du?"

Lucy zuckte mit den Achseln und errötete leicht. Überrascht musterte Bobby sie und musste dann gleichzeitig ein Lächeln und ein Seufzen unterdrücken. Es war einfach so verdammt falsch, dass Lucy hier draußen leben musste, während Zane gleichzeitig von ihrem Vater zu einem Killer ausgebildet wurde. Sehr viel richtiger wäre es gewesen, wenn die beiden sich an einer High School begegnet wären und miteinander ausgehen würden.

Plötzlich kicherte Lucy, ging auf die Knie und begann, mit einem kleinen Steinsplitter in einer angeschwemmten Qualle herumzustochern.

Bobby verzog das Gesicht. Nun, wahrscheinlich wäre Zane eher der coole, unantastbare Junge und Lucy die Vorsitzende des Wissenschaftsclubs, aber immerhin wären sie beide normal gewesen.

Gabriel hatte recht. Sie durfte ihren Bruder nicht aufgeben.

„Gabe?"

„Ja?"

„Danke für deine Hilfe im Traum. Danke für alles."

Er wirkte überrascht. „Es gibt nichts zu danken, Bobby."

Lucy starrte auf das Meer hinaus. „Was macht ihr eigentlich hier?"

Eine absolut berechtigte Frage. Was zum Henker machten sie hier und wie war es ihnen gelungen, innerhalb von vierundzwanzig Stunden aus Bobbys sicherer Wohnung in die Outlands zu gelangen? Die Erklärung war so absurd wie ehrlich und schien Lucy in keiner Weise zu irritierten.

„Wenn eure Freunde von dem anderen Sog erfasst worden sind, dann finden wir sie strandabwärts", war alles, was sie erwiderte. „Ich kenne eine weitere Stelle, an der im Laufe der Jahre Treibgut angeschwemmt worden ist."

„Na, dann los", sagte Bobby und folgte dem Mädchen den Strand entlang.

Wie zu erwarten, hielt die friedvolle Stimmung zwischen Gabriel und ihr nicht lange an. Bereits eine halbe Stunde später ärgerte sie sich bereits wieder über den General. Sie hatten eine Truhe gefunden und darin neben Feldflaschen und Decken ein Schrotgewehr und Munition entdeckt, doch er wollte ihr die Waffe partout nicht geben.

„Du verletzt dich noch damit."

Sie lachte auf. „Ich? Falls du es vergessen hast: Ich bin nicht derjenige, der sich in den vergangenen Wochen bei jeder erdenklichen Gelegenheit den Kopf gestoßen hat."

Er runzelte auf gabrielische Art und Weise die Stirn. „Ich bin groß!"

„Du bist unachtsam" erwiderte sie.

Nun wurden seine Augen schmal, und sie unterdrückte ein Grinsen. „Du wagst es, mich zu tadeln?"

Sie reckte herausfordernd ihr Kinn. „Und ob ich das wage, Herr General!"

Zornig blickte er auf sie herunter, so wie sie zu ihm hinaufblickte. Dann veränderte sich sein Blick plötzlich und wurde nachdenklich.

Sie fühlte sich ertappt und wusste auch ganz genau, weshalb: Weil sie es mochte, mit ihm zu streiten. Weil es ihr Herz schneller schlagen ließ. Und weil sie sich dabei so lebendig wie seit Langem nicht mehr fühlte.

Gabriels Blick wanderte gedankenverloren über das Meer. Hinter sich hörte er Lucy und Bobby ein Feuer entfachen. Die beiden waren ein kleines Stück landeinwärts gegangen, um trockene Zweige zu sammeln, während er Steine in einem Kreis zusammengelegt hatte. Als sie wiedergekommen waren, hatte Bobby angewidert das Gesicht verzogen, „Schlacke und Schwefel" gebrummt und sich mit dem Handrücken Schweiß von der Stirn gewischt.

„Das Land scheint aus nichts anderem zu bestehen", murmelte sie.

Zumindest half ihnen diese Substanz, das Feuer unter Lucys Anleitung schnell zu entzünden, auch wenn es nicht sonderlich angenehm roch. Auch zu essen besorgte das Mädchen ihnen, indem es nach einigen Minuten mit einer überdimensionalen Ratte zurückkam und diese vor ihren Augen ausweidete, zerlegte, aufspießte, briet und ihnen schließlich reichte.

Zögernd nahmen sowohl Bobby als auch er das ungewöhnliche Geschenk entgegen. Er musste sich zu einem Lächeln zwingen und seufzte innerlich, als er Lucys vergnügtes Gesicht sah. So unbeschwert … Es war schwierig, diesem Mädchen irgendetwas abzuschlagen.

Nach dem Essen rollte sich Lucy vor ihnen zusammen und war innerhalb von wenigen Sekunden eingeschlafen.

„Beneidenswert", murmelte Bobby.

Er nickte und atmete tief durch, genoss die Ruhe des Augenblickes. Zumindest so lange, bis Bobby ihn aufforderte: „Erzähl mir eine Geschichte."

„Eine Geschichte?"

„Ja. Etwas von früher, an das du dich erinnern kannst. Etwas Schönes, bitte", fügte sie hinzu.

Er legt den Kopf schräg und murmelte: „Etwas Schönes …" Sein Geist wanderte durch die Vergangenheit, die weitestgehend im Nebel lag. Nur manchmal hob sich der Schleier, so wie auch jetzt, und was er sah, raubte ihm den Atem: eine Stadt aus Marmor und Gold, voller Pflanzen, lebendig und bunt. Er erinnerte sich daran, wie er auf sie zugeflogen war, ein junger Engel, und zu den Hängenden Gärten des Palastes hinabgesunken war.

„Sprich weiter." Bobbys faszinierte Stimme drang an sein Ohr. Erst in diesem

Moment wurde ihm bewusst, dass er laut gesprochen hatte.

„Die Hängenden Gärten von Babylon", erklärte er. „Sie galten als eines der Sieben Weltwunder. Eine wunderschöne Gartenanlage, direkt am Herrscherpalast. Pflanzen, üppiger und grüner als ich sie je zu Gesicht bekommen habe. Marmorne Balustraden, Diener in hellen Gewändern, Statuen, Brunnen ... und Semiramis ..." Die Gestalt einer Frau tauchte aus dem Dunst seiner Erinnerungen auf, ihr Körper anmutig und kurvig, das Haar schwarz wie die Nacht.

„Wer war sie?"

„Eine Königin", erwiderte er.

Stille folgte. Weil sie andauerte, drehte er den Kopf und sah, dass Bobby die Stirn runzelte.

„Was hast du?"

Sie schreckte hoch. „Ich? Nichts. Keine Ahnung, ich habe mich nur gefragt, was du dort bei ihr gemacht hast."

Er hob die Schultern. „Sie war meine Geliebte."

Ihre Kinnlade fiel herunter. „Wie bitte?"

Er runzelte die Stirn. „Warum überrascht dich das so?"

„Ich dachte ... Na ja, ist es nicht verboten?"

„Ich habe dir die Regeln zwischen Engeln und Menschen oft genug erklärt, ebenso die Geschichte, wie es dazu gekommen ist", bemerkte er kühl. „Hast du nicht zugehört?"

Ihr Gesichtsausdruck war Antwort genug. Gereizt presste er die Lippen aufeinander. Warum konnte sie auch niemals zuhören? Wie oft hatte er ihr erzählt, dass in uralten Zeiten Engel auf Erden gewandelt waren, bis Gott begriffen hatte, dass ihre Anwesenheit mehr Schlechtes als Gutes bewirkte und sie daher in den Himmel zurückbeordert hatte?

„Tut mir leid", sagte sie. „Aber als du ein Unsterblicher warst, da warst du manchmal einfach ... ätzend."

Überrascht hielt er inne. „Und jetzt bin ich das nicht mehr?"

Sie lächelte zu ihm hoch. „Zumindest nicht immer. Du hattest also eine Geliebte?"

Er nickte. „Damals waren wir den Menschen nahe. Er glaubte, dadurch würden wir einen besseren Einfluss auf sie haben. Doch etwas anderes ist geschehen: Sie hatten einen schlechten Einfluss auf uns. Ich habe immer geglaubt, dass sie uns verderben würden, doch inzwischen weiß ich, dass wir einfach nicht dafür geschaffen waren, sie gänzlich zu verstehen. Liebe, Leidenschaft, Eifersucht … Das alles war – das alles ist uns fremd.“

Nachdenklich legte sie den Kopf schräg. „Dann hast du sie also nicht geliebt?“

Er lachte auf. „Nein. Ich habe ihre Schönheit bewundert und ihren Geist. Sie war annehmbar für eine Sterbliche.“

Stille. Dann fragte sie: „Annehmbar?“

Er nickte gedankenverloren. „So wie du.“

Bobby glaubte sich verhört zu haben. „Wie bitte?“

Er warf ihr einen Seitenblick zu. „Ja. Ihr beide habt etwas Besonderes an euch. Einen Geist, der so hell leuchtet, dass man ihn von weither sehen kann. Es ist schwer zu erklären.“ Gedankenverloren blickte er wieder ins Feuer und fügte hinzu: „Eigentlich ist es anders bei dir.“

Sie wusste nicht, ob sie lachen oder schreien sollte. So schräg seine Worte begonnen hatten, so schmeichelhaft waren sie zwischenzeitlich geworden, nur um sie nun wieder die Stirn runzeln zu lassen. Was genau wollte ihr der Herr General damit sagen? Und wusste er es überhaupt selbst?

„Inwiefern anders?“

„Ihr Geist war geschärft und geformt, durch lange Jahre der Huldigung und Bildung“, erklärte Gabriel. „Sie hatte mit Künstlern, Wissenschaftlern und uns gesprochen, um ihr Wissen und ihr Reich zu erweitern. Ihre Wissbegierde war unermesslich, aber sie war nicht so warm wie du. Nicht so lebendig. Pulsierend. Deine Seele ist kaum mehr als ein Funke, und dennoch ist sie berauschend.“

Ihr Mund wurde mit jedem seiner Worte trockener. Er hatte wieder diesen abwesenden Tonfall, der ihn manchmal überkam, wenn er in eine bestimmte Stimmung versank.

Ob er überhaupt wusste, dass er sie soeben mit einer Königin verglichen hatte? Ob er ahnte, dass er sie genau genommen über eine Königin erhoben hatte? Und ob er wusste, wie viel es ihr bedeutete, dass er ihre Seele wachsen sah? Niemals hatte er etwas dergleichen gesagt, und die Gewissheit, dass ihre Bemühungen tatsächlich von Erfolg gesegnet waren, ließ Tränen in ihre Augen steigen.

Hastig blinzelte sie diese zurück und atmete tief durch. Gabriel schwieg, sein Blick weit weg und ein kleines Lächeln auf seinen Lippen.

Sie runzelte die Stirn. Dachte er etwa an sie?

„Gabriel!"

Abrupt wandte er den Kopf und sah sie an. „Ja?"

„Das war wirklich sehr schmeichelhaft. Danke."

Ein sanfter Ausdruck erschien auf seinem Gesicht. „Es war nur die Wahrheit."

Erneut wurde ihre Kehle trocken, und ihr Herzschlag beschleunigte sich. Sie musste das Gespräch dringend in eine andere Richtung lenken.

„Nichtsdestotrotz sollten wir an deiner Wortwahl arbeiten", sagte sie und biss sich auf die Zunge, als sie ihn die Stirn runzeln sah.

„An meiner Wortwahl? Inwiefern?"

„Nun, du solltest einer Frau, der du ein Kompliment machen möchtest – zumindest nehme ich an, dass du das wolltest – niemals sagen, sie sei annehmbar. Das klingt, als würdest du über ein nettes Kleidungsstück sprechen. Es ist unpersönlich."

Er blickte noch immer grimmig, nickte allerdings, als würde er verstehen. „Du hast doch sicherlich bereits eine Idee, wie ich an meiner Wortwahl arbeiten könnte?"

Eigentlich hatte sie das nicht, aber nun, da er so bereitwillig für Vorschläge zu sein schien, ließ sie sich auf ihre Fersen sinken und dachte nach. „Ich hab's!"

Er zuckte zusammen und wirkte augenblicklich misstrauisch.

„Ach, komm schon, hast du etwa Angst, Herr General? Die beste Art und Weise, Erfahrungen mit sozialen Interaktionen zu machen, ist, in einer Bar zu arbeiten."

„Einer Bar?" Er klang nicht überzeugt, doch sie ließ sich nicht beirren. Genau genommen gefiel ihr die Idee mit jeder Sekunde mehr.

„Ja, du könntest bei Gerôme anfangen. Er führt einen Club nahe dem alten Park und wird dich so, wie du aussiehst, mit Handkuss nehmen."

Sofort wurde Gabriels Gesichtsausdruck noch misstrauischer. „Was soll das heißen: So, wie ich aussehe?"

Sie grinste. „Nur, dass Gerôme gutaussehende Männer mag. Abgesehen davon hat er ein betuchteres Publikum, das dir sicherlich gutes Trinkgeld geben wird. Wie man Cocktails mixt, lernst du doch im Handumdrehen, so wie alles andere auch. Übrigens tritt Laura dort einmal die Woche auf."

Er schien noch immer nicht überzeugt.

„Gabriel, ich habe ernst gemeint, als ich sagte, du müsstest auch einen Beitrag zur Miete leisten", sagte sie streng und packte ihn damit bei seiner Ehre.

„Natürlich", erwiderte er sofort und schob das Kinn vor. „Ich werde mit diesem Gerôme sprechen, wenn wir wieder zurück sind."

Sie musste ein Lächeln unterdrücken. „Ausgezeichnet."

Seine nächste Frage ließ sie erstarren: „Und was ist mit deinem Bruder?"

Schmerz erfasste sie. „Erst einmal müssen wir prüfen, ob es sicher ist, nach Hause zurückzukehren. Und dann gilt es Informationen zu sammeln und Vorbereitungen zu treffen. Ich gehe davon aus, dass Duncan Kontakte hat, die uns helfen können." Die Wahrheit war: Sie hatte keine Ahnung, wie sie Zane befreien sollten. „Lass uns schlafen. Es ist spät."

Er nickte und legte sich neben sie, drehte sich so, dass er den Großteil des kalten Windes abhielt, der vom Meer her wehte. Sie fröstelte nichtsdestotrotz, bemühte sich allerdings, sich nichts anmerken zu lassen.

Kaum gedacht, lag sie auch bereits mit ihrem Rücken an seiner Brust, und sein Arm schob sich unter ihren Kopf. Kein Wort kam dabei über seine Lippen.

Langsam ließ sie den Atem entweichen, den sie unbewusst angehalten hatte, und begann zu lächeln und gleichzeitig innerlich den Kopf zu schütteln.

„Gabriel?"

„Ja?"

„Du kannst eine Frau nicht einfach so an dich ziehen, ohne sie zu fragen."

Kurz war es still, dann erwiderte er: „Soll ich dich wieder loslassen?"

Wollte sie, dass er sie losließ? Oder ging es ihr vielmehr ums Prinzip? Immer stärker wurde ihr bewusst, dass er ihr unter die Haut ging. Also erwiderte sie nach einem langen Moment des Zögerns: „Das habe ich nicht gesagt."

„Also ist es angenehm?"

„Es ist … annehmbar."

Gabriel erwachte mit dem Rauschen des Meeres und schlug die Augen auf. Bobby lag nach wie vor an seiner Seite, ihm den Rücken zugewandt, und schlief tief und fest. Ihre Seelenfarben sprachen von Entspannung, aber auch Erschöpfung, ein Gefühl, das er zum ersten Mal in seinem Leben nachvollziehen konnte. Auch er spürte die letzten Tage in seinen Gliedern und die Nacht auf dem harten Boden in seinem Rücken. Es war eine Empfindung, auf die er hätte verzichten können, ein Mitbringsel seiner neu gewonnenen Menschlichkeit.

War er das gewesen, was die Menschen naiv nannten, als er seine Unsterblichkeit aufgegeben hatte? Es war ein Wort, das er nur zu gern verwendet hatte, ohne sich wirklich über dessen Inhalt bewusst zu sein. Nun erfuhr er am eigenen Leibe – wortwörtlich – welche Konsequenzen eine Entscheidung hatte, die nicht gänzlich durchdacht gewesen war.

Doch wie hätte sie es auch sein können? Nichts hätte ihn auf die Sterblichkeit vorbereiten können, selbst nach all der Zeit nicht, die er die Menschen beobachtet hatte. Das Gefühl eines sterblichen Körpers, die Intensität menschlicher Gefühle, die Verwirrung und Unsicherheit, Hoffnung und Freude: All dies verstand man erst, wenn man es erlebte.

Bereute er seine Entscheidung?

Nicht einen Tag.

War er naiv gewesen?

Über allen Maßen.

Bobby bewegte sich neben ihm, und ihre Haare rutschten beiseite und gaben die

Tätowierung auf ihrem Nacken preis, die sie meist unter dem Kragen der Cargojacke verbarg. Es war ein Auge, das von einer Drachenkralle gehalten wurde, die Pupille vertikal und schlangengleich.

Abscheu regte sich in ihm beim Anblick des Symbols seines Feindes. Leise und vorsichtig stand er auf, nahm die Schrotflinte an sich und entfernte sich von ihrem Rastplatz, um in die Abgeschiedenheit der Wildnis zu tauchen. Aus dem Augenwinkel sah er Lucy am Strand entlangschlendern.

Er würde bald zurückkehren, doch plötzliche, unerwartete Erinnerungen lasteten schwer auf ihm, hervorgerufen durch das Mal auf Bobbys Haut.

Luzifer hatte die Legende von Drachen stets fasziniert, sodass die Wahl seines Erkennungszeichens nicht verwunderlich war. Einmal hatte Gabriel es Bobby gegenüber erwähnt, und sie war leichenblass geworden. Als er sie gefragte hatte, weshalb, war die Antwort gewesen, dass sie nicht begreifen konnte, dass Luzifer einst ein Engel wie er gewesen war. Und dass sie einander gekannt hatten ...

Gabriel stand an Michaels Seite am Rande eines Plateaus und blickte auf die Stadt hinab, die in Flammen stand. Die Klagelaute der Menschen waren bis zu ihnen zu vernehmen, und der Geruch nach Tod und Flammen lag in der Luft. Über ihnen zuckten Blitze über den Himmel, ein Zeichen Seines Zorns über Luzifers Verrat.

Noch ein Jahrhundert zuvor waren sie zusammen durch die Gassen der Stadt geschlendert, vier von Gott gesandte Engel, dazu auserkoren, die Menschen zu begleiten und zu großen Taten zu inspirieren. Gabriel erinnerte sich an Raphaels Lachen – einen Laut, den er schon lange nicht mehr von dem anderen Engel vernommen hatte – und an Luzifers neckende Worte. Die beiden hatten sich nahegestanden, Raphaels verständige Art war der perfekte Gegenpart für Luzifers ungestümes Gemüt. Sein Verrat sollte Raphael für alle Lebzeiten verändern und zu dem gnadenlosen, unerbittlichen Engel machen, der er heute war.

„Es ist an Zeit", erklang Michaels Stimme zu seiner Rechten.

Sein Freund und Heerführer hatte den Blick zum Himmel erhoben, dorthin, wo Luzifer soeben aus den Wolken auftauche, gefolgt von der Schar verräterischer Engel, die er anführte. Sein Aufstand hatte auf Erden begonnen, langsam und schlei-

chend, doch er würde im Himmel enden.

Als Gott seine Engel zurückbeordert hatte, hatte Luzifer nicht Folge geleistet. Er war nicht gewillt gewesen, die Macht aufzugeben, die er angesammelt hatte. Keinem von ihnen war bewusst gewesen, wie allumfassend sein Hunger und seine Gier waren, am Leben der Menschen teilzunehmen und sie zu formen und zu kontrollieren. Es sah Seine Entscheidung, sich zurückzuziehen, als falsch an, und hatte die Menschen dazu aufgewiegelt, Krieg zu führen, um Ihm zu beweisen, dass die Engel weiterhin gebraucht wurden.

Seine List war von Raphael aufgedeckt worden, woraufhin sich Sein Zorn mit aller Macht über Luzifer und seine Anhänger entladen hatte. Und nun standen Michael und Gabriel hier, kurz davor, ihren einstigen Bruder für alle Zeiten aus dem Himmel zu verbannen ...

Ein Schrei riss Gabriel aus seinen dunklen Gedanken und brachte ihn abrupt zurück ins Hier und Jetzt.

Bobby!

Das langgezogene Jaulen eines Wolfes folgte.

Mit einem Ruck setzte er sich in Bewegung und rannte los, die Schrotflinte im Anschlag. Er war kaum länger als eine halbe Stunde unterwegs gewesen. In welche Schwierigkeiten war sie nun wieder geraten?

Kapitel 7

„Und das Wasser ist auch wirklich ungefährlich, Lucy?" Misstrauisch beäugte Bobby die Quelle, zu der Lucy sie kurz nach ihrem Erwachen geführt hatte. Sie lag ein wenig abseits ihres Lagers und nahe einer Felsformation.

„Keine Sorge, ich weiß, was ich tue!", rief das Mädchen und füllte ihre Feldflasche auf. Nach kurzem Zögern tat Bobby es ihr gleich und nippte an dem Wasser, das erstaunlich gut schmeckte.

Ein kleines Lächeln umspielte ihre Lippen. Sie musterte das Mädchen neben sich, das leise vor sich hin summte. „Lucy?"

„Hm?" Ihr Blick flog zu ihr.

„Danke."

Lucy lächelte. „Mein Ziehvater hat mir beigebracht zu helfen, wenn ich helfen kann. Nur so können wir überleben. Zusammenhalt ist wichtig. Wenn schon kein Frieden zwischen den Clans herrscht, dann zumindest innerhalb. Wir sind aufeinander angewiesen. Nur zusammen sind wir stark."

„Dann ist dein Vater ein klügerer Mann als meiner", erwiderte Bobby bitter.

Schweigen folgte, dann sagte Lucy irgendwann: „Bobby?"

„Ja?" Ihr Blick schnellte wieder zu dem Mädchen hinüber.

„Wer ist Gabe eigentlich?", fragte diese. „Ist er dein Mann?"

„Was?" Sie hörte, wie ihre Stimme eine Oktave höher ging. „Nein", sagte sie und schüttelte den Kopf. „Wir sind Freunde, die eine ganze Menge miteinander durchgemacht haben."

Lucy biss gedankenverloren auf ihre Unterlippe. „Er hat eine ganz besondere Aura."

Bobby zögerte. „Früher war er anders. Er hat etwas aufgegeben, was ihm sehr, sehr wichtig gewesen ist."

Nämlich seine Unsterblichkeit, übermenschliche Kräfte und seine Flügel. Er hat seine Flügel aufgegeben, um stattdessen auf Erden kämpfen zu können.

Wie nur konnte man so verrückt sein?

Ein bedrohliches Grollen ließ sie erstarren und langsam den Kopf heben. Direkt vor ihr löste sich der gewaltige Körper eines wolfsartigen Wesens aus dem Schatten der Felsformation. Seine Lefzen waren weit zurückgezogen und das imposante Gebiss entblößt.

Das Biest sprang auf sie zu.

„Lauf, Lucy!", rief Bobby und packte sie am Arm.

„Nein! Warte, Bobby ..."

Sie verstand kaum, was Lucy rief und weshalb sie sich von ihr losriss, da der riesige Wolf in diesem Moment zum Sprung ansetzte. Aus purem Reflex heraus schmiss sie sich zu Boden und spürte, wie der gewaltige Körper über sie hinwegglitt. Die Kiefer schnappten in der Luft geräuschvoll zu, gerade dort, wo nur Sekunden zuvor ihr Kopf gewesen war.

Der Wolf kam auf, wirbelte herum und knurrte. Langsam stemmte Bobby sich hoch.

Das Biest sprang erneut. Wieder rollte sie zur Seite, bekam einen neben sich liegenden Ast zu greifen und schlug ihn dem Wolf mit voller Wucht gegen den Kopf. Dieser jaulte auf und taumelte.

„Wie hat dir das geschmeckt?" Adrenalin peitschte durch ihren Körper, und sie kam endgültig wieder auf die Beine. „Jetzt verpiss dich!", brüllte sie mit ihrer provisorischen Waffe in der Hand.

Der Kopf des Wolfwesens ruckte zu ihr herum, und ein langgezogenes, bedrohliches Jaulen erklang.

Mit einem Fluch drehte sie sich um und hastete auf die Felsformation zu. In ihrem Nacken hörte sie ihren Angreifer sich erneut in Bewegung setzen.

Sie tauchte in das Felslabyrinth ein, das vor ihr lag, und schlüpfte in die engsten Gänge, um ihrem Verfolger zu entkommen. Fast schon war sie sich sicher, ihn abgehängt zu haben, da endete ihr Weg in einer Sackgasse.

Verzweifelt blickte Bobby an der soliden Felswand hinauf. Ein Schaben erklang hinter ihr, und als sie sich langsam umdrehte, sah sie, wie das Wolfsmonster mit gesenktem Kopf näher kam.

Panisch stolperte sie rückwärts. Zu ihrer Linken erkannte sie eine Spalte, kaum breit genug, um ihr Platz zu bieten, doch sie musste es versuchen, wenn sie leben wollte. Ohne lange darüber nachzudenken, hetzte sie auf die Felswand zu. Das Vieh gab einen knurrenden Laut von sich, dann hörte sie die kräftigen Pranken über den Boden trommeln. Schwer atmend quetschte sie sich in die Spalte, gerade noch rechtzeitig. Mit voller Wucht warf der Wolf sich gegen die Felsen und langte mit seinen Klauen in den Spalt hinein. Fast erreichte er sie. Dann fing er an zu buddeln wie ein Hund und scharrte eine Fuhre Sand nach der anderen nach draußen. Der weiche Sandstein bröckelte und gab langsam nach.

„Hau ab!" Sie trat nach dem Vieh. „Verzieh dich!"

Ein Schuss ertönte. Der Riesenwolf sprang zurück und reckte seinen Kopf nach oben. Abermals ertönte ein donnernder Knall, und etwas bohrte sich dem Raubtier vor die Pranken. Widerwillig zog das Biest sich zurück.

„Bobby?"

Nie war sie so froh gewesen, seine Stimme zu hören. „Gabe!"

„Komm raus."

Sie folgte seiner Anweisung und schob sich langsam aus der Spalte. Gabriel stand auf dem Felsen zu ihrer Rechten. Der Wolf kauerte nur wenige Meter von ihnen entfernt auf dem Boden und blickte immer wieder auf den Lauf der großkalibrigen Schrotflinte. Dann knurrte er erneut, laut und drohend.

„Charon!" Eine Männerstimme knallte durch die Luft, dunkel und rau. „Stopp!"

Sofort entspannte sich der Wolf.

Ein Fremder trat zwischen den Felsen hervor, gefolgt von Lucy, die schuldbewusst an den Federn ihres Kragens herumzupfte. Der Mann selbst war hochgewachsen und muskulös, mit an den Schläfen ausrasiertem, rotbraunem Haar und Augen, wie Bobby sie niemals zuvor gesehen hatte: goldgelb und mit vertikalen, schmalen Pupillen.

Es waren keine menschlichen Augen. Doch menschlich wirkte ohnehin nichts an ihm, wie er in einer beinahe beiläufigen Bewegung über den immensen Kopf des Wolfes strich und Gabriel und sie dabei keine Sekunde aus den Augen ließ.

Vor allem Ersteren. Lange blickte er den einstigen Engel einfach nur an, löste dann das gezackte Messer aus der Scheide an seinem Oberschenkel und fragte: „Wer bist du?"

Die offene Feindseligkeit, die der Fremde ausstrahlte, war nicht zu übersehen. Ebenso wenig wie die Tatsache, dass sie eher gegen Gabriel als gegen Bobby gerichtet zu sein schien.

„Kannst du deinen Köter nicht an die Leine legen?", zischte diese im nächsten Moment und machte einen Schritt auf den Fremden zu. „Er hätte mich fast umgebracht!"

Besagter Köter knurrte bei den Worten; sein Herr wirkte eher überrascht als verärgert. Schließlich erwiderte er: „Charon hat Lucinda lediglich schützen wollen. Er dachte, sie sei in Gefahr."

Ein kühler Seitenblick auf Lucy, der sie zusammenzucken ließ.

Gabriel runzelte die Stirn. Ganz offensichtlich kannten die beiden sich. Vermutlich war er der Ziehvater, von dem Lucy am Vortag kurz gesprochen hatte, auch wenn er so ganz und gar nicht väterlich wirkte.

„Wir stellen keine Gefahr dar", erwiderte er, befestigte das Schrotgewehr an der Halterung auf seinem Rücken und sprang zu ihnen herunter.

Der Fremde musterte ihn weiterhin misstrauisch. Etwas an diesem Mann war, einmal abgesehen von seinen befremdlichen Augen, nicht normal. Er wirkte seltsam vertraut, allerdings auf eine ausgesprochen unangenehme Art und Weise.

Angespannt rückte Gabriel näher an Bobby heran. Dem anderen entging die Bewegung nicht, und sogleich studierte er sie eingehender.

Gabriels Augen begannen warnend und ohne bewusstes Zutun zu leuchten. Der Fremde hielt daraufhin inne und änderte seine Haltung, wurde augenblicklich noch wachsamer. Sein Wolf zog die Lefzen hoch und brachte seinen Körper in Angriffsposition.

„Wer bist du?", wisperte der Mann und sah ihm in die Augen.

Und Gabriel ahnte, dass er zum ersten Mal in seinem Leben würde lügen müssen. Das Misstrauen, das sein Gegenüber ausstrahlte, war fast greifbar und stand seinen eigenen Gefühlen in nichts nach. Es war absolut irrational, aber stark genug, um ihn vor einer unachtsamen Aussage zu warnen. Sie befanden sich mitten im Outland, dort, wo sich wahrscheinlich niemand so gut auskannte wie dieser Fremde. Bobbys Wohlergehen hing davon ab, wie er sich nun verhielt.

„Was ist dein Problem?"

Kurz schloss Gabriel die Augen, als er Bobbys hingeknallte Frage hörte. Wenn sie die Anspannung zwischen ihnen beiden bemerkt haben sollte – und er konnte sich nicht vorstellen, dass irgendjemand sie nicht bemerkt hatte –, dann hatte sie sich ganz offensichtlich dazu entschlossen, diese zu ignorieren.

„Und wie wäre es, wenn du dich erst einmal vorstellen würdest?", fügte sie im nächsten Moment hinzu.

Nun wirkte der Fremde so überrascht, dass er das Messer in seiner Hand sinken ließ. Lucy nutzte die Chance, um zwischen ihn und den Wolf zu schlüpfen und diesem ihre dünnen Arme um den Hals zu legen. Das Tier schien dadurch ruhiger und weniger feindselig zu werden, auch wenn sein Blick immer wieder zu Gabriel wanderte.

„Du bist dreist dafür, dass du hier in Feindesgebiet bist", sagte der Fremde, anstatt Bobby eine Antwort zu geben. Es klang beinahe anerkennend.

„Nathaniel." Das war Lucy gewesen. „Sein Name lautet Nathaniel, und er ist …"

„… scheißwütend auf dich", wandte er sich mit einem Knurren an Lucy. „Wir beide haben einiges miteinander zu besprechen!"

Sie wirkte schuldbewusst, allerdings nicht wirklich beunruhigt, und dass, obwohl er die Worte auf eine Art und Weise aussprach, die einen erwachsenen Mann hätte zusammenzucken lassen. Und ganz offensichtlich Bobbys Beschützerinstinkt weckte, da sie zischte: „Denk bloß nicht, wir würden sie mit dir gehen lassen."

Nun war es Lucy, die verblüfft wirkte, wohingegen sich im Blick des Fremden etwas zu ändern schien. Er musterte Bobby lange und nachdenklich, streifte Gabriel dann mit einem weiteren feindseligen Blick und steckte das Messer zurück in seine Scheide. „Ich nehme an, ihr sucht eure Freunde?"

Ein erleichterter Laut kam über Bobbys Lippen. „Du hast sie gesehen?"

„Es kommen nur selten Seelenträger für einen Spaziergang in die Outlands, also waren sie nicht zu übersehen", erwiderte er zynisch und wandte sich ab, Lucy einen Blick zuwerfend, der keinen Widerspruch duldete.

Gabriel fragte sich, wie Nathaniel so sicher sein konnte, dass die beiden eine Seele besaßen. Vielleicht war es aber auch einfach eine Mutmaßung seinerseits, basierend auf der Vorstellung, dass Städter eher Seelenträger als Bewohner der Outlands waren.

„Deine rothaarige Freundin hat mich so festgebissen, dass ich geblutet habe", endete Lucys Ziehvater in diesem Moment. „Hätte ich einer kleinen Seelenträgerin gar nicht zugetraut."

Gabriel sah Bobby neben sich erstarren und wechselte einen Blick mit ihr. Lauras Gift hätte ihn schon längst zur Strecke bringen müssen.

„Wie lange ist das her?", fragte sie und folgte Nathaniel.

Er zuckte mit den Achseln und tätschelte dabei Charons Schulter. „Ein paar Stunden."

Erneut blickte Bobby Gabriel an und meinte schließlich misstrauisch: „Und warum hat sie dich gebissen?"

Das Lächeln, das Nathaniel ihr über die Schulter zuwarf, war das eines menschlichen Jägers.

„Ich schätze mal, weil ich den Glatzkopf niedergeschlagen und sie gefangengenommen habe."

Bobby erstarrte. „Warum zum Henker hast du das getan?", sagte sie gefährlich leise und starrte Nathaniel in seine seltsamen Augen.

„Seelenträger werden hier nicht gern gesehen", erwiderte er kalt. „Sie rufen Morgana auf den Plan oder eine ihrer Töchter."

Morgana … Bobby war der Dämonin in ihrem alten Leben begegnet. Diese herrschte über die Outlands, während in der Stadt Azrael das Sagen hatte. Einmal hatten ihr Vater und sie eine Audienz bei Letzterem gehabt, und Morgana war ebenfalls anwesend gewesen. Sie war ein Succubus – so wie jeder andere weibliche Dämon auch – und betörend und gleichzeitig verstörend schön. Grausam. Und verdorben.

„Bobby?"

Sie wandte ihren Blick Gabriel zu und zwang sich zu einem Lächeln. „Es geht mir gut." Dann richtete sie ihre Aufmerksamkeit wieder auf Nathaniel und fügte hinzu: „Aber um zu der eigentlichen Frage zurückzukommen: Was hast du mit unseren Freunden vor?"

„Ich habe mich noch nicht entschieden", erwiderte er, nun wieder deutlich wachsamer. „Ich weiß nicht, was euch hierhergeführt hat, und im Grunde ist es mir auch egal. Das Dorf, in dem Lucy und ich leben, ist durch Seelenträger gefährdet. Wenn Morgana von ihrer Anwesenheit erfährt, wird sie es ausradieren, und das werde ich niemals zulassen."

„Und was willst du dagegen tun?", fragte Bobby, ihre Hand auf dem Knauf ihrer Waffe. In ihrem Ärger schien ihr die Tatsache, dass Nathaniel über Wissen verfügte, über das er eigentlich nicht verfügen konnte, nicht aufzufallen. „Sie töten?"

Er schnaubte. „Würde ich das wollen, hätte ich es längst getan. Aber ja", er blickte ihr in die Augen, und sein Blick ließ keinen Zweifel übrig, „bevor Lucy gefährdet ist, würde ich es tun."

Die Worte ließen etwas tief in Bobby einrasten, und die Anspannung der letzten Minuten brach sich endgültig Bahn. Sie zog ihre Waffe und war auf dem Weg zu Nathaniel, bevor Gabriel irgendeine Chance gehabt hätte, sie davon abzuhalten. Selbst der Köter reagierte nicht schnell genug, und Lucy konnte lediglich verängstigt aufschreien.

Ein Schuss fiel, nicht auf Nathaniels Herz, aber auf seine Schulter gerichtet, und Bobby bereitete sich darauf vor, ihn zu Boden zu stoßen und die Waffe an seine Schläfe zu drücken.

Mit einer Geschwindigkeit, die nicht menschlich war, zog Nathaniel die Peitsche, die er am Gürtel trug, ließ sie vorwärtsschnellen, traf die Kugel mitten in der Luft und lenkte sie zur Seite ab. Der nächste Schlag traf sie selbst, riss ihre Wange auf und schleuderte sie zurück.

Bobby prallte hart auf den Boden und sah kurzzeitig Sterne. Charon knurrte laut, und Lucys helle Stimme klang verzweifelt durch die Luft. Gabriel … knurrte ebenfalls. Nicht anders war der Laut, der sich aus seinem Brustkorb löste, zu beschreiben. Niemals zuvor hatte sie etwas dergleichen von ihm gehört und ihn auch nicht so gesehen: Seine Augen waren voll entflammt, und in seinen Händen erschien ein gleißendes Schwert.

Die beiden Männer stürzten sich ohne ein weiteres Wort aufeinander. Nathaniel kämpfte mit seinem gezackten, scharfkantigen Dolch und der Peitsche, die Feuer fing und sich wie ein lebendiges Wesen verhielt, intelligent und tückisch. Mehr denn je wirkten seine Augen wie die einer Schlange und seine Bewegungen katzengleich. Eine brodelnde, aggressive Energie strahlte von ihm ab.

Gabriels Auftreten stand dem in nichts nach. Seine Bewegungen waren effizient und schnell, aufrecht und erhaben. Er kämpfte mit gnadenloser Kälte und Fokus, sein Licht war nicht länger warm, sondern beißend kalt.

Mühsam stemmte Bobby sich hoch. Der Kampf zwischen den beiden Männern wurde immer heftiger. Charon blickte zwischen ihnen hin und her und wirkte auf wölfische Art und Weise ausgesprochen beunruhigt, ebenso wie Lucy, die weiter versuchte, die beiden mit Worten zu erreichen.

Als Gabriels Sweatshirt durch Nathaniels Peitsche aufgerissen wurde und sich tiefe Striemen über seinen Oberkörper ausbreiteten, schrie Bobby auf, ebenso wie Lucy. Nathaniel lachte triumphierend, dann jedoch weiteten sich seine Augen, denn Gabriels Schwert verwandelte sich kurzerhand in einen Speer und schoss durch die Luft auf ihn zu. Er warf sich gerade noch rechtzeitig zur Seite und schrammte heftig über den Boden.

Charon nutzte die Chance und hetzte auf Gabriel los.

„Hört auf!"

Der Boden bröckelte. Dann brachen Ranken daraus hervor, schlossen sich um die Hinterläufe des Wolfes und hielten ihn fest. Gleichzeitig schoben sich weitere Ranken um Gabriels und Nathaniels Handgelenke. Keinem der Männer gelang es, sich zu befreien.

„Hört verdammt noch mal auf!" Lucy stand vor den dreien, mit heftig pulsierenden Markierungen auf ihrem Körper, die den Ranken ähnelten. „Bitte, ich will das nicht", flüsterte sie im nächsten Moment, verdrehte die Augen und brach bewusstlos zusammen.

Sofort ließen die Ranken von den beiden Männern und dem Wolf ab und schlängelten sich in ihre Richtung, zupften an ihrem Haar und tasteten über ihr Gesicht.

Nathaniel stürzte zu ihr und ging neben ihr auf die Knie, schlug die Ranken beiseite und nahm das Mädchen auf den Arm. „Lucinda." Seine Stimme klang rau vor Besorgnis. Als Gabriel vorsichtig nähertrat, schoss sein Blick zu dem ehemaligen Engel. „Bleib weg von ihr!"

„Was ist mit ihr?", fragte Bobby und ignorierte Nathaniels abwehrende Haltung. „Was hat sie getan?"

„Ich weiß es nicht", murmelte er. „So etwas ist bisher noch nie geschehen."

Charon winselte leise und kam ebenfalls näher. Er senkte seinen riesigen Kopf zu dem Mädchen hinab. Sofort schossen Ranken herbei und schlossen sich um seine Schnauze, was ihn zurückzucken und mit der Vorderpfote darüberfahren ließ.

„Ich denke, sie ist einfach erschöpft", hörte Bobby Gabriel leise sagen.

Nathaniel erwiderte nichts, sondern stand mit Lucy im Arm auf und entfernte sich von ihnen.

Bobby wechselte einen Blick mit Gabriel. Er atmete noch immer schwer. „Alles okay?"

Seinem Gesichtsausdruck zufolge war gar nichts in Ordnung, doch er erwähnte es nicht. Stattdessen nickte er harsch und setzte sich mit ihr zusammen in Bewegung, Mann, Wolf und bewusstlosem Mädchen folgend.

Gabriels Blick ließ nicht ein einziges Mal von Nathaniel ab, während sie ihm folgten. Wer nur war der andere Mann? Woher stammten seine unmenschlichen Kräfte? Und warum nur kam er ihm so vertraut vor?

„Du warst ganz schön sauer, was?", fragte Bobby neben ihm.

Sauer? Sauer war kein Ausdruck. Als er sie durch die Luft hatte fliegen und auf den Boden prallen sehen, hatte er Nathaniel einfach nur dafür bestrafen wollen.

Er wollte gerade etwas, da hob Lucy vor ihnen den Kopf. „Hast du dich wieder abreagiert?"

Ihr Ziehvater erstarrte und setzte sie auf dem Boden ab.

„Sei nicht böse", sagte Lucy. „Aber ihr beide wart so außer Rand und Band, dass ich nicht wusste, was ich sonst hätte tun sollen."

Bobby lachte überrascht auf. „Dann hast du die Ohnmacht nur vorgetäuscht?"

Das Mädchen nickte.

„Und das, was davor geschehen ist? Was war das?", fragte Gabriel.

Lucys Blick richtete sich nach innen, und ihre Finger strichen über die Male auf ihrem Körper. „Ich kann es nicht beschreiben. Ich wusste immer, dass da etwas ist, mit dem ich verbunden bin. Und ich wusste, dass es in der Erde ist. Allerdings hat es sich niemals gezeigt, scheu, wie es ist. Bis heute."

„Dann geht es dir also wieder gut?", hakte Nathaniel nach.

Lucy wirkte mit einem Mal verunsichert. Kein Wunder angesichts seines harschen Tonfalls. „Ja … Ich wollte einfach nur, dass ihr aufhört."

Er schien etwas erwidern zu wollen, doch stattdessen neigte er den Kopf und schoss plötzlich vorwärts.

Charon und Lucy setzten ihm sofort nach.

„Was ist los mit dem Kerl?" Bobby folgte ihm ebenfalls. „Scheint ein bisschen sprunghaft zu sein."

Ein kleines Lachen kam über Gabriels Lippen. An ihrer Seite schloss er zu Lucy auf, die versuchte, mit Nathaniel mitzuhalten. Dieser schwang sich auf Charons Rücken, zerrte das Mädchen hinter sich hoch und ließ den Wolf vorwärtsschnellen.

„Hey", schrie Bobby. „Bleib hier!"

Nicht zum ersten Mal war Gabriel dankbar für sein alltägliches Training. Während sie dem Wolf im Laufschritt folgten, spürte er seine Muskeln arbeiten und seine Lungen pumpen. Auch Bobbys Atem ging schwer, doch keine einzige Sekunde verschwand die Entschlossenheit von ihren Zügen oder strauchelten ihre Schritte.

Als sie die Felsformation verließen, fanden sie sich weiter strandaufwärts wieder und sahen, wie Nathaniel mit undurchdringlicher Miene durch ein zerstörtes Lager ging und ein Seil vom Boden hochhob. Lucy wartete abseits mit Charon.

Etwas stimmte nicht. Obwohl das Lager verlassen wirkte, verharrte Nathaniel an Ort und Stelle.

„Charon!"

Der Wolf löste sich von Lucys Seite und kam näher, seine Schnauze dicht über dem Boden.

„Ich weiß, dass du hier irgendwo bist", hörte Gabriel Nathaniel murmeln, als sie nähertraten.

Bobby warf ihm einen fragenden Blick zu, doch er hob lediglich die Schultern.

Langsam ließ Nathaniel sich vor einigen Steinen in die Hocke sinken.

Streckte seine Hand aus und winkte Charon gleichzeitig zurück.

Berührte die Steine.

Sie begannen zu flackern, und dann, von einer Sekunde auf die andere, nahmen sie die Gestalt einer rothaarigen, nackten Frau an, die Duncans bewusstlosen Körper verdeckt hatte.

Offensichtlich war die Fähigkeit, sich wie eine Schlange verbiegen und mit ihrem Blut töten zu können, nicht das einzige Geheimnis, das Laura hatte.

Sie sprang, doch Nathaniel bekam sie sogleich bei den Schultern zu fassen, drehte sich mit ihr und rammte sie mit seinem Körpergewicht in den Sand. Währenddessen runzelte Duncan die Stirn, wachte allerdings nicht auf.

„So nicht, Weib", knurrte Nathaniel. Bobby und Gabe wurden zeitgleich von Charon zurückgedrängt. „Du hast mich bereits einmal gezeichnet."

Wütend stemmte Laura sich gegen seinen Griff. „Weib? Wer verdammt noch mal bist du, ein Neandertaler?"

Duncan hatte inzwischen seine Augen weit genug geöffnet, um die Szene zu beobachten. Er setzte gerade dazu an, einen entsprechenden Kommentar loszulassen, als lautes Bellen erklang.

Gabriel fuhr herum und sah in der Ferne fünf gewaltige Wölfe auf sie zu hetzen. Über ihnen in der Luft schwebte eine Frau mit ledernen Flügeln und blickte aus schmalen Augen zu ihnen herab: Morgana.

Kapitel 8

In dem Augenblick, da die Wölfe sie erreichten, fand sich Bobby wie ein Fräulein in Not hinter einem blonden Ritter mit Lichtschwert wieder.

Zuvor hatte sie noch einen Wolf durch einen gezielten Kopfschuss zur Strecke gebracht. Einen zweiten hatte Gabriels Schrotflinte erledigt und Nummer drei war unter einer von Lauras Phiolen in Flammen aufgegangen. Dann jedoch war ihnen die Munition ausgezogen, und Gabriel hatte sich vor Laura und sie geschoben und erneut das Lichtschwert erschaffen, das er bereits beim Kampf gegen Nathaniel genutzt hatte.

Es war offensichtlich, dass die Wölfe mit Höllenfeuer gespeist worden waren, so wie auch Zanes Hund. Ihre Augen leuchteten flammenfarben, und mit ihren Pfoten setzten sie den Zunder, der im Lager verstreut lag, in Brand. Zwar hielten sich Luzifers Dämonen streng an die Regel, niemals in Persona Menschen anzugreifen, was allerdings nicht bedeutete, dass sie nicht ausgesprochen einfallsreich im Erschaffen von effizienten Kämpfern waren. Morgana nutzte hierfür die Kreaturen der Outlands, Azrael setzte mehr auf Menschen. Beide hatte ein und dasselbe gemein: Ihre Krieger waren gnadenlose Jäger.

Die verbliebenen Wölfe stürzten ins Lager und wurden von Charon und Nathaniel in Empfang genommen. Dieser hatte sich nach kurzer, harscher Diskussion mit Lucy dazu entschlossen, ihnen zu helfen, und wartete regungslos, bis einer der beiden Angreifer ihn fast erreicht hatte. Dann schwang er die Peitsche mit derselben Präzision, die bereits Bobby zurückgeschleudert hatte. In der Luft fing sie Feuer und traf den Wolf direkt im Gesicht, so hart, dass ihm ein Auge herausgerissen wurde.

Aufjaulend taumelte er beiseite, während sein Gefährte von Charon in einen gnadenlosen Zweikampf verwickelt wurde. Knurren erfüllte die Luft, als sich die beiden ineinander verbissen. Nathaniel wich ihnen aus und sprang stattdessen seinem Angreifer auf den Nacken, zog dessen Kopf zurück und schlitzte ihm die Kehler mit seinem gezackten Messer auf.

Blut spritzte in einem Schwall auf den Boden, während sich der Wolf im Todeskampf aufbäumte. Bevor er weggeschleudert wurde, schwang sich Nathaniel von seinem Rücken und landete katzengleich auf seinen Füßen. Charon erledigte seinen Gegner zeitgleich und jaulte mit blutbedeckter Schnauze gen Himmel.

Morgana schwebte noch immer hoch über ihnen und blickte auf sie hinab, ihre Augen rot leuchtend. Es war ihr nicht anzusehen, ob sie verärgert oder überrascht war, doch als sie wegflog, spürte Bobby Unruhe in sich aufsteigen. Ganz sicher würde die Dämonin diese Niederlage nicht auf sich sitzen lassen.

„Fantastisch", knurrte Nathaniel, der dasselbe zu denken schien, und packte Lucy grob am Arm. „Komm, wir müssen unsere Sachen packen und verschwinden. Sie wird mit mehr Kriegern zurückkommen, und wenn auch nur deshalb, um ein Exempel zu statuieren."

„Aber ich …", begehrte Lucy auf, wurde allerdings sogleich durch ein harsches „Nein!" unterbrochen. Aus großen Augen starrte sie zu ihrem Ziehvater hoch.

„Es reicht", fügte er gefährlich leise hinzu. „Du hast bereits genug angerichtet. Ich habe dir tausend Mal gesagt, du sollst nicht so weit gehen. Aber du hattest ja nichts Besseres zu tun, als in den alten Wracks herumzuklettern, und nun sieh, wohin es uns gebracht hat."

Zunächst wirkte das Mädchen schuldbewusst, doch dann schob es die Unterlippe vor und verschränkte die Arme vor der Brust. „Es hat zumindest alle hier gerettet. Ohne Charon und dich wären sie jetzt wahrscheinlich tot!"

„Und denkst du, dass mich das interessiert?", herrschte er sie an.

„Nein. Aber mich." Mit diesen Worten stolzierte sie zurück zu Bobby und stellte sich neben sie.

Nathaniels Augen wurden schmal. „Komm sofort hierher", sagte er.

„Wieso?", kam die bockige Erwiderung. „Du hast mir doch oft genug zu verstehen gegeben, dass du mich nicht willst."

Er verdrehte genervt die Augen und blickte dann noch finsterer, als sowohl Laura als auch Bobby sagten: „Wie kannst du nur?" Kurz setzte er an, etwas zu entgegnen, beließ es dann jedoch dabei und ging mit entschlossenen Schritten auf Lucy zu.

Gabriel und Bobby spannten sich an, doch es war Laura, die wieder in ihre Kleidung geschlüpft war und nun zwischen das Mädchen und den wütenden Mann trat. „Fass sie nicht an!"

Nathaniels Augen weiteten sich, dann begann er plötzlich zu lachen. „Für wen haltet ihr euch eigentlich? Glaubt ihr, dass ihr mir irgendwelche pädagogischen Ratschläge erteilen könnt? Glaubt ihr, ich hätte euch nicht bereits in Stücke gerissen, wenn mir nicht wichtig wäre, was aus ihr wird und was sie zu sehen bekommt?" Seine Stimme wurde leise. „Doch ich schwöre, meine Geduld ist am Ende. Wenn ihr sie also schützen wollt, dann hört verdammt noch mal damit auf, mir im Weg herumzustehen. Und du", nun stellte er sich so dicht vor Laura, dass sie den Kopf in den Nacken legen musste, um ihn ansehen zu können, „geh aus meinem Kopf raus!"

„Was?", brachte sie nach einigen Sekunden zustande.

„Seit du mich gebissen hast, spüre ich dich, Hexe."

Bobby eilte an Lauras Seite. Sie hatten den Biss beinahe vergessen.

„Ich weiß nicht, wie das geschehen konnte", murmelte Laura.

Nathaniel runzelte die Stirn. „Hör auf, mir Märchen zu erzählen."

„Hey."

Gereizt drehte Nathaniel den Kopf zu Duncan, der zum ersten Mal seit seiner Ohnmacht gesprochen hatte. Die Faust des Söldners traf ihn direkt am Kinn, und er prallte zurück.

Charon grollte und wäre vorwärtsgeschnellt, hätte Lucy ihm nicht die Arme um den Hals geschlungen. Die anderen starrten Duncan an, während dieser sich die Hand rieb und sagte: „Das ist für meinen lädierten Hinterkopf! Und nun genug des Geredes: Wenn der Kerl mit einem recht hat, dann damit, dass wir schnellstens von hier verschwinden sollten."

Ein raues Lachen klang von Nathaniel, der sich sein Kinn rieb und Duncan dabei abschätzend musterte. „Viel Erfolg. Ohne Führer kommt ihr keine zwei Meter weit."

„Nun, dafür haben sie ja dich", erwiderte Lucy.

Er hob eine Augenbraue. „Vergiss es, Lucinda."

Langsam trat sie auf ihn zu. „Bitte." Ihr Blick schien sich nach innen zu richten und wirkte von einer Sekunde auf die andere abwesend. „Ich habe das Gefühl, dass es wichtig ist, ihnen zu helfen. Und dass wir beide nicht ohne Grund hier sind."

Sein Blick wurde finster. „Sagen dir das deine Geister?"

„Nein", erwiderte sie und nahm seine Hand in ihre. „Das sagt mir mein Herz."

Es überraschte Gabriel nicht, dass Nathaniel der Bitte des Mädchens letztes Endes nachgegeben hatte, auch wenn aus jeder Faser seines Körpers sprach, wie wenig begeistert er davon war.

Nun, da war er nicht der Einzige. Gabriel gefiel es ganz und gar nicht, dass ihrer aller Leben und Sicherheit in den Händen dieses Mannes lagen.

Er musste herausfinden, wer er war.

„Was willst du?", begrüßte Nathaniel ihn, als er neben ihn trat. „Und weshalb sollte ich dich nicht bei der nächstbesten Gelegenheit töten?"

„Die Frage kann ich nur zurückgeben", erwiderte Gabriel kalt. „Du bist kein Mensch, so viel steht fest. Und du hast uns bei jeder nur erdenklichen Gelegenheit bedroht. Trotzdem bist du nun hier und führst uns durch die Wildnis."

„Und da hast du auch schon deine Antwort", erwiderte Nathaniel gelangweilt. „Der Grund, weswegen du mich nicht töten kannst, ist, weil du auf meine Kenntnisse angewiesen bist."

„Schweig!" Die Worte kamen plötzlich und so harsch über Gabriels Lippen, dass Nathaniel tatsächlich innehielt. „Hör auf, Spielchen zu spielen. Du hast dem Mädchen dein Wort gegeben, uns sicher bis zur Stadtgrenze zu bringen, und das wirst du auch tun. Doch falls es zu einem erneuten Angriff kommt, sollten wir wissen, wer du bist und was du kannst."

Hinter sich hörte er Bobby seufzen und sah Nathaniel eine Augenbraue heben. Das Lächeln, das langsam auf dem Gesicht des Mannes erschien, warnte ihn und bereitete ihn doch nicht auf die Wahrheit vor.

„Ich bin ein Nephil", erklärte Nathaniel, als wäre es das Natürlichste auf der Welt. Er ließ ihn dabei keine Sekunde aus den Augen. „Der Sohn eines Engels und einer Menschenfrau. In einem uralten, verbotenen Ritual gezeugt, für das mein Vater aus dem Himmel verbannt und seiner Flügel beraubt wurde. Ich bin von Seelenlosen aufgezogen und von Morganas besten Offizieren angelernt worden, bevor ich mich dazu entschieden habe, mein eigener Herr zu sein. Ist dir das Erklärung genug?"

Es rauschte in Gabriels Ohren, und sein Blickfeld verschwamm.

Blasphemie ...

Und dann erinnerte er sich: Rumiels Schreie, als er ihm seine Flügel abschlug. Sein Blick, als er fiel, das Licht der Sonne auf seinem rotbraunen Haar. Dasselbe Haar, das auch Nathaniel besaß.

Also hatte das Kind tatsächlich überlebt.

„Gabriel?"

Bobbys Stimme erklang wie von weit her. Er wusste, dass seine Augen wieder zu glühen begonnen hatten, ebenso wie er spürte, dass sowohl Nathaniel als auch Charon in Angriffsstellung übergegangen waren. Und doch konnte er seine heftige Reaktion nicht mindern.

Dieser Mann – dieses *Ding* – durfte nicht leben. Es gab einen Grund, weshalb gemeinsame Kinder von Menschenfrauen und Engeln verboten waren. Die Macht, die ihr Körper beherbergte, konnte nur in den seltensten Fällen von ihrem halbmenschlichen Verstand verarbeitet und kontrolliert werden. Aus den meisten waren daher Monster und Mörder geworden waren, bevor Er die Zeugung ein für alle Mal verboten hatte.

„Was ist los mit ihm?", fragte Nathaniel.

Gabriel atmete tief durch und besann sich auf seine Willenskraft und Selbstkontrolle. Ohne Nathaniel wären sie hier draußen verloren.

„Ich bitte um Entschuldigung", antwortete er rau und trat beiseite. Nathaniel starrte ihn an, knurrte dann etwas in sich hinein und setzte den Weg an der Spitze der Gruppe fort.

„Was war das denn?", flüsterte Bobby Gabriel zu.

Der ehemalige Engel presste die Lippen aufeinander. „Halte dich fern von ihm. Er ist gefährlich."

„Ach, wäre mir gar nicht aufgefallen", kommentierte sie trocken und zuckte zusammen, als er sie abrupt bei den Schultern nahm und zu sich drehte.

„Ich meine es ernst, Bobby. Komm ihm nicht zu nahe! Nephilim sind unberechenbare Monster. Ich habe dir von ihnen erzählt. Die Geschichten darüber, zu was sie fähig sind, waren nicht übertrieben!"

Sie wurde blass, und ihr Blick glitt zu Laura hinüber, die noch kein Wort gesprochen hatte, seit sie vor einer Stunde aufgebrochen waren. „Weißt du, was da zwischen den beiden geschehen ist?"

Ihre Freundin blickte auf, als sie die Frage mit ihrem übermäßig guten Gehör vernahm, und ließ sich zu ihnen zurückfallen. Weiter vorne hatte Duncan begonnen, mit Lucy zu sprechen und zauberte gerade eine Münze hinter ihrem Ohr hervor. Eine Geste, die sie zum Lachen brachte und ihm einen finsteren Blick von Nathaniel bescherte.

„Er ist ein Nephil und damit kein Mensch", erwiderte Gabriel und versuchte, sich seine Abscheu nicht anmerken zu lassen. „Dementsprechend scheint dein Gift, Laura, nicht tödlich für ihn zu sein. Was die andere Sache angeht, kann ich nur mutmaßen. Spürst du auch etwas?"

Sie zögerte und nickte dann. „Zunächst dachte ich, dass ich Fieber hätte, aber nun denke ich, dass er es ist. Ich fühle Hitze. Energie. Der Pegel ändert sich, je weiter er weg ist."

„Na super." Das war Bobby. „Das bedeutet also, dass der erste Mann seit sechzig Jahren, den Laura berühren kann, die Tendenz dazu hat, jeden Moment zu einem irren Monster zu mutieren?"

Stille folgte, dann begann Laura zu lachen.

Hysterisch.

Abrupt hielten Bobby und er inne. Vor ihnen hatte Nathaniel ebenfalls Halt gemacht, gab Charon einen knappen Befehl und kam zurück. Sein Blick richtete sich auf Laura, die sich einfach auf den staubigen Boden gesetzt hatte.

„Was hast du?", fragte er barsch und ging neben ihr in die Hocke. Als sie lediglich den Kopf schüttelte, runzelte er die Stirn, packte sie unter den Armen und zerrte sie hoch. „Steh auf!"

„Sei nicht so grob zu ihr!", rief Bobby.

„Wir haben keine Zeit, uns mit Schwächlingen aufzuhalten."

Lauras Stimmung schlug um hundertachtzig Grad um, und sie holte aus. Hätte sie ihn getroffen, hätte die Backpfeife Nathaniels Kopf heftig zur Seite fliegen lassen, doch stattdessen fing er ihr Handgelenk ab und drehte sie so, dass ihr Rücken gegen seine Brust prallte.

Gabriel konnte sehen, wie sich Lauras Augen weiteten, und Röte in ihre Wangen schoss. Und mit einem Mal war er sich ganz und gar nicht mehr sicher, ob lediglich Zorn der Grund dafür war.

„Gehts wieder, Laura?", sagte Bobby nach einigen Sekunden, in denen sie lediglich Lauras und Nathaniels harten Atem hörten.

„Ja", sagte die rothaarige Frau leise und riss sich los. „Alles in Ordnung. Lasst uns weitergehen."

Nathaniel folgte ihr, sein Gesichtsausdruck finster.

„Sechzig Jahre", sagte Bobby leise zu Gabriel. „Sechzig Jahre ohne eine Berührung, ohne wirkliche Nähe, ohne einen Kuss. Sie hatte immer Angst, dass etwas geschehen könnte. Und nun ist da er."

„Du darfst das nicht zulassen", war alles, was er erwidern konnte.

Bobbys Blick wanderte zu Laura. „Könnte er nicht ... anders sein?"

„Nein."

Erneut seufzte sie. Es klang so traurig, dass er das Bedürfnis hatte, irgendetwas an der Tatsache zu ändern, dass einem Nephil nicht zu trauen war. Doch dem war nicht so. Nathaniel sollte gar nicht existieren.

Er würde Raphael Bescheid geben müssen, um es zu Ende zu bringen.

Erschöpft ließ sich Bobby auf den Boden fallen, als sie nach einem Gewaltmarsch endlich Rast machten. Nathaniel hatte sie sicher durch die Outlands geführt, vorbei an Schlammlöchern, auf deren Oberfläche sich Blasen gebildet hatten und über Ebenen, die mit verdorrtem Gras und Gesteinssplittern bedeckt waren. Auch heiße Quellen und Geysire hatten sie passiert, die Luft erfüllt vom Schwefel-Gestank.

Tieren waren sie nicht begegnet, einmal abgesehen von den überdimensionalen Spinnen und Raupen, die in jeder Felsspalte hockten und sie aus einer Vielzahl von Augen beobachteten. Sie wusste nicht, ob es an Charons Anwesenheit oder der Tatsache lag, dass Nathaniel sie einfach um die wirklich gefährlichen Gebiete herumführte. So oder so: Ohne den Nephil wären sie verloren gewesen.

Als die Dämmerung aufgezogen war, hatte er einen sicheren Rastplatz zwischen einigen Felsen ohne Kleingetier gefunden und Charon auf die Jagd nach etwas Essbarem geschickt. Lucy und er saßen auf der anderen Seite des Rastplatzes und schienen das ernste Gespräch zu führen, das er ihr bereits angekündigt hatte.

Mit einem Seufzer streckte Bobby ihren verspannten Rücken und blickte zu Duncan hinüber, der sich neben sie fallen ließ. „Was macht dein Kopf?"

„Ich lebe noch", erwiderte er schulterzuckend. „Aber zu einer Aspirin würde ich nicht Nein sagen."

Mit einem Grinsen kramte sie in dem Verbandskasten und reichte ihm eine, die er mit dem Wasser in seiner Feldflache herunterspülte.

„Tut mir leid wegen der *Windsbraut*", sagte sie.

Sein Gesicht verfinsterte sich. „Mein armes Mädel. Ich werde ein Bergungsteam beauftragen müssen. Hast du eine Ahnung, welche Kunstwerke da drin gewesen sind? Originale! Und nun liegen sie auf dem Meeresgrund oder dieses Biest spielt Wasserpolo damit."

Bobby erwiderte nichts, sondern nickte lediglich. Früher hatte sie über Duncan, den Kunstliebhaber, gelächelt, da es so gar nicht zu seinem sonstigen Auftreten passte. Bis er ihr Geschichten über seine Sammlung erzählt und sie begriffen hatte, welch großen Schatz er beherbergte, ein Andenken an eine Zeit, die für immer verloren war.

Was sie nicht gewusst hatte, war, dass sich seine Sammlung auf einer Jacht befand. Duncan hatte sich hinsichtlich seines Wohnsitzes immer bedeckt gehalten.

„Wo wirst du hingehen, wenn du wieder in der Stadt bist?"

Er zuckte mit den Achseln. „Ich habe die eine oder andere Möglichkeit." Mit einem Grinsen fügte er hinzu: „Noch einen Mitbewohner gefällig?"

Sie schnaubte. „Gott bewahre. Gabe reicht mir vollkommen!"

Duncans Blick wurde mit einem Mal ernst. „Du hast dich doch nicht in ihn verknallt, oder?"

„Was?" Mit einem Keuchen setzte sie die Feldflasche ab, die sie zu ihren Lippen geführt hatte. „Nein."

„Bobby." Er seufzte.

„Nein!", wiederholte sie fester und bemerkte, wie Gabriels Kopf bei dem Wort zu ihnen beiden herumfuhr. Er hatte begonnen, Feuerholz aufzuschichten, doch nun erhob er sich und näherte sich ihnen mit angespanntem Gesichtsausdruck.

„Oh, Scheiße", murmelte Bobby und warf Duncan einen warnenden Seitenblick zu. „Nur ein Wort und ich drehe dir den Hals um."

„Also bist du verknallt."

Gabriels Eintreffen bewahrte sie vor einer Antwort, die sie ohnehin nicht hätte geben können. „Gibt es ein Problem, Bobby?"

„Nein", erwiderte sie. „Alles in Ordnung. Und jetzt entschuldigt mich", fügte sie hinzu, erhob sich und ging zu Laura hinüber. Beim Weggehen bekam sie mit, wie Gabriel irgendetwas zu Duncan sagte, was diesem lediglich ein harsches Lachen entlockte.

Na, fantastisch. Erst Nathaniel und Gabe, nun Duncan und Gabe. Bald würde das verdammte Lager vor Testosteron überquellen.

Laura sah auf, als sie sich vorsichtig neben ihr niederließ. Sie wirkte erschöpft und auf eine Art und Weise durch den Wind, wie Bobby es bei ihr niemals zuvor erlebt hatte.

„Du ziehst das nicht in Erwägung, oder?", fragte sie, wobei sie nicht erklären musste, was mit *das* gemeint war.

Lauras Blick wanderte zu Nathaniel. „Frag mich das noch mal, wenn wir wieder zu Hause sind." Seufzend strich sie sich durchs Haar. „Ich denke, wenn etwas Abstand zwischen uns ist, werde ich auch wieder klar denken können."

Verständnisvoll drückte Bobby ihre Hand. „Es tut mir so leid, Laura. Normalerweise würde ich sagen: Schnapp ihn dir und genieße, was du haben kannst. Aber wenn die Geschichten, die Gabriel mir über Nephilim erzählt hat, wahr sind, dann ist er wirklich gefährlich."

Genau genommen war er eine tickende Zeitbombe.

Ein blutiger Kadaver landete mit einem feuchten Ploppen neben ihnen auf dem Boden. Laura schrie, und Bobby sprang auf.

Charon trottete an ihnen vorbei, leckte sich über die triefende Schnauze und ließ sich neben dem nahen Feuer nieder. Gleichzeitig kam Nathaniel mit ungerührtem

Gesichtsausdruck zu ihnen und begann das Ding, das der Wolf gejagt hatte, vor ihren Augen auszuweiden.

„Musst du das hier machen?", brachte Laura nach einigen Sekunden hervor.

Nathaniel ignorierte sie, griff in die Magenhöhle des Wesens, zog Gedärme heraus und klatschte sie Laura vor die Füße.

Diese wurde leichenblass, und Bobby konnte nicht sagen, ob sie gleich kotzen oder schreien würde. Sie selbst schwankte definitiv zwischen beidem.

Was Laura stattdessen tat, war etwas ganz anderes.

Aus schmalen Augen beobachtete Gabriel, wie Charon seine Beute neben den beiden Frauen ablud und der Nephil damit begann, diese auszunehmen. Gerade wollte er sich erheben und dem anderen Mann ein für alle Mal Manieren beizubringen, als Laura ihm zuvorkam. Mit einem gezielten Kick trat sie die Gedärme gegen Nathaniels Rücken und zischte: „Die Schuhe ersetzt du mir, Scheißkerl!"

Totenstille kehrte ein. Lucy starrte sie mit offenem Mund an, ebenso wie Duncan. Nathaniel erhob sich langsam und drehte sich zu ihr um.

Bobby begann lauthals zu lachen. „Das wird teuer für dich. Laura leistet sich nur das Beste vom Besten."

Nathaniels Blick lag auf Laura, während er das blutige Messer, das er zum Ausweiden verwendet hatte, in seinen Händen drehte. „Du kannst froh sein, dass ich keiner Frau allein fürs Rumzicken ein Leid antue."

„Und du kannst froh sein", erwiderte Laura, „dass für mich dasselbe in Bezug auf Männer gilt."

Bobbys Blick schoss zu Gabe, und sie grinste von einem Ohr zum anderen. Nathaniel selber musterte Laura so lange und so durchdringend, dass viele Frauen den Blick gesenkt hätten, doch sie hielt ihm stand. Schließlich nickte er knapp; er wirkte weniger verärgert als amüsiert. Dann wandte er sich wieder seiner Aufgabe zu, zog sich jedoch zuvor in einer übermäßig langsamen Geste seine Weste von den Schultern und ließ sie neben sich zu Boden fallen.

Laura erstarrte und starrte, ebenso wie Bobby, was Gabriel ganz und gar nicht gefiel. Hinter sich hörte er Duncan leise in sich hineinlachen.

Kopfschüttelnd wandte er sich ab, nahm Bobby allerdings vorher beim Handgelenk und zog sie mit sich.

„Hey", protestierte diese. „Was soll das denn?"

„Ich brauche deine Hilfe", erwiderte er und deutete auf die Feuerstelle.

„Beim Holzstapeln? Soll ich dir erklären, wie das geht?"

Wenn es sie davon abhielt, den Nephil anzustarren, lautete seine Antwort eindeutig: „Ja."

Eineinhalb Stunden später verspeisten sie das gare Fleisch aus Charons Beute. Um die Eingeweide hatte sich der Wolf gekümmert, der nun gesättigt am Rande des Lagers lag, seinen schuppigen Schwanz über seiner Schnauze.

„Was genau ist er eigentlich?", fragte Bobby Nathaniel, während sie einen Knochen abnagte.

„Charon? Wir nennen sie Warge, eine Mischung aus Wolf und Echse. Sie sind hier etwa fünf Jahre nach Beendigung von Protokoll Eins aufgetaucht." Nathaniels Augen richteten sich auf Gabriel. „Die Frage ist ohnehin eher, wer oder was genau ihr eigentlich seid? Und was ihr hier macht?"

Augenblicklich erfüllte Anspannung die Luft. Bobby rutschte näher an Gabriel heran und legte ihre Hand auf seinen Arm, in einer, so wusste er, beruhigend gemeinten Geste. Dann erklärte sie leichthin: „Wir haben einen Ausflug mit Duncans Jacht gemacht, die von einer Riesenschildkröte angegriffen wurde. Daraufhin sind wir mit Jetskis geflüchtet, wurden von dem Vieh verfolgt und sind an eurer Küste gelandet. Und bevor du es aussprichst: Mir ist bewusst, wie seltsam das klingt."

„Das klingt nicht nur seltsam, sondern absolut dämlich", kommentierte Nathaniel trocken. „So dämlich, dass ihr euch das unmöglich ausgedacht haben könnt." Erneut blieb sein Blick an Gabriel hängen. „Und du? Was bist du?"

Er hatte damit gerechnet, dass Nathaniel nicht so einfach aufgeben würde. Alles in ihm widerstrebte, zu lügen, doch er konnte nicht die Wahrheit sagen, zumindest noch nicht und vor allem nicht jetzt und hier. Also sagte er das, was der Wahrheit am nächsten kam: „Ich bin ein Krieger Gottes."

Nathaniels Augen wurden schmal. „Davon habe ich noch nie gehört."

„Ich bin … der Erste meiner Art. Daher meine besonderen Fähigkeiten."

Lange musterte Nathaniel ihn. Er schien ihm kein Wort zu glauben, sagte allerdings nichts, sondern erhob sich und meinte, er würde die erste Wache übernehmen.

„Ich leiste dir Gesellschaft", erwiderte Duncan, stand ebenfalls auf und streckte sich. „Nicht, dass du noch einschläfst."

Nathaniel lächelte ihn herausfordernd an. „Tue dir keinen Zwang an. Wenn deine Kopfschmerzen es zulassen, versteht sich."

Männer.

Mit einem genervten Brummen drehte sich Bobby auf dem Boden hin und her und suchte nach einer bequemen Stelle. Nach einigen Minuten kam Laura zu ihr, und sie legten sich nebeneinander. Lucy kauerte zusammengekuschelt an Charons Seite, halb hinter seiner Pfote verborgen.

Neben sich hörte Bobby den Atem ihrer Freundin schnell ruhiger werden. Auch sie selbst spürte die Müdigkeit, die in ihre Knochen sickerte, doch ihr Geist war zu aufgewühlt zum Schlafen.

Mit gerunzelter Stirn betrachtete sie Laura. Dafür, dass sie heute mehrmals der Hysterie nahe gewesen war, schien es ihr nun ausgesprochen gut zu gehen.

Sie sah zu der Stelle, an der die beiden Männer Wache hielten, und begegnete Nathaniels Blick. Schweigend musterte er sie und wandte sich dann scheinbar gleichgültig ab. Bobby war sich mit einem Mal sicher, dass er Laura über das seltsame Band, das die beiden miteinander teilten, beruhigt hatte.

Ihr Blick wanderte weiter zu Gabriel. Auch er war noch wach und beobachtete den Nephil. Kälte stand in seinen blauen Augen. Zum ersten Mal begriff sie wirklich, wie tief verwurzelt sein Abscheu vor Nephilim sein musste, dass er selbst jetzt – ohne richtige Erinnerungen – so reagierte.

Die Geschichten über das, zu was diese Wesen in der Lage waren, hatte er ihr noch als Unsterblicher erzählt. Sie war nicht einfach zu beunruhigen, doch die Vorstellung von einem menschenähnlichen Geschöpf, das sich innerhalb von Sekunden in ein blutrünstiges Monster verwandeln und alle um sich zerfleischen konnte und wollte, hatte sich tief in ihr Gedächtnis eingebrannt.

Letzten Endes schlief Bobby über ihre Grübeleien hinweg ein und träumte wirr von riesigen, zuschnappenden Kiefern, blauen Augen und der gigantischen Statue Luzifers, die auf sie hinabstarrte.

Als sie von plötzlichem Lärm wach wurde, fühlte sie sich wie gerädert. Charon knurrte und schoss vom Lager fort. Nathaniel folgte ihm, sein Gesicht angespannt.

„Was ist los?", fragte sie und sah Duncan an, der immer noch dort saß, wo sie Wache gehalten hatten.

Dieser zuckte mit den Schultern. „Lucy hat gesagt, sie müsse mal wohin. Und das Nächste, was ich weiß, ist, wie die beiden wie von der Tarantel gestochen loshetzen."

Alarmiert erhob Bobby sich und folgte Mann und Wolf in die Wildnis. Der Morgen dämmerte bereits, und sie fragte sich, ob Duncan und Nathaniel die ganze Nacht Wache gehalten hatten. Sie traute den beiden zu, dass sie es aus purem, männlichem Stolz getan hatten und keiner dem anderen gegenüber zugeben wollte, dass es Zeit war sich hinzulegen und um Ablösung zu bitten.

Gabriel erschien wortlos an ihrer Seite und begleitete sie. Kurz tauschten sie einen Blick und tauchten dann in die dichte Vegetation aus vertrockneten Büschen und Bäumen, die vor ihnen lag. Das dichte Rankengewächs erschwerte ihr Vorankommen, doch Bobby ließ sich nicht beirren. Tief in sich spürte sie, dass etwas Besonderes geschah, und als sie das vertraute Leuchten zwischen den Zweigen erblickte, wusste sie, was es war und begann zu rennen. Ihr Herz schlug ihr bis zum Hals, und Tränen traten in ihre Augen.

Lucy stand regungslos vor einer fremden Frau mit kurzem, blondem Haar und in eine dunkle Uniform gekleidet. Irgendetwas erhob sich über deren Rücken, doch Bobby nahm nur die Seele wahr, die sich soeben aus den Händen der Botin löste und vorwärtsschwebte.

Die Augen des Mädchens wurden groß. „Für mich?"

Die Frau lächelte.

„Wie kann das sein?" Das war Nathaniels Stimme, misstrauisch und rau. „Nur ungeborene Kinder können Seelen erhalten."

Lucys Augen wurden riesengroß, und mit einem Mal wirkte sie panisch. „Ich habe nie etwas mit einem Jungen gemacht!"

Die Botin unterdrückte ein Lächeln und schüttelte den Kopf. „Nein, sie ist wirklich für dich. Gott hat die Regeln ändern können. Von nun an werden auch Blutsverwandte Seelen füreinander verdienen können."

„Aber wer?", hauchte Lucy.

„Ich weiß nicht, wer es war", erklärte die Fremde, „doch jemand deines Blutes hat dich genug geliebt, um für deine Seele zu kämpfen."

Stille trat ein, fassungsloses Schweigen. Tränen rannen über Bobbys Wangen, doch es waren nicht länger Tränen über die Schönheit der Seele. Nein, ihre Tränen waren hässlich und voller Neid, Tränen, für die sie sich schämte und die sie dennoch nicht unterdrücken konnte. Diese neue Regel würde ihr nichts bringen, denn es gab keinen Blutsverwandten in ihrem Leben, der jemals darum kämpfen würde, dass sie wieder vollständig war. Sicher nicht Zane, und am allerwenigsten ihr Vater.

Es war so verdammt bitter. Hässlich und traurig und einfach nicht fair!

Eine Hand legte sich sanft und gleichzeitig fest auf ihren Nacken. Sie versuchte, sich ihr zu entziehen, doch Gabriel blieb hartnäckig und zog ihr Gesicht gegen seine Schulter.

Hinter sich hörte sie Lucy mit zittriger Stimme fragen: „Nathaniel?"

Er antwortete sofort und ohne zu zögern. „Nimm sie. Zögere nicht."

Schweigen, dann: „Wirst du trotzdem bei mir bleiben?"

Charon schnaubte, und Nathaniel lachte. „Immer, Lucy. Ich werde immer für dich da sein. Nur werde ich das nicht immer sagen."

Sie kicherte. „Ja, ich weiß. Keine Gefühlsduseleien." Dann: „Alles in Ordnung, Bobby?"

Bobby erstarrte und drückte ihr Gesicht kurz noch fester an Gabriels Schulter, um sich dann umzudrehen. Das Mädchen war unglaublich. Sie bekam gerade eine Seele angeboten und dachte doch weiterhin zuerst an andere. Die Botin wirkte irritiert, sagte jedoch nichts.

Als sie in Lucys Gesicht sah, waren die hässlichen Gefühle, die eben noch in Bobby getobt hatten, wie weggeblasen. „Mir geht es gut. Nimm sie."

Lucy nickte und wandte sich wieder der Botin zu. Die Seele glitt vorwärts und leuchtete dabei immer stärker, so als sehne sie die Wiedervereinigung herbei. Einmal hatte Duncan Bobby gefragt, weshalb ihre Dienste überhaupt notwendig waren und Gott nicht einfach die Seelen herabschickte und ihr Ziel finden ließ. Genau deshalb: Es gab zu viele, die sie hätten aufnehmen wollen, und die Seele würde keinen Unterschied machen. Ihr Ziel war es, zu vervollständigen, ob ein Mensch es verdient hatte oder nicht. Und da sie so ein rares Gut war, galt es sie zu schützen und nur jenen zukommen zu lassen, deren Eltern – jetzt Blutsverwandte – sich ihrer als würdig erwiesen hatten.

Ein Seufzer kam über Lucys Lippen, als die Seele in ihre Brust tauchte.

„Was siehst du, Gabe?" wisperte Bobby, ihr Herz noch immer schwer von unterschiedlichsten Gefühlen.

„Sie ist nun vollständig", erwiderte er ruhig. „So, wie du es auch irgendwann sein wirst."

Kapitel 9

Die Weiterreise verlief in andächtigem Schweigen. Bobby hatte ihren Arm um Lucys Schulter gelegt und erzählte ihr leise von der Stadt und allem, was dort auf sie warten würde. Nach der Begegnung mit Morgana hatten Nathaniel und sie keine andere Wahl, als den Outlands den Rücken zu kehren und sich eine neue Bleibe zu suchen. Wo sonst hätten sie hingehen können?

Auch Gabriel, Duncan, Laura und Bobby hatten darüber beratschlagt, wie ihre nächsten Schritte aussähen. Lauras Hoffnung war gewesen, dass sich die Aufregung über die Ereignisse im Club gelegt haben würde, immerhin habe das Korps genug zu tun. Daraufhin hatte Bobby erwidert, dass der Psych nicht so ausgesehen hätte, als würde er aufgeben wollen. Letzten Endes hatten sie alle begriffen, dass auch sie keine andere Wahl hatten, als in die Stadt zurückzukehren. Ihr Hab und Gut befand sich dort, und sie würden Ausrüstung brauchen, um Bobbys Bruder zu finden.

Gabriels Blick wanderte zu Nathaniel. Dieser brütete vor sich hin, Charon dicht an seiner Seite. Sein Gemütszustand schien sich auch auf Laura zu übertragen, da sie ihm hin und wieder einen angesäuerten Seitenblick zuwarf.

Duncan lief neben der Botin – Cristina – und baggerte sie schamlos an. Sie jedoch ignorierte ihn und wandte sich stattdessen Gabriel zu.

„Es ehrt mich, euch kennenzulernen, Erzengel", begrüßte sie ihn und neigte leicht den Kopf.

Dass sie ihn erkannte, überraschte ihn nicht. Er wies sie nicht darauf hin, dass er kein Engel mehr war, denn ihr Respekt und tiefer Glaube waren offensichtlich, und er wollte sie nicht maßregeln.

„Woher kommst du?", fragte er sie stattdessen mit Blick auf das Kreuz, das sie um den Hals trug.

„Aus Italien", lautete die Antwort, was auch ihren Akzent erklärte. Rom war eine der wenigen europäischen Städte, die den Krieg unbeschadet überstanden hatten, ebenso wie der Vatikan. Michael hatte dort das Sagen und leistete sich mit Lilith, einer von Luzifers ältesten und mächtigsten Dämoninnen, einen erbitterten Kampf um das, was von Europa übriggeblieben war.

„Also hast du unter Michael gedient?"

„Ja." Cristinas Augen strahlten voller Bewunderung. „Ich wurde vor den Toren des Vatikans ausgesetzt und Michael bestimmte, dass man mich aufnehmen und großziehen solle."

Gabriels Augen wanderten über ihre ledrigen Flügel, die eng an ihrem Rücken lagen.

Die Flügel eines Succubus.

Cristina schien sich zu einem Lächeln zu zwingen, als sie seinen Blick sah. „Es war eines von Liliths Spielchen. Eine ihrer niederen Dienerinnen hat einen Menschenmann verführt, angeblich sogar einen Priester, auch wenn sich niemals einer offenbart hat. Sie wollte Michael und seine Anhänger bloßstellen und dazu zwingen, mich entweder zu töten oder an meiner Erziehung zu scheitern." Ihr Gesicht wurde hart. „Nun, ihr ist weder das eine noch das andere gelungen."

Ein kleines Lächeln trat auf Gabriels Züge.

Duncan, der schweigend zugehört hatte, sagte: „Offensichtlich nicht. Ich bin beeindruckt."

Cristina warf dem Söldner einen Seitenblick aus schmalen Augen zu, so, als wollte sie herausfinden, ob er sich über sie lustig machte. Dieser schenkte ihr daraufhin sein charmantestes Lächeln, wovon sie sich jedoch unbeeindruckt abwandte.

„Du musst gut gewesen sein, wenn du in Italien und unter Michael um Seelen gekämpft und diese überbracht hast", führte Gabriel das Gespräch fort. „Das ist gefährliches Gebiet."

Sie nickte. „Ich wurde vom Boten Immanuel ausgebildet."

Duncan pfiff. „Immanuel? Ich habe von ihm gehört. Er soll knallhart sein."

„Ja", war alles, was sie knapp erwiderte. „Und er hat mir alles beigebracht, was ich wissen muss."

Langsam hob Duncan eine Augenbraue. „Wirklich alles?"

Sie schnaubte herablassend und wandte sich erneut Gabriel zu.

Aus dem Augenwinkel sah er, dass Bobby ihn beobachtete. Ihre Blicke trafen sich, doch anstatt sein Lächeln zu erwidern, sah sie weg und wandte sich Lucy zu. Stirnrunzelnd widmete Gabriel sich daraufhin wieder Cristina und fragte: „Weshalb hat Michael dich gehen lassen?"

„Weil sie hier gebraucht wird."

Die männliche Stimme, die an Cristinas' statt antwortete, erklang über ihnen, gefolgt von einem Rauschen. Nathaniel fluchte und zog seine Peitsche, Charon knurrte. Gabriel hielt regungslos inne und beobachtete seinen einstigen Bruder dabei, wie er elegant vor ihnen auf dem Boden aufsetzte.

Raphael war nach Michael und Gabriel der mächtigste Diener Gottes. Sein schwarzes Haar floss wie ein dunkler Strom über seine Schultern hinab. Rauchblaue Augen musterten die Gruppe kühl und Gabriel … enttäuscht? Verständnislos? Verächtlich? Wahrscheinlich von allem ein wenig. Der andere Engel hatte Gabriels Faszination für die Menschen niemals wirklich verstehen können.

„Raphael", grüßte er ihn und neigte den Kopf.

„Gabriel." Raphael erwiderte die Geste. „Um deine Frage zu beantworten: Er hat Michael zu verstehen gegeben, dass wir eine weitere starke Botin in dieser Region benötigen werden. Durch die Regeländerungen haben nun weitaus mehr Menschen Chance auf eine Seele, doch im Gegenzug musste den Dämonen und jenen mit dämonischen Kräften ebenfalls mehr Spielraum eingeräumt werden. Sie werden sich nun sehr viel länger unbeschadet unter Seelenträgern bewegen können. Wir haben also nicht viel Zeit und müssen schnell agieren. Der Kampf hat wirklich und wahrhaftig begonnen."

Gabriel fragte sich, wie es zu dieser neuen Abmachung gekommen sein mochte. Der letzte Austausch zwischen Luzifer und Ihm war Jahrtausende her, also warum gerade jetzt?

Er würde vermutlich keine Antwort auf seine Frage erhalten, nun, da er kein Unsterblicher mehr war. Sicher nicht von Raphael, der mit jeder Faser seines Körpers Kälte ausstrahlte. Also antwortete er lediglich: „Ich verstehe. Umso besser, dass ich hier bin und mit ihnen kämpfen kann."

Raphaels Blick wanderte zu Bobby, die unter seiner Musterung unruhig wurde, allerdings nicht zurückwich. Unwillkürlich rückte Gabriel näher zu ihr.

„Wir werden sehen", war alles, was der Engel sagte und dabei seinen Blick wieder auf Gabriel richtete. „Kehrt nun in die Stadt zurück und wartet auf meine Instruktionen." Mit diesen Worten stieß er sich vom Boden ab und verschwand so anmutig und lautlos, wie er erschienen war.

Neben ihm stieß Bobby einen Seufzer aus. „Klasse. Das nennt man dann wohl vom Regen in die Traufe kommen."

Gabriel runzelte die Stirn. „Ich verstehe nicht."

„Wirklich nicht?" Belustigt sah sie ihn an. „Denk mal ganz genau darüber nach, Herr General. Und wenn du es herausgefunden hast, hast du einen Wunsch frei."

Laura und Duncan lachten leise in sich hinein, während Gabriel weiter über Bobbys dubiose Worte rätselte. Es ärgerte ihn, dass er nicht verstand, was jeder andere zu begreifen schien. Doch er würde es schon noch herausfinden.

Bobby atmete auf, als sie das Hinterland endlich hinter sich ließen und die Außenbezirke der Stadt betraten. Zwar wirkte ihre Umgebung auch hier alles andere als einladend, doch zumindest waren sie nicht mehr umgeben von kochenden Schlammtümpeln und schwefelverpesteten Wasserlöchern. Stattdessen kamen sie an überwucherten Ruinen vorbei und gingen über Straßen, durch deren Asphaltdecke Wurzeln brachen.

Hinter sich hörte sie Gabe noch immer leise mit Cristina sprechen. Die Botin, offensichtlich tiefgläubig, hatte darum gebeten, sie in die Stadt begleiten zu dürfen und machte aus ihrer Faszination für den ehemaligen Engel keinen Hehl. Dieser wiederum schien sich in ihrer Aufmerksamkeit regelrecht zu sonnen und plötzlich kein Problem mehr damit zu haben, dass Nathaniel nur wenige Meter vor ihnen herlief und möglicherweise die ganze Zeit über das Gespräch verfolgen konnte. Ihm war wohl sein Vorhaben, seine Identität dem Nephil gegenüber geheim zu halten, angesichts all der überschäumenden, weiblichen Bewunderung entfallen.

Als Cristina zu einer weiteren Frage ansetzte, die mit „Verzeiht bitte, aber darf ich wissen, warum …" begann, platzte Bobby der Kragen und sie ging dazwischen. Sie packte Gabriel am Handgelenk. „Entschuldigst du uns kurz?"

Die Botin zuckte zusammen und wich zurück. Bobby wurde nicht schlau aus ihr:

Sie sah umwerfend aus mit ihren Succubus-Genen, den langen Beinen und großen Augen, der perfekten Haut und dem perfekten Haar, doch in diesem Moment wirkte sie unsicher und beinahe scheu.

„Was gibt es?", verlangte Gabriel zu wissen.

Bobby atmete tief durch und versuchte, Ruhe zu bewahren. „Gabe, ist dir in den Sinn gekommen, dass es eventuell – nur ganz eventuell – nicht sinnvoll ist, so offen über deine Vergangenheit zu sprechen?" Mit bedeutsamem Blick nickte sie in Nathaniels Richtung.

Gabriel runzelte die Stirn, dann trat Begreifen in seine Augen. Nicht zu fassen, er hatte es tatsächlich gar nicht mitbekommen!

„Hat er etwas gehört?"

„Nein", antwortete sie. „Ich denke nicht, denn ansonsten hätte er es uns sicherlich sofort wissen lassen. Als Raphael weggeflogen ist, hat er schließlich auch ‚scheißelitäres Engelspack' gemurmelt."

Gabriel nickte und entspannte sich ein wenig. „Gut."

Sie konnte nicht verhindern, dass sie spitz hinzufügte: „Wärest du nicht so abgelenkt gewesen, hättest du dir diese Frage allerdings gar nicht erst stellen müssen."

„Was soll das nun wieder bedeuten?"

„Ich bitte dich!", brauste sie auf.

Sein Blick wanderte zu Cristina. Immerhin hatte er begriffen, auf wen Bobby anspielte.

„Sie kommt aus einem faszinierenden Teil der Welt", erwiderte er, so als würde das alles erklären.

„Verstehe", kommentierte sie bissig. „Gibt es in diesem Teil der Welt noch mehr von diesen Groupie-Mädels?"

Nun wurde Gabriels Gesichtsausdruck finster. Er kam allerdings nicht dazu, zu antworten, da Nathaniel in diesem Moment verkündete: „Lucy und ich werden euch hier verlassen."

Sofort war Gabriel vergessen, und Bobby näherte sich stattdessen den beiden. „Um wohin zu gehen?"

Nathaniel zuckte mit den Schultern. „Charon muss im Hinterland laufen können, also werden wir uns hier im Randgebiet eine Bleibe suchen."

„Hier? Das ist nicht sicher", sagte Laura.

Nathaniel musterte sie belustigt. „Machst du dir etwa Sorgen um mich?"

„Wohl eher um sie!", erwiderte Laura und wies mit dem Kopf in Lucys Richtung. „Ich verstehe, dass du mit deinem Vieh hierbleiben willst, doch für ein junges Mädchen ist es nicht sicher. Hier treiben zahlreiche Banden ihr Unwesen."

„Ich kann sie schützen!", knurrte er.

Laura ging näher und blickte ihm in die Augen. „Willst du immer und überall bei ihr sein? Sie ist sechzehn, Nathaniel."

Sein Gesichtsausdruck wurde noch finsterer.

Bobby kam ihrer Freundin zur Hilfe. „Wir meinen es doch nur gut."

„Tatsächlich?", kommentierte er trocken und klang wenig überzeugt. „Dann lasst mal hören, was ihr vorschlagt. Ich bin gespannt."

Laura und sie holten gleichzeitig Luft und ließen diese dann ratlos entweichen. Nathaniels Entscheidung anzuzweifeln war eine Sache, doch einen Vorschlag vorbringen etwas ganz anderes.

„Sie könnte mit zu mir kommen", schlug Laura endlich vor, als Nathaniels Gesichtsausdruck sich in Spott wandelte.

Überrascht blickte Bobby sie an. Noch nicht einmal sie selbst war jemals bei ihrer Freundin zu Hause gewesen.

Lucy nahm ihnen die Entscheidung ab. „Nein. Ich möchte hier bei Nathaniel bleiben. Und es gibt keinen Grund, sich um mich zu sorgen. Ich komme gut allein zurecht. Außerdem würde Charon mich jederzeit hören und kommen, sollte es Probleme geben."

Das Mistvieh bellte bestätigend, als sie ihm vertrauensvoll die Arme um den Hals legte und ihr Gesicht gegen sein Fell presste.

„Nun, da wir das entschieden haben", sagte Nathaniel und verbeugte sich spöttisch vor Laura und Bobby, „entschuldigt uns." Damit ging er, ohne noch einmal zurückzublicken.

„*La Belle Vie*", raunte Bobby Lucy zu und zwinkerte. „Dort wirst du Gabe bald als Cocktailmixer antreffen können, falls du uns wiedersehen willst."

Ein erleichtertes Lächeln erblühte auf dem Gesicht des Mädchens, bevor es hastig seinem Ziehvater hinterherlief.

„Können wir jetzt endlich aus diesem Bezirk verschwinden?", mischte Duncan sich ein. „Ich habe hier den ein oder anderen Kontakt, der nicht unbedingt gut auf mich zu sprechen ist. Und erspart euch irgendwelche schlauen Kommentare", fügte er hinzu. „Immerhin habe ich euch euren Arsch gerettet."

„Nachdem du uns erst in die Scheiße geritten hast", fügte Bobby hinzu. „Wer hat dem Korps denn den Tipp mit dem Seelenhandel gegeben?"

Dem war nichts hinzuzufügen und Duncan verkniff sich ausnahmsweise eine Erwiderung.

Schweigen senkte sich über sie, als sie ihren Weg fortsetzten. Die wenigen Gestalten, denen sie begegneten, hielten Abstand, und ausgemergelte Gesichter blickten ihnen aus Hauseingängen entgegen. In einer Seitenstraße war in einer Tonne Feuer angefacht worden, über das vermummte Gestalten ihre Hände hielten. Auf seine Art und Weise wirkte der Stadtrand trost- und hoffnungsloser als die Outlands. Bobby wusste, dass noch nicht einmal die Männer ihres Vaters zur Rekrutierung hierherkamen, da man sich meist mehr Ärger als Gewinn einhandelte.

Ihre Beine waren schwer, als vor ihnen der Fluss auftauchte, dessen Überquerung sie nach Hause bringen würde. Zu ihrer Rechten befand sich das Hoheitsgebiet ihres Vaters, doch Bobby würdigte es keines Blickes. Sie hoffte so sehr darauf, dass ihr Zuhause sich als ungefährlich herausstellen und sie eine heiße Dusche und anschließend Mephisto in den Arm nehmen können würde. Selbst Francescas Geplapper konnte sie kaum erwarten.

„Bobby!"

Ihr Kopf fuhr hoch, als sie den angespannten Ausdruck in Duncans Stimme vernahm. Langsam folgte sie seinem Blick und erstarrte.

Gabriel sah Bobby Sekunden später los eilen. Vor ihnen auf der Straße hockte ein kläglich mauzender Mephisto und sprang in die Arme seiner Herrin.

Stirnrunzelnd näherte sich Gabriel ihnen. Der Kater war nur drei Tage allein gewesen, wirkte aber, als hätte er drei Wochen Überlebenskampf hinter sich. Sein Fell war zerzaust, und an einer Stelle wies es Kampfspuren auf. Offensichtlich war er viel draußen gewesen, was für ihn, der primär auf Bobbys Couch herumlümmelte, anstrengend gewesen sein musste.

Nicht von der Hand zu weisen war allerdings die Tatsache, dass er sich ausgesprochen weit von der Wohnung entfernt hatte, wenn sie ihn hier vorfanden. Das wiederum war kein gutes Zeichen.

„O mein Schätzchen", murmelte Bobby in Mephistos Fell, der aus tiefster Seele brummte. „O mein armer Kleiner."

Kopfschüttelnd musterte Gabriel den Kater, der ihn ignorierte.

„Was hast du da?", murmelte Bobby und zog einen kleinen Zettel unter Mephistos Halsband hervor. Nachdem sie ihn gelesen hatte, stöhnte sie frustriert auf und reichte ihn Gabriel.

Bobby,

ich jage Mephisto immer wieder weg, damit diese Kerle nicht merken, dass er zu dir gehört. Hoffentlich findet er dich, bevor du hier auftauchst. Das Haus wird vom Korps überwacht, und dieser Psych ... Pucha! Was hast du angestellt? Bei ihm stellen sich selbst MIR die Nackenhaare auf, und ich mag gefährliche Männer.

Gib auf dich acht!

Saludos, Francesca

P.S. Ich habe mir deine Kaffeemaschine genommen. Du benötigst sie ja momentan nicht, und es wäre eine Verschwendung, falls die sich entschließen sollten, sie mitzunehmen.

Langsam ließ Gabriel den Zettel sinken. Er bezweifelte, dass das Korps oder der Psych Interesse an einer Kaffeemaschine hatten, doch das war momentan das kleinste ihrer Probleme. Sie brauchten nun tatsächlich eine neue Bleibe.

Sein Blick wanderte zu Bobby. Obgleich sie damit gerechnet hatte, wirkte sie bedrückt und ihre Lippen waren aufeinandergepresst. Er verstand sie, immerhin war dieser Ort, so einfach er auch gewesen sein mochte, vier Jahre lang ihr Zuhause gewesen. Ihr erstes eigenes Zuhause in dem neuen Leben, das sie gewählt hatte. Sie hatte die Wände farbig gestrichen und die alte Couch mit einem Überwurf und bunten Kissen dekoriert.

Die Couch, auf der er in den letzten drei Monaten geschlafen hatte. In *seinem* neuen Leben.

Die Erkenntnis, dass nicht nur sie diesen Ort vermissen würde, kam plötzlich und überraschend.

„Bobby?" Lauras Stimme ließ ihn sich umblicken. „Alles in Ordnung?"

Wortlos reichte Gabriel ihr den Zettel und streckte die Hand nach Roberta aus. Mephisto fauchte ihn kurz an, ließ allerdings zu, dass er ihre Schulter berührte.

Sie sah hoch, Tränen in den Augen. „Ist das nicht bescheuert?", flüsterte sie. „Dort ist nichts, was wirklich von Wert für mich ist."

„Ich verstehe das", erwiderte er leise und zog sie behutsam von Laura und Duncan fort, die neben ihnen zu diskutieren begonnen hatten.

„Wirklich?" Bobby wirkte skeptisch.

„Ja. Ich werde deine Couch auch vermissen."

Ihre Augenbrauen schossen in die Höhe. „Du hast immer herumgejammert, dass sie zu weich sei."

„Aber ich hatte von dort aus einen guten Ausblick auf deine Wand."

Nun wirkte sie misstrauisch. „Die neben der Tür? Willst du dich etwa über meine Malkünste lustig machen?"

Früher, als Engel, hätte er es getan. Nicht mit der Absicht, sie zu beleidigen, doch er hätte einfach das für ihn damals Offensichtliche festgestellt und gesagt, dass die Farben und Formen, die sie an die Wand gemalt hatte, weder Sinn zu geben schienen noch eine Struktur hatten. Erst als Mensch hatte er gesehen, was sie damit zum Ausdruck hatte bringen wollen: Hoffnung. Freude. Lebendigkeit.

„Nein", erwiderte er. „Wenn ich ganz besonders frustriert gewesen bin, hat es mich stets aufgemuntert."

Sie wirkte überrascht und erfreut, dann wieder traurig. Ganz am Ende lächelte sie ihn an, und aus irgendeinem Grund fühlte er Stolz.

„Wer hätte gedacht", murmelte sie, „dass du so nett sein kannst, wenn du willst."

Bevor er etwas darauf erwidern konnte, erklang Lauras Stimme hinter ihnen: „In Ordnung, ihr zwei: Duncan und ich haben eine Lösung, wo ihr unterkommen könnt."

Gabriel hob eine Augenbraue und wandte sich zeitgleich mit Bobby um. Der Gedanke, dass einer von den beiden ihnen Unterkunft gewähren würde, gefiel ihm ganz und gar nicht. Er traute Laura nicht, auch wenn er deren Schicksal bedauerte, und am allerwenigsten traute er dem Söldner.

„Ich bin gespannt", sagte Bobby. Es klang trocken.

Anstatt zu antworten, traten Duncan und Laura beiseite und gaben den Blick auf Cristina frei. Gabriel hatte ihre Anwesenheit beinahe vergessen, da sie im Gegensatz zu allen anderen Anwesenden zurückhaltend und still gewesen war. Was ausgesprochen angenehm, allerdings eben auch ausgesprochen ungewohnt war.

„Sankt Clairs", war alles, was die junge Botin sagte.

Er nickte. Natürlich, warum hatte er nicht selber daran gedacht? Das ehemalige Kloster war nach dem Krieg über die Jahre hinweg zu einem Treffpunkt für wahre Gläubige geworden. Es gab ausreichend Schlafmöglichkeiten, Verpflegung und Schutz. Bobbys Vorgänger hatte ebenfalls dort gelebt.

„Auf gar keinen Fall", sagte Bobby neben ihm. „Ich habe keine Lust, jeden Tag eine Predigt zu hören, in diesem Fall wahrscheinlich wortwörtlich."

Er runzelte die Stirn und sah sie strafend an, doch sie ignorierte ihn und musterte stattdessen Laura.

„Du könntest auch zu mir", erwiderte diese sanft. „Doch ich denke, dass Cristina in einem Recht hat: Dort wärst du sicherer. Die Kirche hat neben dem Korps am meisten Macht in der Stadt. Nicht einmal die Psych dürfen einfach so dort hineinspazieren. Und durch die hohe Anzahl an Seelenträgern und Gläubigen würde es auch Dämonen schwerfallen, sich zu nähern."

Gabriel sah Roberta erwartungsvoll an. Diesen Argumenten konnte sie sich doch unmöglich entziehen?

Ihr Gesichtsausdruck gab ihm zu denken. Sie wirkte weiterhin alles andere als begeistert, und er fragte sich, warum. Aus ihrem Argwohn gegenüber der Organisation Kirche hatte sie niemals einen Hehl gemacht, doch inzwischen musste sie doch wissen, dass die Zeiten, in denen in Gottes Namen Missbrauch betrieben wurde, vorüber waren?

Andererseits: Wie oft in seiner langen Existenz hatte er das schon gedacht? Nur, um doch immer wieder von jenen enttäuscht zu werden, die ihre Macht ausnutzten.

„In Ordnung. Ihr habt ja recht", sagte Bobby in diesem Moment. Ein Teil von ihm atmete auf, während der andere Teil – der neu erwachte, misstrauische und hinterfragende Teil – sich vornahm, wachsam zu bleiben.

„Ich begleite euch", erklang Cristinas Stimme. „Auch ich bin dort untergekommen."

„Na, so eine Überraschung", kommentierte Roberta trocken und warf Gabriel einen Seitenblick zu.

Er nahm ihre Worte nur am Rande wahr, in seinen eigenen Gedanken versunken. *Die Zeit vergeht wie im Flug* ... Endlich verstand er die Bedeutung dieser Redewendung. Während der letzten zweiundsiebzig Stunden war er einem Psych entkommen, hatte gegen Mutanten gekämpft, war auf einer Jacht gesegelt und von einer Riesenschildkröte verfolgt worden. Er war in Bobbys Träumen gewandelt und einem Nephil begegnet. Um den er sich noch kümmern würde, doch das zu einem anderen Zeitpunkt.

„Erde an Engel?"

Ein Lächeln trat auf seine Lippen. Bobby sprach ihn oft so an, wenn er in Gedanken war, und er mochte es, auch wenn er es ihr nie zeigte. „Ich halte Cristinas Idee für ausgesprochen gut. Lass uns gehen."

„Wen wundert's", murmelte Bobby, folgte Cristina jedoch.

Laura und Duncan verabschiedeten sich auf halbem Weg von ihnen. Der Söldner meinte, er habe ein Motorrad nicht weit entfernt in einer gesicherten Garage stehen und würde damit zu seinem Zweitsitz fahren und Laura vorher bei ihr zu Hause abliefern. Bobby presste bei den Worten die Lippen aufeinander und sagte nichts, auch wenn ihr deutlich anzusehen war, dass ihr etwas nicht passte.

„Ich würde mich freuen, wenn du mich besuchen kommst", sagte Laura leise, bevor sie gingen.

„Ach, auf einmal?" Störrisch verschränkte Roberta die Arme vor der Brust.

Laura seufzte. „Ich lasse nicht gerne Menschen in mein Leben. Es ist nicht schön, wenn man ihnen beim Altern und Sterben zusehen muss."

Bei ihren Worten verschwand die Sturheit aus Bobbys Zügen und machte Verständnis und Mitgefühl Platz. „Natürlich. Wie dumm von mir. Ich würde mich sehr freuen."

Laura lächelte zögerlich. „Schön. Ich melde mich bei dir."

„Aber bitte schnell", flüsterte Bobby, „bevor ich an diesem Ort versauere!"

Lauras Lächeln vertiefte sich, dann wandte sie sich an Gabriel. „Es war nett, dich kennengelernt zu haben. Du bist gar nicht so übel."

Er wusste nicht recht, was er dazu sagen sollte, also nickte er lediglich. Dann erstarrte er, denn im Weggehen hörte er sie leise sagen: „Wenn du es wagen solltest, ihr wehzutun, wirst du das bitterlich bereuen. Ehemaliger Erzengel hin oder her."

Je näher Bobby Sankt Clairs kam, umso unruhiger wurde sie. Schon oft war sie an dem langen Gebäude vorbeigefahren, da es sich am Rande des Zentrums befand und somit häufig auf ihrer Botenroute – der regulären Route – gelegen hatte, doch sie hatte niemals Halt gemacht. Nur weil sie an Ihn glaubte, hieß das noch lange nicht, dass sie auch daran glaubte, dass jeder in Seinem Namen Gutes tat.

Offiziell sorgte sich das Kloster um die Bedürftigen und gab ihnen Anstellung in den Klostergärten, in denen Obst und Gemüse angebaut und auf dem nahen Markt verkauft wurde. Die Krankenstation stand Hilfsbedürftigen ebenso zur Verfügung wie die Großküche, in der täglich gekocht und danach Essen verteilt wurde.

Man hörte nur Gutes, dennoch misstraute Bobby dem Ort. Vielleicht lag es an ihrer Erziehung, vielleicht auch an Vorurteilen. Was auch immer der Grund war: Es ließ ihre Anspannung steigen.

Das efeubewachsene Gebäude tauchte vor ihnen auf und Cristina ging schneller; sie hingegen wurde mit jedem Schritt langsamer.

„Was befürchtest du?"

Langsam wandte sie den Blick Gabriel zu. Er wirkte verwirrt und auch ein wenig ungeduldig, schien sich jedoch zu bemühen, es sich nicht anmerken zu lassen. Sie nahm an, dass er sich in seiner alten Rolle nicht weiter damit beschäftigt hatte, welchen Beweggründen Menschen folgten. Zögern oder Zaudern hatte er bei den wahren Gläubigen, mit denen er zusammengearbeitet hatte, sicherlich selten erlebt. Dementsprechend fremd war ihm das Konzept und das Lesen menschlicher Gefühle, die von Glauben und Ehrfurcht abwichen.

„Nichts", hörte sie sich erwidern, da sie ihre Sorgen nicht beim Namen hätte nennen können. „Lass uns gehen, in Ordnung?"

Sie straffte die Schultern, als sie sich dem Gebäude näherte. Dann zuckte sie überrascht zusammen, denn sie spürte Gabriels Hand auf ihrem unteren Rücken, warm und fest und beruhigend. Für einen kurzen Moment erstarrten sie beide gleichzeitig in der Bewegung: Sie, weil sie so überrascht war, und er, weil er sich wohl fragte, ob er etwas falsch gemacht hatte.

Langsam zog er seine Hand zurück, doch sie lehnte sich leicht in seine Richtung. Er verstand den Wink, berührte sie wieder fester und näherte sich mit ihr dem Gebäude.

Bobby wusste, dass sie sich albern verhielt. Immerhin war sie ihrem seelenlosen Vater, der die Hälfte der Stadt regierte und Azraels Handlanger war, entkommen. Und nun fürchtete sie sich vor einigen Gläubigen? Absurd!

Sie entzog sich schließlich Gabriels Berührung und ging die Stufen hoch. Mephisto, den sie die ganze Zeit über auf dem Arm getragen hatte, entwandte sich ihrem Griff und sprang auf den Boden.

Die Tür vor Cristina öffnete sich. Eine Frau Mitte sechzig kam der Botin entgegen, in das schlichte Gewand einer Nonne gekleidet, und begrüßte sie mit einem Lächeln. Cristina wirkte respektvoll und sagte leise etwas zu ihr, bevor sie sich zu

Gabriel und Bobby umwandte und diese näher rief. „Roberta, Gabriel: Das ist Oberin Clair."

Bobbys Augenbrauen schossen in die Höhe. Die Nonne lächelte und winkte sie näher heran. „Ja, das Kloster wurde nach mir benannt. Und nein, das war nicht meine Idee! Ich finde es genau genommen ziemlich albern, aber gut."

Verdutzt musterte Bobby die ältere Frau. Deren Lächeln wirkte amüsiert. „Ich war noch ein halbes Kind, als die Bomben fielen. Damals wurde der Nordflügel des Anwesens beinahe vollständig vernichtet und mit ihm die Nonnen, die gerade bei der Andacht waren. Gott sei ihrer Seelen gnädig. Danach habe ich einfach mit angepackt und irgendwann den Laden geleitet." Ihr Blick wanderte zu Gabriel und Wärme trat in ihre Augen. „Ich weiß nicht, was ich sagen soll, Gabriel. Außer, dass ich mir niemals sicherer gewesen bin, welch ein außergewöhnlicher Mann Ihr seid, Erzengel."

Gabriels Augen waren bei ihren Worten sanft geworden. „Sie ehren mich, Oberin."

Mit einem Lachen winkte die ältere Frau ab. „Ach bitte, keine Förmlichkeiten. Nennt mich Clair." Sie fixierte erneut Bobby und fügte hinzu: „Ich verstehe deine Skepsis, Roberta. Aber glaube mir ..."

Sie beendete den Satz nicht, da ihr Blick mit einem Mal nach oben schoss, die Augen zu schmalen Schlitzen verengt. Im nächsten Moment schob sie sich an der perplexen Bobby vorbei, schlug ihre Robe beiseite und zog eine Schrotflinte darunter hervor, die sie mit einer resoluten Bewegung lud.

„Verschwinde! Du hast hier nichts zu suchen."

Sie schrie die Worte nicht, sondern flüsterte sie. Dennoch war sich Bobby absolut sicher, dass der Dämon, der weit über ihnen in der Luft schwebte, jedes einzelne davon gehört hatte. Sein nackter Oberkörper war von kunstvollen Tätowierungen bedeckt, die über seinen Nacken bis zu seinem kahlgeschorenen Schädel reichten. Lederne Flügel in einem dunklen Braun hielten ihn schier mühelos in der Luft.

Ein Schauder lief über ihren Rücken.

Azrael.

Sein amüsiertes Lachen klang weich und warm in ihrer aller Ohren. Auf den

Straßen hielten die Passanten inne und hoben den Blick zu ihm, standen wie erstarrt. Dies war Azraels größte und gefährlichste Gabe: Sein samtener Tonfall, der einlullen und verführen konnte und dann den Tod oder den Verlust der Seele mit sich brachte. „Willst du mir drohen, Mütterchen? Mit dieser Waffe, deren Kugeln mich nicht erreichen können?"

„Was willst du hier, Dämon?", erwiderte Clair, ohne auf seine Herausforderung einzugehen.

Über ihnen breitete Azrael seine Arme aus. „Ich möchte mir lediglich die Stadt ansehen, die aufgrund der Regeländerung eures Gottes bald Meinem Herrn gehören wird."

Clair lachte harsch. „Wenn du dich da mal nicht täuschst, *Fehlgeleiteter*!"

Wie aufs Stichwort brach aus der Wolkendecke über dem Dämon Raphael hervor und schoss auf Azrael zu. Sturm und Wind begleiteten ihn, die Macht darüber seine ihm ganz ureigene Gabe, und rissen die Wolken auseinander. Azrael reagierte schnell und gewandt und schickte dem Engel im Gegenzug seine Kräfte entgegen: Einen Schwarm fledermausgroße Kreaturen mit dunklen Schwingen und scharfkantigen Schnäbeln.

Neben sich spürte Bobby, wie Gabriel sich anspannte, so als wollte er sich vom Boden abstoßen und seinem Bruder zu Hilfe kommen. Er gab einen verärgerten Laut von sich, wahrscheinlich, weil ihn die Erkenntnis getroffen hatte, dass er dazu nicht mehr in der Lage war.

Sie lächelte und ergriff seine Hand. „Keine Sorge: Er wird ihm in den Arsch treten. Das hier ist noch immer Gottes Gebiet, und davon abgesehen ist dir Raphael ähnlicher, als mir recht ist."

Mit gerunzelter Stirn blickte Gabriel sie an und schien nicht zu wissen, ob ihre Worte ein Kompliment oder eine Beleidigung gewesen waren. Dann, plötzlich, trat Begreifen in seine Augen.

„Vom Regen in die Traufe", murmelte er und schenkte dem über ihnen stattfindendem Kampf keine Beachtung mehr. Das Ganze war ohnehin nur eine Zurschaustellung von Macht. „Du meintest ihn", fügte Gabriel hinzu und blickte ihr in die Augen. „Du meintest, dass du mit Raphael vom Regen in die Traufe kommen würdest. Weil er exakt so ist, wie ich es gewesen bin: Streng. Unnachgiebig."

„Dominant und großkotzig", fügte sie hinzu und lächelte. „Aber ja, das meinte ich. Du hast also einen Wunsch frei, Herr General. Wähle ihn weise."

„Das werde ich."

Über ihnen zog sich Azrael in diesem Moment mit einem dunklen Lachen und der Ankündigung, er würde wiederkommen, zurück. Bobby wusste, dass jede Frau und jeder Mann in einem Umkreis von vielen Kilometern ihn hören konnte, ebenso wie Raphael, als dieser antwortete, er könne es gerne versuchen und dass er auf den Dämon warten würde. Unterstrichen wurden seine Worte durch einen Donnerschlag.

Leise lachte Bobby in sich hinein. „Und er ist ein ebenso großer Effekthascher wie du."

Clair hatte den Blick gen Himmel gerichtet und neigte den Kopf nun in Richtung des Erzengels. Dieser verschwand wieder in den Wolken.

Sie steckte die Schrotflinte mit einem Lächeln zurück, als wäre nie etwas geschehen, beugte sich hinab und kraulte Mephisto, der um ihre Beine strich, am Kinn. Dann richtete sie sich auf und sagte: „Wollen wir? Immerhin habt ihr ein neues Zuhause zu entdecken!"

Zwei Monate später

Kapitel 10

Eindringlich musterte Bobby den Teenager, der vor ihr saß und sie erschreckend an ihren Bruder erinnerte. Er trug einen Kapuzenpulli, so wie auch Zane immer, zumindest, bis er mit der Ausbildung begonnen hatte. Im Gegensatz zu ihrem Bruder hatte der Junge vor ihr, der sich Ice nannte, allerdings eingefallene Wangen und dunkle Ringe unter den Augen.

„Was glotzt du so?", herrschte er sie an.

Sie blieb ruhig, etwas, was sie als Erstes hatte lernen müssen, seitdem sie Nikolai in die Randgebiete der Stadt begleitete. Nun, da auch Blutsverwandte sich eine Seele für Angehörige verdienen konnten, machte es umso mehr Sinn, mit jenen Seelenlosen zu arbeiten, die nicht in Azraels Einzugsgebiet lebten.

„Hör zu, Ice: Wir werden dich sicher nicht zwingen, hierzubleiben. Aber ..."

„Klasse!" Und schon war der Junge aufgestanden und machte sich auf den Weg zur Tür.

Frustriert setzte Bobby dazu an, ihm zu folgen, doch Nikolai legte ihr eine Hand auf den Arm und schüttelte den Kopf. Sie wusste, weshalb: Seine erste und wichtigste Regel war es, keinen derjenigen, die zu ihm kamen, zu etwas zu zwingen.

„Setz dich!"

Nathaniels Stimme hallte in der ganzen Lagerhalle wider. Sofort erstarrte Ice und kam dann zu ihnen zurück, setzte sich wieder auf den Stuhl und verschränkte abwehrend die Arme vor der Brust.

Nikolai warf dem Nephil einen verärgerten Seitenblick zu, sagte jedoch nichts, sondern wandte sich wieder Ice zu und setzte das Gespräch fort. Währenddessen erhob Bobby sich, schob Nathaniel aus der Halle und zog die Tür hinter sich zu.

„Du sollst sie nicht hierher zwingen!", zischte sie. „Wie oft muss ich dir das noch sagen?"

Desinteressiert zuckte Nathaniel mit den Schultern. Die Dinge hatten sich verändert, seitdem Charon und er in dem Randbezirk ihr Quartier aufgeschlagen hatten. Offensichtlich hatte der Nephil jedem, der Lucy oder ihm blöd gekommen war, den Kopf zurechtgerückt und damit bleibenden Eindruck hinterlassen. Darüber hinaus hatte er die wirklich gefährlichen Gesellen mit Charon ausgeschaltet und war dadurch zu einem unfreiwilligen Anführer der verlorenen Gestalten geworden, die hier lebten.

„Manchmal muss man jemanden zu seinem Glück zwingen", war alles, was er erwiderte. „Der Junge ist nicht dumm und hat Geschwister. Gebt ihm die Chance und die Plattform, gebt ihm Bildung, und ich bin mir sicher, er wird etwas tun, um sich in den Augen eures Gottes als würdig zu erweisen!" Aus seiner Stimme sprach Verachtung.

„Warum tust du das alles, Nathaniel?", fragte sie. Wann immer er auftauchte, ließ er vor allem Nikolai spüren, wie wenig er von dem Pastor und seinem Gott hielt. Trotzdem sandte er die Bewohner des Viertels regelmäßig zu ihnen.

„Du weißt, weshalb", antwortete Nathaniel und trat ins Sonnenlicht hinaus.

Ja, sie wusste es. Aus Loyalität zu Lucy. Und dennoch …

„Du tust immer so, als würdest du eigentlich auf der anderen Seite stehen, wenn Lucy nicht wäre", sagte sie. „Und doch weiß ich von ihr, dass du dich schon von Morgana abgewandt hast, bevor du sie als Säugling ausgesetzt im Hinterland gefunden hast. Es kann also nicht nur an Lucy und deinen Gefühlen für sie liegen, dass du gegen Luzifer agierst."

„Was aber nicht automatisch heißt, dass ich vor Gottes Anhängern zu Kreuze kriechen muss, oder?", erwiderte er und sah ihr in die Augen. „Das solltest du doch am besten verstehen."

Sie presste ihre Lippen aufeinander. Er hatte recht: Sie verstand ihn, zumindest in dieser Hinsicht, nur allzu gut.

Hinter ihnen öffnete sich die Tür und Ice trat heraus, gefolgt von Nikolai. Der Pastor verabschiedete den Jungen, woraufhin dieser knapp nickte, Nathaniel mit einem Blick streifte und schließlich verschwand.

„Keine Predigt, Pater", unterbrach Nathaniel Nikolai, als dieser zu sprechen ansetzte. „Bobby hat mir bereits die Leviten gelesen. Sie sollten froh sein, dass überhaupt Jugendliche hierherkommen, denn das tun sie sicher nicht wegen Ihrem Gerede. Wenn dann nur wegen Bobbys Hintern."

Sie schnitt eine Grimasse und zeigte ihm den Mittelfinger, woraufhin er sich spöttisch verneigte und ging. Charon, der sich auf der anderen Straßenseite in der Sonne aalte, empfing seinen Herren mit einem Gähnen, das sein eindrucksvolles Gebiss zeigte.

Mit einem Seufzer drehte sich Bobby zu Nikolai um und wollte sich für Nathaniels Verhalten entschuldigen, doch er winkte lediglich ab und warf ihr das Lunchpaket zu, das sie aus Sankt Clairs Großküche mitgenommen hatten.

Sie lächelte, setzte sich neben ihn auf den Boden und begann zu essen, seine ruhige Präsenz genießend. Sie hatte Nikolai nie die Kontrolle verlieren sehen, was angesichts Nathaniels ständiger Provokationen durchaus etwas zu bedeuten hatte. Auch hatte sie ihn niemals den Mut oder seine Zuversicht verlieren sehen, ganz gleich, welch schwierigen, traurigen und manchmal hoffnungslosen Fällen sie begegnet waren.

Seit ihrer Rückkehr in die Stadt war viel geschehen. Das Korps musste sein Interesse an ihnen beiseiteschieben, da die Regeländerungen massive Unruhen mit sich gebracht hatte. Sowohl Bobby als auch Cristina hatten erfreulich viel zu tun gehabt, was den Seelenhandel gleichzeitig lukrativer hatte werden lassen, immerhin bestimmte das Angebot die Nachfrage. Azraels Anhänger waren aggressiv vorgegangen und hatten die Regeln so weit ausgelegt, wie es ihnen möglich gewesen war, was wiederum das Korps regelmäßig auf den Plan gerufen hatte. Durch die vorangegangenen Entlassungswelle wegen Korruption war es allerdings unterbesetzt und hatten demensprechend mehr als genug zu tun. Zumindest behauptete das Duncans Spitzel und hatte ihnen versichert, dass sie erst einmal Ruhe vor dem Psych haben würden. Dieser hatte wohl den direkten Befehl erhalten, seine Kräfte auf die *echten* Bedrohungen zu richten.

Das waren die guten Neuigkeiten gewesen. Kurz hatte Bobby überlegt, in ihr Zuhause zurückzukehren, sich angesichts der unruhigen Zeiten allerdings dagegen entschieden. Aktuell war Sankt Clairs aufgrund der Lage und Ausstattung der perfekte Ausgangspunkt für ihren Job.

Die schlechten Neuigkeiten waren gewesen, dass Duncans Spitzel in Azraels Reihen keinerlei Hinweispunkt auf den Aufenthaltspunkt ihres Bruders gefunden hatte. Zane schien wie vom Erdboden verschluckt zu sein, und die Ungewissheit, was mit ihm geschehen war, lastete schwer auf ihr.

„Denkst du an deinen Bruder?" Nikolais Stimme klang warm und verständig. Sie hatten oft über Zane gesprochen, also nickte sie, sagte aber nichts weiter. Er akzeptierte ihr Schweigen und hakte nicht nach.

Er war nicht das, was ein Pastor noch vor fünfzig Jahren gewesen wäre. Kein Mann, der lediglich predigte und betete, sondern ein Mann, der auf die Straße ging, sich zu verteidigen wusste und mitten im Geschehen war. Er war körperlich stark und verstand sich auf zahlreiche Nahkampftechniken, wobei seine Technik sehr viel feiner und forcierter als Duncans war. Dementsprechend viel hatte sie in den vergangenen Wochen von ihm gelernt.

Darüber hinaus war er ziemlich attraktiv, eine Tatsache, die Laura bei ihrem letzten Treffen für Bobbys Geschmack etwas zu eindringlich analysiert hatte ...

„Ich finde, du solltest mit ihm schlafen."

„Was?" Beinah hätte Bobby den Longdrink, an dem sie nippte, über die Liege verteilt. Vor etwa einem Monat hatte Laura ihr gezeigt, wo sie lebte – in einer verdammten Villa mit einem Pool und Stallungen voll edelster Vollblüter – und seitdem war sie regelmäßig zu Besuch, um wortwörtlich die Beine hochzulegen. Allerdings nicht, um sich Liebesratschläge einer Frau abzuholen, die alles andere als eine Expertin war.

„Ich meine es ernst, Bobby-Schatz. Wenn ich schon nicht ran darf, dann solltest wenigstens du deinen Spaß haben", erläuterte Laura seelenruhig und schob ihre Sonnenbrille auf den Haaransatz, während sie ihren nur in einen Bikini gehüllten Körper auf der Sonnenliege räkelte.

Entnervt verdrehte Bobby die Augen. „Nikolai und ich sind nur Freunde."

„Was nicht heißt, dass ihr nicht Freunde mit gewissen Vorzügen werden könntet."

„Müssen wir das Gespräch wirklich fortsetzen?"

Lauras Augen verengten sich. „Nicht, wenn dich nicht jemand anderes davon abhält, dich Nikolai zu nähern."

„Die einzige Annäherung an Nikolai möchte ich im Training erfahren", war al-

les, was Bobby erwiderte, ohne auf die Anspielung einzugehen, und wandte sich wieder ihrem Longdrink zu.

Laura schwieg daraufhin, was besser war. Eine wirkliche Antwort hätte Bobby ihr nämlich weder geben können noch wollen ...

Als wäre die Erinnerung an das Gespräch ein Stichwort, erklang das Geräusch von Pferdehufen und riss Bobby aus ihren Gedanken. Auf der anderen Straßenseite hob Charon den Kopf; seine Ohren spielten aufgeregt.

Sie runzelte die Stirn. Pferde waren zu einem begehrten Fortbewegungsmittel geworden, allerdings wagte sich kaum jemand mit ihnen in die Randgebiete der Stadt, da sie dort meist als Futter und die Reiter tot endeten.

Ihr gegenüber trat Nathaniel in die Mitte der Straße und legte Charon eine Hand auf die Flanke, um diesen ruhig zu halten. Als die Reiterin auf dem Rücken eines Rappens um die Ecke bog, ihre Haltung aufrecht und ihr Haar streng zurückgebunden, begrüßte der Nephil sie auf seine ganz eigene charmante Art und Weise.

„Bist du lebensmüde? Oder einfach nur dumm?"

„Weder noch", erwiderte Laura kühl, brachte das Pferd zum Stehen und sah auf ihn hinab. „Ich dachte, dass ich Bobby abhole und wieder in die Zivilisation zurückbringe."

Laura war immer für eine Überraschung gut. Nachdem sie sich als Besitzerin einer Villa entpuppt hatte, war darüber hinaus ans Licht gekommen, dass sie ihr Geld mit dem Züchten und Ausbilden von Korps-Pferden verdiente. Der Rappe, den sie aktuell ritt, war sicherlich eines davon, anders hätte man dessen verhältnismäßige Ruhe angesichts Charons Präsenz nicht erklären können.

Ohne Frage war es von enormem Vorteil, eine Freundin zu haben, die einen nach getaner Arbeit am Rande der Stadt abholte. Bevor Nathaniel etwas erwidern konnte, hatte Bobby sich erhoben, winkte Nikolai noch einmal zu und schwang sich hinter Laura auf das Pferd.

Es war an der Zeit, dass sie endlich ihren wohlverdienten Feierabendcocktail zu sich nahm.

„Ich muss schon sagen, mein Hübscher: Ich bin wirklich ausgesprochen zufrieden mit dir", sagte Gerôme, so wie er es jeden Tag mindestens einmal tat, wenn er an der Theke vorbeiging, hinter der Gabriel seit ein paar Wochen arbeitete. Und wie immer bedankte dieser sich, erntete dafür ein strahlendes Lächeln seitens des kleinen, rundlichen Mannes mit dem ausgefallenen Kleidungsgeschmack und sah diesen in sein Büro gehen.

Kopfschüttelnd machte er sich wieder ans Gläserpolieren und unterdrückte ein Lächeln. So seltsam ihm Gerôme anfangs erschienen war, so sehr mochte er ihn nun. Er war herzlich, redselig – wenn auch manchmal ein wenig zu redselig für Gabriels Geschmack – und behandelte seine Angestellten gut.

Sein Blick wanderte durch die kleine Bar, in der er in den vergangenen Wochen die wichtigsten Erfahrungen seines Lebens gesammelt hatte. Bobby hatte recht gehabt: Nirgendwo konnte man mehr über soziales Verhalten lernen als an einem Ort, an dem man allabendlich mit Menschen sprach, sich deren Geschichten anhörte, sie bediente und beobachtete.

Fast wäre es jedoch nicht dazu gekommen. Nachdem Bobby und er in Sankt Clairs untergekommen waren und sie damit begonnen hatte, Pastor Nikolai auf seinen Außenmissionen zu begleiten, hatte er ebenfalls mitkommen wollen und es auch getan. Allerdings hatte sich ziemlich schnell herausgestellt, dass seine Anwesenheit in dem Gebiet, über das Nathaniel nun das Sagen hatte, unerwünscht war und zu mehr Problemen als Lösungen führte. Darüber hinaus hatte er sich in Gesprächen mit den Seelenlosen vor Ort besserwisserisch, urteilend und fordernd aufgeführt – zumindest hatte Bobby es so formuliert –, weswegen Nikolai ihm höflich, aber bestimmt zu verstehen gegeben hatte, dass er nicht weiter mitkommen sollte.

Es war einer der Gründe, weswegen es um die Beziehung zwischen Nikolai und ihm nicht zum Besten bestellt war. Mit ein wenig Abstand wusste Gabriel zwar, dass der Pastor recht gehabt hatte und musste diesem seine Ehrlichkeit einem ehemaligen Erzengel gegenüber hoch anrechnen, doch zu dem Zeitpunkt war er überaus erzürnt gewesen. Clair hatte ihm danach in einem längeren und offenen Gespräch nahegelegt, Bobbys ursprüngliche Idee wahrzunehmen und lediglich bei Sondereinsätzen dabei zu sein, in denen seine anderweitigen Fähigkeiten von Vorteil sein würden.

Zumindest, solange er noch lerne, sich zu benehmen, wie die alte Nonne mit einem gutmütigen Lächeln hinzugefügt hatte.

Lernen tat er, jeden Tag aufs Neue. Und er ahnte inzwischen, dass er es bis zum Rest seines Lebens tun würde.

Er verstaute ein weiteres frisch poliertes Glas in dem Regal hinter sich. Sein Blick blieb an dem Platz am Tresen hängen, an dem Duncan normalerweise saß, wenn er hier war. Während der letzten Wochen hatten sich die Treffen der Freunde in Gerômes Bar *La Belle Vie* verlegt: Der Club lag abseits, war klein und hatte ein mehr oder weniger festes Stammpublikum, das sicherstellte, dass das Korps keinerlei Grund hatte, herumzuschnüffeln und ihnen auf die Nerven zu gehen. Mal abgesehen davon, dass dieses aktuell ganz andere Sorgen hatte.

Duncan war seit über einer Woche nicht mehr hier gewesen, was alarmierend war. Vor allem, da er nach ihrem letzten Gespräch jeden Grund gehabt hätte, wiederzukommen und Gabriels Geduld auf die Probe zu stellen …

„Gib mir noch einen Whiskey, Magic Gabe", sagte Duncan mit einem Grinsen und schob Gabriel das Glas hin, welches er soeben geleert hatte.

Gabriel ignorierte die Anrede und tat wie geheißen. Duncan hatte vor einigen Tagen mitbekommen, wie der Inhaber eines nahen Stripclubs versucht hatte, ihn vor Gerômes Club abzuwerben, und zwar nicht nur als Barkeeper, sondern auch als Tänzer. Die Beobachtung war ein gefundenes Fressen für den Söldner gewesen, sodass Gabriel seitdem – als Referenz auf einen über fünfzig Jahre alten Film – einen neuen Spitznamen hatte.

Er hatte Duncan nicht dafür zurechtgewiesen. Wenn er den Söldner jedes Mal, da dieser sich im Ton vergriff oder unangemessene Anspielungen machte, zur Rechenschaft gezogen hätte, würde Gerômes Bar nun wohl nicht mehr existieren und Duncan ebenso wenig.

Mit – so hoffte er zumindest – neutralem Gesichtsausdruck schob er Duncan das gefüllte Glas hin und sortierte danach die Cocktailzutaten. Roberta hatte recht gehabt: Er hatte das Mixen im Handumdrehen gelernt.

„Wie geht's Bobby?", fragte Duncan und musterte ihn eindringlich.

Gabriel wurde sofort misstrauisch. Duncan sagte nie etwas ohne Hintergedanken, und auch jetzt begann er, unter seiner Musterung zu grinsen.

„Sie scheint sich ziemlich gut mit diesem Pastor zu verstehen, und der kann eine Frau haben, ohne dass Gott ihm seinen Schwanz abschneidet, oder?"

„Die Regel, dass Priester zölibatär leben müssen, wurde schon vor zwanzig Jahren abgeschafft, Duncan", erwiderte er kühl. „Und zu besagter Maßnahme hat Gott niemals gegriffen."

„Hm", brummte der Söldner in sein Glas und musterte ihn über den Rand hinweg. „Stört es dich nicht? Ich meine, du bist hier und polierst Gläser, während sie da draußen auf der Straße tagtäglich Gefahren ausgesetzt ist. Du weißt schon: Anspannung, Atemlosigkeit, gemeinsame Erfolge. Das alles kann schnell zu Intimitäten führen."

Im Grunde wusste Gabriel das nicht, doch das würde er Duncan sicherlich nicht wissen lassen. Intimitäten in seinem bisherigen Leben waren einfach geschehen, weil er ein Engel gewesen war. Und nicht aufgrund solch menschlicher Gefühle.

Nur dass er nun auch ein Mensch war. Und Bobby noch sehr viel mehr und länger als er.

Hatte Duncan womöglich recht, und Nikolai und sie waren sich nähergekommen?

Das Glas, das er soeben poliert hatte, zerbarst in seinem Griff. Überrascht starrte Duncan ihn an und lachte dann los, ihm zuprostend.

„Willkommen im echten Leben, Magic Gabe!" Sein Blick richtete sich auf Laura, die in diesem Moment den Club betrat und in Richtung der Umkleidekabine ging. Er prostete auch ihr zu und fügte hinzu: „Wenn ich dir einen Tipp geben darf: Das Herz einer Frau erobert man stets über das Wohlwollen ihrer besten Freundin."

Bis heute hatte er sich diesen Rat nicht zu Herzen genommen. Warum auch? Er wusste, dass er Bobby attraktiv fand und sich zu ihr hingezogen fühlte, doch er wusste auch, dass jegliche weitere Nähe nicht klug wäre.

Raphael hatte vor einigen Wochen damit begonnen, ihm regelmäßig Sonderaufträge zukommen zu lassen, auch wenn ihm nicht zu gefallen schien, so sehr auf Gabriel und seine Fähigkeiten angewiesen zu sein. Fakt war jedoch, dass mit ihm zum allerersten Mal ein menschlicher Krieger existierte, dessen Kräfte den geweihten Anhängern Luzifers wirklich etwas entgegenzusetzen hatten, ohne dass man ein ganzes Einsatzteam losschicken musste. Oft waren Alexander Maarons Männer leistungsfähiger und stärker, wobei es ein Rätsel blieb, was genau diese Veränderungen bewirkte. Sie traten erst nach der zweiten Weihe auf – ein Ereignis, das Bobby nicht mehr erlebt hatte, weshalb sie auch nicht davon hatte berichten können – und der Auslöser wurde bis dahin strengstens unter Verschluss gehalten.

Die Tatsache, dass Gabriel über besondere Fähigkeiten verfügte, machte die Aufträge allerdings nicht weniger gefährlicher. Mehr als einmal war er verletzt worden und wollte Bobby nicht noch mehr sorgen, als sie es ohnehin bereits war. Also hatte er versucht, wieder etwas Distanz zwischen ihnen herzustellen.

Nikolai war ein guter Mann. Wenn er Interesse an Bobby haben sollte und sie an ihm, dann würde er ihnen sicherlich nicht im Weg stehen.

„Erde an Engel!"

Er hatte mit dem Rücken zum Tresen gestanden und wandte sich nun wieder um. Roberta hatte sich vor ihm auf einen der Hocker geschwungen und ließ ihre Beine baumeln. Laura schlüpfte hinter ihr in die Umkleidekabine, um sich für ihren Auftritt fertigzumachen.

Bobby roch nach Sonne und Pferd und wirkte lebendig. Wie immer hatten sich einige Strähnen aus ihrem zurückgeflochtenen Haar gelöst.

„Dasselbe wie immer?", fragte er.

Sie nickte, und ihre Augen leuchteten, denn er begann damit, ihren Lieblingscocktail zu mixen. Während er es tat, fragte sie: „Hast du dich inzwischen entschieden, was du dir wünschst?"

Er wusste, dass sie nicht wirklich mit einer Antwort rechnete, denn diese hatte er die letzten gefühlten hundert Male, die sie ihn gefragt hatte, auch nicht geben können. Umso erstaunter und gespannter sah sie aus, als er ihr in die Augen sah und antwortete: „Ja."

„Was ist es?", fragte sie neugierig.

Gabriel atmete tief durch. Seinen Wunsch zu erklären, war schwierig. Lange und oft hatte er darüber nachgedacht, was er wohl von ihr verlangen könnte, und irgendwann hatte er begriffen, dass es an der Zeit war, dass sie etwas bekam. Sie hatte in ihrem Leben bereits genug geben müssen.

Bedauerlicherweise konnte er ihr das Einzige, was wirklich und wahrhaftig von Wert für sie gewesen wäre, nicht schenken. Allerdings konnte er sie – so hoffte er zumindest – dabei unterstützen, es zu erlangen.

Er legte das Geschirrtuch zur Seite, griff in seine Hosentasche und zog die Kette hervor. Raphael hatte sie ihm heute übergeben, nachdem er ihn darum gebeten hatte, diese Besorgung zu machen. In dessen Augen hatte er klar und deutlich gesehen, dass er ihn nicht verstand, doch er hatte ihm seinen Wunsch erfüllt und war nach Rom geflogen.

Er legte die Kette vor ihr auf den Tisch. Bobby runzelte die Stirn. „Was ist das?"

„Sieh sie dir genauer an", erwiderte er.

Ihr Stirnrunzeln vertiefte sich, dann leistete sie seiner Aufforderung Folge.

Das Kreuz, das an der Kette hing, war filigran und von unglaublicher Kunstfertigkeit. Nicht verwunderlich, war es doch von einem Erzengel höchstpersönlich geschmiedet worden. Eine leichte Schwingung schien davon auszugehen, rein und warm und pulsierend.

„Es ist wunderschön", flüsterte sie und starrte darauf hinab.

„Michael hat es für dich angefertigt", erwiderte Gabriel und lehnte sich über den Tresen, um ihr Gesicht besser beobachten zu können. Die Gefühle, die sich darauf abspielten, zeigten ihm, was er sich erhofft hatte: Dass dieses Geschenk sie berührte und den Funken tief in ihrem Innersten zum Schwingen brachte. Ihre wachsende Seele berührte, im wahrsten Sinne des Wortes.

Ihr Blick flog hoch zu ihm, Tränen standen in ihren Augen. „Ich... verstehe nicht."

„Ich habe lange nachgedacht, Roberta", erklärte er und wählte bewusst ihren vollen Namen. Sofort hatte er ihre ungetrübte Aufmerksamkeit. „Es gibt keinen Wunsch, den du mir erfüllen könntest. Du hast mir mehr Wünsche erfüllt, als du selber ahnst: Du hast in mir den Wunsch nach einem menschlichen Leben geweckt. Mich gelehrt und an die Hand genommen, als ich es erlangt hatte. Noch heute tust du das." Er atmete tief durch. „Das Einzige, was ich mir wirklich in meinem Leben wünsche, ist, den Funken in dir wachsen zu sehen. Und da ich weiß, wie schwer es manchmal ist, die Hoffnung zu bewahren, habe ich dir etwas gegeben, an dem du dich stets festhalten kannst. Michael ist ein Meister der Schmiedekunst, und ein Teil von ihm ist in dieses Schmuckstück eingeflossen. Ich hätte dir gerne ein Geschenk mit meinen eigenen Händen gemacht, doch ich glaube", er verzog ironisch das Gesicht, „dass es wohl ein wenig zu gleißend geworden wäre."

Sie hatte während seiner langen Rede kein einziges Wort gesagt, sondern ihn einfach nur angestarrt. Als sie sprach, klang ihre Stimme gebrochen. „Du hast das Prinzip eines Wunsches irgendwie nicht richtig verstanden, Gabe."

Er verkniff sich ein Schmunzeln und zuckte mit den Schultern. „Ich lerne noch."

Sie blickte wieder auf das Kreuz in ihrer Hand. Langsam, aber sicher wurde er nun doch unruhig. Hatte er sie damit beleidigt? Hätte er vielleicht doch um einen gemeinsamen Filmabend oder ein Essen bitten sollen? In den Sinn gekommen war es ihm natürlich – mehr als einmal –, doch dann hatte er sich stets an das erinnert, was er sich wirklich von ihr wünschte: Dass sie niemals zu kämpfen aufgab. Nichts war unerträglicher für ihn als der Gedanke, sie irgendwann wieder so vor sich zu sehen wie in ihrem Traum: als dunkle Prinzessin vor Luzifers Statue.

So gesehen war es auch eine Wunscherfüllung für ihn, wenn sie die Kette annahm und dadurch immer einen kleinen Hoffnungsfunken bei sich trug.

„Gabriel?"

Sofort sah er ihr in die Augen. „Ja?"

„Würdest du bitte kurz mit nach hinten kommen?" Sie deutete in Richtung der Garderobe.

Er folgte ihr stirnrunzelnd, ohne die leiseste Ahnung, was sie vorhatte.

Als sie in dem Seitengang angekommen waren, wandte sie sich zu ihm um … und warf die Arme um seinen Hals, so fest, dass ihn ihr Schwung gegen die Wand stieß.

„Danke", wisperte sie, und zu seiner Bestürzung fühlte er heiße Tränen an seinem Hals, dort, wo sie ihr Gesicht hindrückte.

Sofort war seine eine Hand auf ihrem Hinterkopf und die andere auf ihrem unteren Rücken. „Ich weiß, es ist nicht wirklich ein Wunsch, den du mir erfüllen kannst. Zumindest noch nicht."

Sie hob den Blick, ihre Augen glänzend und gerötet von Tränen, und nahm sein Gesicht in ihre Hände. „Nach diesem Geschenk hast du tausend weitere Wünsche offen, Erzengel." Das Lachen, mit dem sie die Worte aussprach, klang erstickt und gleichzeitig fröhlich.

„Deshalb habe ich es nicht getan", hörte er sich antworten und sah sie die Augen verdrehen.

„Nimm nicht immer alles so wörtlich. Sagen wir, du hast drei Wünsche übrig."

Ein Lächeln kehrte auf seine Lippen zurück, und er lehnte sich leicht in die Berührung ihrer Hände. Es fühlte sich gut an. „Das klingt fair. Ich befürchte allerdings, du wirst mich überraschen müssen."

Ihre Augenbrauen schossen in die Höhe. „Es wird immer offensichtlicher: Du *hast* das Prinzip von Wünschen nicht verstanden."

Die Tür zu Lauras Garderobe öffnete sich, und sie trat in ihrem Bühnenoutfit auf den Gang.

Sofort löste sich Roberta von ihm, allerdings nur, um Laura die Kette zu zeigen. Er nutzte die Chance und kehrte hinter die Theke zurück, ein zufriedenes Lächeln auf seinen Lippen und sich innerlich dafür beglückwünschend, dass sie nun etwas besaß, was sie immer an ihn erinnern würde.

Bobby war so begeistert von dem Geschenk, dass sie kaum klar denken, geschweige denn sprechen konnte. Diese Kette … sie *sang* zu ihr. Anders konnte sie es nicht erklären. Sie spürte sie auf eine Art und Weise, wie sie nur selten etwas gefühlt hatte, tief in ihrem Innersten.

„Bobby!"

Sie zuckte zusammen und blickte Laura an. „Warum schreist du?"

„Weil ich dich gerade dreimal angesprochen habe", ihre Freundin lachte, „und du nicht reagiert hast."

Bobby ahnte, dass ihr Grinsen ziemlich dümmlich aussah, und doch konnte sie es nicht verhindern. „Ist das nicht ein unglaubliches Geschenk?"

„Allerdings."

„Und das von ihm? Wer hätte das vor einigen Wochen gedacht!"

„Allerdings", wiederholte Laura und ließ ihren Blick zu Gabriel wandern. „Bobby, Schätzchen, dir ist bewusst, dass dieses Geschenk mehr zu bedeuten hat, oder?"

Bobby erstarrte. „Ich weiß nicht, was du meinst."

„Ach, ich bitte dich!" Laura sah sie wieder an. „Sei nicht so naiv. Er weiß es vielleicht noch nicht, aber das ist kein Geschenk, das ein einfacher Freund macht. Ebenso wenig wie ein einfacher Freund seine Unsterblichkeit aufgeben würde, um dich schützen und an deiner Seite kämpfen zu können."

„Das hat er so nie gesagt", murmelte sie und spielte mit der Kette.

„Bobby", zischte Laura. Sie verdrehte die Augen – offensichtlich entnervt.

Auch Bobby brauste nun auf. „Was? Du bist doch die Letzte, die mir Ratschläge in Liebesangelegenheiten erteilen kann. Warst du es nicht, die mir noch vor ein paar Tagen geraten hat, mit Nikolai ins Bett zu hüpfen? Und was ist das mit Nathaniel und dir?"

Sofort verfinsterte sich Lauras Gesicht. „Du weißt, dass wir verbunden sind. Ich kann also nichts dafür."

„Du kannst nichts dafür, dass du ihn reizt, wann immer du ihn siehst?", beendete Bobby ihren Satz. „Ist das eure Form von Vorspiel?"

„Besser so, als auf naive Jungfer zu machen!"

Wütend starrten sie einander in die Augen.

„Laura?" Gerômes Stimme ließ sie die Blicke voneinander abwenden. „Chérie, vas-y. Du musst anfangen."

„Ich komme!" Mit einem letzten Blick auf Bobby, der wieder deutlich ruhiger und eher amüsiert als wütend wirkte, machte Laura sich auf den Weg zur Bühne.

Frustriert presste Bobby die Lippen aufeinander und ließ sich auf einen der Stühle im hinteren Bereich des Clubs fallen. Sie wusste durchaus, dass Laura recht hatte, doch sie wollte sich beim besten Willen keine Gedanken über diese Sache zwischen Gabriel und ihr machen. Die einzige richtige Beziehung, die sie in ihrem Leben geführt hatte, war mit dem Handlanger ihres Vaters gewesen, der ohne mit der Wimper zu zucken Morde in Auftrag gegeben hatte. Mit Gabriel zusammen zu sein wäre so, als würde sie das eine Extrem gegen das andere eintauschen.

Abgesehen davon mochte sie ihn wirklich gerne. Und das machte ihr eine Scheißangst!

Ein kleiner, angenehmer Schauer lief ihren Rücken hinab. Als sie aufblickte, sah sie, dass Gabriel sie musterte. Etwas war anders in seinem Blick. Es war nicht das erste Mal, dass es ihr auffiel, doch heute ganz besonders. Er hatte sich in den vergangenen Wochen erneut verändert, war sicherer und selbstständiger geworden, weltgewandter und charmanter.

Doch vor allem legte er mehr und mehr die süße, allerdings bisher auch ungefährliche Unbeholfenheit ab. Und ersetzte sie durch etwas, was ihn von verdammt anziehend in verboten heiß verwandelte.

So wie auch jetzt. Sein Blick hielt ihren, ob aus Instinkt oder bewusster Entscheidung, hätte sie nicht sagen können. Er hatte vor einigen Wochen damit aufgehört, sich regelmäßig zu rasieren, und sein Dreitagebart unterstrich seine Maskulinität auf eine Art und Weise, die sie gehörig aus dem Konzept brachte. Die Hitze in ihrem Inneren verstärkte sich … ebenso wie die Panik.

Sie brach den Blickkontakt ab. Laura betrat die Bühne, und Applaus erklang. Bobby atmete auf und wandte sich ihrer Freundin zu. Sie trug ein schlichtes, hautenges schwarzes Kleid und ihre roten Haare fielen ihr offen über die Schultern. Sie wirkte jung und sinnlich und stand barfuß auf der Bühne, ein französisches Lied mit ihrer rauchigen Stimme anstimmend.

Der Moment, in dem sich etwas an Lauras Gesang änderte, war so subtil, dass die meisten es kaum mitbekamen, sich allerdings immer stärker und gebannter in ihre Richtung neigten. Der Rhythmus wurde langsamer, ebenso wie ihre leichten, wiegenden Bewegungen. Alle hingen an Lauras Lippen, doch deren Aufmerksamkeit war gänzlich auf den Mann gerichtet, der den Club betreten hatte.

Bobby musste sich nicht umdrehen, um zu wissen, dass es Nathaniel war. Sie spürte Gabriels Blick übermäßig intensiv auf dem Nephil liegen, und als dieser sich neben ihr auf den Stuhl fallen ließ, stieg ihr sein Geruch nach Leder und Wolf in die

Nase. Er fixierte Laura mit seinem Blick wie ein Jäger seine Beute.

Mit einem entnervten Seufzer erhob Bobby sich und machte sich auf den Weg zur Bar. Sie brauchte unbedingt noch einen Drink.

In diesem Moment wurde die Tür neben ihr aufgerissen und ein blutüberströmter Duncan taumelte in den Club.

Gabriel hatte eine neue Erfahrung gemacht, die er nie würde missen wollen: Er hatte Bobby zum Strahlen gebracht, und das im wahrsten Sinne des Wortes. Selbst Minuten, nachdem er ihr das Geschenk überreicht hatte, lächelte sie noch immer von einem Ohr zum anderen, und der Funke in ihrem Innersten schien im Takt mit den Schwingungen von Michaels Kreuz zu pulsieren.

Bobbys Blick begegnete seinem, und Erinnerungen daran, wie es sich anfühlte, mit einer Frau zusammen zu sein, schossen plötzlich und unerwartet heftig durch seinen Geist. Begleitet von dem Wunsch, zu wissen, wie nicht irgendeine Frau, sondern Bobby sich anfühlen würde.

Zum ersten Mal, seit er sie kannte, erlebte er, dass sie den Blick vor ihm senkte. Er schwankte zwischen männlicher Befriedigung und leichtem Unbehagen angesichts ihres Verhaltens.

Dann tauchte Nathaniel auf, und Gabriel erkannte, dass er den Nephil noch immer nicht ausstehen konnte. Und ihm ging auf, dass er Raphael bisher nicht von ihm erzählt hatte.

Der Grund für sein Schweigen war derselbe Grund, weshalb er viele andere Dinge tat oder auch nicht tat: Bobby. Sie respektierte und mochte den Nephil, und Gabriel befürchtete, dass sie ihm diesen Verrat nicht so einfach verzeihen würde. Mehrfach hatten sie sich in den vergangenen Wochen darüber gestritten, dass sie sich durch ihre Arbeit mit Nikolai immer wieder in Nathaniels Nähe begab und auch Laura sich offensichtlich nicht von ihm fernzuhalten schien. Sahen die beiden denn nicht, wie gefährlich er war?

Duncan, der in diesem Moment blutüberströmt in den Club taumelte, unterbrach seine brütenden Gedanken. Bobby eilte sofort zu ihm, doch er winkte ab, stemmte sich am Tresen hoch und keuchte: „Whiskey, Magic Gabe."

Gabriels Blick lag forschend auf dem Gesicht des Söldners, während er ihm ein Glas auffüllte und zusah, wie Duncan es in einem Zug leerte und mehr nachforderte.

Gerôme hatte ihn und sein unangemessenes Auftauchen bereits bemerkt und wollte soeben die Security näher winken, doch Gabriel gab ihm mit einem kurzen Kopfschütteln zu verstehen, noch zu warten, was er auch tat. Laura zufolge lag es daran, weil er in ihn verschossen war, doch er selber erklärte sich Gerômes Verhalten und Respekt ihm gegenüber als Reaktion auf das, was von seinem Engelsdasein in ihm übriggeblieben war.

„Was ist passiert?", fragte Bobby. „Ist das dein Blut?"

Duncan nickte abgehackt, brachte aber gleichzeitig ein Lächeln zustande. „Keine Sorge, der Welpe hat nur meine Nase getroffen. Und die ist nicht zum ersten Mal gebrochen."

„Welcher Welpe?"

„Er ist seit fast einer Woche hinter mir her", murmelte Duncan.

„Mit wem hast du dich jetzt schon wieder angelegt?", rief Bobbys frustriert.

„Ich dachte, das Korps hätte ihn auf mich angesetzt und habe mich schon gefragt, seit wann sie Kinder losschicken, weil der Kerl kaum Bartwuchs hat", erwiderte er und klang dabei so gereizt, wie Gabriel ihn noch nie erlebt hatte. Die Erschöpfung war ihm anzusehen, was für seinen Gegner sprach. Gabriel mochte so einiges über Duncan denken, aber sicher nicht, dass er ein Schwächling war.

Das Schweigen dauerte an, und irgendetwas darin ließ Gabriel hellhörig werden. Ebenso wie Bobby. „Duncan?"

Einige Sekunden lang starrte der Söldner ins Leere, fuhr sich dann über sein Gesicht und fluchte. „Ah, Scheiße … Bobby, ich bin nur hier, weil der Junge zum ersten Mal abgelenkt genug gewesen ist, dass ich ihm entkommen und sicher sein konnte, dass er mir nicht folgen würde. Dieser Psych, der die Razzia durchgeführt hat, ist vorhin aufgetaucht und hat zu ihm gesagt, er habe nun lange genug in diesem Gebiet sein Unwesen getrieben."

„Ich verstehe nicht?", erwiderte Bobby stirnrunzelnd. „Dann ist er nicht vom Korps geschickt worden?"

„Nein." Duncan blickte ihr in die Augen. „Ich hatte keine Ahnung, wer er ist, bis der Psych vorhin seinen Namen erwähnt hat. Es ist dein Bruder, Bobby!"

Kapitel 11

Bobby war aus der Tür heraus, bevor auch nur einer ihrer Freunde reagieren konnte.

Zane!

Ihr Bruder war hier und stand jenem Psych gegenüber, der sie Wochen zuvor durch die Kanalisation gejagt hatte. Vielleicht hatten ihr Vater oder Azrael ihn geschickt – auch wenn sie nicht wusste, was die beiden von Duncan wollten –, doch ganz sicher würde sie Zane nicht so einfach wieder gehen lassen.

Gabriel erschien an ihrer Seite, sein Blick wachsam und seine Haltung angespannt. Er sagte kein Wort, und sie war dankbar dafür. Momentan waren kluge Ratschläge das Letzte, was sie gebrauchen konnte, am allerwenigsten von ihm.

Hier war Zane nicht mehr im Einzugsgebiet ihres Vaters oder dort, wo er während der vergangenen Wochen oder Monate gewesen war. Hier war er deutlich schutzloser und kannte sich schlechter aus. Sie bildete sich nicht ein, dass er in ihre Arme fliegen und sie bitten würde, mit ihr kommen zu dürfen. Doch wenn es je eine Chance gegeben hatte, ihn zu erreichen, dann war sie nun gekommen.

Etwas krachte in ein Fenster des zerfallenen Wolkenkratzers, der neben ihnen aufragte, und Glassplitter regneten auf sie herab. Gabriel packte sie und schubste sie weg, im selben Moment, in dem auch sie sich bereits in Sicherheit brachte. Durch seinen dummen und unnötigen Beschützerinstinkt fing er sich selbst Splitter ein, doch sie sagte nichts, sondern schob ihn einfach von sich und stürmte weiter vorwärts.

Der Einschlag war durch ein Geschoss erfolgt, beschleunigt durch telekinetische Fähigkeiten. Vielleicht hatte der Korps-Psych es abgefeuert, vielleicht aber auch ihr Bruder, denn genau dies war eine seiner ersten Lektionen gewesen …

Roberta stand hinter dem Spiegelfenster und blickte in die Halle hinab, in der ihr Bruder trainierte. Er erinnerte kaum mehr an den widerspenstigen, elfjährigen Jungen, der er noch ein Jahr zuvor gewesen war. Bereits jetzt hatten sich erste Muskeln auf seinem schmalen Körper gebildet, und sein Gesicht wirkte entschlossen und hart.

Viel zu hart für einen Zwölfjährigen, flüsterte ihr verräterisches Ich, das mit jedem Tag stärker wurde.

Soeben hob Zane seine Hand. Neben ihm löste sich ein Schwert aus dem Waffenblock, drehte sich mit der Klinge parallel zum Boden und schoss vorwärts, geradewegs auf die Strohpuppe am Ende des Raumes zu. Mit einem beinahe sanften Laut glitt es mitten in deren Brust.

„Beeindruckend", erklang Damians Stimme zu ihrer Rechten, doch ihr Vater, der zu ihrer Linken stand, schnaubte lediglich abwertend.

„Er vollbringt Kunststücke, weiter nichts. Die Frage ist: Wird er auch dazu in der Lage sein, dasselbe bei einem Lebenden zu tun? "

Roberta erstarrte. Am Ende der Halle hatte sich eine Tür geöffnet und eine junge Frau wurde hereingeschleift. Ihrem Äußeren nach war sie eine der Straßendirnen und sicherlich von geringem Wert, ansonsten hätte ihr Vater jemand anderen ausgewählt. Alexander Maaron war selten ineffizient.

Es war dieser Augenblick, in dem sie begriff, dass sie nicht mehr lange durchhalten würde. Die Veränderung in ihr hatte langsam und schleichend begonnen, mit verwirrenden, aufwühlenden Träumen und dann zunehmenden Zweifeln im Alltag. Sie kam sich wie eine Marionette vor, die an Stricken hing, die ihr Vater hielt. Mehr und mehr fehlte ihr die Luft zum Atmen: mit jeder Entscheidung, die er traf, und jedem Moment, in dem sie Schweigen musste. Mit jedem Augenblick, in dem sie Mitgefühl empfand.

So wie auch jetzt.

Ihre eigenen Augen brannten von nicht vergossenen Tränen, während die ihres kleinen Bruders trocken blieben ...

Ein weiteres Mal wich Bobby einem herabfallenden Gebäudeteil aus und stürzte auf den offenen Platz zwischen mehreren Hochhäusern, über dem sich zwei Psych – tatsächlich Zane und ihr Verfolger aus dem *Wild Minds* – soeben einen Kampf lieferten. Sie zeichneten sich deutlich vor dem wolkenlosen Sternenhimmel ab, während sie sich pfeilschnell durch die Luft bewegten und das umliegende Gelände nutzten, um sich gegenseitig Fallen zu stellen oder anzugreifen.

Bobby hatte erwartet, dass ihr Bruder hoffnungslos unterlegen sein würde, doch das Gegenteil war der Fall. Obwohl seine dunkel gekleidete Gestalt schlank und schmal neben der des Korps-Psych wirkte, hatten seine Angriffe genügend Kraft, um diesen zurückzuschleudern und in die Seite eines der Wolkenkratzer zu schmettern. Doch auch er musste einstecken, und jedes Mal, wenn er getroffen wurde, zuckte sie zusammen.

Sie hasste die Tatsache, dass sie ein weiteres Mal nicht dazu in der Lage war, ihm zu helfen. Ihr Blick schoss hilfesuchend zu Gabriel, selbst wenn sie wusste, dass er nichts würde ausrichten können. Zwar hatten seine zusammengekniffenen Augen leicht zu schimmern begonnen, doch darüber hinaus würden ihm sicherlich nicht plötzlich wieder Flügel wachsen.

Hinter ihnen erschien Duncan, gefolgt von Laura, die heftig mit Nathaniel diskutierte. Der Nephil hatte sie am Arm genommen und versuchte sie in einen Hauseingang zu schieben, doch sie entwand sich ihm schlangengleich und eilte zu Bobby.

„Schätzchen, tu jetzt nichts Unüberlegtes. Hörst du? Vielleicht hat er all das nur getan, um dich hierherzulocken?"

„Das gibt keinen Sinn", murmelte Bobby. „Mein Vater hat nicht einmal versucht, mich zurückzuholen. Warum jetzt? Und warum so?"

Erneut blickte sie zu ihrem Bruder empor und sah ihn vor ihrem inneren Auge, in dem Moment, in dem er ihr ins Gesicht gesagt hatte, sie solle abhauen oder er würde sie eigenhändig töten. Der Moment, in dem sie gewusst hatte, dass er dazu in der Lage war, denn sie hatte ihn genau einen Monat zuvor diese arme Hure im Trainingsraum töten sehen.

Es hatte sie bereits all ihren Mut gekostet, zu gehen und sich der Unsicherheit eines Lebens außerhalb des Einflussbereiches ihres Vaters zu stellen. Sie hatte damals einfach nicht genügend Kraft gehabt, um auch noch für ihren Bruder zu kämpfen.

Doch nun hatte sie diese. Nur wusste sie nicht, ob es nicht schon viel zu spät war.

Ein weiteres Mal bebte es um sie herum, doch diesmal kam die Erschütterung nicht von herabstürzendem Gestein, sondern aus dem Boden selbst. Mit gerunzelter Stirn wich Bobby zurück und zuckte zusammen, als eine gigantische Wurzel unter ihr aus dem Asphalt brach, zum Himmel hochschnellte, den Korps-Psych am Bein packte und zu Boden zerrte.

Erst in allerletzter Sekunde gelang es ihm, den Fall so weit zu verlangsamen, dass er sich nicht alle Knochen brach. Dann erschien auf der anderen Straßenseite ein junges Mädchen auf einem ziemlichen großen Wolf und schrie: „Hört sofort auf!"

Lucys Auftauchen ließ alle Anwesenden für einige Sekunden zu Eis erstarren. Das Mädchen nutzte die Chance, sprang von Charons Rücken und blickte zu Zane hoch, ihre Hände in die Hüften gestemmt. „Wie konntest du nur?"

Bei diesen Worten weiteten sich Gabriels Augen. Kannten die beiden sich? Und wenn ja, woher?

Nathaniel schien sich dieselbe Frage zu stellen, da er sich neben ihm in Bewegung setzte und „Lucinda" zischte.

Der Psych – effizient, wie er war – nutzte seine Chance. Mit einer kraftvollen Bewegung seines gesamten Körpers befreite er sich aus der Umklammerung der Wurzel, stieß sich vom Boden ab und schoss senkrecht aufwärts, Asphalt und Scherben mit sich ziehend. Auf Zanes Höhe angekommen, schleuderte er diese auf den jungen Psych und traf ihn mit voller Wucht gegen Brust, Hals und Kopf.

Lucy und Bobby schrien gleichzeitig auf. Gabriel spürte, wie seine Augen vollständig entflammten und sich der Lichtspeer in seiner Hand bildete. Währenddessen schoss die Ranke erneut aufwärts, diesmal allerdings nicht, um den Psych anzugreifen, sondern Zanes Fall aus der Luft abzubremsen.

Gabriel setzte sich in Bewegung und verfluchte einmal mehr die Tatsache, dass er keine Flügel mehr besaß, um dem Korps-Psych in der Luft begegnen zu können. Dieser schien am Ende seiner Kräfte, da er sich mit seinen telekinetischen Fähigkeiten auf den Vorsprung über einem der Eingänge niedersinken ließ und zu ihnen herabblickte. Er wirkte blasser als zuvor, und eine leichte, kaum wahrnehmbare Schweißschicht hatte sich auf seiner Stirn gebildet.

Ihre Blicke begegneten sich, und der Psych sagte: „Er ist ein Seelenloser. Und der Sohn eines der mächtigsten und gefährlichsten Männer dieser Stadt. Zudem hat er einen deiner Gefährten wie ein Tier gehetzt. Ich weiß nicht, wer du bist, doch ich weiß, dass du keiner von ihnen bist. Warum verteidigst du ihn?"

Weil er Bobbys Bruder ist. Eine schlichte Antwort, aber die einzige, die er auf diese berechtigte Frage geben könnte. Allerdings nicht diesem Mann, in dessen Augen er weder Gefühle noch wirkliche Neugierde oder gar Beunruhigung sah.

„Ich rate dir, erneut den Rückzug anzutreten, Psych", erwiderte er stattdessen. „Die einzig logische Entscheidung."

Zum ersten Mal, seit er dem Korps-Psych begegnet war, glaubte er, eine kleine Regung, die beinahe wie Unwillen wirkte, auf dessen Zügen zu erkennen. Also gab es Gefühle in ihm, und Ehrgeiz war eines davon. Nichtsdestotrotz hörte Gabriel ihn nach kurzem Zögern antworten: „Es wäre allerdings unlogisch zu bleiben. Doch mit jedem Mal, das wir einander begegnen, lerne ich mehr über euch." Der Zusatz *Und werde irgendwann dazu in der Lage sein, euch zu stellen* blieb unausgesprochen, klang allerdings klar in den Worten mit.

Gabriel rückte näher an den Vorsprung heran, wobei er den Speer in seiner Hand balancierte. Der Psych beobachtete ihn, wachsam und mit einem Gesichtsausdruck, der an Neugierde grenzte, so, als fragte er sich, was Gabriel tun werde.

Er wusste, dass der andere Mann nicht aufgeben und weiterhin versuchen würde, ihrer habhaft zu werden, nun mehr denn je. Sollte er Erfolg haben, würde er seine Freunde inhaftieren und ihn verhören lassen. All das konnte Gabriel verhindern, wenn er nur den Speer in seiner Hand würfe.

Was allerdings nicht rechtens gewesen wäre. Genau genommen wäre es Mord. Also würde er es nicht tun.

Duncan hatte keine solcherlei Bedenken. Im selben Moment, in dem Gabriel den Lichtspeer senkte, begann der Söldner auf den Psych zu feuern. Dieser aktivierte seine letzten Reserven und brachte sich mit einer abrupten Aufwärtsbewegung in Sicherheit, blickte noch kurz auf sie herab und verschwand dann zwischen den Ruinen.

„Gabe?"

Er hörte Bobbys verzweifelten Ruf, wirbelte herum und eilte zu ihr. Lucy und sie knieten über Zane, der leichenblass und blutüberströmt auf dem Boden lag. Eine der Scherben musste seine Hauptschlagader aufgerissen haben.

Nathaniel hatte seine Weste ausgezogen und presste sie auf die offene Wunde des Jungen. Dabei redete er auf Lucy ein, die ihn allerdings nicht zu hören schien, sondern die Augen geschlossen hatte und wie in Trance wirkte.

„Verdammt, Lucy!" Der Nephil streckte die Hand nach ihr aus, doch Laura schlug diese beiseite.

„Lenk sie nicht ab! Was auch immer sie tut, es scheint ihn am Leben zu halten."

Gabriel sank neben dem Jungen auf die Knie, seine Umgebung nicht länger beachtend. Bobbys Blick spürte er dabei überdeutlich auf sich liegen.

Keiner der Anwesenden konnte Wunder bewirken. Er hatte es einst gekonnt, hatte einst Kranke und Verletzte heilen können, doch nun war auch er kaum mehr als ein Sterblicher. Doch wenn es ihm nicht gelänge, den Jungen zu retten, dann würde es keinem von ihnen gelingen.

Mit einem tiefen Durchatmen schloss Gabriel die Augen und suchte nach den Kräften, auf die er früher stets zurückgegriffen hatte. Doch da war nichts. Lediglich der Laut seines wild schlagenden Herzens.

Panik breitete sich in ihm aus. Verzweifelt suchte er nach etwas, was einfach nicht mehr da war. Als er die Augen wieder öffnete, blickte er direkt in Bobbys und sah die Hoffnung darin schwinden.

Sie zwang sich zu einem Lächeln unter Tränen, doch es misslang kläglich. Dann nahm sie erneut die Hand ihres Bruders und sprach leise auf ihn ein. Währenddessen begann der Funke in ihrem Innersten zu flackern und dunkler zu werden.

Nein. Das war falsch! Wie konnte Er ihr das antun, nach allem, was sie durchgemacht hatte? Nach allem, was sie für Ihn und Seine Sache getan hatte?

„Geht aus dem Weg", erlang Duncans Stimme. Der Söldner kniete sich neben sie. „Bobby, gib im Kloster Bescheid, dass wir gleich mit einem Notfall kommen. Sie sollen den Mediziner holen. Der hat auch mir schon mal den Arsch gerettet. Und du", nun sah er Nathaniel an und wies mit einer Kopfbewegung in Zanes Richtung, „halte ihn fest."

Die Augen des Nephils wurden schmal, dann jedoch packte er den Jungen bei den Schultern.

„Magic Gabe, nimm seine Füße!"

Gabriel, dessen Herz noch immer bis zu seinem Hals schlug, tat wie geheißen. Duncan beförderte ein seltsames Gerät aus der Innentasche seiner Lederjacke zutage.

„Was zum Henker ist das?", fragte Bobby, die Laura ihr Telefon gegeben hatte und sie den Anruf tätigen ließ.

„Etwas zum Kauterisieren."

Bobby wurde blass und starrte auf Zane hinab, der mit jeder Sekunde bleicher wurde. „Aber …"

Duncan wartete nicht auf eine Erlaubnis, sondern aktivierte stattdessen sein Gerät, das an eine kleine Pistole erinnerte, und begann damit, die Wunde auszubrennen.

Zane bäumte sich auf, und Schweiß brach aus seinen Poren. Nicht ein einziger Laut kam über seine Lippen, doch stattdessen schrie Lucy, riss die Augen auf und kauerte sich zusammen. Nathaniel rief ihren Namen, doch Laura hatte das Mädchen bereits in den Arm genommen und strich ihm über das Haar.

Was wie Minuten wirkte, war bereits nach Sekunden vorüber und die Blutung zumindest vorübergehend gestoppt. Nathaniel pfiff Charon herbei und hievte den bewusstlosen Psych auf dessen Rücken, um dann sofort zu Lucy zu eilen, die sich soeben von Laura löste.

„Wo ist er?" Das Mädchen klang panisch. „Geht es ihm gut?"

Ihre Angst war ihr deutlich anzusehen, ebenso wie Nathaniel sein Unverständnis angesichts ihres irrationalen Verhaltens. „Es geht ihm den Umständen entsprechend gut, Lucinda", brachte der Nephil schließlich hervor, führte sie zu dem Wolf und hob sie hinter Zane auf seinen Rücken. „Allerdings hast du einiges zu erklären."

Das Mädchen nickte abwesend und nahm den jungen Psych in den Arm, ohne ihren Ziehvater weiter zu beachten. Nun runzelte nicht nur Nathaniel, sondern auch Bobby irritiert die Stirn. Laura musterte das Mädchen nachdenklich.

Duncan ließ seinen Blick über die umliegenden Gebäude wandern, und Gabriel tat es dem Söldner gleich, mit einem Ohr weiterhin der Konversation folgend. Auf gar keinen Fall wollte er, dass sie durch eine Unaufmerksamkeit ihrerseits in eine Falle gerieten. Es wäre nicht unwahrscheinlich, dass der Psych noch in dieser Nacht mit Verstärkung zurückkehrte, vor allem, da Zane verwundet war.

„Lucy!" Nathaniel versuchte nicht einmal, geduldig zu klingen, als sie in Richtung Sankt Clairs gingen. „Woher kennst du ihn?"

„Das geht dich nichts an", lautete die bockige Antwort.

„Das geht mich nichts an?" Nathaniels Stimme klang mit einem Mal so ruhig, dass Gabriel alarmiert zum Nephil blickte. Er war nicht der Einzige: Bobby rückte ebenfalls näher an ihn heran, ebenso wie Laura. „Ist er der Grund, weshalb du im letzten Monat so oft übermüdet gewesen bist?"

Gabriel runzelte die Stirn. Das würde so gar nicht zu der unschuldig wirkenden Lucy passen. Abgesehen davon: Wie hätte sie dort, wo sie in den vergangenen Wochen gewesen war, Zane treffen sollen?

Vor Gabriels übersinnlichem Blick nahm Lucys Seelenfarbe einen schuldbewussten Ton an. „Ich habe ihn in seinen Träumen besucht, seit wir aus den Outlands zurückgekehrt sind", gestand sie schließlich.

Stille. Nathaniel wirkte, als überlegte er, ob er schreien oder ihr den Hintern versohlen sollte.

Bobby hingegen fragte irgendwann leise: „Weshalb?"

„Weil er noch nicht verloren ist", kam Lucys prompte Antwort. „Wir können ihn retten!"

Einige Sekunden lang sah Bobby das Mädchen schweigend an. Dann – langsam – stahl sich ein Lächeln auf ihre Lippen, und mit einem Nicken erwiderte sie: „Das können wir. Und das werden wir auch."

Bobby wusste nicht, wie oft sie auf dem Weg zurück zum Kloster den Puls an Zanes Handgelenk fühlte. Auch wusste sie nicht, wie oft sie sein blasses Gesicht musterte und sich fragte, wie die Zeit nur so schnell hatte vergehen können. Manchmal kam es ihr wie gestern vor, dass sie ihr Zuhause verlassen hatte, doch ihr Bruder war von einem Kind zu einem jungen Mann herangereift, dessen Körper man die Härte des Lebens ansah, das er führen musste. Er schien nur aus Knochen, Haut und Muskeln zu bestehen, jeder Teil von ihm zum Töten getrimmt. Seine Sommersprossen wirkten seltsam fehl am Platz.

Lucys Blick begegnete ihrem, während das Mädchen durch Zanes kurzes Haar strich. „Es geht ihm gut. Er ist endlich so am Ende seiner Kräfte, dass er ruhig schläft."

Sie runzelte die Stirn. „Was meinst du?"

Lucys Gesicht wurde kummervoll. „Er sieht schlimme Dinge in seinen Träumen. Ich glaube, manches davon sind Erinnerungen."

Bobbys Herz schmerzte. „Dann hat er noch ein Gewissen?"

„Ja", kam Lucys sofortige Antwort.

Bobby atmete tief durch. Zwar gab ihr diese Gewissheit Hoffnung, doch gleichzeitig schürte sie auch ihre Schuld. Vier Jahre lang hatte sie ihren Bruder im Stich gelassen, in der Annahme, dass er ohnehin nicht zu retten war.

„Roberta!"

Beim Klang von Gabriels Stimme zuckte sie zusammen. Diesen Tonfall hatte er lange nicht mehr verwendet, da er inzwischen darum bemüht war, sich menschlichen Gepflogenheiten anzupassen.

Warum sprach er gerade jetzt so mit ihr? Tadelnd, aufmerksamkeitsheischend.

Ihr Kummer wandelte sich innerhalb von Sekunden in Zorn. Als sie sich zu ihm umdrehte, ahnte sie, dass ihre Augen vor Wut glühten. „Was?"

Duncan war unbeabsichtigt zwischen Gabriel und sie getreten und hob abwehrend die Hände. „Sachte, Schätzchen. Ich habe nichts gemacht."

„Geh mir aus dem Weg!"

Die Augen des Söldners wurden schmal. „Ich habe deinem Zanie-Schatz den Arsch gerettet, nachdem er mich eine Woche durch die Stadt gehetzt hat. Denkst du nicht, dass da ein Dankeschön angemessen wäre?"

Ihr Zorn verflog so schnell, wie er gekommen war. „Tut mir leid. Danke."

Duncan grinste. Sie fluchte und schlug ihm gegen den Arm. „Dir ist mein Dankeschön scheißegal, oder?"

„Ja", erwiderte er trocken.

Sie verdrehte die Augen und trat zu Gabriel, der das Gespräch schweigend verfolgt hatte. „Was wolltest du mir sagen, Herr General?"

„Ich wollte dich lediglich darauf hinweisen, dass du dir keine Schuld geben musst. Manche Entscheidungen und Entschlüsse brauchen ihre Zeit."

Verdutzt starrte sie ihn an und fragte schließlich misstrauisch: „Kannst du noch immer Gedanken lesen?"

„Nein", kam die ruhige Erwiderung. „Allerdings hat eine Freundin mir gesagt, ich solle lernen, Mimik und Menschen besser zu verstehen, und ich habe ihren Rat befolgt."

So fühlte es sich also an, mit den eigenen Waffen geschlagen zu werden. Und einen Menschen im Leben zu haben, der einen auch ohne Worte lesen und verstehen konnte.

Als sie Sankt Clairs eine halbe Stunde später erreichten, waren sie weder von dem Psych angegriffen worden, noch hatte sich Zanes Zustand verschlechtert. Cristina und Nikolai erwarteten sie am Eingang. Nathaniel hob Zane von Charons Rücken und folgte der Botin ins Innere des Gebäudes, ebenso wie Lucy und Laura. Duncan zündete sich neben der Eingangstür eine Zigarette an und reichte Gabriel mit einem herausfordernden Grinsen die Zigarettenschachtel, die dieser geflissentlich ignorierte.

Nikolai stellte keine Fragen, sondern begleitete sie wortlos zu der Klinik, die in einem der Seitenflügel des Klosters eingerichtet worden war.

Bei ihrem Eintreten war Daniel bereits geschäftig dabei, ihren Bruder aus seiner dunklen Tunika herauszuschneiden. Der kleinwüchsige Mann war sowohl Biologe als auch Mediziner, ziemlich schräg und absolut liebenswert. Bobby konnte sich das Kloster ohne ihn nicht vorstellen, denn er war stets präsent: wenn nicht in seiner Klinik, dann in der Bibliothek oder Küche beim Erproben neuer Gerichte.

Sein Blick schoss zu ihr. „Ich rette den Jungen. Keine Sorge. Ich hatte schon lange keine solche Herausforderung mehr."

Von einem Ohr zum anderen grinsend machte er sich ans Werk, und Bobby hatte zum ersten Mal an diesem Abend das Gefühl, dass alles gut werden würde.

Kapitel 12

Gabriel hatte die vergangenen Stunden im Krankenzimmer verbracht. Nathaniel war ebenfalls anwesend, lehnte im Fensterrahmen und schnitzte, wobei er entweder Zane oder ihm missmutige Blicke zuwarf. Lucy und Bobby bekamen nichts davon mit, da ihre ganze Aufmerksamkeit auf dem jungen Psych gerichtet war.

Daniels Aussage zufolge würde der Junge noch mindestens einen Tag ruhiggestellt sein. Der kleine Heiler hatte Zanes Leben retten können und die Medikation sorgfältig auf seinen Psych-Körper abgestimmt, sodass er nicht frühzeitig erwachen würde. Robertas und Lucys Anwesenheit war somit im Grunde nutzlos. Lucys vielleicht weniger, aufgrund ihrer Fähigkeit des Traumwandelns, doch Bobby sah aus, als würde ihr ein wenig Schaf guttun.

Es war Gabriel bereits häufiger aufgefallen, dass sie sich übernahm. Jeden Morgen trainierte sie mit dem Pastor, verbrachte die Abende mit ihren Freunden oder suchte Lucy im Randbezirk auf. Wenn sie dann wieder zurückkehrte, kam sie stets noch einmal zu ihm oder er suchte sie bei einer weiteren Trainingssession auf.

Gerade wollte er ihr vorschlagen, sich ein wenig hinzulegen – und stellte sich innerlich bereits auf Diskussionen ein –, als sich die Tür öffnete und Clair eintrat. Die alte Nonne lächelte ihn an und nickte Nathaniel zu, der sie lediglich mit einem feindseligen Blick bedachte. Dann ging sie zu Bobby, vermutlich, um ihr leise einige Worte des Trostes und Mutes zuzusprechen, die ihr ein zögerliches Lächeln einbrachten.

Als sich die Oberin wieder abwandte, trafen sich ihre Blicke. „Auf ein Wort, Gabriel!" Ihr Blick wanderte zu Nathaniel. „Auch du solltest anwesend sein."

Sofort wanderte der Blick des Nephils zu Zane und Lucy. Er wirkte nicht begeistert, leistete der Aufforderung allerdings Folge und verließ mit Gabriel zusammen hinter der Nonne den Raum.

Clair führte sie durch die langen Gänge des Klosters zu ihrem Arbeitszimmer, in dem Cristina, Laura und Duncan auf sie warteten. Erstere stand aufrecht neben dem Schreibtisch der Oberin und beobachtete Duncan mit leicht frustriertem Gesichtsausdruck dabei, wie er mit einem Kugelschreiber herumspielte. Laura hatte sich auf einem der Besucherstühle niedergelassen und die Beine übereinandergeschlagen.

„Der Kugelschreiber scheint dir zu gefallen, mein Junge", kommentierte Clair trocken und ließ sich hinter dem Schreibtisch nieder. „Er gehört dir."

„Wirklich?" Dass Duncans Begeisterung gespielt war, war nicht zu übersehen. „Wow, das ist so großzügig von Ihnen."

Clair lächelte nachsichtig, doch Cristinas Geduldsfaden riss nun endgültig. Gabriel konnte die Botin nur zu gut verstehen.

„Deine Dreistigkeit und dein rücksichtsloser Egoismus sind hier in keiner Weise angemessen, Duncan." Ihre Stimme klang kühl und hart. „Frau Oberin, wenn Sie erlauben, würde ich unseren Gast gerne nach draußen begleiten."

Clairs Blick richtete sich auf die Botin, die ihre Hände auf dem Rücken gefaltet hatte. Ihre Haltung erinnerte an die Habachthaltung einer Soldatin und ihr Blick, der auf Duncan gerichtet war, hätte Wasser zu Eis gefrieren lassen.

„Warum lassen wir nicht unseren Gast entscheiden, Cristina?", sagte Clair nach einem kurzen Moment. Es klang sanft. „Mein Junge, willst du gehen?"

Mit dieser Reaktion hatte Duncan ganz offensichtlich nicht gerechnet, denn zum ersten Mal, seit er ihn kannte, erlebte Gabriel ihn sprachlos. Etwas verspätet rettete er seinen Ruf mit den Worten: „Ich denke, ich lasse euch lieber an meinem umfassenden Erfahrungsschatz teilhaben und bleibe."

„Nun gut", entgegnete Clair mit einem Schmunzeln und lehnte sich zurück. „Langsam, aber sicher nehmen die Entwicklungen in eurem nächsten Umfeld Ausmaße an, die die Aufmerksamkeit einiger mächtiger Leute auf euch und somit auch auf Sankt Clairs lenken. Nicht, dass mich das ängstigen würde", sie zuckte mit den Schultern, „doch wir sollten uns wappnen. Sowohl Zanes Vater als auch der Psych, der ihn und euch verfolgt hat, werden nicht einfach so aufgeben. Über Letzteren habe ich mich informiert: Er ist ein Einzelgänger, sogar innerhalb der Psych-Sondereinheit des Korps, was an sich bereits ungewöhnlich genug ist. Normalerweise agieren Psych als effektiv aufeinander eingespieltes Team. Allerdings scheint auch kein normaler Psych die Mächte zu haben, die dieser Mann hat." Ihr Blick wanderte über sie. „Normalerweise wäre jemand wie er nicht für den aktiven Dienst freigestellt worden, doch seine Methoden und Fähigkeiten sind offenbar zu gut, um darauf zu verzichten. Lange Rede, kurzer Sinn: Dieser Mann ist unberechenbar. Und was Alexander Maaron angeht: Dass er nicht gerne das Ruder aus der Hand gibt, ist allseits bekannt."

„Ihr denkt doch nicht, dass einer der beiden wagen würde, Sankt Clairs anzugreifen?", hakte Cristina nach.

„Das nicht, nein. Zumindest nicht in einer groß angelegten Offensive. Ich werde dennoch die Bewachung verstärken lassen und lege euch allen nahe, auf euch acht zu geben." Ihr Blick blieb an Duncan hängen. „Was dich angeht, Junge: Weißt du, was er von dir wollte?"

Duncans Gesicht wurde ernst. „Nein."

Clair nickte. „Vielleicht wäre es sinnvoll, du würdest erst einmal hier bleiben. Aus rein pragmatischen, selbstbezogenen Gründen natürlich."

Überrascht schnellten Duncans Augenbrauen in die Höhe, dann begann er zu grinsen. „Wie ich sehe, verstehen wir uns, Frau Oberin. Also gut, ich nehme Ihr Angebot an."

Als Clair sich zu Nathaniel und Laura umwandte und ihnen dasselbe Angebot machte, schüttelten beide gleichzeitig den Kopf, und Nathaniel erwiderte: „Wir verschwinden hier so schnell wie möglich." Ohne ein Wort des Dankes erhob er sich und verließ den Raum. Laura warf Clair einen entschuldigenden Blick zu und folgte ihm.

Cristina wirkte empört und schien etwas sagen zu wollen, doch die alte Nonne winkte mit einem Augenzwinkern ab. „Lass es gut sein, Kind. Ich denke, du wirst mit diesem hier genügend zu tun haben." Sie wies in Duncans Richtung. „Zeig ihm bitte sein Zimmer."

Sofort erschien wieder ein professioneller Ausdruck auf Cristinas Gesicht, und mit einer knappen Handbewegung gab sie Duncan zu verstehen, ihr zu folgen. Dieser nahm Habachtstellung an und schlenderte dann hinter ihr her.

Erst als Clairs Lachen an sein Ohr drang und Gabriel sich fragend zu ihr umdrehte, begriff er, dass er ebenso verärgert geblickt hatte wie Cristina.

„Ihr beide seid manchmal einfach zu ernst", neckte Clair ihn. „Anstatt euch über die Ecken und Kanten eurer Mitmenschen aufzuregen, solltet ihr dankbar sein, dass diese sie haben. Und ganz gleich wie Duncan sich geben mag: Ich glaube nicht, dass er jemals Gefahr gelaufen ist, dem Feind anheimzufallen. Angebote dazu hatte er sicherlich genügend."

„Ich traue ihm nicht", war alles, was Gabriel darauf erwiderte.

Clairs Blick wurde sanft. „Wie solltest du auch, Gabriel? Du traust ja noch nicht einmal dir selbst."

Sein Stirnrunzeln vertiefte sich. „Was hat das zu bedeuten?"

„Du lernst gerade, dass dein Herz dir manchmal etwas anderes sagt als dein Verstand. Doch noch traust du diesem Instinkt nicht."

Aufmerksam lauschte Gabriel den Worten der alten Nonne und gab ihr zu verstehen, fortzufahren.

„Nehmen wir Nathaniel", sagte sie. „Denkst du, ich hätte nicht begriffen, wer er ist? Immerhin habe ich viele alte Schriften über die Bibel hinaus studiert. Ich weiß, wie sehr du verurteilst und fürchtest, was er ist. Und doch hast du ihn nicht verraten, so wie du es getan hättest, als du unsterblich warst."

Nun nickte Gabriel und sagte leise: „Aber das ist nicht richtig."

„Weshalb?", hakte Clair nach. „Du magst ihn bisher als schwierigen und wenig geselligen Mann kennengelernt haben, aber er ist auch ein Vater, der sein Kind liebt und schützt. Nichts davon ist verdammenswert."

„Aber er wandert tagtäglich auf einem schmalen Grat zwischen Menschlichkeit und der dämonischen Seite in sich", erwiderte er sofort. „Und wenn er fällt, dann wird er sich wortwörtlich in ein Monster verwandeln."

Clair erwiderte nichts, sondern ließ Gabriel seine eigenen Schlüsse ziehen. Letzten Endes sah sich Nathaniel nichts anderem gegenüber als jeder andere Mensch auch: dem Kampf zwischen dem Guten und Bösen in sich. Nur dass die Konsequenzen einer Niederlage in Nathaniels Fall weitreichendere Konsequenzen haben würden.

Doch gab Gabriel dies das Recht, dem Nephil die Chance auf diesen Kampf zu nehmen?

„Ich danke dir, Clair", entgegnete er nachdenklich und machte sich auf den Weg zurück zur Klinik, tief in Gedanken versunken.

Was er dort wenige Minuten später zu sehen bekam, riss ihn augenblicklich aus seinen Grübeleien. Bobby verließ soeben das Krankenzimmer, Nikolai hinter sich, dessen Hand auf ihrer Schulter lag, während er leise, aber bestimmt auf sie einredete. Zwar wirkte sie nicht begeistert von dem, was er sagte, nickte dann allerdings und lächelte ihn an.

Tief in Gabriel regte sich das Gefühl, das er in den letzten Wochen mehrfach verspürt hatte, wenn er die beiden miteinander gesehen hatte, eine Empfindung, die er als Engel nicht gekannt hatte. Doch inzwischen glaubte er, sie beim Namen nennen zu können: Eifersucht.

Sein Verhalten war eindeutig irrational. Hatte nicht er entschieden, dass es besser sei, auf Abstand zu Bobby zu gehen und den beiden – sollten sie wirklich ein romantisches Interesse aneinander haben – nicht im Weg zu stehen? Das Problem war: Alleine der Gedanke daran weckte etwas Widerspenstiges, Wildes und Besitzergreifendes in seinem Innersten.

Bevor er sich versah, sagte er: „Bobby! Ich habe Neuigkeiten." Er nickte Nikolai knapp zu, nahm sie am Arm und zog sie von dem Pastor weg.

Sie wirkte perplex, Nikolai hingegen schien sehr deutlich zu spüren, dass seine Anwesenheit nicht erwünscht war. Nachdenklich musterte er Gabriel, lächelte schließlich ruhig und wünschte ihnen beiden einen angenehmen Tag.

Kurz bevor er aus ihrem Blickfeld verschwand, hielt Bobbys Stimme ihn noch einmal auf. „Nik?"

Nikolai blickte über die Schulter zurück.

„Danke, dass du immer für mich da bist", sagte Bobby sanft.

Gabriel erstarrte, wohingegen Nikolai lediglich nickte und ging.

Immer für sie da war? Er sollte derjenige sein, zu dem sie diese Worte sagte. Er sollte derjenige sein, der das Lächeln in ihr hervorrief, das auf ihre Lippen getreten war.

Momentan war er allerdings nur derjenige, der eben jenes Lächeln wieder verschwinden ließ. Stattdessen trat Zorn auf ihre Züge und sie riss sich von ihm los. „Was war das denn? Spinnst du, hier wie so ein wildgewordener Bulle aufzutauchen und Nik so über den Mund zu fahren?"

Einige Sekunden lang musterte er sie sprachlos und versuchte, Ruhe zu bewahren, was ihm allerdings nicht gelang. „Ich bin mir ziemlich sicher, dass er ein erwachsener Mann ist, Roberta. Er hätte mir also sagen können, wenn ich mich unangemessen verhalten hätte."

„Oh, sicher", höhnte sie, „als ob ein tiefgläubiger Mann das gegenüber einem ehemaligen Erzengel tun würde."

„Das eine hat nichts mit dem anderen zu tun", erwiderte er. „Ich habe niemandem hier den Anlass gegeben, anzunehmen, Kritik sei nicht erwünscht."

Ihre Augenbrauen schossen in die Höhe. „Das glaubst du doch nicht wirklich, oder?"

„Allerdings glaube ich das. Ich signalisiere inzwischen, das Feedback zu meinem Verhalten erwünscht ist."

„Womit?" Sie lachte. „Etwa mit deinem ständig angepissten, arroganten und besserwisserischen Gesichtsausdruck?"

Sie wussten beide, dass diese Worte überzogen waren, doch Gabriel hatte gelernt, dass man in einem Streit manchmal Dinge sagte und tat, die man nicht so meinte. Auch wusste er, dass Streitigkeiten ausufern konnten und man das lieber verhindern sollte, was in ihrem Fall durch das plötzliche Aufreißen der Tür zum Krankenzimmer und Nathaniels sowie Lucys Erscheinen erledigt wurde.

Das Mädchen wehrte sich gegen den harten Griff des Nephils. „Nathaniel, nein. Ich will …"

„Nein!"

Lucy erstarrte, ebenso wie Gabriel, Bobby und Laura, die hinter den beiden im Eingang zum Krankenzimmer erschien.

„Es reicht!" Nun war Nathaniels Stimme kaum mehr als ein Flüstern. „Du wirst nicht bei ihm bleiben und schlafen. Und wenn du nicht möchtest, dass du ihn heute zum letzten Mal gesehen hast, dann wirst du mich jetzt gefälligst nach Hause begleiten."

Sie alle spürten, dass mit Nathaniel in diesem Moment nicht rational zu sprechen war. Mühsam kontrollierte Hitze und Aggressivität schienen von ihm abzustrahlen. Tief in Gabriel erwachten uralte Instinkte und brachen sich Bahn. Seine Augen entflammten, und sein Körper spannte sich an.

„Nein." Bobbys Stimme klang flüsternd zu ihm durch, und ihre Hände drückten sich gegen seine Brust. „Beruhige dich, Gabe. Er würde ihr nie etwas tun. Allerdings würde er gerne irgendjemandem etwas tun, und wir wollen doch nicht, dass es zu einer Eskalation kommt. Am allerwenigsten hier."

Lucy schien zu derselben Schlussfolgerung zu kommen, da sie Nathaniel folgte, ihre Miene finster. Auch Laura war still und verdrehte in ihre Richtung die Augen, formulierte mit ihren Lippen „Barbar" und ging den beiden hinterher.

Nur langsam gelang es Gabriel, sich wieder zu entspannen. Bobby ließ ihre Hände auf seiner Brust und sprach weiter beruhigend auf ihn ein. Wärme sickerte in seinen Körper. Erst jetzt spürte er, wie nahe sie ihm war und dass sich seine Hände beinahe krampfhaft um ihre Hüften geschlossen hatten.

Schuldbewusst lockerte er seinen Griff. Als sich Bobby ihm jedoch nicht augenblicklich entzog, ließ er seine Hände verweilen, wo sie waren.

Etwas baute sich zwischen ihnen auf, langsam und beständig. Sein Blick wanderte von ihren Händen auf seiner Brust zu ihrem Hals, an dem er ihren Puls schlagen sah. Seine übernatürlichen Sinne zeigten ihm, wie sich ihre emotionale Färbung von einem aufgewühlten goldroten Flackern zu einem warmen, satten Bronzeton veränderte, der mit jeder Sekunde intensiver wurde. Er hatte diese Färbung bereits ein paar Mal an ihr wahrgenommen, wenn sie in seiner Nähe war – wenn auch nicht in dieser Intensität – und sich stets gefragt, was es damit auf sich hatte. Nun begriff er endlich.

Sie begehrte ihn. Nicht Nikolai, sondern ihn.

Bobby wusste, dass es am besten wäre, Abstand zwischen Gabriel und sich zu bringen, doch sie war einfach nicht dazu in der Lage. Der Blick in seine Augen hatte sie ihren Zorn vergessen lassen und in Leidenschaft verwandelt.

Unruhig leckte sie sich über ihre Lippen. Wie weit würde er wagen zu gehen? Und wie weit würde sie ihn gehen lassen? Und sollte sie es überhaupt zu irgendetwas kommen lassen? Sie waren Freunde und Vertraute und das hier keine gute Idee.

Der Gedanke ging verloren, als er ihren Mund mit seinem in einem kurzen, süßen Kuss verschloss. Die Berührung war so flüchtig, dass sie für einen Moment nicht sicher war, ob sie real war. Eines wusste sie jedoch: Sie wollte mehr. Also zog sie ihn an seinem T-Shirt wieder an sich und drückte ihre Lippen auf seine.

Einige Sekunden lang verharrte er vollkommen still unter ihren Händen. Dann, als sie bereits zurückweichen wollte, zog er sie an sich und übernahm die Führung.

Und ihr Körper erwachte nach fünf Jahren wieder zum Leben. Nicht einmal hatte sie in dieser Zeit daran gedacht, einen Mann in ihr Bett, geschweige denn ihr Herz zu lassen, doch hier, unter seinem fordernden, erfahrenen Mund wurde der Gedanke mit einem Mal ausgesprochen verführerisch. Was auch immer er vergessen haben mochte: Er erinnerte sich ohne Zweifel daran, wie man küsste, und zwar auf eine Art und Weise, die ihre Beine in Gelee verwandelte.

Dann war es vorbei, so schnell und überraschend, wie es begonnen hatte. Mit einem Ruck wurde Gabriel von ihr weggerissen und in den kleinen Innengarten neben dem Eingang der Klinik geschleudert.

Als er auf dem Boden aufschlug, war er sofort wieder auf den Beinen, wurde jedoch ein weiteres Mal von einer unsichtbaren Kraft vorwärtsgestoßen und mit dem Rücken an eine der Säulen gedrückt, die den Garten begrenzten. All das ging so schnell, dass Bobby sich weder rühren noch reagieren konnte, und dann war es bereits zu spät und die kalte Klinge eines Skalpells drückte sich gegen ihren Hals.

Sie erstarrte, ebenso wie Gabriel auf der anderen Seite des Gartens. Auch ohne ihn zu sehen, wusste sie, wer ihr Angreifer war: ihr eigener Bruder.

So viel dazu, er wäre mehr als einen Tag ruhiggestellt.

„Bring mich hier raus!" Zanes Stimme klang kalt und befehlend.

Bobbys Blick begegnete Gabriels. Sie sah, dass er zu sprechen ansetzte, schüttelte den Kopf und sagte stattdessen zu ihrem Bruder: „In Ordnung, Zane. Ich denke, wir haben einiges unter vier Augen zu besprechen."

Stille, gefolgt von: „Wir haben nichts zu besprechen. Und jetzt komm!"

Ohne Ankündigung bewegten sie sich miteinander aufwärts, das Skalpell weiterhin an ihrem Hals, und landeten auf dem flachen Dach seitlich des offenen Innenhofes. Noch immer konnte sie ihn nicht ansehen, doch seine Hand an ihrem Hals fühlte sich klamm an.

„Du bist erschöpft."

„Allerdings noch stark genug, mit dir verschwinden zu können", erwiderte er. Dann erstarrte er, als sein Blick sich auf die Straße richtete, auf der soeben Lucy, Nathaniel und Charon in Richtung der Außenbezirke verschwanden.

Selbst wenn sie gewollt hätte, wäre Bobby nicht dazu in der Lage gewesen, ihre Klappe zu halten. „Du kannst sie kennenlernen, Zane", sagte sie sanft. „Du kannst dich kennenlernen. Du musst nur hierbleiben."

Noch bevor sie den Satz beendet hatte, wusste sie, dass es die falschen Worte gewesen waren. Er schien zu Eis zu erstarren, und die Klinge an ihrem Hals drückte fester zu.

So fest, dass ein Blutstropfen ihre Haut hinabrann.

So fest, dass sie zum ersten Mal wirkliche Furcht überkam.

„Zane, bitte." Sie wusste, dass er sich das niemals vergeben würde, ganz gleich, was er sich selbst einzureden vermochte. „Bitte tu das nicht. Bitte gib nicht auf."

Ihre Worte ließen ihn leicht seine Haltung ändern, und sie glaubte, ihn überrascht oder irritiert zu haben. Das war der Moment, in dem ein Schatten über sie fiel und das Geräusch von Schwingen erklang.

Zane reagierte schnell, aber nicht schnell genug. Cristina, die plötzlich und unvermittelt über ihnen erschien, packte ihn und stürzte mit ihm in den Innenhof hinab. Kurz vor dem Aufschlag fing die Botin den Sturz ab und nutzte den Schwung, um Zane rittlings auf dem Boden festzunageln und dessen Arme über seinem Kopf zusammenzudrücken.

Natürlich versuchte Bobbys Bruder sie abzuschütteln, sowohl mittels seiner Psych-Fähigkeiten als auch durch seine Körperkraft. Nun allerdings war seine körperliche Schwäche unwiderlegbar, da ihm weder das eine noch das andere gelang.

Bobbys Blick glitt zur Seite. Gabriel und Duncan, der in den Garten zurückgekehrt war, näherten sich der Botin und ihrem Bruder. Gabriels Augen glichen einem Sturmgewitter, und auch Duncans Miene wirkte finster. Ob aus Sorge um sie oder fortgesetztem Ärger über die Woche auf der Flucht, die er hinter sich hatte, hätte sie allerdings nicht sagen können.

„Tut ihm nicht weh", hörte sie sich rufen und sah Gabriel widerwillig die Stirn runzeln und Duncan ihre Aufforderung schlichtweg ignorieren. Stattdessen ging der Söldner neben Cristina auf die Knie und packte Zanes Arme, sodass diese ihn loslassen konnte.

Duncan warf der Botin ein schiefes Grinsen zu. „Beeindruckend, meine Hübsche. Ich frage mich, zu welcher Akrobatik du in anderen Situationen in der Lage sein magst."

„Daniel!", war alles, was er darauf zu hören bekam, als Cristina den Heiler näher rief.

„Ich komme, ich komme", kam es geschäftig von der anderen Gartenseite. Der Mediziner eilte auf seinen kurzen Beinen näher und zog dabei eine Spritze auf. Ein Bluterguss bildete sich bereits auf seiner Wange und wies darauf hin, dass er versucht hatte, Zane aufzuhalten.

Sofort wurden die Augen ihres Bruders schmal, und er begann seine restlichen Reserven zu mobilisieren. Duncan fluchte harsch, und wenn Cristina nicht so anständig gewesen wäre, hätte sie es wohl auch getan. So allerdings presste sie lediglich die Lippen aufeinander und spannte ihre Muskeln noch stärker an. Auf ihrer Stirn erschien ein Schweißfilm.

„Gabe!"

Beim Klang seines Namens blickte er auf; dann weiteten sich seine Augen, denn Bobby sprang.

Er fing sie auf. Natürlich tat er es. „Bist du verrückt?", zischte er, als sie sich aus seinem Griff löste und ihre Füße auf den Boden setzte.

„Ich wusste, dass du mich fangen würdest", erwiderte sie, drückte ihm einen schnellen Kuss auf die Wange und eilte zu ihrem Bruder. Noch immer versuchte Daniel, diesem die Spritze zu verabreichen, und scheiterte, da Zane damit begonnen hatte, sie mit seiner verbliebenen telekinetischen Energie jedes Mal abzulenken, wenn Daniel zustechen wollte.

„Könntest du dem verzogenen Bastard vielleicht mal Manieren beibringen, Bobby?", knurrte Duncan. „Oder halte du ihn, Gabe, damit ich ihm auf herkömmliche

Art und Weise eines überbraten kann!"

„Versuch es nur!" Zanes Stimme klang selbst jetzt, erschöpft und aufgewühlt, kalt. „Wenn es nach mir gegangen wäre, dann wärst du schon zehn Mal gestorben."

Duncan ließ sich nichts anmerken, doch Bobby kannte ihn gut genug, um zu wissen, dass die Worte nicht an ihm abprallten. Also hatte ihr Bruder tatsächlich eine Gefahr für ihn dargestellt. Es war eine Erkenntnis, die mehr als nur ein wenig beunruhigend war, denn sie hatte Duncan noch niemals wirklich hilflos erlebt.

Zanes Augen, die kalt auf dem Söldner gelegen hatten, richteten sich auf etwas hinter ihr und wurden noch schmaler. „Sieh an, da ist ja dein himmlischer Recke, Schwesterherz."

Ihr Herz schmerzte, als sie ihn so feindselig und unnahbar vor sich sah. Sie erinnerte sich noch allzu gut daran, wie Zane und Hunter – sein Höllenhund – früher gemeinsam im Schnee vor ihrem Anwesen Fangen gespielt hatten. Sie hatte zwar immer so getan, als würde es sie nerven, doch ein Teil von ihr hatte den Anblick genossen. So unbeschwert, jung und frei hatte sie ihn nie wieder erlebt.

„Wo ist Hunter?" Die Frage hatte ihre Lippen verlassen, bevor sie wusste, dass sie die Worte aussprechen würde.

Als sie Zanes Reaktion sah, ahnte sie, dass sie die Antwort darauf bereits kannte. Ihr Bruder erstarrte und presste die Lippen aufeinander, dann wandte er den Blick zur Seite und lenkte Daniels Spritze ein weiteres Mal ab.

„Vater hat ihn töten lassen, nicht wahr?" Bobbys Stimme klang schrill in ihren eigenen Ohren. „Um dich für irgendetwas zu bestrafen? Um dich an die Leine zu legen?"

Zane schwieg weiterhin, doch sein Gesichtsausdruck schien sich mit jeder verstreichenden Sekunde zu verdüstern.

„Sieh mich an!" Nun schrie sie.

Endlich richtete ihr Bruder seinen Blick auf sie. Er hatte die Augen seiner Mutter, einer Frau, die sein Vater dafür bezahlt hatte, ihn auszutragen und ihm zu überlassen. „Er ist tot, weil ich zu schwach war."

Frustriert strich Bobby sich übers Gesicht. Wie nur sollte sie Zane begreiflich machen, wie falsch all das war, wenn er es selber nicht zu sehen schien? Sie wusste, wie sehr er Hunter geliebt hatte.

Ein entsetzlicher Gedanke kam ihr. „Hat er dich gezwungen, es selber zu tun?"

Zum ersten Mal sah sie eine Regung auf Zanes Gesicht, ein kurzer Ausblick auf etwas, was wie Unwillen und Abscheu wirkte. „Nein."

Natürlich nicht. Ihr Vater war nicht dumm. Er hatte gewusst, dass Zane *rebellische Tendenzen und eine irrational enge Zuneigung zu Hunter* gehabt hatte, zumindest hatte er es ihr gegenüber einmal so ausgedrückt. Dementsprechend wäre er nicht das Risiko eingegangen, Zane durch eine solche Forderung zu einem Entschluss zu zwingen, der vollkommen entgegen seiner Absicht hätte ausfallen können, den Jungen an sich zu binden.

Sie erstarrte, als sie ihren Bruder fortfahren hörte: „Vater ist Pragmatiker und hat getan, was notwendig gewesen ist, um mir zu zeigen, was ich nicht begreifen konnte."

„Und was wäre das?"

Sein Blick begegnete ihrem. „Dass Zuneigung, wenn auch nur zu einem Tier, eine Schwäche ist."

Innerlich schrie Bobby bei den Worten und hasste Alexander Maaron mehr denn je. Wie nur hatte sie so lange blind gegenüber seiner grenzenlosen Grausamkeit sein können?

Sie wollte so vieles zu Zane sagen, doch sie hatte keine Ahnung, wo und wie sie beginnen sollte. Dann wurde ihr die Entscheidung abgenommen, als Lucy in den Garten stürmte, dicht gefolgt von Nathaniel, und die Arme um ihren Bruder schlang. „Du bist wach!"

Zane starrte auf das Mädchen an seiner Brust, als wäre es ein Fremdkörper. Noch immer wurden seine Hände von Duncan festgehalten, und seine Beine von Cristina. Und die Spritze lauerte weiterhin dicht an seinem Hals.

Lucy schien nichts davon zu interessieren. Sie kuschelte sich an ihn wie an ein Lieblingskissen, drückte ihr Gesicht an seinen Hals und atmete zufrieden durch. Gleichzeitig brachen mehrere kleine Ranken aus dem Boden und zupften an Zanes Haaren, Handgelenken und seinem T-Shirt, neckend und spielerisch.

„Lucy." Gabriel fand als Erster seine Stimme wieder. Er klang ruhig und bestimmt und brachte sie dazu, zu ihm aufzublicken.

„Ja?"

Zane kam seinen Worten zuvor: „Wer bei Luzifer bist du?"

Seine Stimme klang seltsam, wütend und gleichzeitig gehetzt. Sofort näherte Nathaniel sich, doch Bobby bat ihn mit einem Blick, innezuhalten. Er wirkte alles andere als begeistert, tat jedoch vorerst wie gewünscht.

„Ich sagte doch, dass ich kein Traum bin", erwiderte Lucy und löste sich von ihm. „Aber du wolltest mir ja nicht glauben."

Plötzlicher Zorn schoss über Zanes Gesichtszüge. „Dann hat sie dich geschickt?"

„Wer?" Lucy runzelte dir Stirn.

„Er meint mich", erklärte Bobby. Ihre Stimme klang belegt. „Er denkt, ich hätte dich auf ihn angesetzt."

„So ein Schwachsinn", entgegnete Lucy, gefolgt von einem strafenden Stupser gegen Zanes Brustkorb. „Niemand wusste, was ich tue. Das habe ich dir doch gesagt!" Langsam erhob sie sich und sah auf ihn hinab. „Aber nun genug geschwätzt. Wir haben einen Hund zu retten."

Zanes Augen weiteten sich. „Wie bitte?"

„Hunter. Er ist nicht tot. Hätte ich gewusst, dass du das denkst, hätte ich dir schon längst gesagt, wo er ist."

Der Ausdruck, der auf die Züge ihres Bruders trat, war eindeutig: Hoffnung.

„Wo?"

„Ich zeige es dir", sagte sie. „Und danach könnt ihr beide zusammen mit uns nach Hause gehen."

Kapitel 13

Gabriel war sich sicher, dass Lucy fest daran glaubte, Zane mit sich nach Hause nehmen zu können. Der Ausdruck auf dem Gesicht des Jungen sowie dessen vorangegangenes Verhalten ließen ihn jedoch stark zweifeln. Dass die Erwähnung des Hundes etwas in ihm berührte, war nicht zu übersehen, doch würde es ausreichen, ihn aus den Fängen seines Vaters zu befreien?

„Wo ist er?", wiederholte Zane seine Frage.

Lucy zuckte angesichts seines harschen Tonfalls zusammen. Nathaniel schob sich drohend zwischen den Jungen und sie.

Sofort erfüllte Anspannung die Luft, doch dieses Mal war Gabriel auf der Seite des Nephils. Zane hatte keinerlei Forderungen zu stellen.

Daniel schien das ebenso zu sehen, und seinen ursprünglichen Auftrag hatte der kleine Mann ebenfalls nicht vergessen. Also nutzte er die kurzzeitige Unaufmerksamkeit des Jungen aus und injizierte ihm das Mittel.

Der Effekt war beeindruckend. Wütend wirbelte Zane herum, hob die Hand – und brach zusammen. Daniel blickte zufrieden auf die Spritze. „Nicht zu fassen. Damit hätte man einen Ochsen zur Strecke bringen können, und nicht etwa so ein Bürschchen."

„Aber es geht ihm gut?", wollte Bobby angespannt wissen.

Daniel lächelte ihr zu. „Aber natürlich. Diesmal wird er allerdings wirklich schlafen. Es wäre mir trotzdem recht, wenn ihr ihm Handschellen anlegen würdet."

„Ich kümmere mich darum", entgegnete Cristina sofort und ignorierte sowohl Bobbys als auch Lucys entrüstete Blicke.

Duncan begann zu grinsen. „Warum finde ich diese Vorstellung nur ungeheuer sexy?"

„Duncan", zischte Bobby, sprang auf und wirbelte zu ihm herum. „Kannst du nicht einfach mal die Klappe halten?"

Sein Lächeln wurde nur noch liebenswürdiger. „Ist das eine rhetorische Frage?"

„Das hier ist mein Bruder!"

„Na und?" Duncan hielt ihren Blick und zuckte mit den Achseln. „Du kannst ihm nicht trauen, Bobby, und das weißt du auch."

Sie erstarrte, vor allem, als Gabriel neben ihr sagte: „Er hat recht, Roberta."

Über ihre Schulter warf sie ihm einen giftigen Blick zu, doch er erwiderte ihn fest und unbeeindruckt. Er wusste, dass Duncan in dieser Hinsicht recht hatte, und er wusste auch, dass sie sich irrational verhielt, emotional aufgewühlt, wie sie war.

Nathaniel, der sich nicht an der Diskussion beteiligt, sondern sich stattdessen Zane genähert hatte, warf sich den Jungen kurzerhand über seine Schulter und brachte ihn zurück ins Krankenzimmer, gefolgt von Cristina, Lucy und Daniel.

„Ich werde den Hund holen", stellte Bobby Duncan und Gabriel gegenüber klar. „Wenn wir irgendeine Chance haben, an Zane heranzukommen, dann durch Hunter!"

Gabriel war nicht überrascht von dieser Entscheidung, allerdings auch nicht begeistert. Dass er Bobby bei ihrem Vorhaben unterstützen würde, stand dennoch außer Frage. Er musste lediglich sicherstellen, dass sie nichts Überstürztes tat.

„In Ordnung", sagte auch Duncan und knackte mit den Knöcheln. „Ich spreche mit Lucy und finde heraus, wo das Vieh ist. Dann stellen wir einen Schlachtplan auf. Und du", er sah Bobby an, „gehst dich derweilen mal abregen, Schätzchen."

Widerwillen erschien auf Bobbys Zügen, doch etwas in dem Blick, den Duncan und sie tauschten, bewog sie dazu, seinem Vorschlag Folge zu leisten.

Gabriel runzelte die Stirn, als er sie ohne ein Wort weggehen sah und Duncan sich mit einer spöttischen Geste vor ihm verneigte. Manchmal vergaß er, dass die beiden eine gemeinsame Vergangenheit hatten und der Söldner sie alles gelehrt hatte, was sie wusste. So leichtlebig und selbstbezogen er sich häufig gab, hatte er doch einst die Rolle ihres Lehrmeisters und Mentors eingenommen und tat es offensichtlich auch heute noch.

In diesem Fall war es gut, dass es so war. Was allerdings nicht hieß, dass es Gabriel gefiel.

Eine halbe Stunde später betrat er die Trainingshalle und näherte sich Bobby, die auf einen Boxsack einprügelte. Er hatte gehofft, dass sie sich in der Zwischenzeit ein wenig abreagiert haben würde, doch offensichtlich war das Gegenteil der Fall.

„Was ist es, das dich so aufwühlt?", fragte er geradeheraus. Es gab so viele Möglichkeiten, doch er hatte keine Ahnung, welche davon zutraf.

„Nichts", erwiderte sie und prügelte weiter, dann: „Alles."

Nun, das brachte nicht unbedingt Klarheit in die Angelegenheit.

Mit einem Seufzer hielt sie inne und sah ihn an. Ein kleines Lächeln erschien auf ihren Lippen. „Du kannst es nicht immer besser für mich machen, Gabriel. Manche Bürden muss ich selber tragen. Du weiß schon, so wie Frodo den Ring."

Der Herr der Ringe war die erste Filmreihe, die er sich in seinem neuen Leben angeschaut hatte. Bobby war der Meinung gewesen, sie könne ihm gefallen, was auch der Fall gewesen war. Dennoch, oder gerade deshalb, mochte er den Vergleich ganz und gar nicht. Er wollte definitiv nicht, dass ihr ein solch beschwerlicher Weg bevorstand wie dem Hobbit.

Ein Lachen perlte über ihre Lippen, dann wurde seine Hand gepackt und er auf die nächste Trainingsmatte gezogen. „Wenn du nur dein Gesicht sehen könntest, Gabriel. Du kannst einfach keine Gefühle für dich behalten."

„Ist das schlimm?"

„Nein", erwiderte sie sofort. „Nur selten."

Innerlich atmete er auf: Die Düsterkeit war aus ihren Augen gewichen. Vielleicht konnte er ihr ihre Bürden nicht abnehmen, aber er konnte es leichter für sie machen, diese zu tragen.

„Wie hieß dieser kleine dicke Hobbit noch gleich?"

Sie begann zu grinsen. „Sam?"

„Richtig." Er ging in Angriffshaltung über, da er wusste, wir dringend sie gerade ein gutes Workout benötigte. „Ich denke, ich werde seine Rolle übernehmen."

Sie lachte schallend. „Sam würde mir eher einen Kuchen backen als mich zu drillen, Gabe."

„Willst du denn einen Kuchen?"

Ihr Blick wanderte über sein Gesicht, und plötzlich fühlte er sich an den Kuss erinnert, den sie geteilt hatten, und an die unerwartete, heftige Leidenschaft.

„Nein", antworte sie und griff ihn an. „Das hier ist genau das, was ich brauche."

Bobby würde lügen, wenn sie behauptete, dass sie nach einer halben Stunde Training mit Gabriel entspannter geworden wäre. Nicht etwa, weil die ungewisse Zukunft ihres Bruders ihr Sorgen bereitete, denn inzwischen verspürte sie zum ersten Mal Hoffnung. Sie blieb auch nicht deshalb angespannt, weil Gabriel und sie sich schonten, denn das Gegenteil war der Fall.

Das Problem war, dass der Kuss etwas zwischen ihnen verändert hatte, und zwar grundlegend. Auf einmal konnte sie die körperliche Nähe, die das Training mit sich brachte, nicht mehr als das sehen, was sie war, sondern empfand sie als etwas deutlich Intimeres.

Ein weiteres Mal landete sie auf der Matte. Ein weiteres Mal war sie unaufmerksam gewesen, und er hatte es sofort ausgenutzt. Verdammte Ex-Engels-Disziplin …

„Du bist unachtsam", tadelte er sie.

Ihre Blicke begegneten sich. Sie versuchte, aus dem seinen zu lesen, ob ihn die ganze Situation ebenso verwirrte, beunruhigte und faszinierte wie sie.

Sein Blick war klar und wirkte gelassen.

Sie runzelte die Stirn. Da sollte mal einer schlau aus ihm werden …

Langsam schob sie sich auf den Ellbogen nach oben, sodass ihr Oberkörper seinen streifte. Dabei hielt sie die ganze Zeit seinen Blick und biss sich leicht auf die Unterlippe.

Seine Augen weiteten sich, und sein Atem ging schneller. Zufrieden lächelnd ließ sie sich auf die Matte zurücksinken und wusste nicht, ob sie ihn necken oder erneut küssen sollte.

Duncan nahm ihr die Entscheidung ab. „Darf ich um eure Aufmerksamkeit bitten, Turteltäubchen?"

Ohne zu zögern stemmte Gabriel sich hoch und gab Bobby frei, um sich dem Söldner zuzuwenden. Dass er ebenso schnell wie sie dazu bereit war, sich auf Duncan und die Informationen zu konzentrieren, die er zu liefern hatte, zeigte Bobby, dass Gabriel wirklich verstand, wie wichtig ihr diese Mission war. Und es zeigte ihr, was sie schon sehr lange wusste: Dass sie sich voll und ganz auf ihn verlassen und ihm vertrauen konnte.

Er war der erste Mensch in ihrem Leben, dem gegenüber sie dieses Gefühl hatte. Ganz gleich, wie nahe Duncan und Laura ihr standen, so hatten doch beide die ganze Zeit über etwas vor ihr zurückgehalten. Ganz im Gegensatz zu Gabriel.

„Was hat Lucy gesagt?", fragte Gabriel.

„Offensichtlich ist Hunter in Fatties Kampfarena", erwiderte der Söldner und musterte Bobby dabei abschätzend.

Frustriert stöhnte sie auf und fuhr sich übers Gesicht. Das hatte ihnen gerade noch gefehlt. Fattie, bei dem der Name Programm war, war einer der Handlanger ihres Vaters und bediente das einfachere Publikum oder besser gesagt den Pöbel. Das Gute war, dass ihr Vater dadurch mit sehr hoher Wahrscheinlichkeit nicht anwesend sein würde. Das Schlechte, dass Fatties Geschäfte gut liefen und er so paranoid war, dass man nur auf eine persönliche Einladung hin einem der Kämpfe beiwohnen durfte.

„Woher weiß Lucy das?", fragte sie, während sie in Gedanken bereits ihre Optionen durchging.

„Anscheinend hat der Köter eine Verbindung zu Zane. Diese hat sie auf der Geisterebene, auf der sie unterwegs ist, gesehen", erklärte Duncan. „Allerdings dachte sie, dass er zu Ausbildungszwecken dort ist und hat Zane deshalb nie auf Hunter angesprochen. Verübeln kann man's ihr nicht: Offensichtlich hat sich dein Bruderherz in seinen Träumen von seiner schlechtesten Seite gezeigt und keinen Zweifel daran gelassen, welch ein Arschloch er ist."

„Und dennoch glaubt sie an ihn", murmelte Bobby.

„Sieht so aus", bestätigte Duncan. „Und nicht nur sie, wenn ich das mal anmerken darf. Wie auch immer: Ich habe meine Kontakte spielen lassen und Karten für morgen Abend besorgt. Zwei Begleitpersonen darf ich mitnehmen."

„Zwei?", fragte Gabe sogleich.

„Ja, zwei." Duncan warf dem Ex-Erzengel einen gereizten Blick zu. „Und fang ja nicht an, rumzunörgeln. Erst war es nur eine zusätzliche Karte, doch dann habe ich gesagt, ich wolle dort mit zwei heißen Bräuten auftauchen."

„Heißen Bräuten?"

Duncan zog genervt die Augenbrauen zusammen. „Scheiße, Bobby, du weißt, wie Fattie ist. Wir müssen da rein, um an den Köter ranzukommen oder jemanden reinzulassen, der ihn rausholen kann. Also werde ich Cristina mitnehmen – ein Succubus an meiner Seite wird sich ziemlich gut machen – und dich. Ich weiß, dass ihr euch nicht kennt, da Fattie mir bei jeder erdenklichen Gelegenheit erzählt hat, wie gerne er dich mal persönlich treffen würde."

„Klingt, als wären Fattie und du die besten Freunde", kommentierte Bobby argwöhnisch.

„Nirgendwo lassen sich besser Geschäfte machen als beim Wetten", erwiderte Duncan schulterzuckend. „Ich habe dort jede Menge Geld gemacht. Allerdings wird es zunehmend schwieriger, da das Korps inzwischen ein ziemlich genaues Auge auf den Laden hat."

„Das heißt, du erwartest von mir, dass ich Bobby einfach mit dir mitgehen lasse, an einen Ort, an dem sie jeder zweite Besucher erkennen könnte?" Gabriels Stimme klang kalt und hart. „Und das als heiße Braut an deiner Seite?"

„Ich erwarte gar nichts von dir, o Erhabenheit", erwiderte Duncan betont gelangweilt. „Offen gestanden ist es mir scheißegal, was du denkst. Und kennen wird sie dort niemand. Egal, wie Fattie es darstellt, seine Arena ist das letzte Loch. Dort treiben sich nur kleine Fische herum und ein paar der seelenlosen Freaks aus dem Hinterland. An diesem Ort herrscht der Tod, und das auf eine ziemlich dreckige Art und Weise. Kein Wunder, dass der Köter dort ist – das ist mal eine wirkliche Strafe." Sein Blick begegnete wieder dem von Bobby. „Dein Bruder hat recht: Euer Vater ist ein Pragmatiker. Anstatt Hunter zu töten, verdient er lieber noch etwas Geld mit ihm und lässt Zane gleichzeitig in dem Glauben, er hätte ihn durch seinen Ungehorsam auf dem Gewissen. Irgendwie ist das schon brillant."

Bobbys Hand legte sich auf Gabriels Unterarm, bevor er etwas tat, was er vielleicht später bereuen würde. Ihr Blick lag kühl auf Duncan. Sie kannte ihn und hatte ihm viel zu verdanken, doch manchmal war es ihr unbegreiflich, wie er so kaltschnäuzig sein konnte. Sie glaubte zwar zu wissen, dass vieles davon nur Show war, doch ihre Hand hätte sie nicht dafür ins Feuer gelegt.

Seinen Blick haltend fragte sie etwas, was sie in diesem Moment wissen musste: „Sag mir eines, Duncan: Ahnst du, weshalb Zane dich verfolgt hat?"

Sein Gesicht erstarrte, und ein seltsamer Ausdruck flackerte darüber. Schuld? Zorn? Es war zumindest etwas, das sie so noch nie bei ihm gesehen hatte.

„Ich ahne es nicht nur, ich weiß es", sagte er schließlich. „Lucy hat etwas in Zanes Träumen oder seinem Unterbewusstsein gesehen. Sie hielten mich für das schwächste Glied in der Kette deiner ach so wertvollen Freunde. Denjenigen, den sie kaufen und zu dir hätten zurückschicken können."

Sie runzelte die Stirn. „Um was zu tun?"

„Um dich vom rechten Weg abzubringen und dazu zu bewegen, freiwillig zu ihnen zurückzukehren. Das hätten sowohl Azrael als auch dein Vater richtig schön ausschlachten können. Immerhin war deine Flucht ein Skandal und hat ihrer beider Autorität untergraben. Und in den letzten Wochen hast du dir als Seelenbotin einen ziemlichen Namen gemacht." Leicht neigte er den Kopf zur Seite. „Eigentlich müsste ich mich ja geschmeichelt fühlen, dass sie mir so viel Überzeugungskraft und Hinterhältigkeit zutrauen. Allerdings bist du mir ans Herz gewachsen, Schätzchen, und zwar genau so, wie du bist. Was nicht heißt, dass ich es mir mit Fattie verscherzen möchte. Ich würde also bevorzugen, wenn wir Hunter so befreien könnten, dass es wie ein Unfall aussieht."

Sie hob eine Augenbraue, und er seufzte. „Okay, verstehe. Aber versprich mir, es zumindest zu versuchen."

Gabriel war alles andere als begeistert von Duncans Plan – soweit man bei den losen Ideen, die der Söldner Bobby und ihm präsentiert hatte, überhaupt von einem Plan sprechen konnte. Natürlich hatte Duncan sie damit sofort an der Angel gehabt, denn Bobby würde alles tun, um Hunter zu retten, da sie sich durch das Tier Zugang zu Zane erhoffte.

Eine Hoffnung, die er nun, da er das Menschsein kennengelernt hatte, durchaus nachvollziehen konnte. Ein Tier konnte eine ebenso große Rolle im Leben eines Sterblichen spielen wie ein anderer Mensch.

Nichtsdestotrotz blieb die Tatsache, dass das ganze Vorhaben gefährlich und mit einem überaus ungewissen Ausgang verbunden war. Zudem verlangte es von Bobby, geradewegs in die Höhle des Löwen zu gehen, auch wenn ihr Vater nicht dort sein mochte. Und er würde dabei nicht in ihrer nächsten Nähe sein können.

„Erde an Engel?"

Er versuchte, sich seine Unruhe nicht anmerken zu lassen, als er sich zu Bobby umdrehte, und scheiterte kläglich. Duncan war vor einigen Minuten mit den Worten gegangen, er wolle nach Cristina schauen und ihr bei der Kleiderauswahl helfen. Unterdessen hatten sich Bobby und Gabriel auf den Weg zu Clair gemacht, die mit ihnen sprechen wollte.

„Gabe, schau bitte nicht so", sagte Bobby beinahe anklagend.

Er runzelte die Stirn. „Was meinst du damit?"

„Na ja", sie wedelte in seine Richtung, „mit diesem Dackelblick."

„Ich bin mir ziemlich sicher, dass Dackel braune Augen haben."

Sie verdrehte die Augen. „Du weißt, was ich meine. Ich bin ein großes Mädchen und kann auf mich aufpassen. Bitte, versprich mir, dass du nichts tun wirst, um diesen Plan zu gefährden."

„Welchen Plan?", erwiderte er trocken.

„Gabriel, ich meine es ernst." Nun hielt sie inne und packte ihn bei den Oberarmen. „Das hier ist das Wichtigste, was ich jemals tun werde. Zane zu retten bedeutet mir alles! Ich habe es vielleicht bisher nicht begriffen, doch nun, da er hier ist, sehe ich klar. Ist das nicht, was du mir auf der *Windsbraut* hast sagen wollen?"

Er zögerte. Ja, das hatte er, doch zum damaligen Zeitpunkt war ihm auch noch nicht bewusst gewesen, was mit seiner naiven Aussage verbunden sein würde: Gefahren für sie, sowohl körperlich als auch seelisch.

Doch sie brauchte ihn nun, und er hatte versprochen, für sie da zu sein. In diesem Fall durch sein Vertrauen in sie. In der Vergangenheit, als er ihr noch nicht hatte folgen können, hatte sie ihm häufig genug bewiesen, dass sie sich in der finsteren Welt von Alexander Maarons Einzugsgebiet zurechtfand. Warum also sollte es nun anders sein?

Weil sie einander geküsst hatten. Weil sie nicht mehr nur irgendeine Botin für ihn war, sondern mehr. So viel mehr, dass er nicht wusste, wie er mit diesen unerwarteten, heftigen Gefühlen umgehen sollte.

Bobby wartete nicht länger auf seine Antwort, sondern stellte sich auf die Zehenspitzen, umfasste sein Gesicht und zog seine Lippen zu einem kurzen, festen Kuss auf ihre. Als sie wieder absetzte, rieb sie ihre Nase gegen seine und sah ihm in die Augen. „Danke, Gabe. Das ist genau der Grund, weswegen ich vorhin einfach so gesprungen bin: Weil ich weiß, dass du da sein wirst, wenn ich dich brauche."

Ihr Blick richtete sich hinter ihn. Als Gabriel den Kopf drehte, wusste er auch, weshalb: Nikolai war am Ende des Flures erschienen.

„Wir haben Besuch", war alles, was der Pastor sagte.

In diesem Moment spürte Gabriel es auch: Der Korps-Psych betrat soeben das Gebäude.

Bobbys Blick suchte den von Gabriel, als sie Nikolai zur Eingangshalle von Sankt Clairs folgten. Er wirkte angespannt, seine Augen schmal und wachsam. Seine ganze Haltung zeigte ihr, dass er nicht zulassen würde, dass der Psych Zane mitnahm.

Daraufhin breitete sich Ruhe in ihr aus. Als sie das obere Ende der Treppe erreichten, die zur Eingangshalle hinabführte, glaubte sie, nach außen vollkommen gelassen zu wirken.

Nikolai stellte sich neben Clair, von der anderen Seite näherte sich eine angespannt aussehende Cristina. Die leichte Röte in ihren Wangen und das Funkeln in ihren Augen ließen auf Ärger schließen. Als Bobby Duncan nicht weit von ihnen entfernt an der Wand lehnen sah, ahnte sie, dass nicht die beiden Neuankömmlinge, sondern der Söldner schuld daran war.

Im Moment war dies allerdings zweitrangig. Der Psych war nicht allein erschienen, sondern in Begleitung einer zierlichen Frau mit rotem, kurzem Haar und schrägen, asiatisch wirkenden Mandelaugen. Sie trug einen maßgeschneiderten dunkelblauen Blazer und näherte sich mit resolutem Schritt. Der Psych kam mit auf dem Rücken verschränkten Händen hinter ihr zum Stehen, seine Beine leicht gespreizt, sein Blick wachsam.

„Oberin Clair", sagte die Fremde soeben. „Sie wissen, dass ich Ihnen nichts Böses will?"

Die Vorsteherin des Klosters nickte. „Natürlich, Captain Reagan."

Bobbys Augenbrauen hoben sich erstaunt. Das war Captain Reagan? Vom Hörensagen hatte sie sich die Leiterin des Korps immer als eine verknöcherte, streng dreinblickende Alte vorgestellt und nicht als eine Frau, die nur wenige Jahre älter als sie selbst zu sein schien.

Der Gedanke verging, als sie Clairs weitere Worte vernahm. „Nichtsdestotrotz werde ich Ihnen den Jungen nicht übergeben. Dieser Ort hier ist – so wissen Sie genau – neutraler Boden."

Captain Reagan entgegnete ruhig: „Clair, bitte: Sie wissen wie ich, dass wir uns an gewisse Regeln zu halten haben. Auch wenn weder Ihnen noch mir das gefällt. Aber es ist nun mal manchmal notwendig, damit sich die ohnehin fragilen Machtverhältnisse in dieser Stadt nicht zum Schlechteren wenden. Zanes Vater", ihr Blick wanderte bei den Worten zu Bobby, „wird nicht einfach so akzeptieren, dass sein Sohn an diesem Ort festgehalten wird."

„Festgehalten?" Clair lachte auf. „Nun, momentan schläft er und kuriert sich aus. Und Sie können versichert sein, dass ich ihn sicherlich nicht hier gefangen halten werde, Captain. Im Gegensatz zu seinem Vater vertrete ich nämlich die Auffassung, dass nichts wertvoller und wichtiger ist als der freie Wille."

Die Worte ließen Bobby tief durchatmen, denn sie wusste, dass Clair genau meinte, was sie sagte. Wenn es ihr nicht gelingen würde, Zane vom freiwilligen Bleiben zu überzeugen, würde Clair ihn gehen lassen. Umso wichtiger war es, Hunter zu retten und dadurch schnell einen Zugang zu ihrem Bruder zu finden.

„Wollen Sie diesen Ort wirklich in Gefahr bringen, Clair?", hakte Captain Reagan nach. „Für einen verlorenen Fall?"

Bobby begann die Treppe hinabzugehen, bevor sie wusste, was sie tat. „Er ist nicht verloren!"

Die Augen der anderen Frau richteten sich auf sie. „Natürlich denken Sie das, Miss Maaron. Immerhin glauben Sie, ihn im Stich gelassen zu haben und wollen nun Wiedergutmachung leisten. Das ehrt Sie, doch trübt es nicht ihr Urteilsvermögen?"

Bobby hatte keine Ahnung, woher Captain Reagan so genau über ihre Vergangenheit Bescheid wusste, und wollte es auch gar nicht wissen. Alles, was sie in diesem Moment denken konnte, war: Nein! Sie wollte nicht glauben, dass sie Zane verloren hatte, weil sie damals zu feige und selbstbezogen gewesen war, um für ihn zu kämpfen.

Gabriel war ihr gefolgt und legte seine Hand auf ihren Rücken, warm und fest. „Sie irren sich", sagte er an ihrer statt und klang dabei sicher und ruhig. „Der Junge mag keine Seele haben und von seinem Vater auf einen zerstörerischen Pfad geführt worden sein, aber er hat genügend Leidenschaft und Kraft in sich, um zu begreifen, dass dieser Zustand falsch ist."

Es war das erste Mal, dass sich der Psych zu Wort meldete. „Woher nimmst gerade du diese Gewissheit?" Es klang nicht herausfordernd, sondern eher so, als interessierte es ihn wirklich.

Captain Reagan, die Gabriel bei dessen Worten forschend gemustert hatte, runzelte die Stirn und warf dem Psych einen Seitenblick zu. „Was meinst du damit, Jace?"

Die grauen Augen des Mannes ließen nicht von Gabriel ab. Bobby konnte spüren, wie dieser sich hinter ihr versteifte und näher an sie herantrat. Instinktiv lehnte sie sich in seine Richtung und ließ ihn ihre Körperwärme spüren.

„Dieser Mann ist kein Mensch", antwortete der Psych. „Und ich glaube nicht, dass er menschliche Gefühle versteht."

„Du magst ein Mensch sein, doch verstehst du menschliche Gefühle?", entfuhr es Gabriel.

„Bis ins kleinste Detail", erwiderte Jace ungerührt. „Ich habe sie studiert und mich entschieden, mich nicht von ihnen kontrollieren zu lassen. Der Junge ist ein Killer, und daran werden auch ein paar gut gemeinte Worte seiner Schwester nichts ändern." Nun sah er wieder Gabriel in die Augen. „Willst du sie wirklich dieser Gefahr aussetzen?"

Schweigen folgte, zumindest so lange, bis Bobby es durchbrach. „Es ist nicht an ihm, diese Entscheidung für mich zu treffen", erwiderte sie kalt. „Und im Gegensatz zu jemandem wie dir kann er vertrauen."

Ihre Worte mochten entschlossen klingen, doch ein kleiner Teil tief in ihr fragte sich, ob Gabriel es denn wirklich tat. Glaubte er, dass sie Zane würden zurückgewinnen können?

Seine Finger verschränkten sich mit ihren, und erneut kam Sicherheit über sie. Verdammter, sturer, starker, treuer Ex-Engel.

Captain Reagan wandte sich wieder an Clair. „In Ordnung. Wir gehen. Doch sollte Ihre Entscheidung den Stadtteil in Gefahr bringen, dann sehen wir uns wieder."

„Sollten Alexander Maarons Männer kommen", meldete sich Nikolai zum ersten Mal zu Wort, „dann werden wir uns zu verteidigen wissen."

„Und Azrael wird Raphaels ganzen Zorn zu spüren bekommen", fügte Cristina hinzu und trat an Clairs andere Seite.

Captain Reagan schnaubte. „Soll mich die Vorstellung von Priestern mit Schrotflinten und einem Erzengel mit himmlischen Blitzen über einer Stadt voller sterblicher Menschen etwa beruhigen?"

Nun musste Bobby sich ein Grinsen verkneifen. Auch Clair amüsierte sich offensichtlich über Reagans Worte, denn sie lachte hell auf. „Du trägst das Herz am rechten Fleck, Akiko. Behalte deinen dunklen Schatten nur immer nahe bei dir. Dort draußen gibt es mehr als eine Gefahr für eine reine Seele wie deine."

Aus irgendeinem Grund schienen die Worte Reagan zu beunruhigen, denn sie erblasste, bevor sie Clair knapp zunickte und ging. Jace bedachte die Vorsteherin mit einem langen, nachdenklich wirkenden Blick und folgte seinem Captain schließlich nach draußen.

Erleichtert atmete Bobby auf. Diese Gefahr war, zumindest vorübergehend, abgewendet. Eine andere hatte sie allerdings noch vor sich: in die Höhle des Löwen zu gehen.

Kapitel 14

Sie verbrachten den gesamten Folgetag damit, Duncans Plan in der kurzen Zeit, die ihnen blieb, auszuarbeiten. Zane schlief weiterhin tief und fest, was wohl primär an den Medikamenten lag, die Daniel ihm verabreicht hatte. Lucy wich ungeachtet dessen, was Nathaniel sagte, nicht von seiner Seite. Sie sagte dem Nephil außerdem, dass sie sich überlegt hatte, Duncan ebenfalls zu begleiten, und er stellte klar, dass er sie eher ans Bett fesseln als das zulassen würde.

In der darauffolgenden Diskussion hatte sich Lucy wie der Teenager benommen, der sie war, wogegen Nathaniel lediglich die Arme vor seiner Brust verschränkt und sie wie das Kind behandelt hatte, das sie nicht mehr war. Unnötig zu erwähnen, dass der Streit eskaliert war und das Mädchen ihrem Ziehvater am Ende an den Kopf geworfen hatte, dass sie es ihm niemals verzeihen würde, wenn wegen seiner Sturheit die Mission scheiterte.

Letzten Endes war Nathaniel zu Duncan, Bobby und Gabriel gekommen und hatte ihnen eine Idee präsentiert, wie er ihr Vorhaben unterstützen konnte. Eine Idee, die es Gabriel und ihm selbst erlauben würde, die anderen in die Arena zu begleiten. Duncan würde Fattie ein Geschenk überreichen, namentlich Charon in all seiner wilden, gefährlichen Pracht. Nathaniel und Gabriel würden dessen Wärter sein und ihn in die Arena führen.

„So viel zum unauffälligen Abgang", hatte Duncan nur gemurmelt, aber zugestimmt. Sie wussten alle, dass ein Kampf nicht auszuschließen war und sie dann jede Unterstützung benötigen würden.

Gabriel war nach wie vor alles andere als überzeugt von dem Plan, wusste aber, dass sie keine Wahl hatten, als es auf sich zukommen zu lassen. Nie hatte er sich so unvorbereitet vor einer Schlacht gefühlt.

Als er kurz vor ihrem Aufbruch sein Zimmer verließ, sah er Laura aus Bobbys Raum treten. Sie wirkte zufrieden, hatte sie doch sowohl Cristina als auch Bobby dabei geholfen, sich herzurichten und den beiden dafür Kleidung von sich geliehen. Sie selbst würde im Kloster bleiben und Lucy Gesellschaft leisten. Oder, wie das Mädchen es ausgedrückt hatte, Babysitter spielen.

„Vielleicht siehst du noch mal nach ihr, Gabriel", sagte Laura in diesem Moment und wandte sich zum Gehen.

Nichts anderes hatte er vorgehabt und klopfte an die Tür zu Bobbys Zimmer. Nach einigen Sekunden bat sie ihn herein.

Sein Atem stockte, als er sie sah. Das goldene Kleid, das sie trug, reichte ihr vorne bis auf die Mitte der Oberschenkel und hinten bis zu den Kniekehlen, der Stoff fließend und glänzend. Die schwarze Perücke, die sie zur Sicherheit trug, lag in einem kinnlangen Bob um ihr Gesicht und betonte ihren anmutigen Hals. Das dunkelbraune Make-up brachte ihre karamellfarbenen Augen noch stärker zur Geltung.

Sie wirkte nicht wie die dunkle Prinzessin aus ihrer Erinnerung und ebenso wenig wie irgendeine heiße Braut, die Duncan an der nächsten Straßenecke hätte aufgabeln können. Vielmehr wirkte sie wie eine ebenso exotische wie berauschende Variante der Frau, die Gabriel kannte.

Ihr Blick begegnete seinem im Spiegel, und ein kleines Lächeln trat auf ihre Lippen. „Erde an Engel?"

Langsam näherte er sich ihr. Die ganze Zeit über ließ sie ihn nicht aus den Augen. Er stellte sich hinter sie und legte in einer bedächtigen Geste seine Hände auf ihre Hüften.

Sein Blick hielt den ihren im Spiegel. „Ich will, dass du nichts Unüberlegtes tust, Roberta", sagte er fest und schob die unangemessenen Gedanken fort, die ihn bei ihrem Anblick erfasst hatten.

Sofort zogen sich ihre Augenbrauen zusammen. „Du willst?"

Er hatte mit dieser Reaktion gerechnet, doch es war wichtig, dass sie begriff, wie ernst es ihm war. Seine Hände wanderten von ihren Hüften auf ihre Oberarme und drehten sie zu sich um, sodass sie einander direkt in die Augen blicken konnten.

„Ich will nicht streiten", setzte er an, doch sie unterbrach ihn, indem sie erwiderte: „Das müssten wir auch nicht, wenn du einfach mal damit aufhören würdest, mir Befehle zu erteilen!"

Sorge und Ungeduld flammten in ihm auf. Warum nur musste sie so stur sein? Er mochte sich nicht mehr an jede Einzelheit aller Jahrtausende erinnern, doch er war einst ein Erzengel gewesen, hatte ganze Dynastien und Zeitalter untergehen sehen, hatte mit Königinnen und Pharaonen gespeist und war großen Philosophen begegnet. Wieso nur hörte sie ihm nie zu?

„Deine Augen leuchten, Gabe. Mache ich dich so wütend oder ist es Sorge?"

Er vernahm die Unruhe in ihrer Stimme und sein Ärger verschwand von einer Sekunde auf die andere.

Bobby atmete auf. „Das ist besser", sagte sie und umfasste seine Wangen. „Ganz gleich, wie faszinierend dieser gleißende Blick ist, so vermisse ich es doch, in deinen Augen lesen zu kö..."

Ihre Worte endeten in einem überraschten Keuchen, als er sie küsste. Er wusste nicht, weshalb er es tat, so plötzlich, heftig und vor allem unvorbereitet, doch es fühlte sich richtig und wichtig an. Bobby schien ausnahmsweise einmal nichts einzuwenden zu haben, sondern öffnete ihre Lippen und erwiderte seinen Kuss.

Instinkte, die er vergessen hatte, flammten auf und brachten ihn dazu, ihre Hüften zu umfassen und sie auf den Schminktisch zu heben. Sie spreizte ihre Beine für ihn, und endlich spürte er sie so, wie er sie schon seit dem Training hatte spüren wollen: warm und nachgiebig in seinen Armen, ihre weichen Kurven gegen seine geschmiegt und ihre Lippen hungrig unter den seinen geöffnet.

„Für was war das?", brachte Bobby hervor, als er sich wieder von ihr löste. Sie glitt langsam von der Tischplatte hinunter.

„Als Anreiz dafür, dass du vorsichtig bist", erwiderte er ruhig, auch wenn sein Innerstes in Aufruhr war und sein Herz wild hämmerte. Vielleicht erinnerte er sich auch einfach nicht mehr, doch er hatte mit einem Mal die überwältigende Ahnung, dass er so wie gerade eben noch niemals zuvor empfunden hatte.

Langsam hob sie die Hände und nahm die Kette ab, die er ihr geschenkt hatte. „Ich kann sie nicht mitnehmen", erklärte sie bedauernd und reichte sie ihm. „Wirst du sie für mich aufbewahren?"

Er schluckte und nahm sie mit einem Nicken entgegen.

Sie schwiegen beide, während sie kurz darauf zum Eingang des Anwesens gingen. Bobby warf ihm einen letzten Blick und ein kleines Lächeln zu, bevor sie sich von ihm löste und Duncan näherte. Der Söldner war leger gekleidet und trug sein Hemd für Gabriels Geschmack einige Knöpfe zu weit offen. Cristina, die an seiner

Seite stand, war kaum wiederzuerkennen. Ihr blondes Haar war hochgestylt und sie trug ein enganliegendes schwarzes Kleid, das rückenfrei war.

Ihre Miene war ebenso finster wie die von Bobby, als beide Frauen an Duncans Seite traten und dieser mit einem anzüglichen Grinsen seine Hände auf ihre Hüften legte. „Keine falsche Scheu, meine Hübschen. Es soll doch echt wirken."

Gabriels Augen begannen zu leuchten. „Missbrauche nicht, was dir nur deshalb erlaubt wird, weil ..."

„...ich helfe, genau", erwiderte Duncan. Kälte trat in seine Augen. „Missbrauche du lieber nicht die Fähigkeiten, die Er dir gelassen hat, um deine Eifersucht zu befriedigen."

„Duncan!", zischte Bobby.

Cristina entzog sich wutschnaubend seinem Griff.

Gabriel atmete tief durch und machte einen Schritt zurück. „Verrate nicht Bobbys Vertrauen in dich, Duncan."

Die Augen des Söldners wurden schmal. „Vielleicht solltest du dir lieber die Frage stellen, ob du mit deinen Zweifeln nicht gerade dein Vertrauen in sie verrätst." Mit diesen Worten wandte er sich zum Gehen.

Bobbys Blick begegnete ein letztes Mal Gabriels. Sie lächelte, doch er sah wieder die Anspannung darin, von der er dachte, sie habe sie wenige Minuten zuvor abgelegt. Bevor er jedoch irgendetwas hätte sagen können, drehte sie sich bereits um und folgte dem Söldner nach draußen.

Es wunderte Bobby in keiner Weise, dass Duncan in seiner Rolle voll aufging. Sobald sie Sankt Clairs verließen, wartete bereits eines seiner Motorräder auf sie, und er reichte ihr einen Helm.

„Ich fliege", sagte Cristina sofort.

„Natürlich", erwiderte er ungerührt und schwang sich auf das Motorrad. „Achte aber darauf, dass dein Haar nicht durcheinanderkommt."

Wenn Blicke hätten töten können, hätte Duncan keine Chance gehabt.

„Wenn ich an deiner Stelle wäre, Cristina", sagte Bobby trocken und setzte sich den Helm auf, „würde ich spätestens jetzt damit anfangen, über die Nutzung deines Mittelfingers nachzudenken."

Das Funkeln im Blick der blonden Frau bewies Bobby, dass die Halb-Succubi nichts lieber getan hätte. Allerdings wollte sie wohl weder Duncan die Befriedigung gönnen noch ihre Manieren vergessen. Stattdessen streifte sie ihn lediglich mit einem abwertenden Blick.

Als sie sich vom Boden abstieß und senkrecht in den Himmel schoss, folgte sein Blick ihr.

„Duncan", Bobby seufzte und setzte sich hinter ihn auf das Motorrad, „warum willst du immer Frauen, die du nicht haben kannst?"

Er zuckte mit den Achseln und tätschelte ihren Oberschenkel. „Wer sagt das? Deine Arme sind doch auch endlich um meine Hüften geschlungen und du schmiegst dich an mich."

Sie schob seine Hand weg, sich Gabriels Blick übermäßig bewusst. Sie würde diese Rolle überzeugend spielen, doch erst dann, wenn es notwendig war.

„Und schon gehts los", murmelte Duncan und schnallte seinen eigenen Helm fest.

„Was meinst du?"

„Merkst du eigentlich nicht, wie du dich veränderst, seit der Kerl in deinem Leben ist?", kamen die ungeschönten Worte. „Du wirst von Tag zu Tag unselbstständiger."

„Schwachsinn!", erwiderte sie harsch und festigte warnend den Griff um seine Hüften. Er wusste ganz genau, dass Gabriel jedes einzelne Wort mit anhören konnte. „Fahr jetzt los!"

Während Duncan das Motorrad in Richtung eines alten, verlassenen Highways lenkte, der die Stadt ringförmig umschloss, sah Bobby aus dem Augenwinkel, wie Nathaniel Charon zu Gabriel führte. Der Nephil hatte dem Wolf ein Geschirr und einen Maulkorb angelegt, um den Anschein zu erwecken, dass er ihn nur so halten konnte. Gabriel und er würden auf Charon zur Arena reiten und kurz vorher absteigen und diesen dann führen.

Duncan lachte, als sie auf den Highway fuhren und er Gas geben konnte. Bobby wollte gar nicht darüber nachdenken, für wie viel sinnvollere Dinge man das Benzin hätte verwenden können und wie scheißteuer eine Fahrt wie diese war. Am allerwenigsten wollte sie wissen, bei welchem seiner Aufträge Duncan so viel Geld verdient hatte, um es sich leisten zu können.

Was sie stattdessen tat, war, Duncans Worte über Gabriel und sich in ihrem Geist Revue passieren zu lassen. Er hatte wie so oft maßlos übertrieben, doch nicht nur. Auch ihr war nach dem heutigen Tag bewusst geworden, welche Rolle Gabriel in ihrem Leben einzunehmen begann. Ihr lag viel an seiner Meinung, und sie fühlte sich auf eine Art und Weise sicher in seiner Nähe, die ihr zeigte, dass sie etwas dergleichen in den vergangenen Jahren schmerzlich vermisst hatte. Nur musste sie darauf achten, dass er die schnelle Nähe, die sie ihm in den letzten Stunden erlaubt hatte, nicht als Anrecht darauf verstand, sie in Watte zu packen und ihre Kämpfe fechten zu wollen.

Wenn diese Mission vorüber war, würden sie reden und einige Dinge klarstellen müssen. Doch erst einmal galt es, einen Höllenhund zu befreien.

Sie verließen den Highway und fuhren durch die Trümmer und Ruinen eines einstigen Industriegebietes der Stadt. Stahlträger ragten in den Himmel und kaum ein Gebäude war noch intakt. Das Hinterland hatte bereits damit begonnen, sich dieses Bereiches zu bemächtigen: Ranken in der Farbe von getrocknetem Blut brachen aus dem Boden, und efeuähnliches Gewächs in derselben Farbe wucherte an den Steinen hoch. Ein Rudel von etwas, was wie eine Mischung aus Ratte und Katze wirkte, huschte weg und tauchte in die Dunkelheit eines Kanalschachtes ein, als sie vorbeifuhren.

„Nett", murmelte sie.

„Ja, richtig kuschelig, was?" Duncans Stimme klang dumpf unter seinem Helm.

Es war gespenstisch still, einmal abgesehen vom Röhren des Motorrads. Zumindest, bis sie um die nächste Straßenecke bogen.

Von einer Sekunde auf die andere tauchten sie in pures, grelles Leben. Neonschilder prangten über Spielhöllen und Bordellen, und Menschen tummelten sich auf dem Gehweg der Straße, die geradewegs auf ein hell erleuchtetes Stahltor zulief.

Was früher die Zufahrtsstraße zu einem Bauunternehmen gewesen sein musste, hatte man in eine Partymeile für die Anhänger ihres Vaters umgewandelt.

„Was zum Teufel …", murmelte Duncan, während er das Motorrad die Straße entlangsteuerte. Er wirkte überrascht, und als Bobby seinem Blick folgte, wusste sie auch, weshalb: Nathaniel und Gabriel warteten bereits samt Charon auf sie beide, ebenso wie Cristina.

Bobby verkniff sich ein Grinsen. Also war es möglich, auch einen Mann wie Duncan zu überraschen. Alles, was man dazu benötigte, war einen Warg, der schneller als der Wind war, und eine Halb-Succubi, für die ganz offensichtlich das Gleiche galt.

Duncan war seine Überraschung nicht mehr anzusehen, als er das Motorrad neben dem VIP-Eingang parkte, sich den Helm abnahm und einem schmächtig aussehenden Burschen die Schlüssel zuwarf. Der Kleine wirkte, als würde er sich jeden Moment in die Hosen machen, da er sich an Charon vorbeischieben musste und der Warg trotz Geschirr und Maulkorb aussah, als könnte er ihn in Stücke reißen. Ihre kleine Gruppe hatte bereits jede Menge Aufmerksamkeit auf sich gelenkt, denn Wachen mit Maschinenpistolen und Kampfkleidung positionierten sich um sie herum.

„Kein Grund zur Panik, Jungs", sagte Duncan leichthin, legte sowohl Bobby als auch Cristina einen Arm um die Hüften und zog sie an sich. „Das Vieh ist ein Geschenk für Fattie. Und glaubt mir: Es wäre nicht ratsam, mich oder ihn warten zu lassen."

Die Wachen warfen sich Blicke zu und schienen nicht so recht zu wissen, was sie tun sollten. Die Entscheidung wurde ihnen durch das Stakkato von Stöckelschuhen auf dem Kopfsteinpflaster und dem Erscheinen einer jungen Frau in tailliertem Kostüm und hochhackigen Pumps abgenommen. Sie trug eine dickumrahmte Brille und ihr rotbraunes Haar am Hinterkopf hochgesteckt.

„Duncan", begrüßte sie den Söldner. „Du bist lange nicht mehr hier gewesen und tust gut daran, nach deinem letzten Auftritt ein Geschenk mitzubringen."

Bobby und Cristina warfen Duncan einen Seitenblick zu, den dieser geflissentlich ignorierte. Stattdessen sagte er zu der Frau: „Melody, was soll ich sagen: Ich hatte damals einfach kein Glück. Aber nun habe ich es wieder und bin gewillt, es mit

Fattie zu teilen. Als Wiedergutmachung.“

Die junge Frau hob eine Augenbraue und musterte Charon durchdringend, ebenso wie Gabriel und Nathaniel. Ihr Blick blieb länger an den beiden Männern hängen als an dem Biest, und als sie sich wieder an Duncan wandte, fragte sie: „Gehören die beiden auch zu deinem Geschenk? Sie würden sich gut im Ring machen.“

„Noch bin ich nicht unter die Sklavenhändler gegangen, Melody“, erwiderte Duncan sanft, doch Bobby spürte, wie sich dabei sein Griff an ihrer Hüfte festigte.

Mit einem bedauernden Schulterzucken wandte sich Melody ab und nickte den Wachen zu. „Lasst dieses Ding zum Hintereingang bringen.“ Sie wandte sich wieder an Duncan. „Folgt mir.“

Die Wände des Gangs ins Innere der Arena waren mit Gemälden geschmückt, die eine blutige Szene nach der anderen darstellten, von Kämpfen zu Zeiten Roms bis hin zur Darstellung mutierter Bestien, die schreiende Menschen in Fetzen rissen. Es fiel Bobby schwer, sich ihre Abscheu nicht anmerken zu lassen, und ein Seitenblick auf Cristina offenbarte, dass es ihr noch weitaus größere Probleme bereitete. Ihre Schwingen, die ihren bis zur Hüfte nackten Rücken bedeckten, zitterten leicht. Duncan lehnte sich leicht zu ihr und flüsterte ihr etwas zu, was sie dazu veranlasste, die Schultern zu straffen.

„Du siehst gut aus“, wandte sich der Söldner an Melody, die vor ihnen herging.

„Dasselbe kann ich von deinen beiden Begleiterinnen behaupten“, erwiderte diese und bedachte vor allem Cristina mit einem langen und einladenden Blick. „Ihr könnt gerne nach der Show bei mir reinschnuppern.“

Cristina erstarrte und musste von Duncan, der seine Amüsiertheit unter einem Hustenanfall verbarg, vorwärtsgeschoben werden. Bobby wiederum konnte nicht länger die Klappe halten und flötete: „Was meint sie, Duncan?“

Er blickte sie an und verkniff sich nun eindeutig ein Lachen. Den Anstand, ertappt oder gar beschämt zu wirken, hatte er natürlich nicht. „Melody bevorzugt das weibliche Geschlecht, Süße. Allerdings hat sie nichts gegen einen Dreier – oder in dem Fall Vierer – einzuwenden.“

Bobby verdrehte innerlich die Augen und musste sich gleichzeitig ein Grinsen verkneifen, als sie Cristinas empörte Miene sah. Irgendwie war es schon witzig, dass eine Succubi so offensichtlich prüde sein konnte.

Dann vergaß sie den Gedanken, denn die Geräusche der Menge kamen näher und der Geruch von Alkohol, Schweiß, Parfum und Blut schlug ihnen entgegen. Ein Aufzug brachte sie ein Stockwerk höher und auf eine Empore, von der aus man in die umfunktionierte Lagerhalle hinabblicken konnte.

Fattie begrüße sie auf einem Diwan liegend und machte seinem Namen alle Ehre. Ein zweihundert Kilo schwerer glatzköpfiger Mann war in gold-violette Seide gehüllt, und seine Hände sowie seinen Hals – soweit man davon sprechen konnte – zierten Goldschmuck. Neben ihm stand ein leicht bekleideter Jüngling und fächelte ihm Luft zu, einige Meter entfernt lag ein zahnloser Tiger an einer Kette an der Wand.

Fatties Augen richteten sich erst auf Duncan, dann auf Cristina und sie. Unwillkürlich spannte Bobby sich an, doch er schien keinerlei Verdacht zu schöpfen.

„Ich sollte dich geradewegs in den Ring befördern lassen", hieß Fattie Duncan willkommen. „Du hast mich das letzte Mal viel Geld gekostet."

„Und du wirst es durch das, was ich dir heute mitgebracht habe, wieder einspielen, Fattie", erwiderte Duncan. „Ich weiß, dass ich beim letzten Mal ein wenig überstürzt gegangen bin, doch ist es nicht an der Zeit, unsere Differenzen zu vergessen und neu anzufangen?"

Bobby ließ ihren Blick über die Lagerhalle wandern. An deren Außenmauern waren Tribünen errichtet worden, auf denen sich das Publikum eng aneinanderdrückte, um einen Blick auf das bald stattfindende Spektakel zu erhaschen. Blut bedeckte den Boden, der mit Sand und Stroh ausgeschüttet worden war, und die Stimmung war aufgeheizt, vor allem durch den Alkohol, der überall in Strömen floss. Ihr selbst und Cristina wurden in diesem Moment ebenfalls Gläser mit Hochprozentigem in die Hand gedrückt.

Die Succubi und sie tauschten einen kurzen Blick und nippten dann daran. Duncan begann, Fattie durch geschickt platzierte Komplimente um den Finger zu wickeln. Melody hatte es sich neben ihm auf einem Stuhl bequem gemacht, ein Notebook auf ihren Beinen, auf dem sie geschäftig herumtippte. Vermutlich war sie Fatties Buchmacherin.

„Es wird Zeit für Ihre Ansprache, Sir", sagte sie schließlich zu ihrem Boss.

Während Fattie sich ein Mikrofon reichen ließ und seinem Publikum versprach, welch grausames und blutiges Spektakel es erwarten würde, ließen sich Duncan, Cristina und sie auf einem weiteren Diwan nieder.

Bobby lehnte sich zu dem Söldner hinüber, was er sofort dahingehend ausnutzte, ihr eine Hand auf den Oberschenkel zu legen. Sie ignorierte die Berührung, da sie etwas ganz anderes viel mehr beschäftigte: die Tatsache, dass Duncan an diesem Ort ein- und ausgegangen zu sein schien. Sie wusste, dass er weitreichende Kontakte zur Unterwelt besaß, doch wie weit diese gingen, war ihr erst heute Abend klar geworden.

„Du scheinst dich gut auszukennen", sagte sie leise, blickte dabei aber weiter in den Ring, wo gerade ein stabiles Stahlnetz aufgezogen wurde.

„Das tue ich", erwiderte er. „Mehr, als mir lieb ist."

Die plötzliche Bitterkeit in seiner Stimme ließ sie aufblicken. „Was meinst du?"

Seine Augen lagen ruhig auf der Arena und doch sah sie, dass etwas in ihnen wütete. „Hast du dich denn nie gefragt, warum ich so gut in den Dingen bin, die ich tue?", fragte er schließlich. „Im Töten? Im Überleben?"

Bobby schluckte. Die Wahrheit war: Sie hatte niemals einen Gedanken daran verschwendet. Duncan war einfach immer Duncan gewesen: gerissen, rücksichtslos und schnell.

„Ich habe viele Jahre selbst in so einer Arena gekämpft", erklärte er schließlich. „Und das, wie du dir sicherlich denken kannst, alles andere als freiwillig. Du glaubst, hier ist es schlimm? Es gibt Orte auf der Welt, an denen ein Menschenleben noch sehr viel weniger wert ist."

Weiter ging das Gespräch nicht, denn das Licht in der Arena wurde gedimmt und Halogenstrahler flammten auf, ihr kräftiges, kaltes Licht auf den blutbesudelten Ring gerichtet.

„Heute habe ich etwas ganz Besonderes für euch", erklang Fatties Stimme. „Kürzlich haben wir einen Neuzugang bekommen: eine Bestie, so schrecklich wie der Ort, an dem sie gefangen wurde. Direkt aus den Outlands, hierher zu uns: der Lindwyrm!"

Aufgeregtes Murmeln flutete die große Halle. Eine stählerne Kiste wurde langsam hinabgelassen, aus der unheimliche Zischlaute erklangen. Kaum auf dem Boden des Ringes abgesetzt, sprengten die Seiten auseinander und eine Kreatur sprang ans Netz, nur um qualvoll kreischend davon abzuprallen, als Elektrizität durch ihren Leib zuckte. Benommen blieb das Geschöpf liegen und richtete sich dann mühsam auf. Sein schlangenartiger Kopf zuckte von einer Seite zur anderen. Drei Paar Augen fixierten jede noch so kleine Regung und suchten nach einem Weg, zu fliehen. Dann riss die Kreatur zischend das Maul auf, das sich in vier Kiefer teilte, aus denen wiederum insektenartige Beißwerkzeuge hervorsprangen.

Die Menge jubelte, und mehr als ein Zuschauer sprang auf die Beine.

Aggressiv fauchte das Geschöpf in die Richtung, aus der der Lärm kam, und schlängelte sich von einer Seite des Netzes zur anderen. Der Kamm aus dünnen Stacheln, der sich über seinen ganzen Rücken bis zur Schwanzspitze des langen, gliederlosen Körpers spannte, stellte sich dabei auf. Dann erstarrte der Wyrm plötzlich, denn auf der gegenüberliegenden Seite des Rings war eine Bewegung wahrzunehmen.

Gespannte Stille legte sich über die Arena. Nur vereinzeltes Raunen war zu hören. Alle Blicke waren wie gebannt auf den Ring gerichtet. Bobby merkte, wie Abscheu in ihr aufstieg, achtete jedoch darauf, dass sie sich nicht auf ihrem Gesicht zeigte. Stattdessen klammerte sie sich an Duncan und spielte weiterhin das aufgeregte Dummchen.

Ein glühendes Augenpaar erschien in der Finsternis am Hallenrand, begleitet von einem tiefen Knurren, und langsam schälte sich eine Silhouette aus der Düsternis. Als Erstes sah man eine braune Pfote, die beim Aufsetzen das blutdurchtränkte Stroh in Flammen aufgehen ließ. Daraufhin schob sich eine schlanke, ebenso braune Schnauze aus der Dunkelheit, gefolgt von einem drahtigen, kräftigen Hundekörper.

Bobbys Herz erstarrte zu Eis. Sie konnte nicht glauben, was für ein Ungetüm aus dem Kuscheltier ihres Bruders geworden war. Wie oft hatte ihr verdammter Vater geflucht, Hunter würde Zane weich machen.

Der Höllenhund sah furchtbar aus. Schlimme Narben zierten sein einst glänzendes schwarzes Fell. In den feurigen Augen glühte der Wille zu töten. Er war kein

Hund mehr. Hunter war eine Kampfmaschine, so wie Zane. Ihr elender Vater hatte sie beide zerstört.

Schuld durchflutete sie und wandelte sich in Wut.

Duncans Hand sank fest auf ihren Arm. „Halt dich an den Plan, Bobby!"

Sie atmete tief durch und rang ihre Gefühle nieder. Kaum getan, schnellte Hunter auf seinen Gegner zu. Tief gruben sich die Fänge des Hundes in das Fleisch des Lindwyrm. Dieser bäumte sich auf und wandte sich hin und her, doch Hunter lies weder los, noch gab er einen Ton von sich. Mit einem Zischen warf sich die Kreatur daraufhin in Richtung des Stromnetzes und schleuderte den Hund dagegen. Funken stieben, Elektrizität entlud sich, und ein herzzerreißendes, qualvolles Aufjaulen durchschnitt die Arena.

Hunter flog durch die Luft, landete hart auf dem Boden und überschlug sich mehrere Male, bis er zum Liegen kam. Es vergingen einige Momente, dann richtete er sich auf wackeligen Beinen auf. Feine Rauchschwaden kräuselten sich in die Luft, doch der Höllenhund bleckte nur die Zähne und verweilte in lauernder Position.

Auch das schlangenartige Ungetüm schwelte, hatte es doch ebenfalls eine Ladung abbekommen. Dickes, dunkles Blut rann zäh am glatten Körper des Wyrm hinab, während er langsam auf den Hund zu glitt. Dann klappte sein Kiefer erneut auseinander, und eine grüngelbliche Flüssigkeit schoss in Hunters Richtung.

Der Hund sprang zur Seite. Dort, wo die Galle auftraf, ätzte sie sich durch das Stroh und den Sand bis zum Hallenboden. Ein weiterer Angriff folgte, und noch einer, immer und immer wieder. Hunter wich stets aus, doch inzwischen war sein Maul schaumbedeckt, und einige Spritzer der ätzenden Flüssigkeit hatten seine Schulter getroffen und sich bis auf die Muskeln durchgebrannt.

Der Höllenhund sprang erneut und versucht, die Kehle des Wyrms herauszureißen, doch dieser erwischte ihn mit seinem Schwanz und schleuderte ihn zu Boden. Dann schlängelte sich der kräftige Leib um den Hund und begann, ihn langsam zu zerquetschen.

Bobbys Herz raste. Sie musste etwas tun, und zwar jetzt.

Kapitel 15

Ein weiteres Mal in seinem Leben durfte Gabriel die Abgebrühtheit von Luzifers Anhängern aus nächster Nähe erleben. Nur die vagen Erinnerungen an seine Rolle als Heerführer erlaubten es ihm, die Kontrolle über sich und das, was er tat und sagte, zu behalten und nicht seine Augen glühen zu lassen, geschweige denn seinen Lichtspeer zu rufen.

Zugegebenermaßen war Ersteres kurzzeitig geschehen, als sie in die Lagerhalle geführt worden waren, in der die Kämpfer wie Vieh in eng nebeneinander aufgebauten Käfigen gefangen gehalten wurden. Angefangen von mutierten Ratten aus der Kanalisation über mutierte Hunde aus dem Hinterland bis hin zu gigantischen Kreaturen wie derjenigen, die soeben in den Ring geschickt worden war.

Am grausamsten auf dem Weg zu der Zelle, in die Charon gesteckt werden sollte, war es allerdings gewesen, die Menschen zu sehen, die Fattie hier gefangen hielt. Nicht etwa Kreaturen wie diejenigen aus der Kanalisation, sondern Menschen, die mutiert, aber nicht degeneriert waren. Wilde Augen hatten ihm unter zotteligen Haaren entgegengeblickt, aus Gesichtern mit verformten Kiefern und ausgebeulten Stirnhöhlen, aber dennoch waren es intelligente Augen gewesen.

Leidende Augen.

Diese geplagten und versklavten Kreaturen zu sehen, hatte seine Augen zum Glühen gebracht, und nur Nathaniels geknurrtes „Krieg dich ein" hatte ihn sich wieder zusammenreißen, wenn auch nicht beruhigen lassen.

Der Nephil und er standen inzwischen vor der Zelle, die von dem Wachpersonal geöffnet wurde, um Charon hineinzuführen. Der Warg knurrte laut und vernehmlich und erinnerte sowohl seinen Herrn als auch Gabriel daran, wie wenig ihm all das gefiel.

Gabriel konnte es ihm nicht verübeln. Wenn er eines gelernt hatte, dann, dass Charon intelligenter als ein normales Tier und zudem frei, ungebunden und stolz war. Weshalb er Nathaniel als seinen Reiter duldete, blieb ihm zwar nach wie vor ein Rätsel, doch dass es dem Warg hier, wo es nach Sklaverei, Blut und Tod stank, nicht gefiel, wunderte ihn ganz und gar nicht.

Hinter ihnen war das Schaben eines herauffahrenden Gitters zu vernehmen. Er drehte sich um und sah, wie ein großer Dobermann aus seinem Käfig über einen vergitterten Gang in Richtung des Rings getrieben wurde. Unter seinen Pfoten begann das gammlig-feuchte Stroh, das den Boden bedeckte, zu schwelen.

Gabriel hatte Höllenhunde zuvor gesehen, doch niemals einen wie diesen. Von Narben bedeckt, nur aus Haut und Muskeln bestehend und mit den Augen eines Killers. Normalerweise waren diese Wesen zwar gefährlich, aber nicht übermäßig intelligent. Das traf auf dieses Tier definitiv nicht zu.

„Netter, kleiner Kuschelhund", murmelte Nathaniel neben ihm. Die Wachen wiesen sie an, zu warten, und drängten sich um eine Tür mit Luke, die Ausblick auf den Ring gab. „Meinst du, das ist Hunter?"

„Ich befürchte es", erwiderte Gabriel und musterte die Wachen angewidert, die es offenbar gar nicht erwarten konnten, den nächsten Kampf mitzuverfolgen. Ebenso wie die Menge, nach dem Jubeln und Schreien zu urteilen, die an sein Ohr drangen.

„Sie lassen ihn gegen einen verdammten Lindwurm antreten?"

„Hast du nicht gesehen, was aus ihm geworden ist?", erwiderte Gabriel und drehte sich dem Nephil zu.

Nathaniels gelbe Augen mit den vertikalen Pupillen erwiderten ungerührt seinen Blick. „Das habe ich. Gabriel, der Hund ist verloren. Dieser ganze Plan war von Anfang an zum Scheitern verurteilt." Nun wurden seine Augen schmal. „Wenn Charon etwas geschieht, nur damit Bobbys Bruder wieder etwas zum Kuscheln haben kann, dann …"

„Schweig!" Gabriels Worte erklangen hart und duldeten keine Widerrede.

Nicht, dass es Nathaniel interessiert hätte. Er setzte soeben zu einer Erwiderung an, als eine winzige, aus dem Augenwinkel sichtbare Bewegung Gabriels und seine Aufmerksamkeit auf sich zog. Wachsam blickten sie in besagte Richtung. An einer Stelle, an der ein weiterer Käfig hätte stehen können, waren stattdessen Holzkisten mit Proviant aufgetürmt. Vor ihnen flackerte es leicht.

„Was zum …", begann Nathaniel, knurrte dann leise und drohend und schoss vorwärts. Gabriels Blick wanderte zu den Wachen, doch diese waren viel zu sehr in den Kampf vertieft, um irgendetwas mitzubekommen.

Das Flackern löste sich auf, als Nathaniels Hand sich um Lauras Handgelenk schloss und diese aus ihrem Chamäleon-Stadium herausriss. Sie erwiderte seinen Blick aus schmalen Augen und schien sich weder ihrer Nacktheit noch der Tatsache, dass sie hier und nicht bei Lucy war, zu schämen.

Was vielleicht daran lag, dass das Mädchen soeben die Hand von ihrer Schulter löste und zu Gabriel flüchtete, bevor sich der ganze Zorn ihres Stiefvaters über ihr entladen konnte.

„Wie zum Teufel seid ihr hierhergekommen?" herrschte der Nephil Laura an.

„Ich hatte dir gesagt, dass keines meiner Pferde so schnell ist wie Vulkan." Es war der Rappe, mit dem sie regelmäßig zu Sankt Clairs geritten kam. „Er kann problemlos mit Charon mithalten, wenn er es will. Allerdings haben wir keine Zeit für Standpauken", winkte sie ab und warf einen Seitenblick auf die noch abgelenkten Wachen. „Lucy hat mir ausgesprochen überzeugend dargelegt, was Hunter mit euch anstellen wird, wenn ihr ihn einfach so mitzunehmen versucht." Sie zeigte auf ein Stoffstück in Lucys Hand und schlüpfte schnell in den Overall, den diese ihr reichte. „Ein Teil von Zanes Kleidung. Mit seinem Geruch."

Nathaniel starrte sie an und schob sie dann heftig gegen die Kisten. „Und dafür bringst du sie hierher?", fragte er leise und drohend. „Dafür bringst du ihr Leben in Gefahr?"

Gabriels Nackenhaare stellten sich auf. Er spürte das Schwelen tief in Nathaniel, das Aufschäumen der zerstörerischen Macht, die er in sich trug und die ihn jederzeit in ein Monster verwandeln konnte.

Auch Laura schien etwas zu fühlen, doch sie zeigte keine Angst, sondern hob stattdessen ihre Hände zu seinem angespannten Kiefer. „Nathaniel, du hast ein kluges, tapferes Mädchen großgezogen. Ja, die Idee hätte ihr vielleicht früher einfallen sollen, aber sie weiß, was sie tut. Vielleicht mehr als du und ich."

Was noch zu beweisen wäre, fuhr es Gabriel durch den Kopf, als ein schmerzerfülltes Jaulen erklang und Lucy in die Arena stürzte.

„Hunter! Nein!", rief eine Mädchenstimme. „Gib nicht auf."

Alle Blicke schnellten zur Seite.

„Das darf doch wohl nicht wahr sein. Was tut sie hier?", zischte Duncan.

„Hunter! Ich kann dich zu Zane bringen!" Lucy eilte auf den Rüden zu, während ihre Ranken aus dem Arenaboden brachen und damit begannen, an dem Netz zu zerren, das ihn von der Freiheit trennte.

Als wären ihre Worte der entscheidende Funke gewesen, glühten die Augen des Hundes auf, sein Körper fing Feuer und verschwand in einer Stichflamme. Der Wyrm bäumte sich auf und stürzte zur Seite.

Im selben Moment barst Charon aus dem Durchgang, aus dem auch Hunter erschienen war, und schnellte mit einem lauten Grollen in die Arena. Der Wyrm fuhr herum und zischte, während sich Hunter, nun wieder flammenlos, von der anderen Seite näherte. Der Schwanz der Bestie langte nach dem Höllenhund, doch dieser wich gerade noch rechtzeitig aus.

Charon und er erreichten den Wyrm im selben Moment. Der Warg rang die Kreatur mit seiner Körpergröße zu Boden und nagelte sie fest, während Hunter die Chance nutzte, der Bestie an die Kehle sprang und zubiss.

Diesmal erreichte er sein Ziel. Das ohrenbetäubende Kreischen der Bestie röhrte durch die ganze Arena, und Blut spritzte durch das Netz hindurch in die Menge. Noch einige Male warf sie sich hin und her, dann brach sie leblos unter Charons Körper zusammen, während Hunter mit blutiger Schnauze fortsprang.

Das Netz fiel klirrend zu Boden, da Lucys Ranken die Halterungen endgültig zerstört hatten. Sowohl Charon als auch Hunter hoben ihre Köpfe und knurrten in die Menge.

Panik brach aus. Die Besucher kamen alle gleichzeitig auf die Beine und rempelten sich gegenseitig an, um die Tribüne zu verlassen. Schreie, Kreischen und Chaos erfüllten innerhalb von Sekunden die Halle.

Bobby sprang auf, schwang sich über die Brüstung und landete direkt vor Hunter im Ring. Der Hund wirbelte mit einem drohenden Knurren herum und bleckte die Zähne, sein Nackenfell gesträubt.

„Hunter", sagte sie ruhig und zog sich langsam die Perücke von ihren Haaren.

Seine spitzen Ohren schnellten hoch. Er legte den Kopf schief, als versuchte er, sich zu erinnern.

„Ganz ruhig. Ich bin es, erkennst du mich nicht?"

Verunsichert trat der Rüde einige Schritte zurück. Er schien zwischen dem Hund und dem Monster in sich hin- und hergerissen zu sein und winselte. Dann begannen seine Beine zu beben, und im nächsten Moment brach er zusammen.

„Hunter!" Bobby ging neben dem Höllenhund auf die Knie und streichelte ihm über die Flanke. Sein Atem ging flach, und er erbrach Blut.

Lucy erschien an ihrer Seite und schob Hunter ein Stück Stoff hin, an dem er schnupperte und mit einem geschwächten, kläglichen, aber auch sehnsüchtigen Jaulen seine Schnauze hineingrub.

Eine Hand legte sich auf Bobbys Schulter, und sie blickte auf. Gabriel war neben ihr erschienen, seine Augen leuchteten. „Wir müssen weg!"

„Sehe ich auch so", stimmte Duncan, der ihr gefolgt war, ihm zu. Er hielt eine Pistole in der Hand, von der sie keine Ahnung hatte, wo sie herkam, da er den Ring hatte ohne betreten müssen. „Improvisation", erklärte er knapp und lud die Waffe durch.

„Charon." Nathaniel zeigte auf Hunter, und sein Warg nahm diesen vorsichtig zwischen seine Zähne.

Schnell kam Bobby auf die Beine, schlüpfte kurzerhand aus ihren hochhackigen Schuhen und warf einen Blick hoch zur Empore, auf der Duncan, Cristina und sie mit Fattie zusammengesessen hatten. Die Succubi hatte als Einzige bedacht gehandelt und ihnen den Rücken gedeckt, als Bobby kopflos in den Ring gesprungen und Duncan ihr gefolgt war. Auch Cristina hatte ihre Schuhe ausgezogen und entledigte sich halb in der Luft schwebend gerade einer Wache, die auf sie zugestürmt kam.

Fattie starrte zu ihnen hinunter und schrie mit hochrotem Gesicht Befehle. Seine Buchmacherin zog ihn daraufhin kurzerhand beiseite und übergab ihn den Wachen, damit diese ihn in Sicherheit bringen konnten. Dann blickte sie aus schmalen Augen auf sie herab und formulierte mit ihren Lippen Worte, die eindeutig an Duncan gerichtet waren.

„Klasse", murmelte er, „so viel zum Diskret-Sein."

„Vorauf wartet ihr denn noch?", zischte Laura. „Lasst uns endlich verschwinden."

„Ganz meine Meinung", erwiderte Nathaniel. „Lucy, Laura, auf Charon. Und zwar jetzt!"

Das Mädchen gab keine Widerworte und tat, wie ihm geheißen. Laura zögerte, entschied sich jedoch, dass es nicht klug wäre, gerade jetzt mit dem stinkwütenden Nephil zu diskutieren, und setzte sich hinter Lucy.

„Bobby, verschwinde mit den anderen", erklang Gabriels Stimme an ihr Ohr. „Ich habe noch etwas zu erledigen."

„Wie bitte?" Ihr Kopf fuhr herum. „Was soll das heißen?"

„Du willst die Gefangenen befreien, nicht wahr, Gabriel?" mutmaßte Lucy.

Seine einzige Antwort bestand aus einem Nicken, was wiederum Bobby dazu brachte, sich in Bewegung zu setzen und in Richtung des Durchgangs zu eilen, aus dem Lucy zuvor erschienen war. Mindestens ein halbes Dutzend Wachen lagen dort auf dem Boden verteilt, teils von Gabriels Lichtspeer aufgespießt, teils mit gebrochenem Genick.

„Bobby!" Sofort folgte Gabriel ihr und nahm sie am Arm. „Was tust du? Geh mit den anderen. Ich komme nach."

Anstatt mit ihm zu streiten, tauchte sie kurzerhand unter seinem Arm weg und kickte einer weiteren Wache, die sich ihm von hinten genähert hatte, ihren Fuß ins Gesicht. Sekunden später war diese ohnmächtig und Bobby hatte eine Waffe in der Hand, die sie vor Gabriels geweiteten Augen lud.

„Wolltest du was sagen, Gabe?"

Belustigung trat in seinen Blick, im selben Moment, in dem der Lichtspeer in seiner Hand erschien. „Ich würde es nicht wagen."

„Gut", erwiderte sie und blickte zu den anderen zurück.

Charon verließ soeben mit Lucy, Nathaniel und Laura auf dem Rücken die Arena durch den Haupteingang, Hunter zwischen den Zähnen. Er war so schnell, dass keine der draußen positionierten Wachen eine Chance hatte, ihn aufzuhalten, sondern einfach über den Haufen gerannt wurde. Vulkan folgte dem Warg die Straße hinab und fiel in einen schnellen Galopp.

Schüsse fielen. Cristina hatte sich eines der Maschinengewehre ihrer Gegner besorgt und feuerte auf Fatties Wachen, während Duncan dasselbe von einer geschützten Position hinter dem Kadaver des Wyrm aus tat. Beide würden Gabriel und ihr den Rücken freihalten.

Als Bobby die Lagerhalle betrat, die an die Arena grenzte, verstand sie, weshalb Gabriel hatte zurückkehren wollen. Bereits die Tiere eingesperrt zu sehen, schmerzte, auch wenn die meisten zu wild und aggressiv waren, um sie zu befreien. Doch zumindest konnte sie ihnen mit einem gezielten Kopfschuss oder Gabriel mit einem Stich seines Speeres durch ihr Herz den Gnadenstoß versetzen.

Die mutierten Menschen wichen an das hintere Ende ihres Käfigs zurück, als Gabriel und Bobby ihn erreichten. Ein Mann mit vorgewölbtem Kiefer und Hauern anstelle von Zähnen knurrte warnend und ging in Angriffshaltung über.

„Wir wollen euch nichts Böses", sagte Gabriel. „Vertraut mir." Dann holte er mit dem Speer aus und rammte ihn gegen das Schloss, so heftig, dass Funken sprühten und es aufsprang.

Die Zellinsassen starrten sie aus geweiteten Augen an.

„Ihr seid frei", erklärte Bobby sanft.

„Geht in die Kanalisation", forderte Gabriel sie auf und wies auf einen Kanaldeckel, der sich nicht weit entfernt in der Ecke der Lagerhalle befand. „Aber haltet euch nicht zu lange darin auf. Dort unten gibt es ebenso gefährliche Wesen wie im Ring."

Er brach ab, denn die Gefangenen setzten sich wie ein Mann in Bewegung und strömten aus der Zelle. Ihr Anführer hielt kurz inne und musterte sie, nickte ihnen zu und folgte seinen Gefährten schließlich in den Abgrund.

Stille kehrte ein. Inzwischen hatten alle Zuschauer den Ring komplett verlassen, und auch Schüsse fielen keine mehr. Die Gefangenen waren befreit, auf die eine oder andere Art und Weise.

„Wenn mein Vater davon erfährt", sagte Bobby leise, „wird er das nicht auf sich sitzen lassen."

„Das ist richtig."

Gabriel wirbelte herum, als die Männerstimme erklang.

„Du hast ihn lange genug verärgert, Roberta. Erst fand er es amüsant, doch nun wird er deinen Ungehorsam nicht länger dulden."

Kalter Schweiß brach auf ihrer Haut aus. Langsam, Zentimeter für Zentimeter, wandte sie sich dem Mann zu, mit dem sie jahrelang ein Bett geteilt hatte.

Damian trug wie früher einen maßgeschneiderten Anzug und wurde flankiert von zwei Mitgliedern der Eliteeinheit ihres Vaters. Sie wusste, dass sein elegantes Äußeres über sein kämpferisches Geschick und seine Gerissenheit hinwegtäuschte, ebenso wie sie wusste, dass sich in diesem Moment weitere Wachen um sie herum in den Schatten verteilten.

Neben sich spürte sie, wie Gabriel zum Angriff übergehen wollte und legte schnell ihre Hand auf seinen Unterarm. Er ahnte ja nicht, in welcher Gefahr er schwebte.

Damians dunkle Augen begegneten den ihren. „Noch ist Zeit, sich anders zu entscheiden, Roberta." Doch auch ohne es laut auszusprechen, wusste sie, was er eigentlich meinte: Noch ist Zeit, Gabriel zu retten.

Bobbys Berührung auf seinem Unterarm ließ Gabriel innehalten. Er registrierte alles, was um sie herum stattfand: die Wachen, die sich lautlos und tödlich in den Schatten verteilten und der Fremde vor ihnen, der Bobby mit einem herausfordernden Lächeln musterte, kalte Kalkulation in seinen Augen.

Es war der Mann aus ihrem Traum. Nur zu gut erinnerte er sich an dessen Aura: Ehrgeiz. Machthunger.

Besitzanspruch. Auf Bobby.

Letzten Endes war es dieses Gefühl, das Gabriel dazu verleitete, anzugreifen. Und die Gewissheit, dass Bobby begann, Dinge in Betracht zu ziehen, die sie nicht in Betracht ziehen sollte. Ihre Färbung hatte sich verändert: von Schock zu bitterer Resignation und sturer, weiblicher Entschlossenheit.

„Gabriel, nein!", rief sie, doch er beschwor bereits eine gleißende Lichtexplosion um sie herum herauf, packte sie und bewegte sich mit ihr in Richtung des Kanalisationsschachtes, in dem die Mutanten verschwunden waren.

Eine Kugel streifte ihn. Neben sich sah er Bobby der Wache, die sich beim Gullideckel positioniert hatte, die Waffe aus der Hand treten und das Genick brechen.

Gabriel wirbelte herum, um ihren Abstieg in die Kanalisation zu decken, und fing sich dadurch einen weiteren Schuss ein. Diesmal war es ein Bolzen, der sich in seinen Oberschenkel bohrte, abgefeuert von dem Fremden, der die Armbrust, die er in den Händen hielt, wieder der Wache neben sich aushändigte. Sein Bein fing Feuer.

„Roberta", sagte ihr Verfolger. „Sei nicht dumm!"

„Bobby, geh!", keuchte Gabriel und zog den Bolzen aus seinem Bein. Eine kleine Ampulle, deren Inhalt entleert worden war und offensichtlich in seinem Körper zirkulierte, befand sich an dessen Ende. „Ich bin direkt hinter dir."

Aus dem Feuer wurde reißender Schmerz, der sich sein Bein hinauffraß. Er konnte sich nicht daran erinnern, dass er jemals so etwas verspürt hatte, weder in seiner sterblichen noch seiner unsterblichen Existenz.

Mit einem Keuchen drückte er seine Hand auf die winzige Wunde und rief die gleißende Hitze seiner Macht, leitete sie in sich hinein und ließ sie brennen. Der Schmerz brach abrupt ab, aber dennoch war es zu spät: Diesmal trafen ihn mehrere Kugeln gleichzeitig und rissen ihn zu Boden.

„Hör auf!"

„Bobby!", rief er. „Nein!"

Sie ignorierte ihn und ging auf den Fremden zu. „Hör auf."

Gabriel kam mit purer Willenskraft zurück auf die Beine und schoss vorwärts, die Kugeln ignorierend, die in seinen Körper einschlugen. Es war offensichtlich, dass Er seinem Körper deutlich mehr Widerstandskraft verliehen hatte, als Menschen normalerweise besaßen, doch nun geriet er an seine Grenzen. Als er Bobby erreichte, drehte sie sich so, dass sie seinem zupackenden Griff ausweichen konnte, und beförderte ihn stattdessen mit einem geschickten Wurf zu Boden. Schmerz schoss durch seinen gesamten Körper, und kurzzeitig wurde ihm schwarz vor Augen.

„Gabe", hörte er sie flüstern und blinzelte heftig. „Gabe, bitte. O Gott, hör auf, bitte hör auf." In ihrer Stimme vernahm er ein Schluchzen, dann spürte er einen weiteren Bolzen, diesmal in seinem Schulterblatt, und sofort brandete Schmerz auf.

„Was ist das? Was tust du?"

„Dich zur Vernunft bringen, Roberta", kam die kühle Antwort. „Hast du wirklich geglaubt, ich würde dich einfach so gehen lassen? Würde akzeptieren, dass du und er Seite an Seite gegen uns kämpfen? Azrael und dein Vater mögen es belächelt haben, aber ich kenne dich, Roberta, besser als du vielleicht selbst denken magst. Und ich wusste, dass der Tag kommen würde, an dem sie mich bitten würden, dich zurückzuholen."

Gabriel wollte sich hochstemmen, wollte diesen Mann, der Robertas Freiheit – ihre Seele – bedrohte, töten, doch er hatte keine Gewalt mehr über seinen Körper. Sein Blickfeld zog sich immer weiter zusammen, sodass Bobby kaum mehr als ein heller Fleck war.

„Du kennst mich, Roberta. Ich bin stets auf alles vorbereitet. Selbst auf einen ehemaligen Erzengel."

„Was hast du ihm injiziert?", flüsterte sie.

„Nephilim-Brut", durchdrang die Stimme das Rauschen in Gabriels Ohren. „Die Wirkung überrascht selbst mich, muss ich gestehen. Lass uns sehen, was eine dritte Injektion bewirken wird."

„Ich komme mit dir", lautete Bobbys Antwort. Ihre Hände glitten von Gabriels Körper, ohne dass er etwas dagegen hätte tun können. „Aber bitte hör auf, Damian!" Der Verzweiflung nach zu urteilen, die in ihrer Stimme mitschwang, stand es schlimm um ihn.

„Nehmt sie mit", kam die kühle Erwiderung. „Was deinen Freund angeht, Roberta: Wir werden sehen, wie stark er ist. Und falls er überlebt, freue ich mich bereits darauf, ihn ein für alle Mal auszuschalten, wenn er versucht, dich zu befreien."

Bobbys Herz hämmerte schnell und wild in ihrer Brust, als Damians Wachen sie am Arm nahmen und von Gabriel wegführten. Er hob die Hand und flüsterte drängend ihren Namen, war allerdings nicht in der Lage, nach ihr zu greifen, geschweige denn, sich zu erheben. Seine Augen flackerten zwischen einem weißlich-bläulichen und einem rötlichen Licht, und ihm brach Schweiß aus. Abgesehen davon war er von einer ganzen Reihe von Kugeln getroffen worden, und sein Blut breitete sich auf dem Hallenboden aus.

Er schien keine Ahnung zu haben, wie schlimm er aussah. Schien nicht zu spüren, wie schwer er verletzt war und dass er mit jeder Sekunde blasser und schwächer wurde.

Und dann die Injektionen … Sie sah den Schmerz auf seinem Gesicht, in seinem Körper, seinen Augen. Sah, dass er Gefahr lief, zu sterben, wenn Damian nicht sofort aufhören würde mit dem, was er tat.

Niemand sollte für sie sterben, am allerwenigsten er. Also hatte sie sich ergeben und darauf gehofft, dass Damian ihn verschonen würde. Was er auch tat.

Ihr Herz zog sich zusammen, als sie Gabriel hinter sich zurückließ und wieder die Arena betrat, aus der sie Minuten zuvor gekommen war. Es schien ein halbes Leben her zu sein, dass sie hier Hunters Kampf beobachtet und dem Hund gegenübergestanden hatte. Alles war von einer Sekunde auf die andere in sich zusammengebrochen, doch sie würde nicht aufgeben. Wo sie war, machte keinen Unterschied, ganz gleich, was ihr Vater, Azrael oder Damian auch denken mochten. Ihr Entschluss, dass sie nie wieder die Frau sein wollte, die sie einmal gewesen war, stand fest. Sie war es ihrer Mutter und Gabriel, allen voran jedoch sich selbst schuldig, um ihre Seele zu kämpfen.

Es war schwer, ihre Entschlossenheit aufrechtzuhalten, als sie Duncan neben Cristina im Zentrum der Arena knien sah. Die Succubi lehnte leichenblass und kaum bei Bewusstsein an ihm, einer ihrer Flügel aufs Schlimmste zerfetzt von einem Kugelhagel. Duncan sah nicht viel besser aus, hatte allerdings schützend den Arm um sie gelegt und starrte halsstarrig in den Lauf der Pistole, die vor sein Gesicht gehalten wurde, während gleichzeitig die lange Klinge eines Katanas gegen seinen Nacken drückte; eine der Lieblingswaffen der Elite-Einheit ihres Vaters.

Duncans Augen weiteten sich, als er sie sah. „Bobby, tu das nicht!"

Niemals hatte sie wirklich gewusst, welche Rolle sie in seinem Leben spielte und wie sicher sie sich seiner Loyalität sein konnte, doch der Ausdruck in seinen Augen war unmissverständlich: Er würde an ihrer Seite kämpfen, auch wenn sie beide wussten, dass es ihren sicheren Tod bedeutete.

Bobby wollte nicht, dass er es tat, wollte ihn ebenso wenig verlieren wie Gabriel. Diese beiden und die anderen waren die einzige wirkliche Familie, die sie jemals besessen hatte, und verdammt sollte sie sein, wenn ihnen ihretwegen etwas zustieße. Also schüttelte sie lediglich den Kopf.

Duncans Augen wurden schmal und er öffnete den Mund. Sie ahnte, was er als nächstes tun würde: so lange Beleidigungen und Herausforderungen ausstoßen, bis einer von Damians Männern die Geduld verlieren und angreifen würde. Er wollte sie zu dem Kampf zwingen, zu dem sie nicht bereit war, und Bobby musste ihn um alles in der Welt davon abbringen. Also formulierte sie mit ihren Lippen ein Wort, von dem sie hoffte, dass er es lesen konnte: Gabriel.

Sein Mund schloss sich, und sein Blick schoss in Richtung Nebenhalle. Er sah wieder sie an, hob er eine Augenbraue und formulierte mit seinen Lippen: Magic Gabe?

Die ganze Szene war so absurd und Duncan ein dummer, großmäuliger Idiot, und doch konnte sie nicht anders und musste unter plötzlichen Tränen lächeln und nicken. Duncan verdrehte daraufhin in gespielter oder wahrscheinlich sogar echter Genervtheit die Augen und nickte ebenfalls.

Gott, sie würde ihn vermissen. Gleichzeitig jedoch schürte diese kurze Geste ein wenig Hoffnung in ihr. Wenn jemand Gabriel sicher hier heraus und zurück zu Daniel und den anderen bringen konnte, dann er. Das hieß, wenn Damian ihn leben ließ.

„Was soll mit den beiden geschehen?", fragte einer der Männer.

Ihr einstiger Geliebter blickte zurück, so, als habe er Duncan und Cristina gerade erst wahrgenommen. Mit einem Achselzucken wandte er sich wieder ab und antwortete: „Fattie hat seine Gladiatoren verloren. Diese beiden scheinen für den Anfang ein guter Ersatz zu sein. Kümmert euch um ihren Flügel und sperrt ihn weg."

Erst in allerletzter Sekunde unterdrückte Bobby das entsetzte und verzweifelte *Nein*, das auf ihren Lippen lag. Es war schlimm genug, dass Damian wusste, wie viel Gabriel ihr bedeutete. Er sollte nicht ahnen, dass es ihr mit Duncan, wenn auch auf eine gänzlich andere Art und Weise, ebenso erging.

Deutlich spürte sie Damians Blick auf sich liegen und sah ihm in seine dunklen Augen, zeigte ihm all ihre Verachtung. Allerdings keine Angst, zumindest hoffte sie das.

Seine Hand hob sich und strich ihr eine Strähne aus dem Gesicht. Sie erstarrte und zwang sich, nicht zurückzuweichen. „So widerspenstig. Früher warst du nicht so. Ganz im Gegenteil: Früher hast du es gemocht, dich zu unterwerfen."

Sie erwiderte nichts und schob die Erinnerungen daran, wie sie mit ihm gewesen war, von sich. Er hatte sie auf eine Art und Weise besessen wie kein Mann vor ihm, und sie hatte es erlaubt und genossen. Bis sie aufgewacht war und begonnen hatte, seine Nähe mit jedem Tag mehr zu verabscheuen.

Plötzlich kam Ruhe über sie. „Diese Frau ist schon lange fort, Damian", erwiderte sie. „Und ganz gleich, was ihr tun werdet: Sie wird nie wiederkommen."

Seine Augen wurden schmal, bevor er mit einem gefährlichen Lächeln schloss: „Wir werden sehen."

Sie würde lügen, wenn sie behauptete, sie fürchte sich nicht vor dem, was kommen würde. Und doch wusste sie auch, dass sie diesen langen, harten Weg nicht gegangen war, um jetzt alles zu verlieren.

Kapitel 16

Er konnte sich nicht rühren, und doch musste er es tun. Konnte kaum atmen, und doch durfte er nicht aufgeben. Zentimeter für Zentimeter schob Gabriel sich über den Hallenboden, und ein winziger Teil in seinem Inneren lachte über die Ironie dieser Situation: Er, einstiger Erzengel, von Gott dazu auserkoren, seine Heerscharen anzuführen, war nun nicht mehr als ein Wurm, der über den dreckigen Boden kroch. Und doch musste er weitermachen und das Kochen in seinem Blut ignorieren, denn mit jedem Zentimeter näherte er sich der Tür, durch die Bobby verschwunden war.

Sie würden nicht damit rechnen, dass er noch immer Herr seiner Sinne und zumindest teilweise seines Körpers war. Wenn er nur konzentriert genug sein und all seine Kräfte sammeln könnte, wäre er vielleicht dazu in der Lage, Bobby die Chance auf eine Flucht zu ermöglichen.

Wenn sie diese überhaupt ergreifen würde.

Dummes, stures Frauenzimmer. Wie konnte sie es auch nur wagen, sich einfach so für ihn zu opfern, nach allem, was sie miteinander durchgemacht hatten? Wusste sie denn nicht, dass er nur ihretwegen seine Flügel aufgeben hatte?

Das Lachen, das über seine spröden Lippen kam, hörte sich rau und fremd an. Nein, wie sollte sie es auch wissen? Er hatte es ihr niemals gesagt. Nicht ein einziges Mal hatte er sie wissen lassen, wie wertvoll sie war, sie, eine Sterbliche, die als verloren hätte gelten müssen und es dennoch nicht war. Wenn es jemals eine Person gegeben hatte, die sie in diesem ewigen Kampf nicht verlieren durften, dann sie.

Doch das war nicht der einzige Grund, weshalb er kämpfte. Und jener andere, den er selbst jetzt nicht beim Namen nennen konnte, gab ihm die Kraft, sich letzten Endes durch die Tür in die Arena zu schieben und den Kopf zu heben.

Er begriff sofort, dass er zu spät und Bobby nicht mehr da war. An ihrer statt wurde soeben Cristina weggeschleift und Duncan von einer weiteren Wache vorwärtsgestoßen.

Verzweiflung und Zorn strömten in Gabriels Innerstes, schärften seine Sinne und ließen ihn seine Schmerzen für einen kurzen Moment vergessen.

Gib mir Kraft, Herr, bat er innerlich und schloss die Augen, ließ all seine verbliebene Macht aus sich herausströmen, formte seinen Lichtspeer und schleuderte ihn den Wachen hinterher.

Schwärze stülpte sich schlagartig über ihn und verschlang ihn, tauchte ihn in brodelndes, pechschwarzes Feuer.

Ein Schlag in sein Gesicht holte ihn zurück.

„Komm schon, Magic Gabe." Duncans Stimme, die Gabriel wie in Watte verpackt vorkam.

„War das notwendig?" Cristina. Trotz des Schmerzes, der in ihrer Stimme mitschwang, klang sie echauffiert.

Duncan lachte leise in sich hinein und hievte Gabriel wenig feinfühlig hoch, indem er ihm unter die Arme griff. Er wollte helfen, doch konnte seinen Körper kaum bewegen.

„Scheiße, der Bastard ist schwer."

„Nenn ihn nicht so!"

„Wie wäre es, wenn du mir helfen würdest, anstatt seine Ehre zu verteidigen, Prinzessin? Anscheinend geht es dir ja wieder gut genug, dass du motzen kannst. Oder ist das dein Alltagstonfall?"

Sehr viel sanftere Hände kamen Duncan zu Hilfe. „Das ist mein Tonfall im Umgang mit dir."

„Ich bin tief verletzt", kommentierte der Söldner. „Und was jetzt? Wir müssen hier weg, es ist nur eine Frage Zeit, bis Fatties Wachen wieder auftauchen."

Stille folgte. Erneut versuchte Gabriel zu sprechen oder sich hochzuhieven, doch alles, was er zustande brachte, war ein Keuchen.

„Shhh", sagte Cristina und legte ihre Hand auf seine Stirn. „Bewegt Euch nicht, Gabriel. Ihr seid geschwächt."

„Ich werde mich nie an deine gestelzte Art und Weise, mit ihm zu reden, gewöhnen." Duncans Stimme klang genervt.

„Ich erwarte nicht, dass du das verstehst, Söldner", erwiderte Cristina kühl, „doch ich habe unter Michael gedient. Er ist der Erste seiner Art und hat Äonen verfolgt, ganze Zivilisationen kommen und gehen sehen, das Schlimmste in den Menschen miterlebt und sie dennoch niemals aufgegeben. Niemals hätte ich ihn anders ansprechen wollen, und ebenso ergeht es mir mit Gabriel, mag er nun menschlich sein oder nicht. Dies sind Gottes Abgesandte, geschickt, um für uns zu kämpfen."

„Ach, sag was", kam die trockene Antwort. „Und warum windet sich dieser Abgesandte wie ein Junkie auf Entzug auf dem Boden, wenn er so toll ist?"

„Ich weiß es nicht."

„Ne...philim ... Blut ...", brachte Gabriel keuchend hervor. „Kanalisation."

Sofort fühlte er wieder Cristinas Hände auf seiner Stirn und spürte, wie sie sich über ihn beugte. Gabriels Blickfeld begann sich erneut zu verkleinern. Schatten näherten sich, in denen sich dunkle Schemen zu bewegen schienen.

„Scheiße, was ...", hörte er Duncan knurren und Cristina scharf die Luft einziehen.

„Keine Bedrohung", erklang eine dritte Stimme, scharrend und rau. „Helfen will."

Mühsam hob Gabriel den Kopf und blinzelte, um zu beobachten, wie sich aus dem Kanalisationsschacht eine bucklige Gestalt emporschob. Duncan war zurückgewichen und sagte soeben: „Wer oder was zum Henker bist du? Der Glöckner von Notre-Dame?"

Gabriels Geduldsfaden riss, doch anstatt Duncan anzufahren, geschah das genaue Gegenteil: Die Schatten schnellten wie wildgewordene Tiere auf ihn zu, stülpten sich über ihn und tauchten ihn ein weiteres Mal in Finsternis.

Bobby sah blicklos durch die schwarzgetönten Scheiben des Hummers. Seit einer Dreiviertelstunde waren sie nun unterwegs. Damian saß neben ihr, während einer seiner Männer den Geländewagen über Geröll und Wurzelwerk lenkte. Auf dem Beifahrersitz befand sich einer der Schatten, wie man die Eliteeinheit ihres Vaters nannte, ein asiatischer Mann mit schmalen Augen und undurchdringlicher Mimik.

Mehr als einmal hatte Bobby sich überlegt, einfach die Tür aufzureißen und sich aus dem fahrenden Wagen herauszuwerfen. Ein Blick in die dunklen Augen des

Schattens, die sie unentwegt im Rückspiegel beobachteten, sagte ihr jedoch, dass eine Flucht zwecklos wäre.

Sie würde erst einmal gute Miene zum bösen Spiel machen. Und vor allem musste sie eines tun: für ihre Seele kämpfen. Das war das Einzige, was zählte. Ihr Vater mochte sie vielleicht wieder bei sich vor Ort haben, doch er würde sie nicht bekommen, zumindest nicht so, wie er es vermutlich gerne gehabt hätte: gebrochen und geschlagen.

Als Damian sich plötzlich zu ihr herüberlehnte, so nahe, dass sie seine Körperwärme spüren und den Duft seines Aftershaves riechen konnte, spannte sie sich augenblicklich an. Falls er es bemerkte, reagierte er nicht darauf, sondern ließ lediglich ihre Fensterscheibe hinunter und gewährte ihr dadurch freie Sicht auf ihr einstiges Zuhause.

Alexander Maarons Hauptsitz war ein altes Stadthaus in einem ehemaligen Nobelviertel. Höllenhunde wie Hunter patrouillierten an den Außenmauern, die durch Stacheldraht und Schatten gesichert wurden. Eine Festung – genau das war dieser Ort.

Ihr Herz sank. So, als spürte Damian ihren Stimmungswechsel, sagte er leise an ihrem Ohr: „Du siehst, wir haben die Sicherheitsvorkehrungen noch ein wenig verbessert. Kein Weg raus und kein Weg rein, zumindest nicht ohne dass dein Vater oder ich davon wissen."

Sie zuckte mit den Achseln. „Nichts anderes habe ich erwartet."

„Und was ist mit deinen Freunden?", fragte er. „Was ist mit Gabriel, sollte er überlebt haben? Denkst du wirklich, ein einstiger Erzengel sucht nicht nach der Frau, die unter seiner Obhut entführt worden ist?"

Langsam wandte sie den Kopf und sah ihm in die Augen. „Ich war nicht in seiner Obhut, Damian. Wir waren an diesem Ort gleichgestellte Partner. Dass dir dieses Konzept fremd ist, wundert mich nicht."

Tief in seinen Augen sah sie Verärgerung, aber auch nur deshalb, weil sie ihn kannte und ihre gemeinsamen Jahre nicht vergessen hatte. Seinem Gesicht selbst war nichts anzumerken, und das Lächeln verließ nicht einmal seine Lippen.

Bobby wandte sich wieder ab und beobachtete, wie sie durch das Haupttor eingelassen wurden und auf das Anwesen zusteuerten. Als sie vor der Treppe zum Eingang hielten, stieg sie aus, ohne auf Damians Anweisung zu warten, und näherte sich den Stufen, die nach oben führten. Ihr Vater wartete auf sie, in einen taubengrauen, maßgeschneiderten Anzug gekleidet.

Seinem Gesicht war die Zufriedenheit deutlich anzusehen. Wortlos trat sie an ihm vorbei und stieß die Tür zum Anwesen auf. „Wohin soll es gehen? In mein altes Zimmer? In den Kerker?" Sie drehte sich wieder zu ihm um, sah ihm direkt in die Augen und ließ ihn all ihre Verachtung spüren. „Was hättest du gerne, Vater?"

Seine Augen wurden schmal, bevor er ihr ein kühles, kontrolliertes Lächeln schenkte. „Deine alten Gemächer warten auf dich. Das haben sie immer getan."

Sie nickte knapp und ging die Treppe hinauf. Alte und neue Diener liefen ihr über den Weg, senkten allerdings den Blick, sobald sie dem ihren begegneten. Im ersten Stock angekommen folgte sie langen Fluren, die mit schweren Teppichen ausgelegt waren, und passierte zahlreiche Gemälde, die den Sturz Luzifers darstellten oder Kämpfe der himmlischen Scharen. Für seine Anhänger war dies der Moment seiner Auferstehung.

Unwillkürlich hielt sie inne, denn sie erkannte auf einem der Gemälde Gabriel. Er kämpfte Seite an Seite mit Raphael hinter einem dritten Engel mit silbernem Haar: Michael. Gabriels Gesicht war so detailgetreu getroffen, dass sie das Gefühl hatte, er blicke sie gradewegs an, wütend und entschlossen und zu allem bereit. Ihr Herz schmerzte, als sie plötzlich begriff, dass sie ihn vielleicht nie mehr wiedersehen würde.

„Sag mir, Tochter", erklang die Stimme ihres Vaters neben ihr, „weshalb hat er es getan? Weshalb hat er seine Flügel aufgegeben und euren gemeinsamen Gott dadurch so sehr geschwächt?"

„Geschwächt?" Langsam blickte sie ihn an. „Gabriels Verzicht hat Ihn nicht geschwächt. Keine Tat, die aus Nächstenliebe oder dem Bedürfnis heraus geschieht, zu helfen, wird Ihn jemals schwächen können."

Alexander lachte. „Bei Luzifer, hör dich doch nur reden, Roberta! Hat die Nonne dich im Kloster einer Gehirnwäsche unterzogen?"

„Nein, Vater", war alles, was sie erwiderte. „Erinnerst du dich denn nicht mehr? Die Person, die mir die Augen dafür geöffnet hat, was richtig und was falsch ist, warst du."

Gabriel hatte sich niemals von niederen Instinkten leiten lassen. Als er noch ein Engel gewesen war, hätte er damit alles verraten, woran er glaubte und wäre dadurch nicht besser als Rumiel gewesen. Und auch als Mensch hatte dies, so hoffte er zumindest, in den letzten Monaten zu seinen größten Tugenden gezählt.

Seinem Unterbewusstsein und dem Gift, das durch seine Adern strömte, schien das herzlich egal zu sein. Er war gefangen in einer Welt, die aus Feuer und Hitze und sich windender Körper bestand, die ihn auf widernatürliche Art und Weise anzogen. Mit zu Fäusten geballten Händen stand er in ihrer Mitte und versuchte, seine Atmung zu kontrollieren und seine Beherrschung zu behalten, kämpfte gegen den Drang an, in diese wogende Masse einzutauchen und sich vollends darin zu verlieren.

Er ahnte, was ihn dort erwarten würde: Lust. Befriedigung. Erfüllung. Vollkommene Hingabe. Doch nichts davon auf die Art und Weise, wie es seinem eigenen Naturell entspräche. Wenn er dem Drang hier nachgeben würde, dann wäre es eine pervertierte Version dessen, was er mit Bobby erleben wollte. Denn nach nichts anderem, so begriff er, sehnte er sich.

Eine feingliedrige Hand legte sich auf seinen Unterarm, und sofort schloss er die Augen. An Bobby zu denken war sicherlich nicht die klügste Entscheidung gewesen.

„Erde an Engel", flüsterte ihre Stimme, weich und lockend. „Gabriel, alles in Ordnung?" Nun schwang Sorge darin mit. „Sieh mich bitte an."

Letzten Endes veranlasste ihn sein Stolz dazu, die Augen zu öffnen. Sich wie ein kleines Kind vor dem Feind zu verstecken, konnte und durfte nicht die Antwort auf sein Dilemma sein. Er musste sich all dem hier stellen, es ertragen und gestärkt daraus hervorgehen.

Bobby sah aus, wie er sie in Erinnerung hatte: Ihr Haar war locker im Nacken zusammengebunden, und sie trug eine Jeans und ein schlichtes Tanktop. Innerlich atmete er auf, dass er sie nicht als dunkle Prinzessin vor sich sah, obwohl er gleichzeitig begriff, wie viel gefährlicher diese Bobby für ihn war.

„Gabriel, bist du …?", setzte sie erneut an und schrie im nächsten Moment auf, als ein dunkler Schemen aus der wogenden Masse von Körpern vorschnellte, sie am Handgelenk packte und mit sich riss.

Er sollte ihr nicht folgen. All das war nur ein Trick, um ihn dazu zu bringen, seine Ruhe, die sein einziger Schutz war, fallen zu lassen.

Gabriel tat es dennoch, und er tat es ganz bewusst. Wenn er diesen Kampf nicht gewinnen konnte, dann konnte er keinen Kampf gewinnen, der in der echten Welt auf ihn warten mochte …

Michaels Stimme, die sie zum Kampf aufrief, schien den gesamten Himmel zu erfüllen und ließ Gabriels Blut in den Adern kochen. Sofort unterband er den Instinkt, denn der Grund, weshalb sie sich heute versammelt hatten, war nicht etwa der, der Kampfeslust zu frönen, sondern Luzifer und seine Anhänger ein für alle Mal zu besiegen.

Und doch konnte er den Trieb nicht gänzlich unterdrücken. Er hatte die schrecklichen Taten gesehen, die in Luzifers Namen geschehen waren, war Zeuge der Gemetzel gewesen, die auf sein Geheiß stattgefunden hatten. Er wollte ihn und seine Anhänger strafen.

„Gabriel!"

Als er seinen Heerführer vor sich sah, nahm er augenblicklich Habachtstellung an. Michael musterte ihn aus diamantenen Augen.

„Ich will, dass du die Vorhut führst!"

Er nickte und wandte sich ab.

„Gabriel?"

Über seine Schulter blickte er zu Michael zurück, der vor ihm in der Luft schwebte, seine silber-goldenen Schwingen in voller Pracht hinter ihm entfaltet.

„Zügle dein Herz. Lass nicht zu, dass es dich beherrscht. Schöpfe aus der Kraft, die deine Leidenschaft für die Menschen dir gibt. Aber lass dich niemals davon übermannen."

Gabriel fühlte sich ertappt und spürte gleichzeitig Ruhe über sich kommen. Michael hatte es gesehen, diese Schwäche, die er in sich trug, und dennoch gab er ihm diese Chance.

Er würde ihn nicht enttäuschen.

„Doch war es wirklich eine Schwäche?", flüsterte eine Stimme in seinem Kopf, als er auf der Suche nach Bobby tiefer und tiefer in die Hitze und die sich wiegenden Leiber eintauchte. „Hat sie dich nicht zu dem Mann gemacht, der du heute bist? Überleg nur, wie viel mehr du sein könntest, wenn du dich nur öffnen und all die Bedenken hinter dir lassen würdest."

Rumiel schrie, als Gabriel ihm seine Flügel abschlug. Engelsblut spritzte über die Klinge seines Schwertes und erfüllte ihn mit grimmiger Befriedigung. Aus dem Augenwinkel spürte er Raphaels blaue Augen auf sich liegen und wusste, dass der Erzengel jede Schwäche wahrnehmen würde. Es ging ihm nicht darum, Gabriel aus Neid oder Ehrgeiz zu ersetzen, denn beide Gefühle waren ihm fremd. Doch wenn Raphael glauben sollte, Gabriel könne seiner Aufgabe als Gottes Richter nicht mehr nachkommen, würde er ihn zur Rede stellen.

Nichts anderes hätte Gabriel noch ein Jahrtausend zuvor auch getan. Doch etwas war in den letzten Jahrhunderten geschehen, langsam und schleichend: Die Menschen hatten begonnen, ihm auf eine Art und Weise ans Herz zu wachsen, die über die Fürsorge hinausging, die ein Engel für seine Schützlinge empfinden sollte.

Sie faszinierten ihn. Und ein Teil von ihm, mochte er auch noch so winzig sein, konnte Rumiels Vergehen, eine Menschenfrau zu lieben, verstehen.

Die Augen seines Bruders hoben sich zu ihm, von Schmerzen erfüllt, aber ohne Reue.

Langsam trat Gabriel auf ihn zu. „Rumiel, du wurdest dazu verurteilt, deine Flügel zu verlieren und zu fallen."

Und mit diesen Worten versetzte er dem einstigen Engel einen Stoß gegen die Brust und sandte ihn zur Erde hinab.

„Heuchler", sagte eine samtene Stimme neben Gabriel. „Als Michael mich zur Erde hinabsandte, tat er es ohne Zweifel in seinem Herzen. Aber du …" Ein Lachen erklang. „Du bist nichts weiter als die mickrige Parodie eines Engels."

Gabriel schloss seine Augen und versuchte, den Hass zu zügeln, der bei diesen Worten in ihm aufflammte.

„Sieh sie dir an, Gabriel", fuhr der Mann fort, der neben ihm wie aus dem Nichts erschienen war und eine Gestalt im Arm hielt. „Sieh dir an, was dein sein könnte."

Zum ersten Mal verstand er, wie man dieser Stimme nachgeben konnte. Sie schien so verständig, allwissend, beinahe weise. Verlockend und benebelnd.

„Sieh her, Gabriel. Was hast du schon zu fürchten, wenn du reinen Herzens bist?"

Er wusste, dass ihm keine andere Wahl blieb. Er musste es tun, musste sich all dem hier stellen.

Also wandte er sich Luzifer zu.

Der Engel sah aus, wie er vor seinem Fall ausgesehen hatte: Sein Haar war von einem tiefen, satten Rot und seine Augen obsidianfarbene Tiefen.

Er hielt Bobby in seinem Arm.

Gabriels Herz erstarrte zu Stein. Ihre Augen waren geschlossen und ihr Kopf ruhte an Luzifers Schulter, als würde sie schlafen. Ihr Blut sickerte dick und rot aus einer klaffenden Wunde an ihrem Hals, über die nackte Brust, den Arm und die Hand seines Widersachers, bis hinab zu seinem entblößten, erigierten Geschlecht.

Gabriels Kontrolle zerbarst, als hätte sie nie existiert, und um ihn herum versank alles in Feuer, Hitze und Flammen.

Bobby hasste diesen Ort. Sie hasste den Flatscreen, ihr großes Bett, die riesige Dusche. Alles fühlte sich falsch an. Sie wäre gerade nirgendwo lieber als in ihrer kleinen Wohnung, mit Mephisto auf ihrem Schoß und Gabriel an ihrer Seite.

Hastig blinzelte sie die Tränen fort, die plötzlich in ihren Augen standen. Noch war nichts verloren. Sie musste nur die Ruhe bewahren und sich klug anstellen.

Ihr Blick wanderte durch ihr Zimmer. Alles schien wie früher: Ihre Garderobe war mit Kleidern gefüllt, Schmuck befand sich in ihrem Sekretär, und im Bad wartete ein Whirlpool auf sie. Wenn sie ans Fenster trat, konnte sie auf die große Gartenanlage hinabblicken, die sich bis zu einem kleinen Pinienwäldchen erstreckte, hinter dem sie die Schatten der Männer und Hunde sah, die auf Patrouille waren. Sie befand sich wieder in ihrem goldenen Käfig.

Stunde für Stunde wurde ihr vor Augen geführt, weshalb sie gegangen war: durch den angsterfüllten Respekt der Bediensteten, die patrouillierenden Wachen, durch Damian und ihren Vater, die regelmäßig gemeinsam auf der Veranda saßen und besprachen, wessen Leben sie als nächstes zerstören wollten. Wenn ihr Vater glaubte, sie würde wieder zurück zu ihm finden, dann täuschte er sich gewaltig. Das genaue Gegenteil war der Fall: Niemals zuvor hatte das Feuer, sich zu widersetzen und für ihre Seele zu kämpfen, heißer in ihr gebrannt.

Allerdings hielt sie sich bedeckt, soweit es ihr möglich war. Offener Widerstand würde lediglich ihre Chancen auf Flucht reduzieren. Also spielte sie das Spiel bis zu einem bestimmten Grad mit und wartete ab.

„Dir ist bewusst, dass ich dich keine Sekunde aus den Augen lasse, Roberta?", fragte Damian sie am dritten Tag, als sie nebeneinander im Garten spazieren gingen. Sie hatte widerwillig zugestimmt, mit ihm zu kommen. Zumindest konnte sie so unauffällig die Außenanlage und die Sicherheitseinstellungen inspizieren.

„Ist das so?", antwortete sie. „Gehört Stalking zu deinen neuesten Errungenschaften, mit denen du meinen Vater beeindrucken möchtest?"

Er lachte leise in sich hinein. Ein Schauder lief über ihren Rücken, der nichts mehr mit dem angenehmen Schauer zu tun hatte, den sie früher empfunden hätte. „Ich habe dich tatsächlich vermisst, Roberta. Und ich gestehe: Als ich dich besessen habe, war mir nicht bewusst, wie unglaublich wertvoll du bist."

Nun war es an ihr zu lachen, bitter und rau. „Schon klar: Ohne mich hast du eine Möglichkeit mehr verloren, dich an unsere Familie zu binden. Du glaubst doch wohl nicht eine Sekunde lang, dass ich dir abnehme, es wäre dir jemals um mich gegangen?"

„Du unterschätzt deinen Wert, Roberta", erwiderte Damian und drehte sich zu ihr um.

„Nein", entgegnete sie leise, hielt ebenfalls an und musterte ihn, „vielmehr kenne ich ihn erst jetzt. Und ich weiß eines mit absoluter Sicherheit: Die Frau, die ich damals war, hatte keinerlei Wert. Glücklicherweise existiert sie nicht mehr."

Er musterte ihr Gesicht; in seinem spiegelte sich eine Mischung aus Verärgerung und Bedauern. Vielleicht hätte sie die Worte nicht aussprechen sollen, denn sie bewiesen, dass ihr Widerstand alles andere als gebrochen war. Andererseits waren weder Damian noch ihr Vater dumm und sie eine schlechte Schauspielerin.

„Ich habe deinem Vater gesagt, dass du nicht freiwillig zu uns zurückkommen wirst", sagte er schließlich und setzte seinen Weg fort. „Er kennt dich nicht, wie ich dich kenne, und unterschätzt nach wie vor den Drang in dir, dich abzuwenden. Welch eine Kraft, Roberta, wenngleich auch so unnütz eingesetzt."

Wie gerne hätte sie ihm jene Kraft gezeigt, indem sie ihm seine aristokratische Nase bräche.

Beherrschung, Bobby!, wies sie sich innerlich zurecht. *Das wäre sicherlich nicht zielführend. Allerdings unglaublich befriedigend.*

„Es wird dich daher bestimmt nicht überraschen, zu hören, dass alles vorbereitet wird, dein Initiationsritual zu beenden."

Sie erstarrte. Die Kälte in ihrem Innern schnürte ihr die Luft zum Atmen ab, und Panik schlang sich um ihr Herz.

Das Ritual, so hieß es, schloss endgültig den Pakt zwischen Luzifer und denjenigen, die daran teilnahmen. Bobby hatte nie erfahren, was genau dabei geschah, doch sie wusste, dass ihr Vater es als einen der wichtigsten Momente im Leben eines Anhängers Luzifers ansah. Und da er kein Mann war, der Ereignisse romantisierte oder Zeit verschwendete, fürchtete sie es nicht grundlos.

Damian hob eine Augenbraue. „Nun, Roberta, warum solche Panik? Welche Gerüchte du auch immer über das Ritual gehört hast: Weder praktizieren wir Menschenopfer noch irgendwelche anderen absurden Riten." Er trat an sie heran, umfasste ihr Kinn und zwang sie, zu ihm aufzublicken: „Vielmehr ist es ein Moment der absoluten Klarheit und Wahrheit, wenn du Ihm gegenübertrittst. Dann wird sich zeigen, wie groß deine Kraft wirklich ist: Wird sie weggebrannt und du gereinigt, um wieder Seinen Willen vollbringen zu können", sein Lächeln wurde hässlich, „oder zehrt sie dich auf, bis nichts mehr von dir übrig ist als ein Häufchen Asche?"

Gabriel schwebte über seinem Körper, der sich im Fieber krümmte und von innen heraus zu glühen schien. Sein Verstand war vollkommen klar und sein Herz frei von Hass und Angst. Alles, was ihn in der letzten Zeit verwirrt, verunsichert oder verärgert hatte, schien bedeutungslos zu sein. Er fühlte sich friedlich und frei.

„Herr im Himmel, er verbrennt bei lebendigem Leib!" Cristina hockte mit einem Verband um ihren Flügel an seinem Krankenbett. „Können wir denn gar nichts tun?"

Nathaniel erschien an seiner Seite und roch an einer der Phiolen, die Damian auf ihn abgefeuert hatte. Selbst die Erinnerung an die Geschehnisse im Ring und Bobbys Gefangenschaft wühlten Gabriel nicht mehr auf.

„Das ist mein Blut", erklärte der Nephil.

„Was bedeutet das?", fragte Laura und stellte sich neben ihn.

„Dass er gerade einen Kampf mit sich selbst ausficht, wie er es wahrscheinlich noch nie in seinem Leben getan hat", erwiderte Nathaniel. „Nephilim-Blut ist sehr potent und kräfteraubend. Und so wie es riecht, wurden einige starke Drogen beigemengt."

„Heißt das, er ist auf einem Trip?", mischte Duncan sich ein.

Nathaniel zuckte mit den Schultern. „Könnte man so sagen. Nur dass dieser Trip schlimm enden kann."

„Nichts anderes hat er verdient."

Neugierig wandte Gabriel sich um und schwebte auf den Jungen zu, der mit Handschellen an sein Krankenbett gekettet auf der gegenüberliegenden Seite des Raumes saß. Neben ihm lag der riesige Höllenhund, den sie gerettet hatten und der der Grund dafür war, dass Bobby verschleppt worden war.

Zum ersten Mal regte sich ein Hauch von Ärger in ihm, verschwand allerdings sofort wieder.

„Sag das nicht, Zane", rief Lucy, die neben dem Jungen auf einem Stuhl saß und Hunters Kopf gestreichelt hatte. „Ich weiß, dass du das nicht wirklich denkst."

„Weißt du das?" Bobbys Bruder warf ihr einen kalten Seitenblick zu. „Nur weil du für meine Schwester in meinen Träumen herumgeschnüffelt hast, heißt das noch lange nicht, dass du mich kennst!"

„Aber das tue ich", erwiderte sie störrisch. Im nächsten Moment wandte sie sich an Gabriel und sagte: „Du musst zurückkehren, Gabriel."

Er neigte leicht den Kopf. Alle anderen erstarrten.

„Ist er hier?", fragte Laura leise.

Lucy Gesicht nahm einen bekümmerten Ausdruck an. „Ja. Aber er wirkt komisch. Gar nicht so, wie ich ihn kenne, sondern abgehoben und fern."

„Sag ihm, er soll seinen Geist gefälligst wieder in seinen Körper zurückbefördern", kam es unbeeindruckt von Duncan. „Wir müssen Bobby retten!"

„Er kann dich hören, Duncan."

„Wirklich?" Der Söldner erschien in Gabriels Blickfeld. „Dann hör genau zu, Magic Gabe: Ich nehme an, dass du gerade eine himmlische Krise durchläufst, doch ich rate dir, das schleunigst auf die Reihe zu kriegen. Wegen dir ist Bobby in den Händen ihres Vaters. Wegen dir läuft sie Gefahr, alles zu verlieren, für das sie gekämpft hat. Also reiß dich gefälligst am Riemen und geh mir wieder auf den Sack!"

Das leichte Gefühl der Verärgerung, das Gabriel empfunden hatte, war inzwischen zu einem großen geworden.

„Ich glaube, es klappt", flüsterte Lucy. „Mach weiter."

„Aber gerne doch." Duncan grinste und wandte sich erneut Gabriel zu. „Lust, mir Gesellschaft zu leisten, Nathaniel?"

Alles, was von dem Nephil kam, war ein Grunzen, das Gabriel jedoch kaum wahrnahm. Seine Augen wanderten zu seinem Körper zurück, der mit einem Mal sehr viel verlockender wirkte als noch Minuten zuvor.

„Gabriel?"

Sein Blick richtete sich wieder auf Lucy, die aufgestanden war und zu ihm kam.

„Du musst jetzt wieder in deinen Körper. Das weißt du, oder?"

Erneut fuhr sein Blick zu dem Krankenbett, auf dem er lag. Natürlich musste er zurück. Er hatte sich bereits viel zu lange in diesem ungewollten und im wahrsten Sinne des Wortes abgehobenen Schwebezustand aufgehalten.

Ein letztes Mal sah er Lucy an, dann tauchte er in seinen Körper und stellte sich dem einzigen Kampf, den er nicht gewinnen konnte und auch nicht musste: seinen Gefühlen für Bobby.

Sie wartete auf ihn und sah ihn an. Weder war Luzifer bei ihr noch Damian oder ihr Vater. Sie war allein und sah wie die Frau aus, die er kannte. Um sie herum hing ein dichter Nebel, der den Blick auf das verbarg, was dahinter lag.

„Das ist schon ein ganz schöner Mist, hm?", begrüßte sie ihn. Sie klang viel zu sehr nach sich selbst. „Weil ich es bin, Gabriel." Plötzlich war sie bei ihm und hatte sein Gesicht umfasst und zu sich gezogen. „Verdammt, keine Ahnung, wie ich hierherkomme und was los ist, aber ich schwöre dir, ich bin es. Und ich will hier weg!"

Zweifel nagten an seinem Herz. Was, wenn sie die Wahrheit sprach? Was, wenn er sich abwenden und sie allein hier zurücklassen würde?

„Erde an Engel?" Seine Verwirrung und Unsicherheit steigerten sich noch mehr, als er die Besorgnis auf ihren Zügen sah und sie sagen hörte: „Gabe, du machst mir Angst."

Plötzliche Ruhe überkam ihn. Ja, das war seine Bobby. Und doch war sie es nicht, zumindest nicht wirklich. Sie war lediglich ein Abbild der echten Bobby, so, wie er sie kennen und schätzen gelernt hatte.

Die Frau, die in der echten Welt auf ihn wartete.

Die Frau, die ihn jeden Tag aufs Neue überraschte, sodass er höchstwahrscheinlich den Rest seines Lebens damit verbringen würde, herauszufinden, was in ihrem Kopf vor sich ging.

Somit war alles, was er zu ihrem Abbild sagen konnte: „Ich werde dich finden. Was immer es kosten mag."

Und mit diesen Worten wandte er ihr den Rücken zu und kehrte zurück.

„Was glaubst du, wie es dazu gekommen ist?" fragte Duncan und streckte seine Beine von sich, die Hände hinter dem Kopf verschränkt. Sie saßen auf den Stufen, die zum Haupteingang des Klosters hinaufführten, und genossen die letzten Strahlen der untergehenden Sonne.

„Was meinst du?" erwiderte Bobby mit geschlossenen Augen.

„Die Regeländerung?"

Sie zuckte mit den Schultern. „Wer weiß das schon. Wichtig ist nur, dass sie stattgefunden hat."

Kurzes Schweigen folgte, dann: „Das macht keinen Sinn. Weshalb sollte Luzifer Ihm diesen Vorteil gewähren? Nur, damit seine Anhänger etwas länger unter Seelenträgern wandeln können als bisher?"

Nun öffnete Bobby die Augen und sah ihn an. „Etwas länger ist die Untertreibung des Jahrhunderts. Cristina und ich hatten bei der letzten gemeinsamen Übergabe Glück, dass wir lebend rausgekommen sind. Ein ganzes Einsatzkommando meines Vaters war dort!"

Die Weihe verändert Luzifers Anhänger, sodass sie nicht mehr gänzlich menschlich waren, sondern dämonische Kräfte in sich trugen. Dementsprechend waren sie schneller und verfügten über bessere Reflexe und erhöhte Kraft, ein Vorteil, der in Anwesenheit vieler Seelenträger allerdings wieder verloren ging.

Zumindest war das bisher der Fall gewesen. Geschwächt hatten ihre Angreifer in keinerlei Hinsicht gewirkt, als sie Cristina und Bobby vor dem Anwesen der Glaubensgemeinschaft aufgelauert hatten. Mehrere Großfamilien hatten außerhalb der Stadt auf einer ehemaligen Farm ihr Lager aufgeschlagen, ein zurückgezogenes und friedliches Leben geführt und zahlreichen Waisen ein Heim gegeben. Ein Leben, mit dem sie sich mehr als eine Seele verdient und gleichzeitig Azraels Aufmerksamkeit auf sich gezogen hatten.

„Die Seelenlosen, die eine wirkliche Gefahr für das Power-Duo Bobby und Cristina darstellen, müssen erst noch geboren werden", entgegnete Duncan ungerührt. „Aber mal ernsthaft: Hast du dir die Frage nicht auch gestellt, wie es dazu kam?"

Bobby atmete tief durch. Natürlich hatte sie es und auch Gabriel damit gelöchert, allerdings ohne Erfolg. Er konnte oder wollte ihr keine Antwort geben.

Duncan ließ nicht locker. „Und wie funktioniert das überhaupt? Sitzen Er und Luzifer sich auf neutralem Territorium gegenüber und verhandeln?"

Auch das hatte sie sich gefragt, aber genauso wenig eine Antwort darauf erhalten.

„Falls du wissen willst, ob Gabriel mir etwas dazu hat sagen können: Nein. Er wird sich auch nicht mehr daran erinnern, zumindest nicht im Detail. Und selbst wenn er es täte, würde er uns wahrscheinlich nicht daran teilhaben lassen."

Manche Dinge, so verstand sie inzwischen, sollten unausgesprochen bleiben. Gottes und Luzifers Wirken äußerte sich tagtäglich in dem Kampf, den sie führten, so wie den guten, als auch schlimmen Dingen, die geschahen. Dies sollte Erklärung genug sein.

„Bobby"?

Ihr Blick richtete sich auf Duncan, wachsam angesichts seines plötzlich ernsten Tonfalls.

Er deutete auf das Tattoo auf ihrem Nacken. „Hat es eigentlich irgendetwas für dich verändert, als du es erhalten hast?

Sie zögerte. Zum Zeitpunkt der initialen Weihe war sie sechszehn gewesen. Es war ein Ereignis gewesen, das einem der Debütantinnenbälle aus alten Zeiten gleichgekommen war. Eine Gruppe wohlsituierter Mädchen hatte sich in Abendkleider geschmissen, getanzt – und um Mitternacht eine Tätowierung erhalten, deren Tinte mit Blut durchtränkt gewesen war.

Sie hatte sich danach nicht wirklich verändert gefühlt, lediglich noch bessergestellt als sie es ohnehin bereits gewesen war. Als sie ihren Vater beinahe enttäuscht gefragt hatte, was genau geschehen sei, war dessen schlichte Antwort gewesen: „Der Schlüssel wurde in das Schloss gesteckt. Bei der finalen Weihe wird er umgedreht und die Tür zu deinem Innersten für Ihn geöffnet ..."

Dann wird sich zeigen, wie groß deine Kraft wirklich ist, wisperte Damians Stimme in ihrem schlaftrunkenen Geist. Bobby war über die Erinnerungen an das Gespräch mit Duncan hinweg eingeschlafen und hatte sich in den kommenden Stunden unruhig von einer Seite zur anderen gewälzt.

Ihr Herz schlug ihr bis zum Hals. Sie versuchte erfolglos, die Augen aufzuschlagen, gefangen in dem dämmrigen Zustand zwischen Schlaf und Erwachen.

Wird sie weggebrannt und du gereinigt, um wieder Seinen Willen vollbringen zu können ...

Der Geruch von verbrannten Haaren stieg in ihre Nase. Panik erfasste sie. Erneut versuchte sie sich zu rühren, doch ihre Muskeln bewegten sich keinen Zentimeter. Stattdessen spürte sie, wie sich Hitze über ihre Schläfen ausbreitete und ihre Beine hochkroch.

... oder zehrt sie dich auf, bis nichts mehr von dir übrig ist als ein Häufchen Asche?

Die Hitze verwandelte sich in reißenden, brennenden Schmerz, und der Geruch von verschmortem Fleisch erfüllte ihre Sinne. Sie schrie und erwachte aufrecht im Bett sitzend, ihre Hände erhoben und ihre Haut schweißbedeckt.

Mit einem Fluch ließ sie sich in die klammen Laken zurückfallen und starrte zur Decke hinauf. Dann richtete sich ihr Blick auf eine der kleinen Drachenstatuen, die auf den Bettpfosten hockten und Luzifer darstellten.

Entschlossenheit erfasste sie.

„Du kriegst mich nicht", ließ sie ihn wissen. „Mach dich auf etwas gefasst!"

Kapitel 17

Als Gabriel die Augen aufschlug, saß Lucy neben seinem Bett, hielt seine Hand und lächelte ihn an. Nathaniel stand mit vor der Brust verschränkten Armen hinter ihr und blickte so finster wie eh und je. Laura löste sich von der gegenüberliegenden Wand, trat auf ihn zu und sagte mit einem Lächeln: „Willkommen zurück."

„Wie lange?", krächzte er und erschrak dabei über den Klang seiner Stimme.

„Drei Tage", antwortete Laura.

„Bobby?"

Sofort erschien Besorgnis auf ihren Zügen. „Ihr Vater hat sie."

Ohne zu zögern schlug Gabriel die Bettdecke beiseite und schwang sich aus dem Bett.

Seine Beine gaben unter ihm nach. Hätten Laura und Nathaniel ihn nicht unter den Armen gepackt, wäre er vor ihrer aller Augen zusammengebrochen.

Scham und Zorn erfüllten ihn. Wie hatte es nur so weit kommen können? Warum hatte Er das zugelassen? Wieso nur hatte Er ihn so schwach und nutzlos gemacht?

Doch er kannte die Antwort: Dies war der Preis für seine Sterblichkeit. Er würde mit dem, was ihm zur Verfügung stand, Bobby befreien, ganz gleich wie wenig dies im Moment auch sein mochte.

„Setz dich!" Nathaniels Stimme klang streng. Laura und er drückten ihn aufs Bett zurück. „Du hast einen harten Kampf hinter dir. Glaub mir, ich weiß, wovon ich spreche."

Langsam hob Gabriel den Blick zu Nathaniel. „Ist es so für dich jeden Tag?"

Der Nephil zuckte mit den Schultern. „Nein. Aber es gibt bestimmte Auslöser, die es schwerer machen, die Kontrolle zu bewahren: Angst, Zorn, Hass. Und davon empfindest du aktuell jede Menge."

Gabriel nickte und ließ seinen Blick über die restlichen Anwesenden wandern. Cristina lächelte ihn aus dem Nachbarbett heraus an. Ein Blick auf den schweren Verband um ihren Flügel zeigte ihm, dass sie noch nicht wieder einsatzbereit war. Duncan lehnte neben der Eingangstür an der Wand und erwiderte seinen Blick. Tief in den Augen des Söldners sah Gabriel, was auch er empfand: Ungeduld.

Und dann war da noch Zane. Die Augen von Bobbys Bruder waren auf sein Gesicht fixiert, schmal und hasserfüllt. Außerhalb des Krankenzimmers, aus Richtung des Gartens, begann ein Hund zu knurren und zu bellen.

„Gabriel, darf ich vorstellen: Das ist Zane, auch undankbarer kleiner Scheißer genannt", sagte Duncan und löste sich von der Wand. „Zane, das ist Gabriel oder wie ich ihn zu nennen pflege: Magic Gabe!"

„Sehr witzig, Costello", kam es kalt über Zanes Lippen. „An dir ist ja ein Clown verloren gegangen."

„Wie du siehst, ist Bobby eindeutig das Sonnenscheinchen der Familie", erwiderte Duncan ungerührt und verzog den Mund, da der Hund – sicherlich Hunter – immer lauter bellte.

„Stell ihn ruhig", knurrte Nathaniel, „oder ich tue es."

Einige Sekunden lang erwiderte Zane den Blick des Nephils aus schmalen Augen, dann rief er: „Hunter. Ruhig!"

Sofort kehrte Stille ein. Zanes Blick wanderte zu Gabriel zurück.

„Du hasst mich?", stellte dieser fest. „Warum?"

Kurz blitzte Unsicherheit in Zanes Augen auf, dann erwiderte er: „Du bist mein Feind."

„Das ist keine Antwort auf meine Frage."

Langsam lehnte Zane sich in seinen Handschellen nach vorne und flüsterte: „Mach mich los, dann gebe ich dir die Antwort, die du offensichtlich so dringend haben willst."

Lucy quiekte und Duncan lachte leise in sich hinein. Gabriel wandte sich kopfschüttelnd ab. Mit dem Jungen war nicht zu reden. Er hatte keine Zeit für so etwas.

„Wir müssen uns eine Strategie zurechtlegen", sagte er und richtete seinen Blick auf Daniel, der soeben den Raum betrat. „Ich muss wieder zu Kräften kommen, und das so schnell wie möglich. Was kann ich dafür tun?"

Der Mediziner hob eine Augenbraue. „Viel schlafen?"

„Inakzeptabel", lautete Gabriels Antwort.

Daniel verzog das Gesicht. „Wieso nur habe ich gewusst, dass Sie das sagen würden? In Ordnung, ich werde einen kleinen Cocktail zusammenbrauen, der auf Ihr

Körpergewicht abgestimmt ist. Doch es wird Ihnen lediglich für kurze Zeit einen Energieschub geben. Langfristig gesehen müssen Sie sich ausruhen."

Gabriel nickte. Er würde sich ausruhen, wenn Bobby wieder gesund und munter zurück bei ihm war, allerdings keine Sekunde vorher. Und wenn er dafür zwanzig von Daniels selbstgemischten Energy-Drinks zu sich nehmen musste.

Eine Bewegung auf der Terrasse, die von der Krankenstation aus zu erreichen war, ließ Gabriel den Kopf drehen. Innerlich fluchte er, als er Raphael landen sah, doch er zwang sich, erneut aufzustehen und dem Erzengel entgegenzutreten. Im Türrahmen blieb er stehen und stützte sich daran ab.

Falls Raphael seine Schwäche bemerken sollte – und dass er es tat, bezweifelte Gabriel nicht –, ließ er sich nichts anmerken. Stattdessen nickte er ihm knapp zu und fragte: „Wie geht es dir?"

„Ich lebe noch."

Raphaels blaue Augen verrieten keinen seiner Gedanken. „Offensichtlich."

„Weshalb bist du hier, Raphael?"

„Ich denke, das weißt du."

Gabriel presste die Lippen aufeinander. „Du verlangst von mir, nichts zu tun?"

„Korrekt", erwiderte Raphael. „Es gibt bestimmte Spielregeln, an die wir uns halten müssen. In Azraels Hoheitsgebiet für ein aussichtsloses Unterfangen einzufallen, wird lediglich einen Gegenschlag seinerseits provozieren, der unschuldige Menschenleben kostet. Das kann und werde ich nicht zulassen, Gabriel."

„Und ich kann und werde Bobby nicht im Stich lassen!"

Raphael hob eine Augenbraue. „In diesem Fall werde ich Gegenmaßnahmen ergreifen müssen, Gabriel", erwiderte er. „Ich denke nicht, dass du es so weit kommen lassen möchtest, oder?"

Ohne seine Antwort abzuwarten, stieß Gabriels einstiger Bruder sich vom Boden ab, um in einem kraftvollen Senkrechtstart gen Himmel zu schießen. Aus schmalen Augen schaute Gabriel ihm hinterher.

„Also", sagte Duncan ungerührt. „Wie sieht der Plan aus?"

Nach ihrem abrupten, nächtlichen Erwachen war Bobby in einen erneuten, unruhigen Schlaf gefallen und wurde durch die Strahlen der aufgehenden Sonne geweckt. Langsam erhob sie sich, trat an das Fenster und badete ihr Gesicht in dem warmen Licht.

Der Traum hatte offenbart, wie sehr sie das bevorstehende Ritual beunruhigte. Gleichzeitig hatte er ein Feuer in ihr entzündet, das stetig stärker brannte. An diesem verfluchten Ort würde sie nicht ihr Ende finden. Sie musste also verdammt noch mal aufhören, sich selbst zu bemitleiden und stattdessen endlich versuchen, hier herauszukommen.

Ein Klopfen ließ sie herumfahren. „Lasst mich in Ruhe."

Die Tür öffnete sich trotzdem. Gereizt machte Bobby einen Schritt nach vorne und erstarrte, als sie sah, wer sie besuchte.

„Margret."

Der Name der Frau, die sie großgezogen hatte und die jetzt den Raum betrat, kam langsam und schwer über Bobbys Lippen. Sie schien sich kaum verändert zu haben: Obgleich inzwischen Mitte sechzig, hatte sie das Auftreten einer sehr viel jüngeren Frau, mit streng zurückgebundenem, silberblondem Haar, dezenter Schminke und aufrechter Haltung.

Margret hatte sie es zu verdanken, dass sie in ihrer alten Rolle allen Erwartungen gerecht geworden war: Sie hatte sie Manieren gelehrt, hatte sie gelehrt, Haltung zu wahren, doch vor allem hatte sie Bobby gelehrt, wann sie still zu sein hatte und wann es besser war, im Schatten zu verharren und anderen den Vortritt zu lassen. Der Funke an Übermut und Widerwille, den sie als junges Mädchen besessen hatte, war ihr von dieser Frau – so hatte sie inzwischen begriffen – mit subtiler Manipulation und vorgetäuschtem Verständnis ausgetrieben worden. Margret war stets Spitzel und Sprachrohr ihres Vaters gewesen, nur dazu auserkoren, seine beiden Kinder nach seinem Willen zu formen …

„Sieh ihn dir an, Roberta!"

Bobbys Blick, der auf das Buch in ihrer Hand gerichtet war, wanderte zu ihrem Bruder, der im Garten mit Hunter spielte. Er zog sich oft dorthin zurück, und sie ahnte, dass er es tat, weil er dort geschützt vor den Blicken seines Vaters war. Sie hatte es ihm stets erlaubt und ermöglicht, auch wenn sie wusste, dass der Tag kommen würde, an dem dieses Verhalten nicht mehr geduldet werden würde.

„Was ist mit ihm?", erwiderte sie, ihre Stimme gelangweilt und kühl.

Margret sah sie nicht an. „Er ist zu weich. Zu mitfühlend."

Etwas tief in Bobby rührte sich bei den Worten, Sorge und Widerwillen, doch sie sagte nichts und erhob sich lediglich, um neben Margret zu treten.

Zane lachte soeben, ein kurzes, befreites Jungenlachen, und rieb Hunter mit Schnee ein. Er wirkte unbeschwert und erinnerte kaum an den Jungen, den sie am selben Morgen beim Trainieren von tödlichen Angriffsmanövern beobachtet hatte.

„Kennst du deine Pflicht, Roberta?"

Etwas in ihr wurde wachsam bei Margrets Worten. „Ich werde mit ihm sprechen, Margret. Ihm klarmachen, was es heißt, ein Maaron zu ein."

„Nein."

„Nein?" Irritiert hob sie eine Augenbraue und blickte ihre Gouvernante an.

Margrets dunkle Augen richteten sich auf sie. „Nein", wiederholte sie. „Stattdessen wirst du zu deinem Vater gehen und ihm sagen, dass dir die enge Bindung zwischen Hunter und Zane Sorge bereitet."

„Aber …" Unter Margrets Blick brach sie abrupt ab. Ihre Gouvernante wirkte zufrieden, und Bobby fügte hinzu: „Du hast recht. Ich werde mit Vater sprechen."

„Und weshalb?"

Sie atmete tief durch. „Weil meine erste Pflicht ihm gilt", gab sie schließlich die erwünschte Antwort, „und niemals meinem Bruder."

Kurz schloss Bobby die Augen, als ihr bewusst wurde, wie viel sie wahrscheinlich zu Hunters Martyrium und Zanes Entfremdung beigetragen hatte.

„Roberta." Margrets Stimme brachte sie ins Hier und Jetzt zurück. „Du siehst nicht gut aus."

Sie lachte harsch auf und blickte an sich hinab. Noch immer trug sie ihr zerknittertes Nachthemd, ihr Haar war ungekämmt und wirr. „Ist das so, Margret? Erzähl mir jetzt bloß nicht, dass du mich zur Maniküre und Pediküre schleppen willst?"

Ihre ehemalige Gouvernante verzog keine Miene. „Nein. Obwohl du es bitter nötig hättest, Kind."

„Nenn mich nicht so", zischte Bobby und machte einen Schritt auf sie zu. „Nenn mich nicht so, als hätten wir noch irgendeine Verbindung!"

Margrets gezupfte Augenbraue hob sich langsam. „Du verhältst dich kindisch, Roberta. Ganz gleich, wer du nun glaubst zu sein, so warst du doch fast zwanzig Jahre lang mein Mündel. Alles, was du bist, alles, was du kannst, hast du mir zu verdanken."

Das hatte sie allerdings. Vor allem hatte sie es Margret zu verdanken, dass sie die Wahrheit über ihre Mutter und das, was ihr Vater dieser angetan hatte, kannte. Es war vollkommen unvorhergesehen geschehen: An einem Tag wie jedem anderen hatte ihre Gouvernante ihr gesagt, dass sie etwas Wichtiges erfahren musste, und sie wissen lassen, wie ihre Mutter gestorben war. Es hatte ihr im wahrsten Sinne des Wortes den Boden unter den Füßen weggezogen.

„Warum hast du es getan?", fragte Bobby. Damals hatte sie geglaubt, Margrets Gründe, ihr die Wahrheit zu sagen, wären ihr schlechtes Gewissen gewesen, doch heute wusste sie es besser: Sie hatte etwas damit bezweckt.

„Ich nehme an, du spielst auf meine Offenbarung über das Schicksal deiner Mutter an?" Stumm nickte Bobby und beobachtete Margret dabei, wie diese sich ans Fenster stellte. „Azrael war dir gegenüber misstrauisch. Er erwähnte bei deinem Vater, dass er einen Funken in dir wahrnähme, der ihm nicht gefallen würde, und forderte ihn auf, deine Loyalität zu prüfen. Also tat er es, und du scheitertest kläglich."

Es war seltsam, doch weder verspürte Bobby Zorn noch Scham noch Hass. Alles, was sie in diesem Moment mit absoluter Sicherheit begriff, war, dass sie das Ritual, das ihr bevorstand, nicht fürchten musste.

Es gab an diesem Ort, vor allem, da Zane nicht anwesend war, nichts mehr für sie. Keine Versuchung, kein Bedauern, keine alte Schuld. Luzifer und seine Anhänger hatten keine Macht mehr über sie, und das würde er nur allzu bald zu spüren bekommen, wenn ihr Vater erfolglos versuchen würde, sie zu bekehren.

Und wenn es das Letzte war, was sie täte: Sie würde weder Alexander Maaron noch Azrael die Genugtuung geben, sie zurückzugewinnen.

Einen Tag nach seinem Erwachen saß Gabriel in dem kleinen Klostergarten, in dem Bobby und er sich das erste Mal geküsst hatten, tief in Gedanken versunken.

Noch immer hatte er keinen Plan. Noch immer wusste er nicht, wie und wann er Bobby retten konnte. Zum ersten Mal in seiner langen Existenz fühlte er sich hilf- und ratlos. Zu behaupten, dass er frustriert war, wäre die Untertreibung des Jahrhunderts gewesen.

Das Einzige, was ihm ein wenig Ruhe verschaffte, war die Gewissheit, dass Bobby keine Folter erwarten würde. Alexander Maroons Methoden waren gänzlich anderer Art: subtile Einflussnahme. Gabriel war sich allerdings sicher, dass Bobbys Vater die Willensstärke seiner Tochter unterschätzte, was ihm Zeit verschaffte.

Die Nutzung der Katakomben unterhalb der Stadt war ihre beste Option, doch immer und immer wieder stießen sie auf dieselben Hindernisse: Unter Maroons Hoheitsgebiet wimmelte es nur so von Mutanten aller Art. Selbst wenn sie diese umgehen konnten, gälte es noch, unbemerkt in das Gebäude einzudringen: eine schiere Unmöglichkeit.

Gabriel fuhr sich gereizt mit den Fingern durchs Haar. Vielleicht wäre es tatsächlich das Beste gewesen, er hätte sich gleich nach seinem Erwachen auf den Weg gemacht und einfach zu Bobby durchgekämpft, ungeachtet der Konsequenzen.

Es war Clair gewesen, die ihn davon abgehalten und ihm auf ihre unverblümte Art ins Gewissen geredet hatte. Natürlich wusste er, dass sie recht hatte, doch je länger er untätig blieb, umso mehr bereute er, dass er sich hatte überreden lassen.

Er hob seinen Kopf, als Lucy und Nathaniel aus der Krankenstation herauskamen und das Mädchen auf ihn zueilte. „Wir müssen ihn endlich losmachen", rief sie und baute sich vor ihm auf. „Es kann nicht gesund sein, ihn weiterhin angekettet zu lassen. Und er kann uns sicherlich helfen, Bobby herauszuholen."

Kurz kreuzten sich Nathaniels und Gabriels Blicke. Sie hatten darüber bereits mehrere Male unter vier Augen oder auch in Anwesenheit von Duncan gesprochen, doch waren letzten Endes stets zu demselben Schluss gekommen: Selbst wenn Zane ihnen Informationen geben würde, wie in Alexander Maroons Anwesen einzudringen war, konnten sie ihm nicht trauen. Dass Bobbys Bruder sie in eine Falle lockte, war wahrscheinlicher als ein plötzliches Wiederentdecken seiner Geschwisterliebe. Jahre der Ausbildung als getreuer Anhänger Luzifers konnten nicht in einigen Tagen ausgelöscht werden, ganz gleich, was Lucy hoffen mochte.

„Er wird erst dann losgemacht, wenn Bobby wieder bei uns ist, Lucy", antwortete er und hielt ihren Blick. „Konntest du inzwischen Kontakt mit ihr aufnehmen?"

Weiterhin bestand Lucys Antwort aus einem bedauernden Kopfschütteln. „Nein. Irgendetwas schirmt mich von ihr ab. Je näher ich mich dem Ort im Traum nähere", sie verzog das Gesicht, „umso verworrener und widerwärtiger wird alles. Ich nehme an, es ist Luzifers Macht."

Nachdenklich musterte Gabriel sie. „Wie kam es dann dazu, dass du Zane erreichen konntest?"

„Er war nicht in der Stadt, sondern zum Überlebenstraining im Hinterland", antwortete sie und erklärte damit, weshalb Bobbys Bruder die vergangenen Wochen nicht auffindbar gewesen war. „Ich glaube, danach ist er nicht sofort zurückgekehrt, weil er dachte, er würde verrückt werden", fügte sie hinzu und schnaubte empört. „Als ob ich ihm etwas Böses wollte! Er wächst umgeben von dämonischen Kräften auf und hält mich für eine Gefahr?"

Gabriel unterdrückte ein Lächeln. „Und dann?"

Ihr Blick veränderte sich „Plötzlich war er weg", murmelte sie leise. „Irgendwie hat er sich selbst beigebracht, mich auszuschließen."

Zum ersten Mal mischte Nathaniel sich ein. „Zumindest in dieser Hinsicht ist er schlauer als du! Und was die Handschellen angeht: Sie bleiben dran." Erneut wollte sie auffahren, doch er stoppte sie, indem er ihr seine Hand auf die Schulter legte. „Ich weiß, dass es dir schwerfällt, aber wir können ihn nicht hier herumlaufen lassen."

Sie wirkte nicht überzeugt, nickte dann allerdings und stapfte davon.

Stille kehrte zwischen Nathaniel und ihm ein.

„Ich werde nicht länger warten", sagte Gabriel. „Ich erwarte allerdings nicht, dass ihr mich begleitet, wenn die Erfolgsaussichten so gering sind."

„Du meinst wohl eher nicht existent", kam die kühle Erwiderung. „Was, wenn dein Gott nicht möchte, dass Bobby und du glücklich miteinander in den Sonnenuntergang reitet?"

Früher hätte seine Antwort wohl darin bestanden, dass es dann Sein Wille sei und er diesen akzeptieren müsse. Nun allerdings machte allein der Gedanke ihn wütend, verzweifelt und rebellisch.

Leise lachte Nathaniel in sich hinein. „Weiber. Machen nichts als Ärger." Nachdenklich musterte er Gabriel und fügte hinzu: „Bist du sicher, dass du das hinkriegst? Immerhin war die kleine Mixtur, die sie dir verabreicht haben, nicht ohne. Du siehst noch immer ziemlich scheiße aus."

Gabriel verzog keine Miene. „Ich bin fast wieder im Vollbesitz meiner Kräfte."

Nathaniels Lächeln wurde gefährlich. „Gut zu wissen, dass mein Blut dich so aus der Bahn werfen kann."

Kalter Zorn erfasste Gabriel, doch er ließ sich nichts anmerken. Stattdessen fragte er: „Muss ich damit rechnen, dass sie mehr davon haben?"

Nathaniel schüttelte den Kopf. „Ich habe mir nur einmal Blut abnehmen lassen, da war ich jung und unerfahren. Danach nie wieder. Man muss schon ein Narr sein, wenn man Morgana irgendetwas von sich in die Hände bekommen lässt. Sie ist eine Hexe, und das wortwörtlich." Etwas änderte sich im Blick des Nephils, als dieser Gabriel wieder ansah. „Wenn es also keine weiteren meiner Art gibt, dann solltest du nicht Gefahr laufen, etwas dergleichen in absehbarer Zeit noch mal zu erleben. Und du solltest am besten wissen, wen du in den letzten Jahrhunderten als Gottes Richter ungebremst zur Erde hinabgeschickt hast."

Gabriel erstarrte und rechnete mit einem sofortigen Angriff, der allerdings ausblieb. Mehr als einmal hatte er sich gefragt, wann Nathaniel begreifen würde, wer er wirklich war. Niemand an diesem Ort machte einen Hehl daraus, und obgleich der Nephil das Kloster nur selten aufgesucht hatte, war es nur eine Frage der Zeit gewesen, bis er es aufschnappte.

„Hältst du mich für einen Narren, Gabriel?", fuhr Nathaniel fort. „Glaubst du wirklich, ich wüsste nicht, wer du bist, wenn es in diesem Gebäude die Spatzen von den Dächern pfeifen?"

Gabriel, weiterhin angespannt und zum Kampf bereit, schüttelte den Kopf. „Ich halte dich für einiges, Nathaniel, doch nicht für einen Narren."

„Dann sag mir: Wie erklärst du dir die Tatsache, dass du in einem Stück vor mir stehst, obwohl du meinen Vater seiner Flügel beraubt hast?"

Gabriel hielt Nathaniels Blick, erwiderte allerdings nichts. Die Wahrheit war: Er hatte keine Ahnung, was er von dessen Reaktion halten sollte.

„Der Grund ist ein ganz einfacher, Erzengel: Wenn du ihm nicht seiner Flügel beraubt hättest, wäre ich der Erste gewesen, der es getan hätte."

Gabriels Ausgenbrauen schossen in die Höhe.

Nathaniel lachte harsch. „Mein Vater war ein Feigling und ein Schwächling. Sein Leben lang hat er über die himmlischen Regeln gejammert und seine Launen an meiner Mutter und mir ausgelassen. Der Verlust seiner Flügel machte es nicht besser, ganz im Gegenteil. Wir waren ihm ausgeliefert." Sein Lächeln wurde gefährlich. „Zumindest, bis ich alt genug war und ihn auffordern konnte, zu gehen."

Gabriel nickte, als eine kurze Erinnerung daran zurückkehrte, wie unberechenbar und launisch Rumiel in seinen letzten Tagen und Wochen als Engel gewesen war.

„Aber genug davon", endete Nathaniel, offensichtlich nicht gewillt, noch mehr von sich zu offenbaren. „Es wird Zeit, dass wir dein Liebchen zurückholen, Erzengel."

„Sie ist nicht mein Liebchen", antwortete Gabriel automatisch und fügte misstrauisch hinzu: „Was verlangst du als Gegenleistung?"

Der Nephil zuckte mit den Achseln. „Je eher sie zurück ist, desto eher wird ihr kleiner Bruder hier verschwunden sein, und wenn auch nur aus Trotz. Das ist mir Gegenleistung genug."

„Du hast mir also verraten, was mit meiner Mutter geschehen ist, weil Azrael meine Reaktion testen wollte?" Die Worte verließen Bobbys Lippen ohne den Hauch einer Emotion.

„Das ist korrekt", erwiderte Margret. „Und wie ich bereits gesagt habe: Du hast versagt."

„Halleluja!", rief Bobby und warf die Arme in die Höhe. „Ich habe versagt, weil ich bedaure, dass mein Vater meine eigene Mutter hat töten lassen, um mir eine Seele vorzuenthalten. Herr im Himmel, wie konnte ich nur?"

Zum ersten Mal in ihrem Leben erlebte Bobby ihre Gouvernante sprachlos. Als diese sich wieder gefangen hatte, wechselte sie kurzerhand das Thema und sagte: „Dein Vater will dich beim Mittagessen sehen. Mach dich zurecht."

Bobby schnaubte. Einen Scheiß würde sie tun. Die ganzen letzten Tage hatte sie gute Miene zum bösen Spiel gemacht, wusste inzwischen jedoch, dass sie einfach nicht dafür geschaffen war und man es ihr ohnehin nicht abgekauft hatte.

Sie schenkte Margret ihr süßestes Lächeln und sagte: „Verlass mein Zimmer. Und komm niemals wieder ohne meine Erlaubnis herein. Haben wir uns verstanden?"

Eine gezupfte Augenbraue hob sich verärgert, dann verließ Margret mit den Worten „Lass ihn nicht warten, Roberta" den Raum.

Das hatte sie nicht vor. Es war an der Zeit, Klartext zu reden.

Schnell sprang sie unter die Dusche, schlüpfte in die legersten Kleidungsstücke, die sie finden konnte, band ihr Haar im Nacken zusammen und machte sich auf den Weg nach unten. Ihr Vater erwartete sie im Esszimmer, diesmal ohne Damian.

„Wo hast du deinen Schoßhund gelassen?", fragte sie und ließ sich ihm gegenüber nieder.

Alexander Maaron legte das Tablet ab, das er in der Hand gehalten hatte, und erwiderte ungerührt ihren Blick. „Damian hat Geschäftliches für mich zu erledigen."

Bobby griff nach dem Brot, das soeben bereitgestellt wurde, und riss ein Stück ab, um es sich in den Mund zu stopfen. Sie hatte Hunger. Abgesehen davon musste sie bei Kräften bleiben, wenn sie verschwinden wollte.

„Etwas Geschäftliches? Übernimmt er jetzt die Auftragsmorde für dich, nachdem Zane weg ist?"

Ihr Vater seufzte gelangweilt. „Damian setze ich für weitaus wichtigere Aufgaben ein, Liebes. Das solltest du doch wissen."

Zorn und Wut brausten in ihr auf und drohten, sich Bahn zu brechen. Nichts davon würde ihren Vater beeindrucken. Nicht, dass ihr seine Meinung wichtig gewesen wäre, sie wollte allerdings, dass er ihr ein erstes und letztes Mal in seinem Leben *wirklich* zuhörte.

Also sagte sie: „Bitte höre mich an." Damit hatte sie – wie nicht anders erwartet – seine ungetrübte Aufmerksamkeit. Lange hielt sie seinen Blick und konnte sich an keinen einzigen Augenblick in ihrem Leben erinnern, in dem er wie ein Vater gewesen wäre: liebevoll, verständig, stolz. Er war einfach ein durch und durch schlechter Mensch. „Wenn du mich an dem Ritual teilnehmen lässt, werde ich sterben", ließ sie ihn schlicht und einfach wissen. „Ihr werdet mich nicht zurückgewinnen können. Ich nehme an, dass ein Teil von dir sich dessen bewusst ist, doch ich will dir noch einmal sagen, was die Gründe dafür sind." Sie sprach wie zu einem kleinen Kind und tat es bewusst so. „Ich werde sterben, weil es nichts gibt, mit dem Luzifer mich in Versuchung führen kann. Ich werde sterben, weil ich mit allem, was in mir ist, gegen ihn kämpfen werde. Und es ist viel, Vater, so viel mehr, als du auch nur erahnst. Du magst geglaubt haben, mir eine Seele vorenthalten zu können, doch es ist dir nicht gelungen. Es mag nicht diejenige sein, die Mutter für mich verdient hat, auch mag sie nicht vollständig sein, doch sie ist da. Und sie wird vielleicht nicht meinen Körper, aber mich bewahren."

Ihr Vater hatte ihre gesamte Rede über keine Miene verzogen. Als er schließlich sprach, klang seine Stimme bedauernd. „Wenn das der Fall sein sollte, Tochter, dann bedaure ich deinen Verlust umso mehr. Damian hat recht: Welch eine Kraft in dir wohnt! Wenn du sie doch nur für das Richtige und Wahre einsetzen würdest."

Sie setzte an, ihm begreiflich zu machen, dass sie genau das tat, auch wenn sie wusste, wie ausweglos ein solcher Versuch sein würde. Ihre Worte wurden allerdings von seinem Butler unterbrochen, der in diesem Moment den Raum betrat und sagte: „Captain Reagan möchte Sie sprechen, Sir. Ich habe ihr gesagt, dass Sie zu

Tisch sind, doch sie besteht auf ein Treffen."

Das Besteck ihres Vaters knallte auf den Teller und offenbarte seinen Unmut. „Eines muss man der Frau lassen: Sie hat Mut. Oder ist einfach nur dreist." Seinen Blick wieder auf den Butler richtend, fügte er hinzu: „Sie soll eintreten."

„Sie ist in Begleitung eines Psych, Sir."

Ihr Vater zuckte mit den Achseln. „Und wenn sie eine ganze Armee dabei hätte: Lass sie eintreten."

Langsam legte auch Bobby ihr Besteck ab und atmete tief durch. Bei der einmaligen Begegnung mit Captain Reagan hatte sie das Gefühl gehabt, diese sei so furchtlos wie mutig. Allerdings wusste sie auch um die fragilen Machtverhältnisse dieser Welt und würde sich sicherlich nicht mit Alexander Maaron auf seinem eigenen Grund und Boden anlegen. Das wäre nicht nur dumm, sondern fahrlässig.

Die kleine Frau trug wie bei ihrer letzten Begegnung einen dunkelblauen Blazer und betrat ohne zu zögern den Raum. Der Psych erschien kurz nach ihr, zog sich sogleich neben die Eingangstür zurück und taxierte den Raum sowie Bobby und ihren Vater. Kurz glitt sein Blick über die Leibwache ihres Vaters, die sich im Schatten auf der anderen Seite des Raumes platziert hatte, und legte sich dann wieder auf den Hausherren.

„Captain Reagan", begrüßte Alexander seine Besucherin, ging um den Tisch herum und reichte ihr seine Hand. „Gibt es Neuigkeiten von meinem Sohn? Ich möchte nicht umsonst zu Ihnen gekommen sein und Sie um Ihre Mithilfe gebeten haben."

Bobby hob eine Augenbraue. Ihr Vater hatte das Korps um Hilfe gebeten?

Ihr Blick glitt zu Reagan, die seine Hand entgegennahm und drückte. Offensichtlich hatte diese die politischen Spielchen innerhalb der Stadt gut unter Kontrolle, denn früher hätte ihr Vater sich nicht davon abhalten lassen, einfach selbst seine Männer loszuschicken, um Zane zurückzuholen.

„Er befindet sich nach wie vor in Sankt Clairs", erwiderte Reagan. „Oberin Clair hat mir zugesichert, dass er sich frei bewegen kann, sobald er wieder gesund ist. Sollte er also nach Hause kommen wollen, wird er es tun und von uns nicht aufgehalten werden."

Ihr Vater schenkte der kleinen Frau ein falsches Lächeln. „Ich verstehe. Und weshalb sind Sie dann hier, Captain, wenn nicht, um mir meinen Jungen zurückzubringen?"

Zum ersten Mal seit ihrem Eintreffen sah Reagan Bobby an. „Wegen Ihrer Tochter."

Bobbys Herz machte einen unfreiwilligen Sprung. Vielleicht würde Reagan doch etwas ausrichten können?

„Ah, meine Tochter!" Auch ihr Vater sah sie nun wieder an. „Ist es nicht schön, dass sie endlich nach Hause zurückgefunden hat?"

„Nun, wenn sie es denn *freiwillig* getan hat, dann schon", war alles, was Reagan erwiderte.

Alexanders Hände legten sich in falscher Betroffenheit über sein Herz. „Sie wollen mir doch wohl nicht unterstellen, ich hätte sie dazu gezwungen?"

Ohne ihrem Vater weiter Beachtung zu schenken, drehte Reagan sich zu Bobby um und fragte: „Werden Sie an diesem Ort gegen Ihren Willen gefangen gehalten, Miss Maaron?"

Ihr Vater hatte recht: Diese Frau hatte Mut. Für einen kurzen Augenblick wollte Bobby einfach nur die Wahrheit sagen, um wieder nach Hause zurückzukehren. Sie wusste allerdings, dass Azrael und ihr Vater dafür Rache üben würden. Aller Wahrscheinlichkeit nach an Unschuldigen.

Ihr Blick schoss zu dem Psych, der schweigend neben der Tür verharrte. Was bezweckte Reagan damit? Sie musste doch wissen, was geschehen würde, wenn sie Bobby mitnehmen würde, sollte ihr Vater es überhaupt erlauben.

Es geht ihr ums Prinzip, erklang die dunkle Stimme des Psych in ihrem Kopf. *Sie hat die Leitung eines verdorbenen Konstruktes übernommen und versucht, es wieder zu reinigen.*

Aber das ist Wahnsinn, erwiderte Bobby in Gedanken.

Ja, pflichtete er ihr bei. *Sie wird lernen, dass sie nicht bereit ist, die Last dessen zu tragen, was ihre guten Taten in einer schlechten Welt heraufbeschwören können.*

Allerdings nicht heute. Und so antwortete Bobby: „Nein, Captain. Ich bin freiwillig zurückgekommen."

Reagans Blick wirkte bedauernd. „Ich verstehe." Sich wieder an ihren Vater wendend, fügte sie hinzu: „Entschuldigen Sie die Störung, Mr. Maaron. Ich mache lediglich meinen Job."

„Aber natürlich, Captain", erwiderte er und entließ die kleine Frau mit einer Handbewegung in Richtung Tür.

Droht Ihnen Gefahr?, erklang die Stimme des Psych in Bobbys Kopf, während er Reagan aus dem Raum folgte.

Sie zögerte und sagte dann schlicht und einfach: *Ja.*

Wie viel Zeit haben Sie noch?

Kurz schloss sie die Augen und rang die Angst tief in sich nieder. Dann sagte sie ihm, was sie von Damian wusste: *Morgen Abend bei Sonnenuntergang, in der Schwarzen Kathedrale, kann ich eine genaue Antwort auf diese Frage geben. Oder gar keine mehr.*

Sie wusste nicht, ob er sie gehört hatte, da sie keine Antwort mehr erhielt. Auch wusste sie nicht, weshalb er sie gefragt hatte, denn er würde ihr sicherlich noch sehr viel weniger helfen können – und wollen – als Reagan.

So oder so: Ihre Zeit lief ab.

Kapitel 18

Gabriel hatte zum Kriegsrat geladen. So zumindest hatte Duncan es bezeichnet, als er vor wenigen Minuten den Trainingsraum betreten hatte. Und der Söldner hatte recht: Gabe hatte die anderen deshalb gebeten zu kommen, damit sie entschieden, wie weiter vorzugehen war.

Er wusste, dass er Nathaniels Unterstützung hatte, und Duncans Gesichtsausdruck zufolge auch die des Söldners. Leider änderte das nicht wirklich etwas an der Tatsache, dass ihre beste Idee zu Bobbys Befreiung diejenige war, in die Kanalisation hinabzusteigen und sich zu ihr durchzukämpfen. Soeben rollte Duncan einen Plan der Stadt aus, auf dem Alexander Maarons Anwesen sowie die Grenze zwischen Raphaels und Azraels Einzugsgebiet und die Zugänge zur Kanalisation markiert waren.

„Das wird kein Zuckerschlecken", murmelte der Söldner. „Wir müssen uns ein ganzes Stück durch den Untergrund kämpfen und dann den Weg freisprengen. Ich habe Sprengstoff besorgt."

„Das ist euer Plan?", fragte Laura, die neben Lucy auf der Matte saß. „Das ist Wahnsinn!"

„Hast du eine bessere Idee?", knurrte Nathaniel.

„Ja!", mischte Lucy sich ein. „Wir fragen Zane und bitten ihn um Hilfe."

„Lucy, wir hatten das Thema doch schon." Gabriel seufzte. „Zane ist nicht zu trauen, ganz gleich, was du in ihm sehen magst."

„Sire?"

Sein Blick richtete sich auf Cristina, die in aufrechter Haltung neben der Eingangstür stand.

„Auch wenn ich nicht fliegen kann, so kann ich doch kämpfen. Bitte erlaubt mir, Euch zu begleiten."

Milde musterte er die junge Botin und entgegnete: „Wir brauchen dich hier, Cristina. Du wirst genügend damit zu tun haben, Lucy und Zane im Auge zu behalten."

„Und Laura", fügte Nathaniel hinzu.

„Wie bitte?" Lauras Kopf flog hoch. „Du glaubst doch wohl nicht, dass ich hierbleibe und Däumchen drehe, während ihr Bobby rettet?"

Nathaniel musterte sie ungerührt. „Genau das denke ich. Du würdest uns nur im Weg rumstehen. Schon vergessen: Du bist keine Kämpferin!"

Lauras Augen wurden schmal. Sie erhob sich langsam und trat auf den Nephil zu. „Vielleicht weißt du es noch nicht, aber mein Blut ist hochgiftig, Nathaniel."

„Was uns nur dann hilft, wenn es bereits zu spät für dich ist."

„Und das willst du verhindern?", hakte Laura nach.

Plötzlich herrschte angespanntes Schweigen zwischen den beiden, dann erwiderte der Nephil: „Alles, was ich will, ist, dass diese Mission eine Chance auf Erfolg hat." Ohne auf ihre Antwort zu warten, wandte er sich Cristina zu: „Mir wäre sehr daran gelegen, dass meine Pflegetochter uns mit Laura zusammen nicht wieder folgt, um zu *helfen*, Succubus. Kriegst du das hin?"

Cristinas Lippen hatten sich bei den Worten des Nephils leicht aufeinandergepresst, ansonsten zeigte sie jedoch keine Regung. „Natürlich."

Laura warf die Arme hoch. „Das ist einfach unglaublich." Sie verstummte, da sich die Tür zur Trainingshalle in diesem Moment öffnete.

Der Psych trat ein, begleitet von Clair und Nikolai.

Gabriels Augen wurden schmal. „Was will er hier? Ich werde nicht erlauben, dass er Zane mitnimmt!"

Clair lachte leise in sich hinein. „Natürlich nicht, Gabriel. Das ist auch nicht der Grund, weshalb er hier ist. Ich schlage vor, dass du dir anhörst, was er zu sagen hat."

Gabriels Augen richteten sich auf den Psych, der seinen Blick gelassen erwiderte. Wie immer hatte er die Hände auf seinen Rücken gelegt.

„Ich höre?", zwang sich Gabriel zu sagen und sah aus dem Augenwinkel, wie sich Duncan und Nathaniel um Jace herumpositionierten. Diesem waren die Bewegungen sicherlich nicht entgangen, doch er ließ sich nichts anmerken.

„Ich bin hier, um Sie dabei zu unterstützen, Roberta Maaron zu befreien."

„Wie bitte?" Das kam von Duncan. „Raphaels Ansage ist klar gewesen, und ich bin mir sehr sicher, dass er damit auch direkt zu deiner Chefin geflogen ist."

„Captain Reagan lässt sich von niemandem Befehle erteilen, auch nicht von einem Erzengel", lautete die Antwort. „Allerdings bin ich nicht im Auftrag des Korps hier. Meine Beteiligung an diesem Unternehmen ist ganz allein meine Entscheidung."

„Weshalb?", verlangte nun auch Gabriel zu wissen.

Graue Augen begegneten seinen. „Ich bin Roberta heute im Haus ihres Vaters begegnet. Sie behauptet, sie sei freiwillig dort, doch ich vermute, dass sie es nur sagt, um eine Eskalation zu vermeiden. Ich weiß aus sicherer Quelle, dass wir schnell handeln müssen."

„Das ist keine Antwort auf meine Frage: Weshalb widersetzt du dich dem direkten Befehl eines Erzengels und wahrscheinlich auch deiner eigenen Vorgesetzten?"

Für einen langen Moment schwieg der Psych, und Gabriel war sich nicht sicher, ob er eine Antwort erhalten würde. Als dieser schließlich wieder sprach, hatte er fast nicht mehr damit gerechnet.

„Roberta Maaron kann zu einem Symbol in unserem Kampf werden. Sie kann beweisen, dass man eine Seele wachsen lassen kann. Sie ist in der Lage, für ihren Bruder eine Seele zu verdienen. Ihre Geschichte kann jene beflügeln, die sie mitverfolgen dürfen." Der Psych hob die Schultern in einer vagen Geste, so, als wisse er die Worte auszusprechen, doch könne sie nicht wirklich und wahrhaftig verstehen. „Ich habe menschliche Empfindungen mein Leben lang studiert und weiß, dass Hoffnung der Antrieb ist, der Menschen zu ihren besten Taten beflügelt. Es wäre unter den gegebenen Umständen ausgesprochen unlogisch, Roberta aufzugeben, wenn sie solch positive Emotionen inspirieren kann. Aus diesem Grund ist meine Einmischung das Risiko wert."

Absolute Stille folgte diesen kühlen und durch und durch logischen Worten. Soeben waren das Leben und die Seele der Frau, die sie alle zusammengeführt und auf die eine oder andere Weise berührt hatte, kühl analysiert und als rettenswert deklariert worden.

Tief in Gabriel stritten Zorn und Stolz miteinander, der Psych ließ ihm jedoch keine Zeit, sich zu entscheiden, welches Gefühl obsiegte. Stattdessen holte er einen Plan unter seinem dunklen Mantel hervor und rollte ihn über Duncans aus. Was Gabriel darauf sah, ließ sein Herz erstarren und seine Hoffnung schwinden.

Duncan sprach aus, was er dachte. „O Scheiße!"

Die Reaktion des Psych war weniger dramatisch. „Ich nehme an, dass Sie geplant haben, sich Maarons Anwesen durch die Kanalisation zu nähern. Wie Sie diesen Infrarotaufnahmen entnehmen können, wäre das zum Scheitern verurteilt. Direkt unter dem Anwesen gibt es ein ganzes Nest der Mutanten."

Noch immer starrte Gabriel auf den Plan. Die kränklich rot-grüne Färbung der Hunderten von Gestalten war als nichts anderes zu interpretieren.

„Hier mein Vorschlag: Ms. Tiernan", der Psych wies auf Laura, „wird uns einige ihrer Korpspferde zur Verfügung stellen, die bei ihr in der Ausbildung sind. Mit ihnen werden wir den Fluss überqueren und am Rande der Outlands bis zu diesem Ort reiten." Er deutete auf einen dunkel gefärbten Punkt.

„Die Schwarze Kathedrale", hörte Gabriel Nathaniel sagen. „Was wollen wir dort?"

„Robertas Eskorte abfangen", erwiderte der Psych ungerührt. „Morgen Abend wird sie dorthin gebracht. Weshalb, können Sie wahrscheinlich besser beantworten als ich."

Gabriels Blick schoss zu Nathaniel. Natürlich wusste er von diesem Luzifer geweihten Ort. Als er ein Engel gewesen war, hatte selbst das Darüber-hinweg-Fliegen ein Problem dargestellt.

Der Blick des Nephils wirkte nachdenklich. „Sie würden Bobby nur aus einem Grund dorthin bringen: Um sie Luzifer zu weihen."

„Aber ist sie das nicht bereits?", fragte Laura stirnrunzelnd nach.

„Nicht vollständig", erklärte Nathaniel. „Das erste Zeichen der Weihe erhält man als Teenager. Das zweite dann, wenn man sich in den folgenden Jahren als würdig erwiesen hat."

Duncan schnaubte. „Da muss Bobbys altem Herrn die letzten vier Jahre über wohl was entgangen sein."

„Er will sie zwingen", erwiderte Gabriel. „Weil er denkt, dass sie irrgeleitet ist und sich lieber Luzifers Einflüsterungen beugen wird, als bei der Weihe zu sterben." Sein Blick richtete sich auf den Psych. „Wir haben keine Zeit zu verlieren!"

„Das ist korrekt", erwiderte dieser. „Und der Grund, weshalb ich hier bin.

Bobby machte in ihrer vielleicht letzten Nacht auf Erden kein Auge zu. Stattdessen wälzte sie sich in ihrem Bett hin und her oder tigerte schlaf- und rastlos auf und ab. Am nächsten Morgen war sie erschöpft, verzweifelt und um einen Entschluss reicher: Sie würde versuchen, abzuhauen, komme was wolle.

Natürlich wusste sie, dass sie es nicht hier tun konnte, dafür war das Anwesen viel zu gut bewacht. Die Fahrt zur Schwarzen Kathedrale war ihre einzige Chance.

So weit, so gut. Ohne Waffe würde sie allerdings herzlich wenig ausrichten können, und verständlicherweise standen diese nicht auf den Gängen herum. Es gab jedoch einen Ort, den ihr Vater sicherlich nicht kontrolliert hatte, weil er seine Kinder unterschätzte.

Die Sonne ging gerade auf, als sie in ihren Trainingsanzug schlüpfte und den Raum verließ. Eine der Kameras, die im Gang angebracht waren, schwenkte in ihre Richtung, blinkte rot und drehte wieder ab.

Sie hatte nicht viel Zeit, denn schon bald würde jemand überprüfen, ob sie auch wirklich den Trainingsraum am Ende des Flures aufsuchte, wie es ihre Kleidung andeutete. Also ging sie schnell den Gang entlang und schlüpfte in Zanes Zimmer, das sich – welch Zufall – auf ihrem Weg befand.

Wie angewurzelt blieb sie im Türrahmen stehen. Vor vier Jahren hatten sich zumindest noch Anzeichen dafür vorfinden lassen, dass ein Junge den Raum bewohnte: Ein Science-Fiction Plakat mit Raumschiff an der Wand und Unordnung auf dem Boden. Nun jedoch blickte sie in ein Zimmer, in dem keinerlei persönliche Gegenstände vorhanden waren und das auf beinah sterile Art und Weise sauber und ordentlich war. Weder strahlte es Wärme noch ein Gefühl von Persönlichkeit aus. Stattdessen offenbarte ihr der Raum einen Blick in die Seele ihres Bruders, der erschreckend war.

Sie löste sich aus ihrer Starre und bewegte sie sich vorwärts. Dabei murmelte sie: „Ich hole dich zurück, Zane. Ich schwöre es." Dann besann sie sich auf den Grund, aus dem sie hier war, und durchsuchte sein Bett.

Ihr Bruder war zu einem Meuchelmörder ausgebildet worden, und sie wusste aus eigener Erfahrung mit den Männern ihres Vaters, wie groß deren Paranoia war. Ganz gleich, welche telekinetischen Fähigkeiten er haben mochte: Um sich zu verteidigen, würde Zane nicht auf eine Waffe verzichten, die beim Schlafen griffbereit war. Selbst dann nicht, wenn ihr Vater die klare Regel erlassen hatte, dass nur seine eigenen Wachen im Haus bewaffnet sein durften.

Lass mich recht haben, Zane, plädierte sie innerlich, während sie unter dem Bett umhertastete. *Sei der kleine Rebell, den ich in dir sehe. Und bitte, bitte ... hab die Waffe nicht mitgenommen.*

Ihre Finger strichen über kühles Metall und Leder. Mit einem triumphierenden Laut zog sie die schmale Klinge hervor, die an einer ledernen Armschiene befestigt war.

Perfekt! So, als hätte er gewusst, dass sie kommen und danach suchen würde.

Schnell verließ sie das Zimmer und schlüpfte in den Trainingsraum. Als sie gerade voller Inbrunst auf den Boxsack einprügelte, betrat Damian den Raum.

„Du bist gut", sagte er.

Mit einem Rundumtritt ließ sie den Sack zurückschwingen und erwiderte süßlich: „Ich habe die letzten vier Jahre keine Däumchen gedreht." *Was du noch zu spüren bekommen wirst, du arrogantes Arschloch.*

Ganz gleich, was er sagen mochte: Weder ihr Vater noch er begriffen wirklich, wozu sie in der Lage war, hatten beide doch weiterhin das Bild der kleinen, eitlen Prinzessin im Kopf.

Den Rest des Tages verbrachte Bobby auf ihrem Zimmer und verweigerte sich dem Mittagessen. Ihr Vater ließ sie – großzügig, wie er war – gewähren und kommentierte ihre Worte, sie würde auf ihre Henkersmahlzeit verzichten, lediglich mit einer hochgezogenen Augenbraue.

Sie machten sich auf den Weg, als die Sonne am Horizont versank. Bobby saß neben Damian auf dem Rücksitz einer Limousine und hatte die Hände in ihrem Schoss vergraben, um ihr Zittern zu verbergen. Die Wahrscheinlichkeit, dass dies ihr letzter Abend auf Erden sein würde, war groß: entweder starb sie bei dem Ritual oder bei einem missglückten Fluchtversuch. Und ganz gleich, wie sehr sie sich einzureden versuchte, ihr Tod sei besser als ihre Seele aufzugeben: Sie hatte Angst.

Genau genommen ging ihr der Arsch auf Grundeis.

„Du siehst hübsch aus, Roberta", bemerkte Damian neben ihr.

Sie schloss ihre Augen und fragte sich, wie sie diesen Mann jemals in ihr Bett hatte lassen können. Es war mehr als offensichtlich, dass er ihre Angst und Panik genoss; wahrscheinlich machte ihn beides sogar an.

„Danke", zwang sie sich zu erwidern und gab ihm nicht die Genugtuung, sich über seine Worte aufzuregen. „Ich dachte, du freust dich, mich in dem Kleid zu sehen. Es ist von dir."

Leise lachte er in sich hinein, während sie wieder aus dem Fenster blickte.

Sie hatte das Kleid mit aller Verachtung getragen, die sie empfand, als sie eine halbe Stunde zuvor die Treppe hinuntergeschritten und auf ihren Vater und Damian zugegangen war. Keiner der beiden hatte Verdacht geschöpft oder sie durchsuchen lassen. Das Messer samt Armschiene versteckte sie unter dem dazugehörigen Bolero-Jäckchen.

Als die Brücke vor ihnen auftauchte, die sie über den Fluss in die Outlands bringen würde, zwang sie sich, ihre Haltung nicht zu ändern. Soeben fuhr die Limousine ihres Vaters darüber. Er hielt an dem Brauch fest, dass Damian und er in getrennten Autos reisten, und sie kannte den altmodischen und doch so bezeichnenden Grund dafür: um sein Erbe zu sichern, für den Fall, dass ihm etwas zustoßen sollte.

Unter den Rädern des Wagens begann sich die Oberfläche zu ändern, als auch sie auf die Brücke fuhren und die Steigung zunahm.

Bobbys Puls beschleunigte sich, und ihr Blick glitt über die verrottete Brüstung, die die Fahrbahn von dem darunterliegenden Wasser trennte. *Zu hoch*, schrie ein Teil von ihr, *es ist zu hoch* ... Und doch hatte sie keine Wahl.

Damian und sie bewegten sich gleichzeitig, und sie begriff sofort, dass sie ihn unterschätzt hatte. Adrenalin und Panik schossen durch ihren Körper, als sie auf dem engen Raum der Limousine aufeinanderprallten und sich ihre Gliedmaßen ineinander verhakten. Sie wollte ihm die geballte Faust aufs Kinn krachen lassen, doch er drehte ihren Arm auf ihren Rücken, und sie keuchte vor Schmerz auf. Gleichzeitig gab er ihr dadurch Raum für ihren eigentlichen Angriff, und sie ließ die Klinge hervorgleiten. Ohne zu zögern rammte sie diese in seinen Oberschenkel, zog sie wieder heraus und drückte sie gegen seinen Schoss.

„Sag dem Fahrer, er soll anhalten", zischte sie gegen seinen Mund, der ihrem viel zu nah war. Schmerz, Zorn und Unglaube wüteten in seinem Blick. „Ich tue es, Damian. Ich tue mehr als das, um frei zu sein."

Einige Sekunden lang reagierte er nicht, und sie verstärkte den Druck.

„Halt an", knirschte er und brüllte dann lauter: „Stopp!"

Abrupt kam das Fahrzeug zum Stehen.

„Du kommst keine zehn Meter weit, Roberta", flüsterte er.

Sie wartete nicht darauf, dass er das obligatorische Bösewicht-Gequatsche beendete, sondern riss sich von ihm los, stieß die Tür auf und sprintete auf die Brüstung zu.

Denk nicht nach ... Zögere nicht ...

Sie sprang ... und wusste im nächsten Moment, dass sie recht gehabt hatte: Es war tatsächlich viel zu hoch.

Endlich etwas tun zu können beflügelte Gabriel, wenn auch nicht mehr im wahrsten Sinne des Wortes. Bereits bei Sonnenaufgang stand er in den Startlöchern, da sie für den Ritt zur Schwarzen Kathedrale vermutlich den ganzen Tag benötigen würden. Kurz hatten sie in Erwägung gezogen, sich über Duncan Fahrzeuge zu organisieren, doch das Gelände war viel zu unwegsam und unberechenbar. Hoch zu Ross waren sie besser dran.

Laura lud gerade die ersten Pferde aus einem erstaunlich gut erhaltenen Transporter aus, als er Sankt Clairs verließ. Es waren allesamt Tiere mit hohem Widerrist, starken Muskelbau und braunem Fell. Alle bis auf einen Schimmel.

„Hast du den für Gabriel mitgebracht?", fragte Duncan mit einem Grinsen, während er den weißen Hengst begutachtete. „Ist nicht gerade unauffällig."

Der Psych – Jace – schien dasselbe zu denken, da er wie aus dem Nichts erschien und den Hengst mit kritischem Blick musterte.

Laura verzog das Gesicht. „Er war so nicht geplant, doch manchmal will die Genetik eben nicht so, wie man selbst, denn noch züchte ich auf herkömmliche Art und Weise. Abgesehen davon seid ihr alle ziemlich groß, und ich habe auf die Schnelle nichts anderes im Angebot."

„Wir müssen ihn mit Schlamm einreiben", mischte Nathaniel sich ein und schlüpfte an Gabriel vorbei. „So ist er zu auffällig." Abrupt brach er ab und neigte den Kopf, fixierte Laura. „Was hast du getan?" Seine Frage klang beinahe wie eine Drohung.

Wachsam trat Gabriel vor und heftete seinen Blick auf Lauras Gesicht. Erst jetzt fiel ihm auf, was er zuvor nicht gesehen hatte: Sie war blass und sah mitgenommen aus.

„Was ich tun kann, um euch zu unterstützen, wenn ich euch schon nicht begleiten darf", entgegnete sie kühl. „Ich habe mir Blut abnehmen lassen. Ihr findet es in Ampullen auf dem Beifahrersitz. Ich weiß nicht, ob es potent sein wird, doch zumindest könnte es einige Viecher da draußen in den Outlands ablenken."

Ein dunkler Laut kam über Nathaniels Lippen, doch Laura ignorierte den Nephil und wandte sich stattdessen Gabriel zu.

Ruhig erwiderte er ihren Blick und deutete eine leichte Verbeugung an. „Danke, Laura."

„Bring sie zurück, Gabriel", war alles, was sie erwiderte.

Zu Anfang verlief alles erstaunlich ruhig: Sie verabschiedeten sich und ritten in den Außenbezirk der Stadt, in dem Nathaniel das Sagen hatte. Von dort aus führte sie der Nephil auf Charons Rücken in die Outlands.

Die Probleme fingen an, als die Sonne langsam dem Horizont entgegensank und die Brücke, über die Bobbys Eskorte kommen würde, in der Ferne auftauchte. Weder Gabriel noch Duncan und nicht einmal dem Psych, dem sonst nichts zu entgehen schien, fiel auf, dass etwas nicht stimmte. Erst als Charon und Nathaniel abrupt vor ihnen anhielten und der Nephil die Hand hob, bemerkten sie es auch.

Es war nicht nur Staub und Wind, der aus den Outlands – wie bereits die ganzen Stunden zuvor – auf sie zujagte.

„Chimären!", brüllte Nathaniel und riss Charon zur Seite.

Die Kreaturen bewegten sich so schnell, dass keiner von ihnen sie hatte sehen können. Als sie sich aus Staub und Nebel lösten, waren sie bereits direkt vor ihnen: Sechs katzengleiche Jäger in Charons Größe, mit einer Löwenmähne, einem gewaltigen Gebiss und einem peitschenden, schuppenbedeckten Schwanz.

Sie waren unglaublich schnell. Hinzu kam, dass sie immer wieder mit ihrem Umfeld zu verschmelzen schienen und dann wie aus dem Nichts an einer anderen Stelle wieder auftauchten. Innerhalb von Sekunden wurde Duncans Pferd zu Boden gerissen, und der Söldner konnte sich gerade noch mit einem Sprung in Sicherheit bringen, bevor seinem Wallach mit gewaltigen Pranken der Schädel zertrümmert wurde. Gabriel bewahrte seinen Hengst und sich vor demselben Schicksal, indem er seinen Lichtspeer herbeirief und eines der Wesen damit aufspießte. Währenddessen wehrte der Psych zwei seiner Angreifer mit seinen telekinetischen Kräften ab und Nathaniel ließ Charon freies Spiel.

Schüsse fielen. „Ich könnte hier Hilfe gebrauchen!"

Ohne zu zögern trieb Gabriel seinen Hengst auf Duncans Angreifer zu, allerdings kam er zu spät: Die Chimäre sprang ihn mit weit aufgerissenem Maul an und riss den Söldner zu Boden.

Gabriel fluchte zum ersten Mal in seinem Leben laut und sah sich in Gedanken Bobby bereits erklären, weshalb ihr bester Freund unter seiner Obhut ums Leben gekommen war.

„Friss das, du Scheißvieh!", erklang Duncans gedämpfte Stimme unter seinem Angreifer hervor. Die Chimäre erschauerte, taumelte zurück und begann zu röcheln. Duncan rappelte sich mit einer üblen Fleischwunde an der Schulter und einer von Lauras zerstörten Ampullen in der Hand auf.

Sie hatten ihre Antwort: Lauras Blut war auch außerhalb ihres Körpers potent. Genau genommen *sehr* potent.

In Krämpfen zuckend stürzte die Kreatur zu Boden und verendete elendig. Unglücklicherweise waren die anderen Chimären nicht so dumm, ihren gefallenen Gefährten zu zerfleischen, wie es vor einigen Wochen die Mutanten in den Katakomben getan hatten. Ein Beweis mehr für ihre Intelligenz.

Retten tat es sie letzten Endes dennoch nicht. Gegen einen ehemaligen Erz-Engel, einen Nephil, einen Telekinetiker und einen – wie Bobby sagen würde –

scheißwütenden Söldner konnten auch diese Kreaturen nichts ausrichten. Jeder einzelne von ihnen hatte nach dem Kampf zwar mindestens eine Wunde, doch in Nathaniels und Gabriels Fall heilten diese fast sofort wieder und Jace schloss seine mittels seiner telekinetischen Fähigkeiten und ohne mit der Wimper zu zucken.

„O Mann", knirschte Duncan und brach an einem der Felsen zusammen, eine Hand auf seine zerfetzte Schulter gepresst. „Ihr seid echt Freaks, einer schlimmer als der andere."

„Kannst du ihm helfen?", wandte Nathaniel sich an den Psych. „Sein Blut wird andere Outland-Bewohner anlocken."

Jace' Antwort bestand darin, neben Duncan in die Hocke zu gehen und seine Wunde zu untersuchen. Gabriel nutzte die Chance und suchte nach Anzeichen von Erschöpfung im Auftreten des Psych, immerhin hatte dieser seine Mächte die letzte halbe Stunde über ausgiebig genutzt.

Er fand keine, was gleichermaßen beruhigend wie beunruhigend war.

„Das wird wehtun", sagte Jace.

Duncan schnaubte. „Hör zu, Korps, ich habe in der Vergangenheit schon mehr als …" Seine Worte endeten in einem langgezogenen und durch und durch schmerzerfüllten Stöhnen. „Verdammte Scheiße", waren die nächsten Worte des Söldners. Er starrte erst seine nun geschlossene Wunde und dann den Psych an. „Das tat weh!"

Mit unbewegtem Gesichtsausdruck erhob Jace sich und wischte das Blut von seinen Händen an seiner dunklen Kleidung ab. Dann sagte er in todernstem Tonfall: „War mir ein Vergnügen."

Duncans Kinnlade klappte runter, Nathaniel lachte schnaubend und Gabriel fühlte, wie sich die Anspannung ein wenig von ihm löste.

Zumindest, bis er Duncans Gesichtsausdruck bemerkte.

Alarmiert fuhr er herum und sah Bobby von der Brücke springen.

Kapitel 19

Bobbys Leben flog an ihrem inneren Auge vorbei, während sie auf die dunkle Wasseroberfläche zustürzte. Wieder und wieder dachte sie: *Nicht fair ... nicht fair ... so ein gottverdammter Scheiß* ... Im nächsten Moment war es, als würde die unsichtbare Hand eines Riesen sie aus der Luft picken und ihren Fall abrupt stoppen. So plötzlich, dass es ihr durch Mark und Bein fuhr.

Mit hämmerndem Herzen blickte sie um sich. Sie bewegte sich nicht mehr aufs Wasser, sondern darüber hinweg auf das naheliegende Ufer zu. Was verdammt noch mal geschah hier? Oder war sie vielleicht schon tot?

Letzteres wurde immer wahrscheinlicher, denn niemand anderes als Gabriel kam auf dem Rücken eines schlammbedeckten Schimmels auf sie zu galoppiert, wie ein strahlender weißer Ritter auf einem Schlachtross. Sein Anblick war so surreal, wie wundervoll, dass es sich nur um das Jenseits handeln konnte. Dann jedoch sah sie seinen Gesichtsausdruck, eine Mischung aus Erleichterung, Zorn und Besorgnis, und ahnte, dass sie tatsächlich noch am Leben war.

Er ergriff sie aus der Luft und zog sie vor sich auf das Pferd, wendete es und trieb es zurück. Wenige Meter entfernt sah sie Duncan auf die Knie gehen und ein Gewehr mit Zielfernrohr in Anschlag nehmen, eine dunkel gekleidete Gestalt neben und Nathaniel auf Charon hinter sich.

„Was tut ihr?", brachte sie keuchend hervor, als sie die drei erreichte, und versuchte, wieder einen klaren Kopf zu bekommen.

„Meinen neuesten Sprengstoff testen, Schätzchen", kam Duncans Antwort. „Platzier ihn an den Pfeilern, Korps, und zwar schnell. Ansonsten haben wir gleich Gesellschaft von Bobbys altem Herrn."

Atemlos blickte sie über ihre Schulter und beobachtete, wie der Psych, dessen Anwesenheit sie sich beim besten Willen nicht erklären konnte, den Sprengstoff mit Hilfe seiner telekinetischen Fähigkeiten an die Stützpfeiler beförderte. Im selben Moment setzten sich die Fahrzeuge auf der Brücke mit quietschenden Reifen wieder in Bewegung und Duncan drückte den Abzug.

Er traf den Auslöser beim ersten Schuss. In einer gewaltigen Explosion wurde der Stützpfeiler der Brücke weggerissen, und Gestein krachte in die Tiefe. Das Fahrzeug ihres Vaters kam gerade noch rechtzeitig zum Stehen, ebenso das von Damian. Beide Männer sprangen aus ihren Wagen und stürzten an die Brüstung

Bobby lachte triumphierend auf – und höchstwahrscheinlich auch leicht hysterisch –, dann zeigte sie ihnen den Mittelfinger.

„Bobby!"

Gabriels tadelnde und so schmerzlich vermisste Stimme zu hören, trug das seinige zu ihrer Erleichterung bei: Ohne darüber nachzudenken schwang sie ein Bein über den Hals des Pferdes, drehte sich zu ihm um und schlang die Arme um ihn.

„Du lebst!"

Er erwiderte ihre Umarmung und hielt sie dabei so fest, dass ihr die Luft wegblieb. Es scherte sie nicht. Alles, was zählte, war, ihn gesund und lebendig vor sich zu sehen.

„Azrael!"

Bobby zuckte zusammen und blickte zu ihrem Vater zurück, dessen Stimme sich wütend und fordernd zum Himmel erhob.

„Azrael!", schrie er erneut, und selbst auf diese Entfernung glaubte sie, sein vor Zorn verzerrtes Gesicht sehen zu können. Damian stand hinter ihm, seine Aufmerksamkeit auf Gabriel und sie gerichtet, wogegen ihr Vater zum wolkenverhangenen Himmel emporblickte.

Hektisch glitt ihr Blick zu Gabriel. Wenn der Engel des Todes auftauchen und sich einmischen würde, wären sie verloren.

„Du *wagst* es?"

Die Stimme erklang plötzlich und schien überall gleichzeitig zu sein, sanft wie der Schlaf und gleichzeitig unnachgiebig und tödlich wie die finsterste Nacht. Im nächsten Moment glitt Azrael aus den Wolken zum Boden hinab, allerdings nicht auf Bobby und ihre Freunde, sondern ihren Vater zu.

„Du wagst es, mich zu rufen wie einen *Hund*?"

Sie zuckte zusammen, denn sie verspürte die Macht hinter seinen Worten, schrecklich und ohne Erbarmen.

Die Antwort ihres Vaters war nicht zu vernehmen, doch seine Haltung hatte sich verändert, war weniger fordernd, sondern demütig geworden.

Azraels Lachen erklang und jagte einen Schauer über ihren Rücken, der Gabriel dazu veranlasste, sie erneut eng an sich zu ziehen. Sein Schimmel bäumte sich leicht unter ihnen auf, und Charon spielte nervös mit den Ohren.

„Dies ist dein Kampf. Du hast dieses Spiel begonnen, und du wirst es zu Ende bringen. Wenn du zu schwach bist, deine Tochter zurückzuholen, dann ist dies dein Versagen."

Bobbys Vater wich zurück, offensichtlich zum ersten Mal in seinem Leben fassungslos. Azrael sank dagegen noch tiefer.

„Hast du die erste Regel vergessen, mein Diener? Nur die Menschen allein sollen über ihr Schicksal entscheiden dürfen. Ich habe sie dich einmal brechen lassen, als du Robertas Mutter getötet und sie um ihre Seele betrogen hast. Die Narben dafür trägst du noch heute, so wie ich die Konsequenzen für deine Überschreitung."

Sein Blick richtete sich auf Bobby, die atemlos gelauscht hatte. Also *war* ihr Vater für seine Tat bestraft worden, ebenso wie Azrael. Es war ein kleiner Trost, zu wissen, dass Er dadurch vielleicht einen kurzen Vorteil in diesem endlosen Kampf um ihre Seelen erhalten hatte.

„Wenn sie stark genug ist, um frei zu sein, dann sei dem so", endete Azrael. „Überleg dir, ob du hier und jetzt aufgibst oder mich noch mehr bloßstellst!"

Erneut schoss Bobbys Blick zu Gabriel. Durfte sie es wagen, Hoffnung zu schöpfen? Würde Azrael sie wirklich um der Regel Willen gehen lassen?

„Er wird es tun", gab Nathaniel ihr die Antwort. „Ich bin Azrael ein paar Mal begegnet, als ich unter Morgana gedient habe. Er ist alt und gerissen, aber er wird sich an die Regel halten. So ist nun mal das Spiel."

Langsam ließ Bobby den angehaltenen Atem wieder entweichen und beobachtete, wie geschah, was Nathaniel angekündigt hatte: Mit einem abrupten Neigen seines Kopfes drehte ihr Vater sich um, sagte einige harsche Worte zu Damian und stieg in seinen Wagen, ohne sie eines einzigen Blickes zu würdigen. Eine Minute später war die Brücke leer, und lediglich der eingestürzte Stützpfeiler erinnerte an das, was geschehen war.

Und Azrael, der über ihnen schwebte und sie stumm musterte.

„Beeindruckend, Roberta", drang seine sanfte Stimme an ihr Ohr. „Finde mich, wenn du jemals deine Meinung änderst. Ich ziehe in Erwägung, dir wohlgesonnen zu sein."

Mit diesen Worten schoss er aufwärts und verschwand wieder in der Wolkendecke, aus der er aufgetaucht war.

Bobby sackte vor Erleichterung in sich zusammen und lehnte ihren Kopf an Gabriels Brustkorb. Unter ihrem Ohr hörte sie sein Herz schlagen, kräftig und beständig.

„Nun, das nenne ich mal eine unerwartete Wendung", erklang nach einem kurzen Moment des Schweigens Duncans Stimme. „Können wir jetzt los?"

„Wir werden es nicht vor Einbruch der Nacht zurückschaffen", antwortete Nathaniel. „Und es wäre ziemlich dumm, in der Dunkelheit zu reisen. Ich kenne diesen Teil der Outlands gut und führe euch zu einem sicheren Ort, an dem wir übernachten können."

So müde sie auch war, zwang sich Bobby dennoch, ihren Kopf zu drehen und den Nephil anzusehen. „Machst du uns dort wieder deinen grandiosen Riesenratteneintopf?"

Nathaniel schenkte ihr ein wildes Grinsen. „Wenn du darauf bestehst, erjage ich dir noch ganz andere Viecher, Bobby. Ich finde, das hast du dir verdient."

Ein Lächeln erschien auf ihren Lippen. Tief in seinen Augen sah sie einen Respekt, der zuvor nicht dort gewesen war.

Ihr Blick wanderte zu Duncan und ihre Augen weiteten sich beim Anblick seines blutdurchtränkten Oberteils.

„Nah", winkte er sogleich ab. „Schau nicht so, Schätzchen. Der Psych hat mich wieder zusammengeflickt. Doch lass uns später reden: Ich will mich aufs Ohr hauen, nachdem ich gegessen habe, was auch immer Nathaniel uns besorgt." Mit einem schiefen Grinsen fügte er hinzu: „Einziges Problem ist: Ich habe kein Pferd mehr. Also, wem darf ich meine Arme um die Hüften schwingen?"

Er bekam die Antwort sogleich, als Nathaniel ohne ein weiteres Wort Charon vorwärtstrieb und Gabriel ihm auf seinem Schimmel folgte.

Bobby blickte zurück und sah, dass Duncan und der Psych sich ansahen. Dann erschien ein resignierter Ausdruck auf dem Gesicht des schwarzgekleideten Mannes, und er zog den grinsenden Söldner hinter sich auf sein Pferd.

Gabriel war sich bewusst, dass er bisher sehr still gewesen war. Doch was hätte er auch anderes sagen können, außer, dass er Gott dafür dankte, Bobby wohlbehalten wiedergefunden zu haben?

Obwohl: Eine Sache fiel ihm dann doch noch ein. „Wie um Gottes Willen konntest du von der Brücke springen?"

Sie hob den Blick, ihre karamellfarbenen Augen seinen so nahe. „Ich habe Anlauf genommen und mich über die Brüstung geschwungen."

„Bobby", kommentierte er unter einem Lachen und einem Seufzen.

Ein Lächeln erschien auf ihren Lippen, bevor sie sanft erklärte: „Ich hatte keine Wahl, Gabriel. Ich musste es riskieren."

Es gab nichts, was er hätte dagegen sagen können, also nickte er lediglich und presste seine Lippen gegen ihre Schläfe. „Gut, dass wir einen Psych dabei hatten."

„Ja, wo wir auch schon beim Thema wären: Was zum Henker tut er hier?"

Gabriel folgte Bobbys Blick, der sich misstrauisch auf Jace gerichtet hatte. Weder Duncan noch der Korps schienen sich gemeinsam auf dem Rücken des Pferdes wirklich wohl zu fühlen.

In wenigen Worten erläuterte er ihr Jace' pragmatische Gründe für die Beteiligung an dem Unternehmen und schloss mit den Worten: „Tatsache ist: Ohne ihn wären wir nicht hier gewesen, als du gesprungen bist. Stattdessen wären wir jetzt höchstwahrscheinlich alle tot."

Bobby schluckte und rückte näher an ihn heran. „Was für ein gottverdammter Mist." Kurz schwieg sie, um dann zögerlich hinzufügen: „Und Zane?"

„Ist an sein Krankenbett gekettet und unter Lauras und Cristinas Obhut."

„Ich nehme nicht an, dass er zwischenzeitlich seine Dankbarkeit für das, was wir für ihn getan haben, entdeckt hat?"

Gabriel konnte sich ein humorloses Lachen nicht verkneifen und fügte angesichts ihres Gesichtsausdrucks eilig hinzu: „Mit ein wenig Zeit wird er es erkennen."

Sie nickte gedankenverloren und schenkte ihm dann ein kleines, trauriges, aber auch entschlossenes Lächeln. „Wahrscheinlich." Nach einem kurzen Moment des Zögerns fügte sie hinzu: „Danke, Gabe. Für alles."

„Es gibt nichts zu danken." Sein Blick richtete sich wieder nach vorne und auf ihre Umgebung, denn er musste wachsam bleiben, um sie auch wirklich sicher nach Hause zu bringen.

Sie erreichten den Unterschlupf, den Nathaniel erwähnt hatte, kurz bevor sie hätten absteigen und ihre Pferde führen müssen. Es war eine Höhle mit niedrigem Eingang, die angesichts des Nieselregens, der gerade eingesetzt hatte, ausgesprochen einladend wirkte.

Während Nathaniel und Charon sich auf die Jagd machten, banden sie die Pferde an und schlüpften ins Höhleninnere. Jace bezog nahe des Einganges Aufstellung, und Duncan drehte sich zu Gabriel und Bobby um.

„Alles klar, Süße?"

Anstatt zu antworten fiel sie ihm kurzerhand um den Hals.

„Wohohh!" Unbeholfen tätschelte er ihre Schulter. „Alles ist gut ... bald bist du wieder zu Hause."

„Danke", flüsterte sie.

Er lächelte und zwinkerte ihr zu. „Immer wieder gerne. Aber jetzt genug der Gefühlsduseleien. Ich habe einen Ruf zu verlieren."

Bobby verdrehte die Augen und wandte sich wieder zu Gabriel um, der die Szene mit gemischten Gefühlen beobachtet hatte. Die enge Beziehung zwischen Duncan und ihr war ihm weiterhin ein Dorn im Auge, auch wenn er verstand, dass der Söldner eine ganz besondere Rolle in ihrem Leben einnahm.

„Erde an Engel?"

Die Erleichterung, die er verspürte, als er die altbekannten Worte vernahm, war kaum in Worte zu fassen. Plötzlich hatte er einen Kloß im Hals – ein Sprichwort, das er als Engel nie hatte verstehen können – und unterdrückte das Bedürfnis, sie wieder an sich zu ziehen.

Bobby lächelte ihn an und gähnte dann.

„Leg dich hin", forderte er sie auf, schlüpfte aus seinem warmen Parka und breitete ihn auf dem Boden aus, sodass sie sich darauflegen konnte.

„Aye aye, Herr General", erwiderte sie und nahm Habachtstellung an, leistete seiner Aufforderung allerdings Folge. „Weck mich, wenn das Rattenmahl angerichtet ist, okay?", fügte sie murmelnd hinzu und rollte sich auf seiner Jacke zusammen, ihren Arm unter den Kopf geschoben.

„Natürlich", erwiderte er und beobachtete sie dabei, wie sie versuchte, eine bequeme Schlafposition zu finden. Als es ihr nicht gelang, blickte er Duncan auffordernd an.

Der Söldner erwiderte ungerührt seinen Blick, verdrehte dann die Augen und schlüpfte aus seinem eigenen Parka. „Nur das Beste für dich, Bobby-Schätzchen!"

Mit einem Grinsen nahm sie die Jacke entgegen und schob sie unter ihren Kopf. Nur wenige Sekunden später war sie eingeschlafen.

Die Blicke von Duncan und Gabriel ruhten auf ihr.

„Sie sieht aus wie ein kleiner, kratzbürstiger Engel", kommentierte der Söldner trocken.

Gabriel nickte und ließ sich neben Bobby an der der Höhlenwand hinabgleiten, den Blick auf den Eingang gerichtet, neben dem Jace in derselben Position verharrte wie Minuten zuvor.

„Ich gehe eine rauchen", sagte Duncan und schlüpfte ungeachtet des inzwischen prasselnden Regen nach draußen.

Gabriels Kopf sank gegen die Höhlenwand, und seine Finger spielten mit einer Strähne von Bobbys Haaren. Nun, da Ruhe einkehrte, spürte er, wie ihm ein Stein vom Herzen fiel – ein weiteres Sprichwort, das er erst jetzt verstand. Bobby war wieder hier, bei ihm, sicher und ganz die Alte.

Die Minuten zogen ins Land. Gabriel lauschte dem Geräusch des Regens und Bobbys leisem Atem, doch obwohl er sich eigentlich hätte entspannen müssen, machte sich mehr und mehr Unruhe in ihm breit.

Irgendetwas stimmte nicht.

Es war der Psych, der seine Gedanken in Worte fasste. „Nathaniel hätte schon längst zurück sein müssen."

Langsam ließ Gabriel Bobbys Strähne los und erhob sich leise, um aus dem Höhleneingang zu treten und Duncan, der unter einem schmalen Felsvorsprung rauchte, beiseitezunehmen. „Ich sehe mal nach Nathaniel", sagte er leise. „Gib du auf Bobby acht. Ich traue dem Psych noch immer nicht gänzlich."

Duncan trat widerspruchslos seine Zigarette aus – vier Stummel lagen bereits auf dem Boden – und nickte. Bevor er zurück in die Höhle ging, empfahl er: „Versuch Nathaniel nicht umzubringen, wenn du ihn findest. Er ist nützlich."

Gabriel bedachte den Söldner mit einem finsteren Blick und machte sich dann auf den Weg in die Outlands, einem inneren Instinkt folgend, da der Regen Charons Spuren komplett verwischt hatte.

Obwohl das sumpfige Gelände um ihn herum in Dunkelheit getaucht war, nahm er dank seiner besonderen Fähigkeiten dennoch zahlreichen Farben wahr. Unter der Oberfläche des brackigen Wassers zu seiner Rechten schwammen echsenähnliche Gestalten, und überdimensional große Kröten beobachteten ihn. Auf der Ebene zu seiner Linken bewegte sich ein Rudel von Wesen, die er nicht genau identifizieren konnte, doch es drehte ab und kehrte ihm schnell den Rücken zu. Nur von Nathaniel und Charon fehlte weit und breit jede Spur.

Gabriel umrundete eine kleine Felsformation und sah sich wie aus dem Nichts einer bis auf die Grundfesten niedergebrannte Hütte gegenüber. Alarmiert beschleunigte er seine Schritte und eilte den flachen Hügel hinauf, der sich vor ihm erhob. Dieser war von einem Flechtgewächs bedeckt, das die Dunkelheit mit einem grünlichen Schimmer erhellte.

„Weißt du, was ich immer am meisten an dir mochte, Nathaniel?"

Die weibliche Stimme ließ ihn abrupt hinter einem Felsen in Deckung gehen. Direkt vor ihm schwebte Morgana.

Die Dämonin glitt soeben mit einem Flügelschlag tiefer in die Senke hinab, die unter ihr lag, und beendete ihre eigene Frage: „Deinen Stolz."

Gabriel wagte einen schnellen Blick am Felsen vorbei, um die Lage zu sondieren. Der Nephil kniete zwischen weiteren niedergebrannten Hütten auf dem Boden und wurde von zwei Succubi bewacht. Sie trugen knappe Lederkleidung und waren durchtrainiert und muskulös. Wahrscheinlich zwei von Morganas Töchtern: Sie hatte jede Menge davon.

Sein Blick wanderte weiter zu Charon. Der Warg lag abseits auf der Seite und atmete schwer, Schaum vor seinem Maul.

„Ich frage dich ein letztes Mal", knirschte der Nephil, ohne auf Morganas zweifelhaftes Kompliment einzugehen. „Was hast du mit Charon gemacht?"

„Schon vergessen: Das ist mein Sumpf", kam die Erwiderung. „Wenn ich möchte, dass irgendein Wesen darin elendig verreckt, dann gelingt mir das auch."

Nathaniel kam mit einem Grollen auf die Füße und wurde sogleich von einer der Succubi zu Boden gestoßen. „Was zum Henker willst du, Morgana?"

Die Dämonin sank zu dem Nephil hinab, ging um ihn herum und strich über seine Schulter. „Ich will, dass du in meine Dienste zurückkehrst. Dafür ziehe ich auch in Erwägung, deinen Freunden, die sich in der Höhle verstecken, nichts zu tun."

Harsch lachte Nathaniel auf. „Glaubst du wirklich, meine Loyalität für sie ist so groß, dass ich dafür meine Freiheit aufgeben würde?"

„Ich glaube es nicht nur, Nathaniel, ich weiß es", erwiderte Morgana ungerührt und beugte sich nach vorne, um dem Nephil etwas ins Ohr zu flüstern, was Gabriel nicht vernehmen konnte. Seine Aufmerksamkeit richtete sich in diesem Moment ohnehin auf etwas gänzlich anderes, nämlich auf Bobby und Duncan, die an seiner rechten und linken Seite erschienen.

„Warum nur müssen Bösewichte immer so viel daher schwätzen?", flüsterte Bobby.

„Warum nur kannst du dich nie einfach nur ausruhen?", erwiderte Gabriel unwillig und warf Duncan einen Seitenblick zu. „Sie sollte nicht hier sein."

„Hey, ich bin nicht ihr Gefängniswächter!"

„Ich will mich ja nicht einmischen", erklang Jace' ruhige Stimme von hinten, „aber sollten wir diese Diskussion nicht auf später vertagen?"

Gabriel unterdrückte ein unwilliges Knurren und richtete seine Aufmerksamkeit wieder auf die Szene unter sich. Soeben sagte Nathaniel: „Was ist mit der ersten Regel, Morgana?"

Die Dämonin lachte auf. „Die gilt lediglich für deine Freunde, allerdings nicht für dich. Du bist kein Mensch. Und wenn der Sumpf sich gegen sie wendet, dann bin nicht ich es gewesen, sondern die Natur."

„Lass deine Finger von ihm, Schlampe!"

Gabriel schloss die Augen, als er die Worte aus Bobbys Mund vernahm und sie neben sich aufstehen sah.

„Wir sind hier und nicht in der Höhle. Was nun? Du darfst uns nicht angreifen! Ich mag vielleicht keine Seele haben, aber meine Begleiter schon."

Gabriel gab sich nun ebenfalls zu erkennen, ebenso wie Duncan, der seine Schrotflinte zog. Was Jace anging: Gabriel nahm an, dass der Psych sich im Hintergrund halten und nur eingreifen würde, wenn es absolut notwendig wäre. Das hier war definitiv nicht sein Kampf.

Morganas Augen hatten sich verschmälert. „Ihr wagt es, mich auf meinem eigenen Territorium herauszufordern?"

„Sieht ganz so aus", erwiderte Bobby und schlidderte den Abhang hinab. „Nathaniel gehört jetzt zu uns, Morgana. Wir verteidigen ihn, wenn notwendig, mit unserem Leben."

Falls überhaupt möglich wurden die Augen der Dämonin noch schmaler und leuchteten tiefrot. „Du kleines, verräterisches Miststück."

Gabriels Geduldsfaden riss. „Triff eine Entscheidung! Luzifer wird nicht begeistert sein, wenn er Macht abgeben muss, weil du die Regel brichst. Willst du dieses Risiko eingehen oder nicht?"

Morgana war nicht dumm, allerdings auch stolz. Die Frage war: Welche Eigenschaft würde siegen?

Als der Succubus mit einer herrischen Bewegung ihren beiden Begleiterinnen zu verstehen gab, von Nathaniel abzulassen, atmete Gabriel auf.

„Zwischen uns beiden ist nicht das letzte Wort gesprochen, Nathaniel", erklang ihre zornerfüllte Stimme. Im Gegensatz zu Azrael machte Morgana keinen Hehl daraus, was sie empfand. „Und ihr werdet das bitterlich büßen! Wähnt euch niemals in Sicherheit, keiner von euch. Ich habe alle Zeit der Welt, um euch und eure Kindeskinder für diese Demütigung zu strafen."

Damit verschwand sie, gefolgt von ihren beiden Kriegerinnen. Ihr Zorn war so groß, dass sich die Luft aufzuladen.

„Immer Ärger mit den Frauen, was?", kommentierte Duncan, doch Nathaniel war bereits auf seinen Beinen und eilte an Charons Seite. Zum ersten Mal, seit Gabriel den Nephil kannte, sah er ihn verzweifelt.

„Shhh", wisperte er und legte seine Hand auf die bebende Flanke des Warg. „Ruhig."

„Kannst du ihm nicht helfen?", flüsterte Bobby. Sie ging ebenfalls neben dem Tier auf die Knie. „Was hat sie mit ihm gemacht?"

„Manches Gift kann man nicht heilen", erwiderte Nathaniel rau und zog seinen langen, gezackten Dolch aus der Scheide an seinem Gürtel.

Bobbys Blick schoss zu Gabriel. Sie hatte Tränen in den Augen.

Charons Färbung änderte sich vor seinen Augen. Was einst lebendig, wild und stark gewirkt hatte, wurde zunehmend schwächer und kränklich. Der Warg litt, aber er kämpfte auch, nicht gewillt zu gehen.

Gabriel wünschte sich inständig, etwas tun zu können. So groß die Meinungsverschiedenheiten zwischen Nathaniel und ihm auch sein mochten, so ahnte er doch, was der Verlust des Tieres für ihn bedeuten würde und wollte ihm dieses Leid ersparen. Niemals zuvor war ihm bewusst gewesen wie ähnlich sie sich im Grunde waren: Wie er hatte Nathaniel seinem alten Leben den Rücken gekehrt, um ein neues zu beginnen.

Der Nephil murmelte leise einige Worte und setzte seinen Dolch an Charons Kehle. Über Bobbys Wangen liefen Tränen; unablässig streichelte sie den Kopf des Warg.

Nein!

Gabriel konnte das nicht erlauben, würde das nicht erlauben. Früher hätte er das Tier einfach sterben lassen, selbst wenn er es hätte heilen können. Inzwischen jedoch wusste er so viel mehr über die Sterblichen und das, was sie antrieb, kämpfen und weitermachen ließ.

Es waren Liebe und Freundschaft, Vertrauen und Nähe.

Es war die bedingungslose Loyalität durch ein lebendiges Geschöpf.

Herr im Himmel, gib mir Kraft ...

Er hoffte, dass Er ihn erhören und helfen würde. Vielleicht mochte Gabriel kein Engel mehr sein, doch etwas Gutes konnte in diesem Moment getan werden, etwas Wahres, aus dem Kraft und Hoffnung entstehen würde. Sein Instinkt brachte ihn dazu, seine Macht auszudehnen, nach Charon zu greifen und in dessen schwächer werdende Färbung einzutauchen. Dann griff er nach den kranken Strängen, packte zu und zog.

Der Warg bäumte sich auf und ließ Nathaniel zurücktaumeln, bevor dieser sein Werk vollenden konnte. Übelkeit erfasste Gabriel, doch er ließ nicht los. Stattdessen zog er noch fester und leitete das Gift durch seinen eigenen Körper hindurch in den Boden, dorthin, wo es keinen Schaden anrichten würde. Sein Umfeld begann zu flimmern und jeder Muskel in seinem Körper schmerzte, der Preis für eine Kraft, die soeben den Tod um ein Opfer brachte.

Er zahlte ihn gerne und würde es immer wieder tun.

Als es vorbei war, stützte Gabriel die Hände auf den Knien ab und atmete tief durch. Unter seinen Füßen hatte sich der Boden in übelriechenden Morast verwandelt, doch ihm selbst ging es gut.

Ebenso wie Charon. Der Warg hob den Kopf und stupste Nathaniel mit einem Schnauben an.

„Was zum Henker ist gerade passiert?", kam es von Duncan.

Bobby und Nathaniel sahen Gabriel an.

„Gabriel ist passiert!" Bobby lachte unter Tränen und sprang auf, um zu ihm zu kommen. „Es ist doch so, oder, Gabe? Gehts dir gut?"

Er nickte und atmete tief durch. „Das war ... interessant."

Mit einem erneuten Lachen umfasste sie sein Gesicht und drückte ihm einen stürmischen Kuss auf die Lippen. „Das war der Wahnsinn!"

„Allerdings." Nathaniel räusperte sich und stand auf. Auch Charon kam wieder auf die Beine. Langsam schritt der Nephil auf Gabriel zu und neigte den Kopf in einer knappen, aber respektvollen Geste. „Du hast meinen Dank."

„Es war das Richtige", erwiderte er. „Charon und du, ihr habt noch einiges in dieser Welt zu tun." Dann legte er den Arm um Bobby und zog sie an sich. Sie folgte der Aufforderung sofort, schlang ihrerseits einen Arm um seine Hüfte und legte den Kopf an seine Schulter.

„Abgesehen davon mag er euch irgendwie", fügte sie neckend hinzu, „auch wenn er es niemals zugeben würde."

Nathaniel und Gabriel versteiften sich gleichzeitig und ignorierten diese Aussage, Duncan lachte leise in sich hinein.

Jace trat an ihnen allen vorbei und ließ seinen Blick über die niedergebrannten Hütten streifen. Nicht weit von ihnen entfernt türmte sich ein Berg an verkohlten Leichen auf. „Was ist hier geschehen?"

Sofort verdunkelte sich Nathaniels Gesicht. „Hier war das Dorf, in dem Lucy und ich gelebt haben."

Zorn schoss durch Gabriels Geist. „Hat Morgana das getan?"

„Ja", bestätigte Nathaniel. „Sie konnte uns nicht bestrafen, also hat sie ein Exempel statuiert, für den Fall, dass wir zurückkehren würden. Vielleicht wollte sie auch einfach nur an jemandem ihren Zorn auslassen. Erzählt Lucy nichts davon. Sie ist hier aufgewachsen und würde es nur schwer verkraften."

In seinen Armen spürte Gabriel, wie Bobby erstarrte und wisperte: „Tut diese Schlampe vielleicht gerade dasselbe mit einem anderen Dorf?"

„Möglicherweise", bestätigte Nathaniel. „Doch falls es so ist, können wir nichts daran ändern. Alles, was wir tun können, ist, so schnell wie möglich zu verschwinden."

Kapitel 20

Bobby saß entspannt hinter Gabriel auf dem Pferd und ließ sich von ihm nach Hause bringen. Sie waren auf dem Rückweg auf keine weiteren Probleme gestoßen, weder seitens mutierter Outland-Bewohner noch Dämonen oder Bobbys Verwandtschaft.

Nie hätte sie sich vorstellen können, dass sie sich so darauf freuen würde, in das Kloster zurückzukehren. Nach dem, was in den letzten Tagen geschehen war, hatte sie zum ersten Mal in ihrem neuen Leben das Gefühl, wirklich mit ihrer Vergangenheit abgeschlossen zu haben. Nun musste sie nur noch einen Weg finden, ihren Bruder zu überzeugen. Leider hatte sie nach wie vor keine Idee, wie sie es anstellen sollte.

Sankt Clairs tauchte vor ihnen auf, in das Licht der Nachmittagssonne getaucht. Am Eingangstor stand ein großer Pferdetransporter, vor dem eine rothaarige Frau auf- und abging.

Laura fuhr herum, als sie näher kamen, und rannte los. Mit einem Lachen löste sich Bobby von Gabriel, rutschte vom Pferd und fiel ihrer Freundin um den Hals.

„Es geht dir gut", flüsterte Laura erleichtert. „Dem Himmel sei Dank!"

Bobby musste schlucken. Es tat verdammt gut zu wissen, dass es Menschen in ihrem Leben gab, die sich wirklich und wahrhaftig um sie sorgten.

Irgendwann lösten sie sich voneinander und lächelten. Laura legte ihr den Arm um die Schulter und führte sie zum Eingang. Gabriel, Nathaniel, Duncan und Jace waren währenddessen abgestiegen und wandten sich den Personen zu, die nacheinander das Kloster verließen.

Die Erste war Lucy. Mit einem Lachen umarmte sie Bobby und fiel dann Nathaniel um den Hals. Ihr folgten Nikolai, Clair und Cristina, die ihre Erleichterung alle auf andere Art und Weise zeigten. Clair lächelte zufrieden und tätschelte Wangen, Nikolai reichte Hände und umarmte Bobby – unter Gabriels kritischem Blick – und Cristina beglückwünschte sie mit den Händen auf ihrem Rücken und einem Lächeln, das sie sogar Duncan schenkte. Zumindest, bis er mit einem anzüglichen Grinsen die Arme öffnete und fragte, ob sie ihn nicht umarmen wolle.

„Wir müssen reden", erklang eine herrische Stimme. „Jetzt!"

Irritiert drehte Bobby den Kopf und sah Captain Reagan mit finsterem Gesichtsausdruck auf den Psych zukommen. Als sie Bobby passierte, hielt Reagan kurz inne und musterte sie kritisch. „Also war Ihr Aufenthalt wohl doch nicht ganz so freiwillig, Miss Maaron?"

„Meine Freunde haben mich dazu überredet, zurückzukehren", entgegnete Bobby nach kurzem Zögern. Sie konnte die Korps-Chefin einfach nicht einschätzen.

Reagan musterte sie einige Sekunden, nickte ihr dann knapp zu und erwiderte: „Gute Wahl, zumindest, wenn Sie mich fragen." Dann setzte sie ihren Weg zu dem Psych fort, der ihr mit ungerührtem Gesichtsausdruck den Vortritt ließ und folgte.

„Jace!", rief Bobby und eilte ihm hinterher.

Er hielt an und wandte sich zu ihr um, ebenso wie Captain Reagan.

Unwohl hielt sie inne. Sie verdankte diesem Mann ihr Leben, doch gleichzeitig sah sie sich einer Person gegenüber, die alles repräsentierte, was sie nie hatte sein wollen: beherrscht und kalt, emotions- und herzlos. Wie sollte sie ihm begegnen?

„Ich danke Ihnen", brachte sie schließlich hervor. „Ich stehe in Ihrer Schuld."

Keine Regung war auf seinem Gesicht zu sehen, als er erwiderte: „Ich weiß nicht, wovon Sie sprechen, Miss Maaron."

Bobbys Blick schoss zu Reagan, die die Arme vor der Brust verschränkte und ihn anblickte, als wollte er sie für dumm verkaufen.

Sie räusperte sich, lächelte ein ziemlich dämliches Lächeln und wandte sich ab. Dabei hörte sie den Captain sagen: „Hältst du mich für bescheuert, Psych?"

„Ich halte Sie für vieles, Captain, doch Ihre geistigen Fähigkeiten habe ich bisher nie angezweifelt, nein."

Mit einem Mal war er Bobby sehr viel sympathischer, denn wenn sie etwas kannte, dann war es gut gemeinter Sarkasmus.

Gabriels und ihr Blick kreuzten sich, und Wärme erfüllte ihr Innerstes. Hier war er, so warm und lebendig, gut riechend und präsent wie sie ihn kannte und vermisst hatte.

Gerade wollte sie zu ihm gehen, als zwischen ihnen ein hochgewachsener Engel mit Flügeln aus strahlendem Weiß landete und sie zurückspringen musste, um nicht zu Boden gerissen zu werden. Schlagartig kehrte Stille ein, nur unterbrochen vom

Schnauben der Pferde und Charons Grollen.

„Raphael", ergriff Gabriel das Wort.

Niemals zuvor hatte Bobby einen Engel so wütend erlebt, selbst Gabriel nicht, als dieser noch seine Flügel besessen und sich regelmäßig über sie geärgert hatte. Kleine Blitze zuckten um Raphael, und der Himmel über ihnen zog sich innerhalb von Sekunden mit Wolken zu.

„Du wagst es?"

Kälte ergriff Bobbys Herz.

„Dasselbe hat Azrael zu Alexander Maaron gesagt, als dieser ihn um Hilfe bat, seine Tochter wieder gefangen zu nehmen." Gabriel sprach aus, was Bobby dachte. „Dasselbe hat auch Morgana gesagt, weil sie Nathaniel wieder in ihre Dienste zwingen wollte. Und nun sagst du es, Raphael? Weshalb? Mit welchem Anrecht?"

Nie hatte Bobby Gabriel so reden hören, dunkel und entschlossen, herausfordernd und wild. Sie ahnte, dass sie dem ein Ende bereiten sollte, doch was hätte sie sagen oder tun können?

Raphael war bei seinen Worten zu Eis erstarrt. Wenn überhaupt möglich, lud sich die Luft um ihn herum noch mehr auf.

„Vergleichst du mich etwa mit ihnen?" Nun waren seine Worte kaum mehr als ein Flüstern. Ein Schauer kroch über Bobbys Rücken.

Lange schwieg Gabriel und musterte sein Gegenüber einfach nur. Dann sprach er, allerdings lediglich in Gedanken. Bobby hörte es dennoch.

Bruder, bitte: Wir sind keine Gegner. Besagt die erste Regel nicht: Allein der Wille der Menschen soll über ihr Schicksal bestimmen? Und genau das ist geschehen.

Doch du bist kein Mensch, Gabriel, kam die sofortige Antwort.

Und was bin ich dann?

Du bist etwas anderes. Etwas wie er! Der Ekel in Raphaels Stimme war nun nicht mehr zu überhören. Er nickte in Nathaniels Richtung. *Ein Mischwesen, das nicht existieren sollte. Denkst du wirklich, ich wüsste nicht, was er ist? Denkst du wirklich, ihr würdet einfach so mit dieser Tat davonkommen?*

Die Kälte in Bobbys Herz nahm zu. Raphaels Reaktion, die Tiefe seiner Emotionen, all das schien einfach nicht richtig.

Willst du Seinen Weg anzweifeln, Bruder?

Nenn mich nicht so. Raphaels Stimme klang kalt. *Wir sind keine Brüder mehr. Und wage nicht, mit mir über Seine Wege zu reden. Du bist, wie du sagtest, nun nicht mehr als ein Sterblicher und der Letzte, der sich ein Urteil erlauben darf. Erwarte meine Befehle. Und wage es nie wieder, dich ihnen zu widersetzen!*

Mit diesen Worten stieß Raphael sich vom Boden ab und schoss in den Himmel hinauf. Donner grollte und Blitze zuckten über die Wolkendecke. Dieses Mal war es keine Zurschaustellung von Macht, nein, es war der Beweis von Raphaels allumfassendem, gnadenlosem Zorn.

Lange blickte Gabriel ihm hinterher, Sorge auf seinen Zügen.

Er verliert die Kontrolle, erklang seine Stimme in Bobbys Kopf. *Mit Luzifer hat es genauso angefangen.*

Glaubst du wirklich, er sei gefährdet? Allein der Gedanke war unvorstellbar. Raphael regierte über die Stadt, seit sie denken konnte. Vielleicht hatte er die Menschen nicht immer mit tiefempfundener Herzlichkeit behandelt, doch er war stets für sie da gewesen. Sie konnte sich nicht vorstellen, er könnte ihnen, er könnte Ihm den Rücken kehren.

So weit ist es noch nicht, Bobby. Warm und fest legten sich Gabriels Hände auf ihre Schultern. *Doch wir sollten achtgeben.*

Sie schluckte und nickte, legte dann den Kopf schräg und runzelte die Stirn. *Ich wusste nicht, dass du diese Kopfsache noch kannst.*

Ich auch nicht.

Du weißt, dass ich das nicht mag.

Ja, erwiderte er sanft und hielt ihren Blick. *Doch ich wollte nichts vor dir geheim halten.*

Ihr Herz stockte, als sie sich der Bedeutung hinter den Worten bewusst wurde.

Tut ein Partner so etwas denn nicht?, hakte er nach.

Mit einem Lächeln legte sie die Hand an seine Wange. *Doch. Eine kleine Vorwarnung wäre das nächste Mal nur nett.* Mit einem Grinsen fügte sie hinzu: *Zumindest können wir nun lästern, wann und wo und über wen wir wollen.*

„Könnt ihr beide mal damit aufhören, euch wie zwei Zurückgebliebene anzustarren", sagte Duncan neben ihnen, „und uns stattdessen erklären, was zum Henker hier gerade vorgefallen ist?"

Zum Beispiel über ihn, schlug Bobby Gabriel vor und zwinkerte, wandte sich dann dem Söldner zu und hakte sich bei ihm ein. „Was gibt es da schon zu sagen? Es wurden ein paar himmlische Gefühle verletzt, doch nun ist alles wieder geklärt und ich möchte gerne meinen Bruder sehen."

Duncans Augenbraue schnellte hoch. „Willst du nicht lieber vorher einen von Daniels selbstgebrauten Schnäpsen zu dir nehmen? Zane ist nämlich eine ganz schöne Diva."

Eine kleine, warme Hand ergriff ihre und zog sie von Duncan weg. „Ich bringe dich zu ihm."

Lucy. Wer auch sonst.

Auf dem Weg zur Krankenstation wurde Bobby zunehmend nervöser. Lucy schien es zu merken und schenkte ihr ein aufmunterndes Lächeln. „Keine Sorge, Bobby. Glaube mir, er wird nicht zurückkehren wollen."

„Hat er das gesagt?"

„Nein, aber ich weiß es."

Innerlich seufzte Bobby und zwang sich zu einem Lächeln. Etwas zu wollen und etwas zu tun waren leider zwei vollkommen unterschiedliche Dinge, und sie befürchtete, dass Lucy dies wohl noch auf die harte Tour würde lernen müssen.

Nichtsdestotrotz hoffte sie natürlich, dass das Mädchen recht hatte. Immerhin – so sagte man – starb die Hoffnung zuletzt.

„Würdest du bitte draußen warten?", fragte sie leise. Gerade hatten sie den kleinen Innengarten vor der Krankenstation passiert. „Ich möchte allein mit Zane sprechen."

Lucy nickte, als habe sie nichts anderes erwartet, und setzte sich im Schneidersitz ins Gras. Sofort kamen Blumenranken auf sie zugekrochen, wickelten sich um ihre Handgelenke und zupften an ihrem Haar.

Bobby schmunzelte, atmete tief durch und öffnete die Eingangstür zu Daniels Klinik.

Der Mediziner blickte von seinem Schreibtisch auf, als sie eintrat, und begann von einem Ohr zum anderen zu grinsen. Mephisto, der seit ihrer Ankunft im Kloster den Großteil seiner Zeit in der Krankenstation verbrachte, lag neben ihm auf dem Boden und gähnte. Offensichtlich hatte der Kater sich keinerlei Sorgen um sie gemacht.

„Bobby, ich wusste es!" Schnell erhob Daniel sich, drückte sie und zeigte mit dem Daumen hinter sich. „Er ist ganz am Ende des Raumes untergebracht, weil seine miese Laune den übrigen Patienten die Stimmung verdorben hat."

Sie schluckte, nickte und machte sich auf die Suche nach ihrem Bruder.

Zane musste sie kommen gehört haben, denn sein Blick war feindselig auf sie gerichtet, als sie den Vorhang beiseiteschob, hinter dem sein Bett stand. Er war mit Handschellen daran festgekettet wie vor ihrem Aufbruch.

Sie wusste von einer Sekunde auf die andere, was sie zu tun hatte.

Ohne ein Wort der Erklärung drehte sie sich um und ließ ihn allein, um zu Daniel zurückzugehen und sich von ihm die Schlüssel geben zu lassen. Natürlich versuchte er es ihr auszureden, doch letzten Endes händigte er sie ihr aus, und sie kehrte zu Zane zurück.

Ihr Bruder wirkte weiterhin misstrauisch, aber auch irritiert. Dann, als sie seine Handschellen öffnete, trat Unverständnis in seinen Blick.

„Denkst du, das ändere irgendetwas?", sagte er schließlich rau und rieb sich seine Handgelenke.

Sie erwiderte seinen Blick und entgegnete ehrlich: „Das hoffe ich, ja."

Seine einzige Antwort bestand aus einem kalten Schnauben und der Frage: „Lebt Vater noch?"

Sie nickte.

„Hättest du ihn getötet, wenn du die Möglichkeit gehabt hättest?"

Ein Gespräch wie dieses hatte sie nie führen wollen, vor allem nicht mit ihrem kleinen Bruder. Doch vielleicht war es einfach an der Zeit, sich einzugestehen, dass sie Zane nicht mehr so begegnen konnte wie früher.

„Ich weiß es nicht", antwortete sie ehrlich. „Ich empfinde weder Liebe für ihn noch Loyalität, und doch weiß ich nicht, ob ich ihn töten könnte."

Zanes Augen wurden schmal. „Stell dich hier nicht als Heilige dar!"

„Das tue ich nicht", erwiderte sie schlicht.

Schweigen folgte, dann machte Zane Anstalten, sich aus dem Bett zu schwingen. Plötzliche Panik ergriff Bobby, und bevor sie wusste, was sie tat, packte sie sein Handgelenk. Er erstarrte.

„Bitte, Zane, hör mich an", flüsterte sie. „Ich verlange nicht, dass du mir verzeihst oder mich verstehst. Ich wünschte nur, du würdest dieser Seite der Stadt eine Chance geben. Wenn du auch nur den kleinsten Zweifel in dir trägst, dann tu es, bitte. Sei mutig." Nun weinte sie doch und wischte sich wütend über ihre Augen. „Tut mir leid, ich bin nur so …" Abrupt brach sie ab und ließ sein Handgelenk los.

Er starrte auf die Stelle hinab, an der sie ihn berührt hatte, und fragte dann: „So was?"

„Ich bin nur so scheißwütend auf Vater!", brach es aus ihr heraus. „Ich bin wütend, weil er meine Mutter ermordet hat, weil er deine Mutter weggesperrt oder weiß der Geier was mit ihr gemacht hat, weil er mich wie eine Puppe behandelt hat, weil er dich zu einem *Killer* gemacht hat. Und weil er Gott verdammt noch mal Hunter in eine Arena gesperrt und dich glauben gelassen hat, er sei *tot*!" Wütend schnellte sie nach vorne. „Du bist nicht schwach, weil du ein Tier liebst, Zane. Du bist auch nicht schwach, wenn du an dem, was du tun musst und getan hast, zweifeln solltest. Aber ich sag dir was: Wenn du jetzt einfach abhaust und zurückgehst, dann bist du es. Sei kein Feigling! Sieh hin, verflucht noch mal!"

Erschöpft hielt sie inne. Es war nicht ihre Absicht gewesen, all das zu sagen, andererseits war es die Wahrheit.

„Ich glaube, ich habe dich noch nie so lange am Stück fluchen hören", sagte Zane und fügte hinzu: „Eigentlich habe ich dich noch nie fluchen hören."

Sprachlos starrte sie ihn an. Er sah ebenso verwirrt aus, wie sie sich fühlte, auch wenn der Ausdruck sofort wieder hinter einer finsteren Maske verschwand.

Als er sich diesmal zum Gehen wandte, hielt sie ihn nicht auf, auch wenn bittere Resignation ihr Herz erfasste. Sie hatte alles gesagt, was es zu sagen gab, hatte alles gegeben, doch sie konnte ihn nicht zwingen.

Die wenigen Patienten, die sich in der Klinik aufhielten, hoben ihre Köpfe und beobachteten Zane, als spürten sie, dass er gefährlich war. Auch Daniel blickte hinter seinem Schreibtisch nahe dem Eingang auf und erhob sich.

„Ich will meine Kleidung, Zwerg!"

Die Augenbrauen des Mediziners schossen in die Höhe. „Den Charme in der Familie hast eindeutig du geerbt, Bobby", kommentierte er. Dann holte er einen Stapel Kleidung aus dem Spint neben sich und reichte ihn ihrem Bruder.

Zane erstarrte, als er das T-Shirt sah, das obenauf lag. Das Logo einer alten Science-Fiction-Serie prangte darauf: eine Art Pfeilspitze mit einem Stern darauf.

Bobby schluckte und fragte sich, ob das Zufall sein konnte oder Schicksal war, denn es war Zanes Lieblingsserie gewesen.

„Ich musste deine Tunika zerschneiden", erklärte Daniel mit einem Schulterzucken. „Das hatte ich noch im Schrank von einem anderen Patienten, der nicht so viel Glück hatte wie du. Dass es gewaschen wurde, versteht sich von selbst."

Zane packte den Kleiderstapel und ging wortlos in den rückwärtigen Klinikbereich, um sich umzuziehen. Als er zurückkehrte, reichte Bobby ihm seine Armschiene samt Dolch. „Ich denke, die wirst du brauchen."

Er starrte darauf und nahm sie mit einer steifen Bewegung entgegen. „So bist du entkommen?" Er legte sie sich schnell und geschickt an. „Das war schlau."

Ein freudloses Lachen platzte aus ihr heraus. „Danke. Ich hatte keine großen Wahlmöglichkeiten."

Wie erwartet kam keine Antwort auf diese Aussage, stattdessen öffnete Zane die Tür. Bobby zwang sich, ihn gehen zu lassen. Als er zögerte, machte ihr Herz einen kleinen Sprung vor Hoffnung.

„Ich habe mich noch nicht entschieden, was ich tun werde", erklang seine Stimme. „Was ich allerdings weiß, ist, dass ich von euch in Ruhe gelassen werden möchte. Vor allem von dir … und ihr. Halt sie mir vom Leib!"

Es war klar, wen er meinte, denn Lucy wartete im Garten. Sie sprang auf, als sie ihn herauskommen sah, und eilte auf die beiden zu. Zane spannte sich sofort an, was Lucy entweder nicht bemerkte oder schlichtweg ignorierte.

„Ich kann ihr gar nichts sagen", flüsterte Bobby ihm zu. „Sie ist ebenso stur wie du und glaubt, alles besser zu wissen. In ihrem Fall trifft das sogar meistens zu."

„Klappe", knurrte er und ging einfach weiter.

„Zane!", rief Lucy und stellte sich ihm kurzerhand in den Weg.

„Hau ab!"

„Das habe ich nicht getan, als du an dein Krankenbett gefesselt warst, und das werde ich auch jetzt nicht tun", erwiderte das Mädchen störrisch.

„Nur dass ich dich jetzt wortwörtlich wegschubsen kann, wenn ich will", erwiderte Zane leise, in demselben Tonfall, in dem er sicherlich früher mit einem Opfer gesprochen hatte, bevor dieses starb.

Lucys Augen wurden schmal, ein Ausdruck, den Bobby noch nie bei ihr gesehen hatte. „Versuchs doch."

Keine Regung war auf Zanes Gesicht zu sehen, und doch rutschte Lucy auf einmal einen ganzen Meter weg, bewegt durch seine telekinetischen Fähigkeiten.

Dumm nur, dass auch sie nicht wehrlos war. Ranken brachen neben ihr aus dem Boden, schossen vorwärts, packten Zanes Handgelenke und zogen ihn zurück zu ihr.

Bobby grinste, besann sich dann allerdings eines Besseren und ging zu den beiden, die sich störrisch anblickten. Natürlich wusste sie, dass Zane sich Lucys jederzeit hätte entledigen können, und deutete die Tatsache, dass er es nicht tat, als gutes Zeichen. Nichtsdestotrotz hatte er sich entschieden zu gehen, und sie konnte und durfte diesen Entschluss nicht ignorieren.

„Lucy", sagte sie sanft und nahm die Hand des Mädchens. „Lass ihn gehen. Er braucht Zeit für sich."

„Aber ..."

Bobby schüttelte den Kopf. „Kein aber. Es ist sein Anrecht, sein Leben und seine Entscheidung. Du weißt doch: Nur der Wille eines Menschen entscheidet über sein Schicksal."

Zane schnaubte bei ihren Worten abwertend, doch in Lucys Augen trat ein Ausdruck von Verstehen. Dennoch rollten plötzlich dicke Tränen ihre Wangen hinab, als sich die Ranken von Zanes Handgelenken lösten.

Ihr Bruder machte ein finsteres Gesicht. „Hör auf zu heulen!"

„Nein", schniefte Lucy. „Darauf habe *ich* ein Anrecht!"

Gereizt wandte Zane sich ab und stapfte weg, doch Bobby glaubte, einen Ausdruck von Unruhe und Zweifeln in seinen Augen gesehen zu haben. Vielleicht aber wünschte sie es sich auch einfach nur.

Wärme glitt über ihren Nacken, begleitet von einem prickelnden, lebensbejahenden Gefühl. Ihr Blick schoss hoch und beobachtete Cristina dabei, wie diese langsam vom Dach des Klosters in den Innengarten hinabsank.

Über ihrer ausgestreckten Hand schwebte eine Seele.

Niemals zuvor hatte Bobby empfunden, wie sie in diesem Moment empfand, und sie dachte wieder und wieder: *Ich danke dir ... ich danke dir ...*

„Zane!"

Ihr Bruder hatte sich bereits umgewandt und den Succubus mit undeutbarem Gesichtsausdruck betrachtet. Nun sah er Bobby an.

„Nimm sie schon, Roberta", sagte er. „Immerhin hast du alles dafür aufgegeben und verraten, um sie zu bekommen."

Offensichtlich kannte ihr Bruder die Regeln nicht sonderlich gut oder hatte sie einfach nur vergessen. Somit sagte sie schlicht: „Sie ist für dich, Zane."

Alle Farbe wich aus seinem Gesicht, während Lucy einen quietschenden Laut von sich gab.

Cristina machte einen Schritt auf Zane zu. „Sie ist dein, Zane. Deine Schwester hat sie für dich verdient."

„Aber ich will sie nicht."

Der Blick des Succubus blieb milde. „Eine Seele zu besitzen ist der natürliche Lauf der Dinge. Du kannst sie nicht ablehnen, dein Körper und dein Geist sehnen sich nach ihr."

„Nein", knirschte Zane und wich zurück.

Diesmal prallte er gegen Gabriel, der hinter ihm aus dem Hauptgebäude getreten war. Sein Blick begegnete Bobbys, prüfend und besorgt. Sie lächelte ihm zu, Tränen in den Augen.

„Geh mir aus dem Weg, Engel", flüsterte Zane, fuhr allerdings sofort wieder zu Cristina herum, als er die Seele näher kommen sah. „Ich sagte: Ich will sie nicht!"

Bobby platzte der Kragen: „Zane, es reicht!"

Er starrte sie an.

„Wir wissen beide, dass du sie jederzeit wieder loswerden kannst, wenn du es wirklich wolltest", sagte sie und ging auf ihren Bruder zu. „Ein Abkommen mit einem der Seelenbuchmacher unseres *Vaters*", nun troffen ihre Worte vor Hohn, „und sie ist weg. Doch hier und jetzt ist sie dein. Also sei verdammt noch mal kein solcher Feigling und nimm sie!"

„Glaubst du etwa, mich zu beleidigen hilft?"

Sie zuckte mit den Schultern und fühlte sich plötzlich erschöpft. „Das ist nicht der Grund, weshalb ich es tue, Zane. Ich bin nur ehrlich. Ich war in allem, was ich zu dir gesagt habe, ehrlich. Nun liegt es einfach und allein an dir."

Einige Sekunden starrte er sie noch an, gab dann einen frustrierten Laut von sich und machte einen Schritt auf Cristina zu.

Sie ließ die Seele los.

Bobby schloss die Augen, als sie spürte, wie eins wurde, was eins sein sollte. Es war stets dasselbe Empfinden: einige Sekunden absoluten Gleichgewichts, in denen nichts anderes zählte als dieses unglaubliche, reine Geschenk, welches eigentlich eine Selbstverständlichkeit für jeden Menschen sein sollte.

Zane wich langsam zurück. Bobby öffnete ihre Augen und sah die Verwirrung auf seinem Gesicht, gepaart mit Begreifen und Entsetzen. Sie beneidete ihn nicht: Alles, was er in den vergangenen Jahren getan und was ihn bereits hatte zweifeln lassen, musste ihm nun, da er eine Seele besaß, umso schlimmer erscheinen. Er hatte nun wahrhaftig die Wahl und konnte die bewusste Entscheidung treffen, welches Leben er führen wollte.

Sie musste die Worte nicht aussprechen. In seinen Augen sah sie deutlich, dass er sich dessen bewusst war.

„Ich hasse dich dafür, dass du mir das angetan hast", flüsterte er, fuhr herum und verließ fluchtartig den Garten.

Gequält schloss Bobby ihre Augen.

„Er meinte es sicherlich nicht so", sagte Cristina leise.

Bobby öffnete die Augen. Soeben legte Gabriel seine Hand an ihre Wange, seine Berührung fest und sein Blick warm.

„Wir werden sehen", erwiderte sie. „Dies ist seine Chance, doch ob er sie ergreifen wird", sie hob die Schultern, „kann nur die Zeit zeigen."

Von all den Dingen, die Gabriel in den letzten Wochen widerfahren waren, hatte ihn keines so getroffen wie Bobbys Anblick Stunden zuvor, als ihr Bruder das Geschenk, das sie für ihn verdient hatte, mit Füßen trat. Wieder und wieder sah er ihr Gesicht vor seinem inneren Auge und welchen Ausdruck es getragen hatte, als Zane gegangen war: die Verzweiflung und Resignation, ein Funke von Hoffnung und Glaube, Sturheit und Wille. Alles vermischt, alles in einem, so wie Bobby nun mal war. Er hatte sich zwingen müssen, den Jungen nicht aufzuhalten, doch natürlich hatte sie recht: Allein sein Wille konnte entscheiden, wer er sein wollte.

Langsam erhob Gabriel sich, trat ans Fenster und blickte zum Abendhimmel hinauf. Sehnsucht erfüllte ihn, als er die Sterne über sich sah und sich an das Gefühl des Fliegens erinnerte, doch es war ein bittersüßer Schmerz, der sich rein und richtig anfühlte. Er senkte den Kopf und sprach schließlich zu Ihm, zum ersten Mal, so kam es ihm zumindest vor, wirklich und wahrhaftig. Er sprach über seine Ängste, seinen Zorn und seine Zweifel, doch vor allem sprach er über all die Wunder, die er während der vergangenen Monate erlebt hatte.

Es war richtig, die Menschen nicht aufzugeben, wisperte er im Geist. *Sie sind das Wertvollste auf diesem Planeten.*

Irgendwann begriff er, dass er auf die Knie gegangen war, seine Hände gefaltet und den Kopf im Gebet geneigt hatte. Hinter ihm wandte sich soeben eine Präsenz zum Gehen, die warm, dynamisch und lebendig war.

„Bleib!"

„Tut mir leid", erklang Bobbys leise Stimme. „Aber als du nicht auf mein Klopfen reagiert hast, war ich besorgt und bin einfach reingekommen. Ich wollte dich nicht stören."

„Du störst mich nie, Bobby", erwiderte er, erhob sich in einer fließenden Bewegung und wandte sich zu ihr um.

Sie starrte ihn an. Mit einem Stirnrunzeln legte er den Kopf schräg. „Ist alles in Ordnung?"

Es war das erste Mal, seit er sie kannte, dass er sie erröten sah. Ihre Färbung änderte sich, wurde dunkler und satter: Scham, vermischt mit Erregung.

Bevor er etwas sagen konnte, straffte sie ihre Schultern, machte einen Schritt auf ihn zu und hob die Hand zu seiner nackten Brust. Erst jetzt wurde ihm bewusst, dass er mit nichts weiter als seiner Pyjamahose vor ihr stand.

„Es geht mir gut, Gabe", flüsterte sie und strich über seinen Brustkorb. Ihre Augen folgten der Bewegung. „Natürlich habe ich Angst, dass Zane nicht zu uns zurückkehren wird, doch mehr als hoffen und abwarten kann ich nun nicht tun." Zart wanderten ihre Finger weiter aufwärts und glitten seinen Hals hinauf.

Ein angenehmer Schauer fuhr seinen Rücken hinab, und sein Herzschlag beschleunigte sich. Mit einem Lächeln hob sie den Blick und drückte ihre Lippen gegen die Stelle an seinem Hals, an der sein Puls zu rasen begonnen hatte.

„Ich will mich nicht mehr sorgen müssen, Gabe", flüsterte sie, schmiegte ihr Gesicht an seine Haut und schlang die Arme um ihn. „Ich will wieder anfangen, richtig zu leben."

Seine Hände schlossen sich um ihren Nacken. Langsam hob sie den Kopf und lächelte ihn an. „Du hast mir vorhin schon wieder einen Befehl erteilt, als du gesagt hast, ich solle bleiben. Nun will ich es dir gleichtun: Küss mich!"

Ihre Worte endeten in einem überraschten Keuchen, denn seine Lippen verschlossen ihre, kaum dass sie die Bitte ausgesprochen hatte. Nichts anderes als das hatte er vorgehabt, seit sie den Raum betreten hatte.

Ihr Geschmack und Duft erfüllten all seine Sinne, als er ihren Mund mit seinem nahm. Weder lag Raffinesse noch Zärtlichkeit in seinem Kuss, doch er spürte, dass sowohl sie als auch er im Moment genau das brauchten. Hungrig kam sie ihm entgegen, Kuss für Kuss, und als sie an ihm hochsprang und die Beine um seine Hüften schlang, fing er sie mit Leichtigkeit auf, drehte sich und sank mit dem Rücken an die Wand.

„Dieser verdammte Raum ist einfach viel zu klein", murmelte sie an seinen Lippen und begann, sein Kinn und seinen Hals zu küssen.

„Du sollst nicht fluchen", hörte er sich instinktiv erwidern und sie an seinem Hals lachen.

„Du bist so ein verdammter Klugscheißer, Gabe!", sagte sie und biss ihm leicht in sein Schulterblatt.

Er zischte, packte ihren Hintern fester und ließ seinen Schoß gegen ihren rollen. Bobby stöhnte zittrig auf. Ihre Färbung wurde mit jeder Sekunde stärker und erlaubte es ihm, regelrecht darin einzutauchen.

Niemals zuvor hatte er ein solches Gefühl erlebt: Nähe und Lust, Vertrauen und Hingabe. Er küsste sie erneut, dieses Mal langsamer und sinnlicher. Dabei trug er sie zur Pritsche, die an der Wand stand. Sie hatte recht: Der Raum war wirklich zu klein.

Am Bett angekommen, setzte er sich auf die Kante und hatte sie dabei weiterhin rittlings auf seinem Schoss.

Diesmal stöhnten sie beide auf, als sich ihr Körperkontakt intensivierte. Mit einem erhitzten Lächeln zog Bobby sich ihr Tanktop über den Kopf und warf es beiseite.

Gabriel schnellte vorwärts, ohne darüber nachzudenken, und nahm eine der rosigen, harten Knospen, die die Kuppen ihrer Brüste zierten, zwischen die Lippen. Als er daran saugte und sie mit der Zunge liebkoste, stöhnte Bobby lauter auf und flüsterte seinen Namen.

Minuten voller Hitze und Lust folgten, davon begleitet, Bobby und sich selbst auch aus ihren letzten Kleidungsstücken zu schälen. Als sie endlich nackt waren, stand er ebenso in Flammen wie sie, getränkt in ihre eigene und seine Begierde.

Gott, Gabe, das ist nicht normal, flüsterte sie in seinem Geist, ihre Stimme rau vor Lust, während sie sich an ihm rieb und seinen Oberkörper liebkoste. *Machst du irgendetwas mit deinen himmlischen Fähigkeiten?*

Ich habe keine himmlischen Fähigkeiten mehr, war alles, was er erwidern konnte. Er drehte sich auf die Seite und zog sie neben sich, eingekesselt zwischen der Wand und seinem Körper.

Sie lachte leise angesichts seiner todernsten Erwiderung. *Dann bist du ein Naturtalent ...* Ihre gedanklichen Worte endeten in einem lustvollen Seufzen, da seine

Finger zwischen ihre Schenkel geglitten waren und sie dort streichelten. Ihr Körper begann, sich wie von selbst in langsamen, sinnlichen Bewegungen zu räkeln.

Gabriel nutzte die Möglichkeit, wieder ihre Brüste mit seinem Mund zu liebkosen, während er sie weiter trieb und dabei selbst mehr und mehr die Kontrolle verlor. Sie so losgelöst, leidenschaftlich und vertrauensvoll in seinen Armen zu sehen, war Folter und Genuss gleichermaßen.

Als sie kam, bäumte sie sich auf und stöhnte seinen Namen. Im nächsten Moment schlossen sich ihre Finger um ihn und liebkosten ihn mit festen, fordernden Berührungen, die ihn – kaum möglich, aber wahr – noch härter werden ließen.

„In mich, General", flüsterte sie. „Sofort!"

Er lachte auf. Ihrer Aufforderung leistete er nur zu gerne Folge und rollte sich über sie. „Aye aye, Ma'am!" Dabei zog er die Kondompackung unter dem Bett hervor, die Duncan ihm schon vor Wochen mit einem anzüglichen Grinsen gegeben hatte. Er war stolz, dass er überhaupt daran dachte, so umnebelt, wie sein Hirn gerade war.

Bobby zog die Augenbrauen hoch, und einige Sekunden lang dachte Gabriel, er habe einen riesigen Fehler begangen. Dann jedoch sah er das sanfte und liebevolle Lächeln auf ihren Lippen und atmete auf.

Mit einer bedachten Bewegung nahm sie ihm die Packung ab und öffnete sie, wobei sie ihm die ganze Zeit in die Augen blickte. Dann küsste sie ihn, tief und innig, streifte ihm das Kondom über, hob ihre Hüften an und führte ihn in sich ein.

Gabriel schloss die Augen und atmete zitternd aus, als er in ihre enge, samtene Wärme tauchte. Vorsichtig arbeitete er sich vor und spürte dabei, wie sie ihre Beine weiter spreizte und über seinen Rücken legte.

Als er die Augen öffnete, begegnete er ihrem Blick und sah, dass sie ihn beobachtete.

„Alles in Ordnung?", flüsterte sie.

Er schluckte. „Ja. Ich habe nur noch nie so empfunden."

Ein schelmisches Lächeln erschien auf ihren Lippen. „Liegt vielleicht daran, dass du dich nicht erinnerst?"

„Nein!", erwiderte er sofort und beugte sich zu einem weiteren Kuss zu ihr hinunter. „Es liegt allein an dir."

Verletzlichkeit trat auf ihre Züge. Er nahm sie in seine Arme und begann sich zu bewegen und sie dabei zu küssen, erst sanft, dann zunehmend leidenschaftlicher. Seine Hände umfassten ihren Po, um sie sich entgegenzuheben und noch tiefer in sie eindringen zu können. Bobby hielt die ganze Zeit über seinen Blick und zeigte ihm ihre Lust, ungehemmt und leidenschaftlich. Jedes Stöhnen und Keuchen intensivierte ihre mentale Färbung und badete ihn in Hitze und Nähe.

„Ich bin nicht aus Glas, Gabe", flüsterte sie, da sie zu ahnen schien, wie sehr er sich noch immer zurückhielt. „Lass los."

Ein Damm brach, als er ihre Worte vernahm, und dann nahm er sie ohne Zurückhaltung und Restriktionen, glitt wieder und wieder in ihren Körper, seine Bewegungen fest und hart. Sie wurde wild in seinen Armen und kam ihm mit jedem Stoß entgegen, ihr Stöhnen erstickt an seiner Schulter oder den Küssen, die sie teilten. Als er spürte, wie sich ihr Schoß rhythmisch um ihn herum zusammenzog und sah, wie sie den Kopf in den Nacken warf, schleuderte sie auch seinen Körper in pure Ekstase.

Schwer atmend sank er auf sie. Er wollte sie von seinem Gewicht befreien, doch sie hielt ihn fest und schüttelte den Kopf. „Noch einen kurzen Moment, okay?"

Er nickte und verweilte auf und in ihr. Niemals würde er ihr irgendetwas verwehren, und ganz sicher nicht etwas, was ihm selbst den höchsten Genuss bescherte.

Ich ... mag dich wirklich sehr, Gabriel, erklang ihre Stimme im nächsten Moment zögernd in seinem Geist.

Er ahnte, wie schwer es ihr gefallen sein musste, ihm nur diese Worte mitzuteilen und war umso dankbarer für dieses Geschenk.

Seine eigene Antwort war nun, da er endlich klar sah, kurz, knapp und wahr: *Und ich liebe dich.*

Epilog

„Roberta!" Gabriels Stimme schwankte zwischen Belustigung und Ungeduld.

Sie spürte ihn dicht hinter sich und fragte unschuldig: „Ja, Herr General?"

„Hör auf, an deiner Augenbinde herumzuzupfen."

„Ich sterbe gleich vor Neugierde, Gabe!", beschwerte sie sich. „Wo verdammt noch mal bringst du mich hin?"

„Du sollst nicht fluchen", kam daraufhin seine Standarderwiderung. „Und wenn ich es dir sagen würde, wäre es keine Überraschung mehr!"

Frustriert schnaubte sie und ließ sich schmollend von ihm weiterführen. Seine Hände lagen warm und fest auf ihren Schultern.

Vor einer Stunde hatte er ihr gesagt, dass er eine Überraschung für sie habe, und die Augenbinde zutage befördert. Da sie gerade splitterfasernackt in seinem Bett gelegen hatten, war sie zunächst von einer etwas anderen Art der Überraschung ausgegangen, doch sie wollte sich sicherlich nicht beschweren. Sie starb beinahe vor Neugierde.

Seit einigen Wochen war sie nun wieder zurück in Sankt Clairs. Seit einigen Wochen hatte sie nichts von ihrem Bruder gehört. Seit einigen Wochen teilten Gabriel und sie ein Bett und waren kaum in der Lage, die Hände voneinander zu lassen.

Die unterschiedlichsten Gefühle flammten bei den Gedanken in ihr auf: In Bezug auf Zane waren es Bedauern und Zweifel, ob sie genug getan hatte. Was Gabriel anging das Gegenteil: Vertrauen und Geborgenheit, Lust und Leidenschaft, doch vor allem ein Gefühl, das sie bisher niemals empfunden hatte und ihr eine Riesenangst machte. Gabriel selbst schien es nicht so zu ergehen, vielmehr wirkte er, seit sie zurückgekehrt war, gefestigt und sicher.

Er hatte gesagt, dass er sie liebte, verdammt! Und das nicht nur einmal nach dem Sex, sodass sie es als eine Reaktion auf die Intimität hätte zurückführen können. Stattdessen war der Gedanke oder vielmehr das Gefühl stets in ihm und äußerte sich manchmal in Worten oder einfach auf der geistigen Ebene, auf der sie oft miteinander sprachen.

Die Panik schlug immer höher in ihr Wellen, wie jedes Mal, wenn sie daran dachte.

Der Griff auf ihren Schultern festigte sich. *Sag mir, was du denkst!* Gabriels Stimme klang rau in ihrem Geist. *Was ist es, das dich so beunruhigt?* Und nach einem kurzen Moment des Zögerns fügte er hinzu: *Bitte!*

Ironischerweise war es dieses einzelne kleine Wort, das wieder Ruhe in ihr Herz einkehren ließ. Wortlos drehte sie sich zu ihm um, legte ihre Arme um seine Hüften und ihren Kopf an seine Brust. *Ich hatte niemals etwas Vergleichbares wie das, was wir teilen.*

Und das ist auch gut so. Stolz schwang in seiner Stimme mit. *Du gehörst zu mir.*

Ja, das tat sie. Es war eine schlichte, unumstößliche Wahrheit. Ganz gleich, wie groß ihre Angst sein mochte, ihn zu verlieren oder seiner nicht würdig zu sein: Nun durfte *sie* nicht feige sein.

Als sie Gabriel ihr Gesicht zuwandte, reagierte er sofort und küsste sie, warm und fest. Sie lächelte an seinen Lippen und biss ihm leicht in die Unterlippe, um dann zu flüstern: „Also los!"

Beim Umdrehen stieg ihr ein süßlicher Geruch in die Nase, und sie hielt abrupt inne. „Ist das Francescas Parfum?"

Ein überraschter, eindeutig weiblicher Laut war zu vernehmen, bevor Gabriel ungerührt erwiderte: „Ich bin mir ziemlich sicher, dass viele Menschen dieses Parfum verwenden!"

„Sie hat mir mal gesagt, es wäre allein für sie zusammengestellt worden", erwiderte Bobby unschuldig, weil sie zu ahnen begann, was hier vor sich ging. „Irgendeiner ihrer Online-Verehrer ist wohl so etwas wie ein Chemiker. Und mal ehrlich: So etwas Aufdringliches kann nur eine tragen."

„Bobby!"

Mit einem Lachen riss sie sich die Binde von den Augen und sah sich der kleinen Spanierin gegenüber, die ihre Hände in die Hüften gestemmt hatte. Kurzerhand fiel sie Francesca um den Hals und drückte sie. Dann ließ sie diese wieder los und blickte zu Gabriel hinüber. Er lächelte warm und wies mit dem Kopf in Richtung ihrer Wohnung.

Stimmen und der Geruch von Putzmittel und Farbe wehten ihr entgegen, als sie die Tür öffnete. Die kaputte Fensterscheibe wurde soeben von einem Fremden ausgewechselt, der ausgesprochen bleich war – nicht erstaunlich, stand doch Nathaniel wie ein Wachhund hinter ihm. Cristina war damit beschäftigt, Bobbys Küchenzeile zu putzen und trug dafür Handschuhe und ein Kopftuch. Ihr Gesichtsausdruck war absolut neutral, doch anhand der Anspannung in ihren Schulterblättern konnte man erahnen, dass sie Duncan, der neben ihr an der Wand lehnte und sicher nicht mit anzüglichen Kommentaren sparte, am liebsten eine verpasst hätte. Laura und Lucy standen vor der Wand gegenüber dem Sofa, mit Pinseln in der Hand und Farbspritzern auf den Wangen. Vor allem Lucy strahlte dabei von einem Ohr zum anderen.

Stille kehrte ein, und alle wandten sich Bobby zu, einmal abgesehen von dem Mann, der die Scheibe einbaute und es mit dem Nephil im Rücken nicht wagte, irgendetwas anderes zu tun.

„Ich …" Plötzlich spürte sie, wie Tränen in ihre Augen traten und blinzelte heftig. „O Mann, ich bin sprachlos."

Ihre Freunde lachten los. Duncan warf die Arme hoch und rief: „Halleluja!"

Laura kam zu ihr und drückte sie, um sich dann wieder mit Lucy ans Werk zu machen.

Bobby wusste, dass große Worte nicht vonnöten waren, denn das hier war für sie alle etwas ganz Besonderes. Irgendwie war es ihnen gelungen, in einem halben Jahr zu einer kleinen Gemeinschaft zusammenzuwachsen, die aufeinander bauen und sich gegenseitig stützen konnte.

Ihr Blick wanderte zu ihrem Wandgemälde, das Lucy und Laura zusammen erweiterten. Die lebensbejahenden Farben strahlten ihr entgegen und brachten ihr Innerstes zum Schwingen.

Mit einem Lächeln schlossen sich ihre Finger um Michaels Amulett, das sie wieder um den Hals trug. Sie fühlte sich ganz und heil wie niemals zuvor in ihrem Leben, einmal abgesehen von der Wunde, die Zanes erneuter Verlust in ihr hinterlassen hatte. Ob diese jemals heilen würde, sollte er sich dazu entscheiden, zu ihrem Vater zurückzukehren, wusste sie nicht, doch musste mit dieser Ungewissheit leben.

Ihr Blick hob sich zu Gabriel, der Duncan soeben stirnrunzelnd fragte, was er eigentlich bisher getan hätte. Daraufhin erwiderte der Söldner süffisant: „Allemal mehr als den Chauffeur für Bobby zu spielen."

„Bobby?"

„Hm?" Gedankenverloren wandte sie sich zu Nathaniel um, der an sie herangetreten war.

Der Nephil nickte in Richtung Straße. „Zane beobachtet die Wohnung schon seit geraumer Zeit. Soll ich ihn holen?"

Sie zögerte, schüttelte dann allerdings den Kopf. „Nein!"

Auch Gabriel hatte Nathaniels Worte vernommen und ging zu ihr. „Was, wenn er versucht, dich zu eurem Vater zurückzubringen?"

Erneut schüttelte sie den Kopf. „Selbst wenn er es täte: Ich werde ihn nicht zu irgendetwas zwingen."

Nephil und ehemaliger Erz-Engel knurrten gleichzeitig, woraufhin Bobby lediglich die Augen verdrehte und begann, den anderen beim Instandsetzen ihrer Wohnung unter die Arme zu greifen.

Es tat gut, wieder hier zu sein. Auch wenn sie begonnen hatte, sich an Sankt Clairs zu gewöhnen: Das war ihr wirkliches Zuhause.

Irritiert hielt sie inne, als sie in ihr kleines Schlafzimmer trat und das viel zu große Bett sah, das gerade von Nikolai und Duncan aufgebaut wurde. „Was ist das denn für ein Monster?"

Duncan grinste hoch zu ihr. „Frag deinen Liebsten!"

„Gabriel!", rief sie und fuhr herum, nur um gegen ihn zu prallen. „Was zum Henker ist das?"

„Ein Bett, groß genug für uns beide", erwiderte er ungerührt. „Sorge dich nicht, natürlich behalte ich mein Zimmer in Sankt Clairs, damit du auch Zeit für dich haben kannst", fügte er hinzu und schien dabei sehr stolz auf sich zu sein. „Allerdings wollte ich die Option haben, bei dir sein zu können, wenn du es willst."

Sie starrte ihn sprachlos an. Er war manchmal so dreist und herrisch, so bestimmend und besserwisserisch und stur. Aber verdammt noch mal: Sie glaubte, sie liebte ihn auch.

Noch würde und konnte sie es nicht sagen, doch vielleicht irgendwann. Für den

Moment genügten die Worte: „In Ordnung. Aber das nächste Mal fragst du."

Er runzelte die Stirn. „Damit wäre die Überraschung kaputt gewesen."

Verdammt, manchmal konnte sie ihm einfach nicht böse sein. Also schüttelte sie lediglich den Kopf, küsste ihn und ging zu Laura und Lucy, um ihnen zu helfen.

Es war später Abend, als ihre Freunde gingen und sie sich einer vollkommen neuen und doch vertrauten Wohnung gegenübersah. Gabriel war gerade auf dem Weg nach unten, um den Müll wegzubringen. Bald würde er wiederkommen, da sie ihn gebeten hatte, zu bleiben. Obwohl sie sich auf ihn freute, genoss sie diesen kurzen Augenblick vollkommener Ruhe, mit nichts weiter als einem brummenden Mephisto auf ihrem Schoss.

Lächelnd sah sie auf den Kater hinab. Daniel würde ihn sicherlich vermissen, hatte er sich doch an Mephistos Dauerpräsenz in seiner Klinik gewöhnt. Vielleicht würde Bobby ihm eines der Kätzchen schenken, die Nathaniel vor kurzem mutterlos im Außenbezirk gefunden hatte und die nun von Lucy per Hand großgezogen wurden. Der Mediziner würde sich sicherlich über tierische Gesellschaft freuen.

Ihr Blick glitt zum Nachthimmel und dem Mond, der voll und klar am Himmel stand. Die Gestalt eines Engels erschien plötzlich und unerwartet davor, wandte sich in ihre Richtung und hielt schwebend inne, ein dunkler Schemen vor dem hellen Licht des Mondes.

Raphael.

Vielleicht war es Zufall, doch sie glaubte es nicht. Seit Bobbys Entführung und dem Ungehorsam ihrer Freunde war das Verhältnis zwischen Gabriel und Raphael mehr als ein wenig gestört. Sie selbst konnte der Erzengel allem Anschein nach nicht ausstehen, auch wenn er nie etwas Dergleichen zugegeben hätte. Am allerwenigsten schien er die Tatsache zu mögen, dass er weiterhin abhängig von ihrer beider Dienste war, denn Seelen gab es jeden Tag mehr zu überbringen, ebenso wie Kämpfe gegen Luzifers Anhänger zu fechten.

Hör auf uns hinterher zu spionieren, entfuhr es ihr in Gedanken, plötzlich gereizt angesichts seines undankbaren Verhaltens, wenngleich sie nicht wusste, ob er sie würde hören können. *Deine Feinde findest du andernorts.*

Es erfolgte keine Antwort, zumindest nicht von Raphael. Gabriel hingegen hatte die Worte vernommen, denn sie spürte seine gedankliche Unterstützung.

Einige Sekunden verharrte die Silhouette des Engels noch am Nachthimmel, dann drehte sie ab und flog davon.

Eine Bewegung am Fenster ließ Bobby aufblicken. Ein Päckchen schwebte über ihrem Fensterbrett und kam darauf zu liegen.

Misstrauen und Hoffnung wüteten in ihr, als sie das Fenster öffnete und es entgegennahm. Ein Blick nach unten zeigte ihr wie erwartet niemanden.

Behutsam schlug sie das Zeitungspapier, das als Einpackmaterial verwendet worden war, beiseite und strich über die Armschiene samt Dolch, die zum Vorschein kamen. Dann nahm sie den kleinen Zettel, der darin steckte, faltete ihn auseinander und las:

Roberta,

ich denke, du hast es verdient zu erfahren, dass ich noch nicht zu Vater zurückgekehrt bin. Allerdings fehlen mir weiterhin Antworten: sowohl für dich als auch für mich.

Du wirst sie kennen, falls wir einander irgendwann wieder als Feinde gegenüberstehen sollten. Falls nicht, sei gewiss, dass ich zurechtkommen werde.

Zane

Sie drückte den Brief an ihre Brust und atmete auf.

Sie würde warten.

Und glauben.

An ihn.

Printed in Poland
by Amazon Fulfillment
Poland Sp. z o.o., Wrocław

90782782R00167